AUTRE-MONDE

AUTRE-MONDE :

Maxime Chattam
AUTRE-MONDE

* * *
Le cœur de la terre

ROMAN

ALBIN MICHEL

PREMIÈRE PARTIE
Le Paradis Perdu

1.

Le Conseil

Les rayons du soleil tombaient, obliques, sur les champs de blé entourant la ville.

Matt Carter et Ambre Caldero avaient cru en l'existence d'Eden tout en craignant qu'elle ne soit au mieux qu'un hameau en ruine, au pire l'écho d'une légende circulant parmi leur peuple.

Et soudain, Eden se dressait à leurs pieds, noble et somptueuse.

Une butte rehaussée d'une palissade de larges rondins taillés en pointe délimitait les bords du Paradis Perdu.

Matt savourait le bruissement du vent dans les blés et il guettait avec envie les nombreux panaches de fumée, synonymes de petits pains chauds.

Les portes sud d'Eden étaient gardées par deux adolescents athlétiques, les bras croisés sur un plastron de cuir. Ils s'écartèrent en apercevant le manteau rouge, presque brun, du Long Marcheur qui accompagnait les nouveaux venus. Matt et Ambre étaient suivis par Nournia et Jon, à la démarche hésitante, terrassés qu'ils étaient par la fatigue. De nombreuses cicatrices boursouflées et leurs guenilles rapiécées à la va-vite rappelaient le crash du dirigeable auquel ils avaient survécu de peu trois jours plus tôt.

– Long Marcheur ! interpella une jeune fille aux cheveux tressés, souhaites-tu te désaltérer ? As-tu besoin d'assistance pour te rendre au Hall des Colporteurs ?

Floyd la remercia d'un geste de la main et désigna l'énorme chienne qui les accompagnait, une silhouette humaine avachie sur son dos :

– L'une des nôtres est gravement blessée, elle a besoin de soins. Son nom est Mia.

– Nous nous en chargeons !

Aussitôt, la jeune fille siffla et trois garçons accoururent pour l'aider à descendre Mia du dos de Plume. Ils prirent soin de la transporter avec précaution, tout en jetant des regards inquiets vers la chienne, assurément la plus grande qu'ils aient jamais vue.

Floyd dégrafa sa cape de Long Marcheur et la déposa sur son épaule.

– Je vais vous conduire de suite au Hall des Colporteurs, dit-il aux quatre adolescents qu'il guidait, où vous pourrez vous reposer le temps que je transmette une demande de rencontre auprès du Conseil.

– Il n'y a pas une minute à perdre, insista Matt en rabattant ses trop longues mèches brunes en arrière.

Ambre lui posa une main amicale sur l'épaule pour l'apaiser.

– Calme-toi, Matt, ils vont nous recevoir. Je me fais du souci pour toi, tu es si nerveux que tu en trembles !

Il répliqua, plus bas, pour qu'elle seule puisse entendre :

– La guerre a commencé ! Mais notre peuple l'ignore ! Comment puis-je me détendre ?

Ambre n'insista pas et ils suivirent Floyd à travers la première ville des Pans.

Bâtisses en bois, quelques fondations en pierre, des trottoirs en planches pour marcher au sec les jours de grande pluie, Eden était sortie de terre en quelques mois seulement mais semblait pourtant déjà très bien conçue. De grandes tentes reliaient la plupart des maisons, formant des passages abrités.

Ils parvinrent au centre de la ville, une immense place sous un pommier de plus de cinquante mètres de haut, dont les branches regorgeaient de fruits jaune et rouge. Floyd désigna un bâtiment qui ressemblait un peu à une église et ils entrèrent dans le Hall des Colporteurs. Floyd suspendit son manteau à l'une des nombreuses patères du vaste vestibule et s'approcha de la salle. Ambre, qui rêvait de devenir Long Marcheur à son tour, ne masquait pas son enthousiasme. Elle s'approcha d'une ouverture donnant dans une construction mitoyenne d'où provenait une forte odeur de cheval. Des longes, des licols, des selles, tout le matériel d'équitation y était entreposé sur des crochets. En face, plusieurs dizaines de boxes dressaient une longue perspective dans laquelle évoluaient des Longs Marcheurs et des palefreniers.

Floyd pénétra dans la grande salle et Ambre rejoignit son groupe.

Une demi-douzaine de Longs Marcheurs bavardaient autour de tables en bois, partageant des notes devant des assiettes pleines de miettes. Les visages se tournèrent vers Floyd et ses compagnons et un garçon aux cheveux noirs, aux yeux verts et au menton carré se leva.

– Ben ! s'écria Ambre.

Le Long Marcheur vint les saluer avec le sourire. Matt se souvint de lui, ils s'étaient rencontrés sur l'île Carmichael, et il

11

avait soupçonné Ambre d'être séduite par son physique d'acteur.

– C'est un plaisir de vous voir ici ! s'enthousiasma Ben.

Et en plus il est gentil ! pesta Matt en silence.

Malgré tout, il ne fut pas aussi jaloux qu'il l'aurait cru. Il ne ressentit ni ce pincement au cœur, ni cette boule dans l'estomac qu'il connaissait bien. Rien qu'une pointe d'agacement.

Pourquoi devrais-je être jaloux ? Il faudrait que je ressente quelque chose pour Ambre ! Ce n'est que mon amie, après tout. Je n'ai aucun droit sur elle, ni sur ses relations avec les autres...

De toute façon, l'esprit de Matt devait tout entier se tourner vers ses préoccupations de survie. L'imminence d'un conflit avec les Cyniks.

Et s'il fallait qu'il s'accorde une petite part personnelle au milieu de ce maelström de pensées, alors elle serait pour Tobias.

Son ami d'enfance, happé par le Raupéroden.

Disparu. Englouti.

Dans les ténèbres.

De nouveaux arrivants immigraient à Eden chaque semaine. Parfois de tout petits groupes de trois ou quatre Pans, et quelquefois, des clans entiers, plusieurs dizaines d'enfants et d'adolescents. La ville ne cessait de croître, de s'organiser pour accueillir tout le monde, et les connaissances se rassemblaient à l'ombre du pommier, pour les rendre plus savants, plus forts de cette diversité.

Il était demandé à chaque vague un tant soit peu importante d'élire un représentant qui rejoignait le Conseil de la ville.

Le Conseil prenait les décisions importantes, réglait les différends, et orientait la politique générale d'Eden.

Les portes de la salle du Conseil s'ouvrirent, Floyd et Ben, en leur qualité de Longs Marcheurs, entrèrent les premiers pour escorter Matt et Ambre sous la douce lumière de lampes à huile.

L'endroit ressemblait à un cirque, avec ses gradins circulaires autour d'une piste de planches, l'absence de fenêtre, et ses mâts peints en rouge pour soutenir le plafond incliné. Le Conseil, une trentaine d'adolescents, murmurait en dévisageant les nouveaux venus.

Matt les scruta en retour : la moyenne devait avoir entre quinze et seize ans, autant de garçons que de filles.

Le Conseil se tut rapidement et tous attendirent ce que Ambre et Matt pouvaient bien avoir à leur raconter de si important.

Matt se racla la gorge, un peu ému, et fit un pas en avant pour prendre la parole :

– Nous revenons du pays des Cyniks, royaume de Malronce. Et les nouvelles sont mauvaises.

– Vous avez vraiment été chez les Cyniks ? s'exclama l'un des plus jeunes membres du Conseil, incrédule et admiratif en même temps.

– Laisse-le parler ! lui commanda un autre.

– Ils sont en train d'organiser leurs troupes, continua Matt, pour partir en guerre.

– En guerre ? répéta une voix dans l'obscurité des gradins les plus hauts. Contre qui ? Y a-t-il d'autres adultes ?

– Pas à notre connaissance. Cette guerre, c'est à nous qu'ils vont la déclarer ! D'ici un mois, nous serons envahis par plusieurs armées, pour être capturés ou tués.

Une clameur paniquée envahit la salle du Conseil, et il fallut que deux garçons se lèvent en agitant les bras pour que le silence revienne. L'un des garçons s'adressa à Matt :

– Es-tu certain de ces informations ? D'où les tiens-tu ?

– J'ai été fait prisonnier par les troupes de Malronce, et je suis parvenu à subtiliser un message de la Reine pour ses généraux. La bonne nouvelle, s'il en fallait une, c'est que je connais leurs plans, toute leur stratégie. Si nous procédons vite, nous pouvons encore nous organiser.

– Nous organiser pour quoi ? protesta une jeune fille. Contre toute une armée Cynik, nous n'avons aucune chance !

– Pas une, mais la totalité des cinq armées de Malronce, corrigea Matt.

Un frisson parcourut l'assemblée.

– Mais nous avons un avantage de taille, enchaîna Matt avant que la panique ne s'empare du Conseil. Nous savons par où ils vont passer, nous connaissons leurs manœuvres de diversion, ce qui change tout !

– Tu ne te rends pas compte ! insista la jeune fille. Même si tout le monde à Eden prend les armes, nous ne serons pas plus de quatre mille ! Contre cinq armées d'adultes en armure !

Ambre prit la parole :

– Il faut envoyer tous les Longs Marcheurs vers les autres clans de Pans, pour les faire venir ici, afin que nous rassemblions aussi nos troupes.

– Au mieux cela représente trois à quatre mille personnes de plus, et encore, je suis optimiste ! expliqua un garçon.

– Mais l'avantage de la surprise peut faire la différence, répliqua Ambre.

– Et si nous proposions à la reine Malronce un traité de paix, lança une voix, nous nous rendons sans combattre pour éviter toute violence. Le monde est assez grand pour que nous puissions tous y vivre sans se gêner !

Matt, l'air sombre, lui répondit doucement, d'un ton chargé d'émotion :

– J'ai vu ce que les Cyniks font aux Pans qu'ils capturent, croyez-moi, vous ne voudrez pas de ce sort ! Ils leur plantent un anneau étrange dans le nombril, et cet alliage suffit à paralyser tout libre arbitre, les Pans ainsi asservis deviennent des esclaves, aussi réactifs que des zombies. Vous ne perdez pas votre conscience, c'est juste que vous devenez incapables d'agir avec énergie, de désobéir, de trop réfléchir… un cauchemar !

– C'est abominable ! hurla quelqu'un. Alors c'est pour se constituer un réseau d'esclaves qu'ils enlèvent tous les Pans ?

– Non, pas vraiment, dit Ambre. C'est pour la Quête des Peaux, c'est l'obsession de Malronce en personne ! Les Cyniks croient en une prophétie lancée par la Reine, ils pensent qu'un enfant porte sur lui une carte faite de grains de beauté, et que cette carte, une fois juxtaposée aux dessins d'une table en pierre leur montrera le chemin vers la Rédemption.

– C'est quoi la rédemption ? demanda un adolescent au premier rang.

– Les Cyniks sont convaincus que la Tempête est survenue à cause de leurs péchés, que c'est une manifestation de Dieu. Malronce s'est réveillée sur cette table avec le dessin qu'ils appellent le Testament de roche. Ils pensent que si les enfants et les adultes sont aussi différents et séparés désormais c'est parce que nous sommes la preuve de leurs péchés. Une nouvelle ère est venue, celle du sacrifice de leur progéniture pour prouver à Dieu qu'ils sont prêts à tout lui donner, qu'ils méritent son pardon. C'est pourquoi ils nous traquent, pour nous asservir, une façon de nous renier, et aussi de trouver l'enfant qui porte la carte, qu'ils appellent le Grand Plan.

Tout le monde se mit soudain à parler en même temps, y allant de son commentaire :

– C'est du fanatisme ! Ils sont devenus fous !

– C'est pas nouveau !

– Et s'ils avaient raison ?

– Ne dis pas de sottises ! Jamais Dieu ne commanderait le sacrifice des enfants !

– Justement, si, il l'a déjà fait, pour tester la foi d'Abraham, Dieu lui a demandé de lui sacrifier son fils !

– Mais Dieu l'a empêché de le tuer !

– La Bible n'est qu'un livre, arrêtez de raconter n'importe quoi ! Ce n'est pas vrai tout ça !

– Moi je crois en Dieu !

– Moi aussi !

– Alors vous êtes des Cyniks !

– Certainement pas !

Plusieurs Pans tentèrent de calmer leurs congénères en levant les mains, mais la tension était trop importante, chacun l'évacuait avec ses mots :

– Moi ça ne m'étonne pas, quand l'homme est confronté à quelque chose qui le dépasse, il se tourne vers la religion pour se rassurer !

– Tu veux dire pour s'inventer une explication !

– C'est exactement ce que…

– SILENCE ! hurla Matt.

La foule se tut aussitôt. Matt les contemplait, balayant les membres du Conseil d'un regard noir et pénétrant qui forçait le respect. La vie de Matt en une année avait pris un tour inattendu, il avait affronté bien des périls et s'était vu mourir plusieurs fois déjà. Quelque chose hantait ses yeux désormais, une force vive, une assurance qu'il n'avait pas avant la Tempête. Ce que Tobias appelait « le pouvoir de commandement ».

Et la trentaine de personnes présentes le fixait, dans l'attente de sa parole.

– Nous ne pourrons pas vaincre les cinq armées de Malronce à la régulière, nous sommes tous d'accord là-dessus, dit-il. Mais si nous nous organisons pour les contrer, pour gagner du temps, alors nous pourrons peut-être stopper cette guerre !

– Nous n'avons rien à lui proposer, protesta l'un des Pans les plus âgés du Conseil. Les Cyniks ne sont pas du genre à baisser les bras à la première escarmouche !

Matt approuva et s'expliqua :

– Nous ignorons tout de ce que sont vraiment le Grand Plan et le Testament de roche, mais nous savons où ils se trouvent. La table de pierre est dans le château de la reine Malronce, au cœur de ses terres : Wyrd'Lon-Deis.

– Et le Grand Plan ? demanda une fille. Vous savez qui c'est ?

– C'est moi, avoua Ambre en faisant un pas en avant.

Ben, le Long Marcheur, perdit brusquement toute son assurance et contempla la jeune fille, les épaules affaissées :

– Toi ? répéta-t-il.

– Ambre ne doit pas tomber aux mains des Cyniks, exposa Matt. Mais si nous parvenons à comparer les grains de beauté sur son corps avec la carte du Testament de roche, alors nous serons en mesure de proposer un marché à Malronce.

– Vous croyez qu'on peut… *récupérer* la Rédemption avant les Cyniks ?

– Quel que soit le secret qui se cache derrière tout cela, nous devons le connaître avant les Cyniks !

Un autre garçon du Conseil se leva, grand et mince, le visage anguleux, presque sans cheveux. Dès qu'il toisa ses compagnons, Matt perçut le respect qu'ils lui témoignaient, et il comprit que c'était un membre très influent du Conseil.

– J'ai une autre proposition à vous faire, dit-il d'une voix posée et enveloppante. Nous pourrions directement échanger notre tranquillité contre Ambre. Je suis certain que Malronce serait prête à s'épargner une guerre si nous lui offrons ce qu'elle recherche tant !

Matt se raidit. Comment osait-il ?

Le Conseil tout entier frémit et les murmures enflèrent.

Le destin d'Ambre venait de se sceller.

2.

Vote et stratégie

Ambre reculait lentement, submergée par une terreur inattendue. Trahie par les siens !

Matt bondit sur le rebord de la piste, face aux gradins :

– Êtes-vous devenus fous ? s'écria-t-il plein de colère. Avez-vous perdu la raison aussi sûrement que les Cyniks ? Comment pouvez-vous envisager de vendre l'une des nôtres pour acheter notre paix ?

– Dis-lui, Neil ! fit une petite voix à l'attention du grand adolescent charismatique qui faisait face à Matt.

– C'est au contraire la raison qui me pousse à proposer pareil échange ! contra Neil. Je fais un calcul simple : d'un côté nous combattons tous sans gage de réussite, des milliers de Pans morts à la clé, de l'autre nous perdons l'une d'entre nous, et nous faisons de cette reine Malronce une alliée potentielle ! C'est aussi simple que cela !

– Vendre notre âme à l'ennemi ? C'est ça que tu proposes ? Sans même savoir ce que représente le Grand Plan ? Et s'il s'agissait d'une arme secrète ? Combien de temps à ton avis avant que Malronce ne revienne nous balayer comme des mouches ? De toute façon, jamais je n'échangerai Ambre ! Jamais !

— Tu n'es pas objectif ! insista Neil, c'est ton amie ! Je propose que nous t'excluions du vote, car il est évident que tu n'es pas en état de prendre une décision de sagesse pour notre communauté !

Matt pouvait percevoir que déjà deux clans se dessinaient sur les bancs du Conseil. Ambre, dans l'ombre des deux Longs Marcheurs et de Matt, était médusée.

— Si vous espérez donner Ambre aux Cyniks, il faudra me passer sur le corps ! lança Matt avec une telle hargne que la plupart des chuchotements s'interrompirent.

— Le Conseil doit voter ! C'est de notre survie dont il s'agit ! s'empressa de clamer Neil pour ne pas perdre son influence. Qui souhaite s'épargner une guerre ? Levez la main !

Matt était outré par le simulacre de décision qui s'effectuait sous ses yeux, Neil dirigeait les débats, orientait le vote par sa façon de présenter les choses. Il était debout, le bras levé et se tournait pour étudier la tendance que prenait le vote. La plupart des Pans hésitaient. Neil les harangua :

— Eh bien ? Vous préférez partir vous-mêmes à la guerre, risquer vos vies plutôt que de sacrifier cette fille ?

Deux autres membres du Conseil se levèrent, deux jeunes filles brunes, partageant la même élégance et la même beauté, deux sœurs :

— Matt Carter a raison et tu as tort, Neil MacKenzie ! dit la plus grande. Quel genre de peuple serions-nous si nous étions prêts à jeter en pâture l'un des nôtres pour gagner quelques mois de tranquillité ?

La plus jeune enchaîna, ne laissant pas de temps à Neil pour répliquer :

— Et si Ambre est une sorte de carte, alors à nous d'exploiter cette chance ! Ne l'offrons pas à l'ennemi !

Neil chassa l'air devant lui d'un bras rageur et avisant que très peu de Pans suivaient son vote, il sauta sur les marches et traversa la piste en fixant Matt d'un regard mauvais.

– Ce Conseil est décidément trop tendre ! lâcha-t-il au passage. Jamais notre peuple ne survivra avec des planqués pareils ! Puisque vous ne souhaitez pas m'entendre, je vous épargnerai ma présence !

Neil parti, celles qui lui avaient tenu tête se présentèrent :

– Je suis Zélie, dit la plus grande.

– Et moi Maylis, soyez les bienvenus à Eden.

Ben se pencha vers Ambre :

– Ce sont les membres les plus remuantes du Conseil avec Neil ! chuchota-t-il. Les plus sages aussi.

– Vous semblez en savoir long sur les Cyniks, poursuivit Zélie, vous avez beaucoup à nous apprendre.

– Ils ont presque tous perdu la mémoire, révéla Matt. Ils ignorent tout de ce qu'ils sont, d'où ils viennent, c'est pour ça qu'ils suivent Malronce, elle les rassure, elle semble tout savoir.

– D'où lui viennent ses connaissances ? demanda Maylis.

– Tout ce que je sais c'est qu'après la Tempête, elle s'est réveillée sur la table gravée, le Testament de roche. Elle a allumé d'immenses feux pour guider les survivants jusqu'à elle et leur a bourré le crâne avec son discours religieux.

– Si elle s'est réveillée sur cette table, c'est que Dieu l'a choisie ! dit un garçon un peu à l'écart. Peut-être a-t-elle raison ?

Cette fois, ce fut au tour d'Ambre de monter sur le rebord de la piste :

– Je ne le crois pas. Je pense qu'il s'agit de deux choses différentes. Les adultes, lorsqu'ils sont perdus, ont besoin de se rassurer, ils ne craignent rien autant que ce qu'ils ignorent. Et je pense que la peur engendrée par la Tempête les a renvoyés vers la seule chose qui peut les rassurer : la religion.

– Comment expliques-tu que la Reine sache ce qu'il faut faire avec le Testament de roche et la carte que forment tes grains de beauté ? Elle ne l'a pas inventé tout de même ?

– C'est à cause de la Tempête. Quand elle s'est abattue sur notre pays, elle a transformé la génétique des plantes, parfois des animaux, elle a altéré la nôtre également. Cette tempête a été une sorte de saut prodigieux en avant pour la chaîne de l'évolution. Et pendant qu'elle frappait, nos esprits n'ont pas cessé de fonctionner. Tout comme lorsque nous rêvons, notre inconscient tournait à plein régime. Je suppose que certaines personnes sont parvenues à capter des signaux, ce fut le cas de cette femme, Malronce. Parce qu'elle s'est réveillée sur la table, son inconscient a capté les signaux que la Tempête envoyait, car je suis certaine que c'est la Tempête elle-même qui a façonné cette table ! Le vent, les éclairs, la pluie, peu importe comment, mais c'est un acte de la nature. Tout comme l'agencement de mes grains de beauté, ça fait partie de notre génétique, une forme de langage que nous ignorions jusqu'à présent. Nos grains de beauté sont un langage entre nous et la nature.

– Alors si on compare cette table sculptée et tes grains de beauté cela révélera l'emplacement de quelque chose lié à la Tempête ? devina Zélie.

– Je le crois. Quelque chose d'important. Que nous ne pouvons pas laisser aux mains des Cyniks, ils sont trop extrémistes, et personne ne peut accomplir quelque chose de bien avec la peur pour guide !

Les adolescents du Conseil se groupèrent pour former de nombreux conciliabules. Zélie et Maylis les firent taire et la première s'adressa à Ambre et Matt :

– L'heure est grave, et nous devons prendre une décision, tous ensemble. Venez parmi nous, car vos paroles doivent être prises en compte. C'est de l'avenir de notre peuple qu'il s'agit.

Matt et Ambre allaient prendre place sur les bancs des gradins lorsqu'une silhouette familière surgit de derrière une tenture de velours. Dès qu'il le reconnut, Matt se jeta dans les bras de son ami :

– Doug ! Que fais-tu là ? Tous les habitants de l'île sont avec toi ?

– Non, je suis venu pour voir à quoi ressemble Eden et pour que les échanges avec notre île soient plus réguliers. J'ai eu l'autorisation d'assister au Conseil à condition de ne pas intervenir, et ça a été difficile en vous voyant entrer !

– Et ton frère Regie est avec toi ? demanda Ambre.

– Non, je l'ai laissé pour diriger l'île Carmichael.

– Alors tu vas retrouver une sacrée pagaille !

Soudain Doug sembla noter l'absence du troisième compagnon :

– Et Tobias ? Où est-il ?

La joie d'Ambre et Matt retomba aussitôt. La jeune femme répondit à la place de Matt qui n'arrivait plus à décrocher un mot :

– Il a disparu.

– Disparu ? Oh non, ne me dites pas qu'il est...

– Il est retenu prisonnier, fit Matt qui contrôlait avec peine les sanglots de sa voix.

– Par qui ? interrogea Doug. Cette reine, Malronce ?

– Non, c'est... compliqué.

— Mais il faut aller le chercher ! Je suis prêt à venir avec vous, ensemble on peut le…

— Non, Doug, nous ne pouvons rien faire pour l'instant.

Matt mit un terme à la discussion en montant dans les gradins.

Le Conseil faisait état des forces présentes à Eden :

— En moins d'un mois nous pouvons tailler assez de lances et de flèches pour armer tous les habitants.

— Et les entraîner ! fit un autre garçon. Je connais Milton Sanovitch, il a fait du tir à l'arc dans un club pendant des années, il est le chef de nos chasseurs, il pourrait s'en charger !

— Et Tania ! Elle est de loin la plus précise de nos archers ! fit remarquer une fille.

— Nous ne savons pas forger, il faut apprendre pour produire des épées ! répliqua un autre.

— Nous n'avons pas le temps et de toute façon nous ne disposons d'aucune mine de fer !

— Cela ne suffirait pas de toute façon, il nous faut plus de troupes, Eden seule ne pourra pas bloquer cinq armées de Cyniks !

Zélie se leva pour prendre la parole et tous l'écoutèrent respectueusement :

— Envoyons des ambassadeurs vers chaque clan connu, pour leur expliquer la situation. Si demain Eden tombe, seuls et peu organisés ils tomberont également. Alors que tous réunis, nous pouvons faire la différence.

— Les Longs Marcheurs pourraient faire ce travail, proposa Maylis.

– Nous n'avons pas assez de Longs Marcheurs, fit remarquer une jeune fille.

– Eh bien des volontaires partiront également.

– J'en suis ! fit Doug depuis un coin de la salle. Je suis désolé d'intervenir, j'avais promis de me taire, mais c'est une situation un peu exceptionnelle, pas vrai ? Alors moi, je me propose de m'en aller rallier tous les sites à l'ouest. J'en connais quelques-uns. Dont l'île que je représente.

Maylis approuva vivement.

– Toute aide est bonne à prendre.

– Matt, fit Zélie, peux-tu nous expliquer en détail ce que tu sais du plan de Malronce pour nous envahir ?

Matt se leva pour que tout le monde puisse l'entendre :

– Êtes-vous sûre que tous les membres du Conseil sont dignes de confiance ? Car notre expérience nous a conduits à nous méfier des traîtres, et, hélas, ils existent parmi les Pans les plus âgés.

– Bien des décisions vitales ont été prises ici même, et jamais aucune trahison n'a été à déplorer, tu peux parler.

Mat toisa longuement chaque Pan, comme pour sonder leur loyauté. Puis il se lança :

– La Passe des Loups est au cœur de la stratégie de Malronce, c'est l'unique passage connu à travers la Forêt Aveugle entre les terres des Cyniks au sud et notre pays.

– Savez-vous si ce qu'on dit à propos de cette forêt est vrai ? Est-elle réellement infranchissable ?

– Oh ça oui ! confirma Ambre. Nous n'avons tenu que quelques jours à l'intérieur, même une armée entière y serait détruite.

Plusieurs murmures admiratifs fusèrent :

– Ils ont été dans la Forêt Aveugle !

– Incroyable ! Ils sont descendus au sud !

– La Passe des Loups est donc l'unique trouée à travers la Forêt Aveugle, continua Matt. Les Cyniks la contrôlent, ils ont bâti une forteresse pour en garder le passage. Pour ne pas éveiller notre méfiance, ils commenceront par faire passer des petits groupes d'hommes jusqu'à ce que toute la première armée soit entrée sur nos terres. Ils circuleront ainsi vers le nord, pour contourner Eden et ensuite se rassembler. Pendant ce temps la troisième armée pénétrera sur notre territoire et foncera vers l'ouest en ravageant tout sur son passage. C'est la plus petite des armées de Malronce, sa mission est simple : faire un maximum de dégâts chez nous, parmi nos clans isolés et nos champs, pour que nous décidions de l'affronter à l'ouest. Pendant ce temps, la deuxième armée surgira par la Passe des Loups pour fondre sur notre ville dégarnie. La première armée au nord nous tombera dessus au même moment, pendant que nos troupes seront occupées à l'ouest contre leur troisième armée.

– Et la quatrième et la cinquième armées ? demanda Maylis.

– Elles arriveront en dernier pour prêter main-forte aux deux autres pour le siège d'Eden.

– Nous n'avons aucune chance, soupira un garçon. Même si nous parvenons à fédérer tous les clans, nous ne serons pas plus de sept, au mieux huit mille ! Contre des armées adultes aussi bien préparées, nous ne tiendrons pas Eden plus de quelques jours.

– Sauf si nous les prenons de vitesse ! fit remarquer Zélie.

– Et comment comptes-tu t'y prendre ?

– Si la première armée doit entrer par petits groupes, nous pourrions les intercepter les uns après les autres, puis nous engouffrer dans la Passe des Loups pour pénétrer leur forte-

resse ! Avec un peu de ruse, je suis certaine que c'est faisable !
Si nous parvenons à contrôler la forteresse, nous les empêche-
rons de passer au nord.

– Tu veux aller provoquer la bataille ? C'est culotté !

Maylis déclara avec assurance :

– Puisque l'ennemi est si gros, profitons de notre petite
taille pour nous faufiler là où il ne pourra nous voir !

– Ah ! pouffa le garçon. Je reconnais bien là la malice des
sœurs Dorlando !

– C'est un bon plan, approuva une autre fille, aussitôt suivie
par la majorité du Conseil. Et puis nous avons Matt et Ambre
qui en savent beaucoup sur les Cyniks, et sur la Passe des
Loups, vous pourrez nous guider !

Matt secoua la tête.

– Nous ne sommes pas passés par là, j'en connais sûrement
moins que les Longs Marcheurs sur cette région.

Ben prit la parole en regardant Matt :

– Je connais ce garçon, et je peux vous dire que c'est un
combattant exceptionnel. Nous avons affronté des Cyniks
ensemble, sur l'île des Manoirs, et il saura nous montrer
l'exemple d'un guerrier.

– Je crois que tu viens d'être nommé général, lança Zélie à
Matt.

– Moi ? Mais je… non, j'ignore tout de la stratégie et…

– Nous manquons de candidat crédible et compétent, le
coupa-t-elle. Eden compte sur toi.

Alors que les membres du Conseil se félicitaient d'avoir un
général pour manœuvrer leurs troupes, Ambre se pencha vers
Matt :

– Ne fais pas cette tête-là, je suis certaine que tu es fait pour
ça.

– Je crois que tout va un peu vite, répondit-il.

– Nous n'avons plus le choix, bientôt la guerre fera trembler ces murs.

Matt considéra Ambre en silence, une dizaine de secondes, les idées se bousculaient sous son crâne. Au fond de lui, il savait qu'il ne pouvait s'engager ici, avec les gens d'Eden, ils ne devaient pas compter sur lui.

Car à mesure que les jours passaient, depuis la disparition de Tobias, Matt sentait qu'il ne pourrait rester parmi eux très longtemps.

Une intuition.

3.
Décision sous les étoiles

Sous le bleu du ciel, caressé par la douceur du soleil qui rendait cet après-midi si agréable, Eden semblait imperturbable. Un havre protecteur.

Il était difficile de croire à l'imminence de la guerre.

Matt et Ambre prirent des nouvelles de Mia à l'infirmerie de la ville. La jeune fille était en proie à de fortes fièvres et les Pans chargés de sa santé n'étaient pas très optimistes. Ambre assista à une démonstration de l'altération qui la sidéra.

Une fillette appliqua ses mains sur la plaie boursouflée de la cuisse, et se concentra. Un pus jaune ne tarda pas à s'écouler, en émettant une petite fumée. Le grand garçon qui supervisait l'infirmerie commenta le travail :

– Flora est capable d'améliorer les blessures ; depuis qu'elle est toute petite elle recueille les animaux blessés chez elle et s'occupe d'eux. Elle a développé une faculté de soin exceptionnelle, un pouvoir de guérison ou une altération médicale si vous préférez.

– Vous utilisez aussi le mot « altération » ? s'étonna Ambre.

– Oui, ça fait moins peur que « pouvoir » ou « capacité spéciale ». Je crois que le terme vient de l'est. Il existe une île où les Pans sont très en avance sur la maîtrise de leurs facultés.

Ambre était tout sourire. Matt comprit qu'elle était à l'origine de tout cela. C'était elle qui avait su organiser l'apprentissage de l'altération sur l'île Carmichael, l'île des Manoirs, elle qui avait trouvé le mot « altération ». Elle pouvait être fière.

– Le corps de Mia lutte contre l'infection, poursuivit le grand garçon. Si elle est forte, elle s'en sortira. Sinon…

Ambre caressa le front de la malade. Il n'y avait rien à faire de plus pour l'aider.

Plus tard, en fin d'après-midi, Ambre et Matt remontaient la rue principale en direction du pommier, contemplant avec admiration le défilé organisé des Pans d'Eden. Le transfert de vivres, la distribution d'eau par porteurs de seaux ou à dos d'âne, la distribution des petits pains chauds, la milice chargée de surveiller les rues, ceux qui revenaient des champs ou de la chasse, les blanchisseries en bord de rivière, le couple d'adolescents entra même dans un bâtiment étroit et long où étaient confectionnés des rouleaux de tissu à l'aide de fibres végétales.

Les Pans avaient reconstruit un modèle de société, sans argent, rien qu'avec le partage des tâches, et nul n'y trouvait à redire car la survie de tous en dépendait. Ici et là, ils entendirent des Pans se plaindre ou maugréer contre leur affectation, mais la plupart étaient provisoires, et il suffisait de prendre son mal en patience quelques semaines avant de tourner vers un poste plus agréable.

Ambre et Matt s'engagèrent sous un réseau de tentes dressées entre les maisons, une partie des rues était ainsi protégée des intempéries, il y faisait chaud. À la chaleur s'ajoutait l'odeur des nombreux braseros servant pour éclairer et pour faire griller du maïs ou des lamelles de viandes que les deux adolescents savourèrent en discutant. À un moment, Matt posa le bout de son doigt sur la gorge d'Ambre, sous la croûte de sang séché que lui avait laissée le couteau du conseiller spirituel de Malronce lorsqu'il l'avait prise en otage.

– Tu t'en es remise ?

Ambre haussa les épaules et jeta l'épi de maïs qu'elle venait de terminer.

– Je fais encore des cauchemars parfois.

– Ce sale type l'a payé. Jamais plus il ne pourra te faire du mal.

– Il y en a d'autres. Il y en aura toujours d'autres avec les Cyniks. C'est le problème du fanatisme, il nourrit des armées entières. Il surgit là où est l'ignorance. Et tant que nous ne pourrons pas la remplacer, ils seront ce qu'ils sont.

– Nous les éduquerons. S'il faut le faire, nous apprendrons à chaque Cynik à ne plus nous détester.

– En leur faisant la guerre ?

Matt secoua la tête, embarrassé.

– Ce sont eux qui nous attaquent.

– Et nous allons riposter pour nous défendre, conclut Ambre avec amertume.

Matt voulut répondre quelque chose d'optimiste mais il ne trouva rien à dire qui lui parut sensé et sincère, alors ils se turent et continuèrent leur promenade en silence.

Matt retrouva Plume près des écuries, elle était toute brossée, le poil brillant et gonflé. La chienne l'accueillit avec des coups de langue et ne le lâcha plus du reste de la soirée.

Ils dînèrent dans le grand Hall des Colporteurs en compagnie des Longs Marcheurs Floyd et Ben, et avec Jon et Nournia, les derniers rescapés de Hénok, la ville cynik. Ces deux derniers avaient peu à peu repris goût à la vie après avoir subi le sévice de l'anneau ombilical, mais il leur arrivait encore de rester le regard dans le vague, pendant de longues minutes, comme si une réminiscence les ramenait à leur condition d'esclaves.

Personne n'aborda le sujet de la guerre, c'était encore un secret tenu par le Conseil, aucune décision n'était prise, et une nouvelle réunion était programmée pour le lendemain. Ils mangèrent et Matt sortit prendre l'air avec Plume.

Ambre les rejoignit et vint s'asseoir sur le trottoir en planches à côté de Matt.

– Il y a beaucoup d'étoiles, dit-elle doucement.

– J'étais en train de me dire que ça plairait à Tobias.

Ambre posa la tête sur l'épaule de son ami.

– On ne pouvait rien faire, tu sais, tout est allé très vite. Il ne faut pas s'en vouloir.

Matt hocha lentement la tête.

– Il n'est pas mort, dit-il du bout des lèvres, comme s'il craignait de formuler cette pensée.

Ambre se redressa.

– Matt, tu te fais du mal. Toby est parti, c'est cruel, c'est intolérable, mais c'est la vérité.

Plume soupira, la tête posée entre ses pattes, comme si elle partageait la peine de ses maîtres.

– Je sais qu'il n'est pas mort, insista Matt. J'ai bien réfléchi à ce qu'il s'est passé. Le Raupéroden l'a englouti, il l'a… absorbé.

– Il l'a dévoré.

– Pas exactement. Rappelle-toi ce que je vous expliquais à propos de mes rêves, quand le Raupéroden parvient à sonder mon inconscient, je ressens sa présence et il y a eu cette fois où il n'a pas fermé la porte de son être, où je suis entré en lui également. J'ai vu de quoi il est fait, et son esprit est une prison dans laquelle il enferme des êtres vivants. Il les torture et il s'en nourrit lentement, mais ils ne sont pas morts.

– C'est impossible, tu l'as vu comme moi, ce monstre est à peine plus consistant qu'un nuage !

– Son corps n'est qu'une porte ! Un passage vers un territoire lointain, un ailleurs, et sur ses terres, il enferme ses proies pour les manger petit à petit. J'ai bien songé à tout cela et je suis convaincu que Tobias est là-bas. Il est encore possible de le sauver. J'ignore comment, mais rien n'est encore perdu pour lui.

Ambre fixait Matt avec inquiétude.

– Nous l'avons déjà affronté, il est invincible, tu le sais, rien que son armée de Guetteurs le rend inaccessible.

– Pas si je me rends à lui.

– Matt ! C'est du suicide !

Le jeune homme fit une grimace résignée.

– Je sais…

Ambre l'enveloppa de ses bras.

– Crois-moi, je suis aussi triste que toi, mais te jeter dans la gueule du loup ne ramènera pas Toby.

Une silhouette se profila dans leur dos :

– C'est calme la nuit, pas vrai ? fit Ben en se mettant à leur niveau.

– Eden est une vraie réussite, admit Ambre. Ce serait une belle leçon pour les Cyniks.

– Et que diraient nos parents ! lâcha Ben, avant de se reprendre : Oh, je suis désolé, c'est idiot ce que je raconte…

Une musique joyeuse se fit entendre, venue d'un bâtiment éloigné, un mélange d'instruments à cordes et de percussions.

L'ensemble ne jouait pas très juste, mais avait le mérite de scander un rythme très dynamique.

– C'est l'orchestre d'Eden, expliqua Ben, tous les soirs ils mettent l'ambiance dans le Salon des souvenirs.

– C'est quoi cet endroit ? fit Ambre.

– Un lieu où l'on joue aux cartes, où l'on se raconte des histoires tout en buvant une boisson à base de miel. C'est un endroit agréable.

– Ça s'entend.

Des rires se mêlaient à la mélodie et envahissaient les rues.

– Que crois-tu que va décider le Conseil ? poursuivit Ambre.

– Je pense que tout est déjà dit. Nous n'avons pas le choix. Si nous voulons survivre, il faut devancer la guerre. Rassembler un maximum de troupes et affronter les armées de Malronce là où elles ne nous attendent pas : sur leurs propres terres. Nous pouvons facilement neutraliser la première armée si nous interceptons chaque petit groupe de soldats à leur sortie de la Passe des Loups. Pour le reste…

– Tu vas partir sonner la mobilisation auprès des autres clans ?

– Je suppose… Et vous ?

– Je ne sais comment me rendre utile, j'ai toujours rêvé d'être un Long Marcheur moi aussi, mais je n'ai pas encore tout à fait seize ans. Je me disais que, compte tenu des circonstances, vous pourriez faire une exception, me prendre pour vous aider.

– Le Conseil ne devrait pas refuser.

Matt se mêla à la conversation :

– Ambre sera encore plus utile ici pour aider à exploiter au mieux l'altération de chacun.

– Non, pas encore ! J'en ai marre de…

– Mais tu es douée ! C'est toi qui as su nous guider pour en tirer le meilleur, l'altération c'est ton truc !

– J'en ai assez. Je veux être sur le terrain, explorer, partager, faire partie d'un groupe.

– Tu fais déjà partie d'un groupe, l'Alliance des Trois c'est…

Matt se tut, conscient soudain que l'Alliance des Trois n'existait plus. Sans Tobias, leur équipe n'avait plus de raison d'être.

Il se leva brusquement.

– Où vas-tu ? demanda Ambre.

– Me reposer, j'ai besoin de reprendre des forces. Je viens de prendre ma décision. Je n'abandonnerai pas Toby. Dès que je serai remis, je partirai pour le sud. Je veux affronter le Raupéroden.

4.

Dilemme

Toute la matinée, Matt chercha Ambre dans la ville sans parvenir à la trouver. Personne ne l'avait vue et, à midi, la curiosité avait cédé sa place à l'inquiétude.

Matt avait à peine touché à son assiette lorsqu'elle entra enfin dans le Hall des Colporteurs.

– Où étais-tu ? gronda-t-il. Je t'ai cherchée partout !

Ambre marqua un temps d'arrêt, surprise par l'attitude presque agressive de son compagnon.

– Dans les champs autour d'Eden. J'avais besoin de réfléchir. Je commence ma formation aujourd'hui.

– Quelle formation ?

– Celle des Longs Marcheurs. Toutes les connaissances ont été rassemblées à Eden et des cours sont dispensés aux Longs Marcheurs, en botanique, zoologie, des cours de survie aussi ainsi qu'une formation au combat.

– Alors ta décision est prise ?

– Oui. De toute façon tu vas partir, n'est-ce pas ?

Matt baissa les yeux vers son assiette et n'ouvrit plus la bouche durant tout le déjeuner.

L'après-midi, Ambre s'en alla suivre ses cours et Matt

monta s'allonger dans la chambre qu'il occupait au premier étage du bâtiment. Il était encore courbatu par le mois et demi qu'il venait de passer sur le terrain, à travers la Forêt Aveugle puis sur le territoire cynik. Mais il voulait faire le plein d'énergie. Repartir chargé à bloc, prêt à soulever le monde, pour débusquer son ennemi.

Pourtant son esprit n'était pas tout entier tourné vers le Raupéroden. L'idée de se séparer d'Ambre le dérangeait. Non seulement il se sentait plus fort avec elle à ses côtés, mais en plus quelque chose se creusait dans sa poitrine en songeant qu'il ne la reverrait peut-être plus ou pas avant longtemps.

Et puis il y avait Malronce.

Après tout ce qu'il avait enduré, il ignorait encore pourquoi elle le recherchait. Pourquoi avoir placardé dans toutes ses villes des avis de recherche avec son portrait ? Comment avait-elle connaissance de son visage ? Étaient-ce ses rêves étranges qui l'avaient rendu si célèbre parmi les Cyniks ? Y avait-il un lien entre lui et le Grand Plan ? Si tel était le cas, alors Ambre et lui ne devaient pas se séparer.

Je ne peux pas abandonner Toby ! Je suis certain qu'il n'est pas mort. Il est retenu par le… par lui *! Moi seul peux le sauver, je suis le seul qui peux approcher le… le Raupéroden sans être mis en pièces par les Guetteurs.*

Matt n'aimait pas prononcer ou même songer au nom de cette créature. C'était lui attribuer plus de consistance qu'en avait cette forme spectrale.

Matt se sentait déchiré entre deux possibilités. Tout tenter pour sauver son ami, si cela était encore envisageable ou partir éclaircir le mystère de Malronce.

Il croisa les mains sous son crâne, fixant le plafond en bois.

En fin de journée le Conseil se rassembla à nouveau. Ambre et Matt y furent conviés.

Maylis et Zélie prirent la parole en premier, sous le regard haineux de Neil :

– Hier, nous avons envisagé l'option militaire, commença la plus grande, je crois qu'il serait bien que nous fassions le tour de toutes les autres options dont nous disposons.

– La violence ne doit pas être notre premier réflexe, enchaîna Maylis.

– Il y a la fuite ! proposa un garçon répondant au nom de Melchiot. Prendre tout ce que nous avons de précieux et partir pour le nord !

– Au nord le climat est plus difficile, rappela Maylis, et les Longs Marcheurs ne s'y aventurent plus, de gros nuages noirs occupent le ciel en permanence, et plus aucun clan de Pans n'y est installé. Partir au nord c'est mourir à petit feu.

– Moi, il y a une question que je voudrais poser aux voyageurs, demanda une jeune fille à la peau noisette ; ont-ils vu des femmes enceintes ? Des enfants, parmi les Cyniks ?

– Non, rapporta Ambre. Aucune femme enceinte, et les seuls enfants sont les Pans capturés et réduits en esclavage.

– Pas d'espoir de ce côté-là, alors…

Neil se leva :

– Moi j'aimerais connaître un peu plus cette fille pour laquelle vous êtes tous prêts à vous sacrifier. Qui es-tu, Ambre ? Et pourquoi le Grand Plan est-il sur toi plutôt que sur une autre ?

Ambre bafouilla :

– Je… Je n'en sais rien. Je n'ai… pas choisi.

– Qu'est-ce que ça peut faire ? intervint Matt. Elle est le Grand Plan, peu importe la raison, peux-tu dire pourquoi tu as les yeux marron ?

– Parce que mon père et ma mère avaient les yeux marron. C'est justement ce que je voudrais savoir : d'où vient Ambre ?

– Elle est le Grand Plan parce que la nature a décidé de s'arrêter sur elle au moment de sa conception ou peut-être est-ce la combinaison de ses parents, et que la nature attendait depuis longtemps que deux êtres de ce type s'unissent, de toute façon on s'en fiche. Ambre est une carte vers quelque chose que nous devinons important, à elle de vivre avec cela maintenant, et à nous de l'y aider.

Neil allait insister mais Zélie ne lui en laissa pas le temps :

– Conseillers ! héla-t-elle pour imposer un silence total. Nous devons prendre une décision, nous ne pouvons annoncer aux habitants d'Eden l'imminence d'une invasion sans avoir un plan pour calmer tout début de panique ! Aussi nous faut-il voter pour sceller notre avenir.

Matt était admiratif de son aisance à s'exprimer en public. Depuis la Tempête, les Pans s'étaient adaptés à leur nouvelle vie, et il remarquait que tous les chefs de tribu soignaient leur élocution. Zélie ne dérogeait pas à la règle. Pour Matt, elle s'exprimait aussi bien qu'une adulte.

– Soyons réalistes, poursuivit Maylis avec autant d'éloquence que sa grande sœur, nous ne pourrons fuir les Cyniks très longtemps s'ils ont décidé de nous envahir.

– Alors à quoi bon voter ? fit une voix dans l'assemblée. Nous n'avons d'autre choix que d'attaquer les premiers !

– Ou de leur donner Ambre ! s'écria Neil.

Maylis secoua la tête :

– C'est hors de question ! Ce serait barbare !

– Depuis quand prends-tu les décisions à la place du Conseil ? se moqua Neil. Je propose un vote…

– Tu l'as déjà effectué hier, le coupa Zélie. À présent, que celles et ceux qui acceptent le recours à la force lèvent la main.

Une dizaine de bras jaillirent, suivis par une autre dizaine, plus mollement.

Maylis se tourna vers Neil :

– C'est une majorité.

– Il faut s'organiser, nous n'avons pas de temps à perdre, insista Zélie. Les Longs Marcheurs qui sont déjà rentrés vont se répartir différents secteurs pour battre la lande et faire passer le message qu'une guerre est imminente et que nous devons nous rassembler. Ils seront accompagnés par des volontaires. Pendant ce temps, Eden s'occupera de fabriquer des armes, et nous élaborerons notre stratégie d'attaque : la destruction progressive de la première armée et ensuite la prise de la forteresse de la Passe des Loups d'où nous pourrons affronter les armées de Malronce.

– Cela ne suffira pas, commenta Matt. Il faut davantage de surprise, si on prend les quatre armées de front elles finiront par nous balayer !

– Que proposes-tu ?

– Retournons le plan de Malronce contre elle ! Une fois la première armée détruite et la forteresse prise, laissons passer la troisième armée dans la Passe des Loups et refermons le piège sur elle pour la combattre des deux côtés, au nord et au sud.

– C'est une bonne idée. Tu dirigeras les opérations si le Conseil est d'accord pour te nommer général en chef.

La plupart des visages opinèrent pour approuver cette décision, mais Matt leva les paumes devant lui :

– Non, je ne peux pas accepter. Je ne vais pas rester ici.

– Nous avons besoin de toi ! Tu ne peux pas partir, pas maintenant !

– Je le savais, un poltron ! triompha Neil.

– Je dois repartir au sud très bientôt, j'ai une affaire… personnelle à régler. Je suis désolé.

La déception s'abattit sur les gradins où se mêlaient murmures, gestes d'agacement et regards furieux.

– Je vais passer par la Passe des Loups, ajouta Matt, et contourner la forteresse. C'est l'occasion de former un commando pour repérer les lieux, et dresser un plan pour prendre ce fameux poste stratégique. Il pourrait m'accompagner jusque là-bas, avant que nos chemins se séparent.

Zélie croisa les bras sur sa poitrine :

– Tu sembles apte à prendre le commandement, que dois-tu accomplir de plus important que nous aider à survivre ?

Matt baissa la tête, cherchant ses mots. Il ne se sentait pas capable d'expliquer la disparition de Tobias et l'existence du Raupéroden.

– Il vient avec moi, exposa Ambre. Nous partons pour le sud, pour le château de Malronce. Si je suis une carte, alors il serait bon de savoir quel secret j'abrite, c'est peut-être le seul moyen de combattre les Cyniks.

Matt la toisa, bouche bée.

– Ah ! fit Neil. De mieux en mieux ! Maintenant nous allons laisser notre unique monnaie d'échange se jeter dans les bras de l'ennemi ?

– Ce n'est pas une monnaie d'échange, c'est un être humain ! corrigea Melchiot.

– Naïf ! Idiot ! Cette fille va tous nous faire périr !

– Et que proposes-tu ? Qu'on l'enferme peut-être ?

– Pourquoi pas ? Au moins si les choses tournent mal, il sera toujours temps de l'échanger !

Zélie grimpa les marches en direction de Neil et pointa vers lui un doigt accusateur :

– Maintenant ça suffit ! Il y en a assez de tes méthodes agressives et de ton pessimisme permanent ! Si Malronce souhaite tant que cela mettre la main sur Ambre, c'est qu'il y a une bonne raison ; je suis assez pour l'idée de devancer la Reine. Si Ambre est prête à descendre vers Wyrd'Lon-Deis, elle a ma bénédiction.

– Nous allons former un commando pour vous accompagner, ajouta Maylis. Dont une partie rentrera à Eden après avoir effectué les repérages de la Passe des Loups et de la forteresse.

Neil se rassit, dans l'ombre du mur, l'air mauvais.

Matt profita des échanges qui suivirent pour s'adresser à Ambre, plus discrètement :

– Je croyais que tu voulais partir comme Long Marcheur ?

– J'ai dit que je commençais la formation. Pour nous aider à survivre dehors, pour connaître les plantes comestibles, les champignons toxiques, toutes ces choses ! Tu dois venir avec moi, Matt, sans toi ce n'est pas pareil.

– Et Tobias ?

Ambre avala péniblement sa salive et secoua la tête, résignée.

– Je ne sais pas quoi te dire, Matt…

– Tu ne crois pas qu'il soit encore vivant, pas vrai ?

Ambre se mordit les lèvres, gênée.

Matt prit une profonde inspiration et contempla l'assemblée qui procédait aux votes pour confirmer les propositions qui venaient d'être lancées.

– J'ai besoin d'y réfléchir, avoua-t-il. Laisse-moi un peu de temps.

Matt avait erré sans but pendant plus d'une heure jusqu'à tomber sur deux garçons qui tentaient de fendre des bûches à l'aide d'une hache. Ils transpiraient et haletaient et semblaient désespérés en contemplant le monticule de bois qu'il leur restait à couper.

Matt s'approcha et proposa son aide.

Il avait besoin de se défouler.

Il positionna la bûche verticalement sur la grosse souche et leva la hache. Tous les muscles de son corps se contractèrent tandis qu'il abattait la lame en la faisant siffler.

Le rondin de bois s'envola, tranché net en deux parties, et la hache se planta jusqu'au manche dans la souche.

Les deux garçons, abasourdis, le dévisagèrent.

– Ouah ! fit le premier. J'ai jamais vu un truc aussi cool de ma vie !

Matt tira sur la hache pour la dégager et plaça un autre morceau de bois.

Il dosa un peu mieux sa force pour ne pas transpercer la souche cette fois. En peu de temps, Matt abattit l'essentiel du travail.

Lorsqu'il rendit la hache aux deux observateurs admiratifs, la lame vibrait, toute chaude.

Matt était épuisé mais sa pensée pas plus claire pour autant. Il avait besoin d'un bain.

J'ai surtout besoin de me décider. Choisir entre Ambre et Tobias.

L'idée même lui donnait la nausée. Il voulait que tout cela s'arrête. Être de retour dans sa chambre, à New York, devant son ordinateur, sur MSN, à discuter avec ses copains, avec pour seul souci les devoirs à rendre pour le lendemain.

Ce n'est pas vrai, il n'y avait pas que ça… Papa et maman aussi…

Il repensa à leur séparation. L'affrontement pour savoir lequel des deux aurait la garde, comment l'autre disposerait des week-ends, les regards incendiaires que Matt surprenait et qui faisaient plus de dégâts que tous les mots du monde. Ses parents s'étaient aimés, l'avaient conçu, pour ensuite se détester.

Quels que soient la vie, le contexte, Matt se demanda s'il ne pouvait en être autrement : vivre c'était affronter des problèmes, résoudre des dilemmes ; vivre était une forme de combat.

Alors il songea aux réunions dans la vieille bibliothèque du manoir du Kraken, deux mois plus tôt, ces moments de confidences entre Ambre, Tobias et lui-même. Il repensa à leur baignade dans un lac, sous une cascade, en compagnie de la Féroce Team, avant de pénétrer dans la Forêt Aveugle, les rires, l'insouciance. Il y avait plein de bons côtés aussi, il ne devait pas les oublier.

— Ça va ? demanda Ben en approchant. Tu as l'air contrarié.

Matt fit un signe qui se voulait rassurant :

— Oui, je suis un peu fatigué.

— Je voulais te dire que j'ai reçu l'accord du Conseil pour vous accompagner, Ambre et toi. Nous ne serons pas trop de trois pour pénétrer à Wyrd'Lon-Deis.

Étrangement, cela ne rassura pas Matt. Il aurait dû se sentir réconforté qu'un garçon aussi fort accompagne Ambre, il aurait même pu s'en satisfaire au point de les laisser y aller seuls pour se consacrer à Tobias, et voilà qu'au contraire la gêne l'habitait.

— C'est une bonne nouvelle, parvint-il néanmoins à répondre.

— Floyd sera en charge du commando qui viendra avec nous jusqu'à la forteresse de la Passe des Loups. Il devra repérer les lieux pour élaborer la stratégie d'attaque de notre armée et rentrer à Eden pendant que nous contournerons la fortification pour passer au sud.

– C'est très bien. Quand est prévu le départ ?

– Bien qu'il y ait urgence, nous ne devons pas nous précipiter dans la gueule du loup sans y être préparés. Nous attendrons le retour des Longs Marcheurs du Sud, pour qu'ils nous fassent un exposé le plus complet possible de la situation et de la géographie. Pendant ce temps nous rassemblerons des vivres, préparerons le voyage et d'ici une bonne semaine nous serons sur la route. Tes amis, Nournia et Jon, se sont proposés pour venir, tu les connais bien ?

– Pas plus que cela. Ils ont supporté l'anneau ombilical, et depuis, leur vie n'est plus tout à fait la même, comme s'ils avaient perdu une part de leur être. Je suppose que ce périple représente pour eux un moyen de se venger ou de se sentir vivre à nouveau. En tout cas j'ai affronté des Cyniks à leurs côtés et ils ne se sont jamais défilés.

– Bien. Ta chienne va venir avec nous ?

– Plume ne me quitte jamais.

– J'ai l'impression qu'elle est encore plus grande que sur l'île des Manoirs.

– Elle n'a pas cessé de grandir depuis la Tempête. C'est mon ange gardien.

Lorsque Ben le salua pour repartir vers le Hall des Colporteurs, il en éprouva un certain soulagement. Ben était costaud, il dégageait beaucoup d'assurance et faisait partie des Longs Marcheurs les plus doués. Pourtant Matt ne se sentait pas tout à fait à l'aise en sa compagnie.

Les traits doux d'Ambre apparurent dans son esprit. Ses taches de rousseur, ses yeux étincelants, sa chevelure blond roux. Il adorait la façon qu'elle avait de sourire, le coin gauche de sa bouche relevé, sa tête légèrement inclinée sur le côté.

Il eut soudain très envie de la sentir contre lui.

Ce qui le dérangeait chez Ben concernait Ambre.

Il ne pouvait les laisser ensemble.

Non par jalousie, mais bien parce qu'il éprouvait plus qu'une attirance pour la jeune fille.

Elle lui manquait. Avec elle à ses côtés, il se sentait fort.

Ambre avait raison, ensemble tout semblait plus facile.

Il devait l'accompagner chez Malronce.

Matt contempla le ciel qui s'assombrissait peu à peu. Les étoiles se mettaient à briller, et la lune était déjà bien haute sur les cheminées de la ville.

– Pardonne-moi, Toby, murmura-t-il les larmes aux yeux.

5.

Les ténèbres affamées

Le vent s'engouffrait dans la grotte en émettant un cri lugubre.

L'obscurité était à peine repoussée par les petits éclats de gypse phosphorescent qui constellaient les parois noires.

Tobias était en retrait, le dos enfoncé dans une anfractuosité. Il tremblait de tous ses membres.

Non de froid, bien qu'il soit gelé jusqu'aux os, mais de peur.

Il craignait le retour du Dévoreur.

· Comme tout le monde ici. Une dizaine de silhouettes recroquevillées qui occupaient le fond de la grotte avec lui.

Incapables de fuir. Prisonnières de leur manque de forces.

Depuis qu'ils avaient été absorbés par le Raupéroden, l'énergie vitale leur manquait. Tobias ne se sentait plus capable de tenir sur ses jambes. La force avait déserté ses bras, et même sa pensée ne parvenait plus à s'organiser correctement.

Tout avait été instantané.

Il s'était fait engloutir par le voile noir du Raupéroden, il avait glissé dans son corps moite et froid, vers un boyau sans fin de tissu humide, jusqu'à rouler sur la pierre d'une caverne obscure. Là, une chose abominable l'avait palpé. Il ne l'avait pas vue, seulement perçu les cliquetis de ses membres sur le sol, et les déglutitions au-dessus de lui, comme une énorme langue claquant contre un palais plein de bave. La chose l'avait ensuite fait rouler jusqu'ici, avant de disparaître.

Elle était revenue à deux reprises depuis.

Chaque fois, le gypse lumineux s'éteignait, comme si les parois même de la grotte craignaient la chose. La porte s'ouvrait et elle entrait en cliquetant, ses nombreux membres écrasant les os qui recouvraient le sol.

Elle promenait sa masse, que Tobias devinait imposante, pour palper les prisonniers qui s'étouffaient de sanglots tant elle les terrorisait. Et lorsqu'elle trouvait enfin celui qui lui plaisait, elle l'emportait au centre de la grotte pour en faire son festin. Durant plus d'une heure.

Cette chose, Tobias l'avait surnommée le Dévoreur.

Lorsque le Dévoreur repartait, il ne restait qu'un squelette tiède qui venait s'ajouter aux nombreux autres.

Tobias avait déjà tenté de s'enfuir, la première fois qu'il avait assisté à ce spectacle abominable. Mais une porte gluante leur barrait l'accès. Une grille dont les barreaux étaient recouverts d'une substance poisseuse et collante dont Tobias avait eu toutes les peines du monde à débarrasser ses mains.

Depuis, il se tenait plaqué dans le renfoncement qu'il s'était choisi, sursautant à chaque bruit, craignant le retour du Dévoreur.

Il ignorait tout de cet endroit. Était-ce le monde d'où venait le Raupéroden ? Était-ce loin de la Terre ?

Tobias savait qu'il n'était pas mort, pas encore, car il respirait, il éprouvait le froid et la terreur, cependant il ne parvenait pas à comprendre ce qui lui était arrivé.

Peut-être ses compagnons de captivité en savaient-ils plus que lui ?

Pour l'heure il n'avait qu'une certitude : le temps jouait contre lui.

Tôt ou tard, le Dévoreur entrerait et finirait par le choisir.

Tobias se mit à espérer en ses amis.

Ambre et Matt.

Du fond de son silence, dans cette grotte glaciale et sombre, il les appela de toutes ses forces.

Ils étaient son seul espoir.

6.

Peine, espoir et haine

Matt trouva Ambre en train de manger un petit pain chaud sur lequel elle étalait de la confiture de limaces. Elle était seule au milieu des tables et des bancs du hall.

Le soleil venait de se lever et de longs rayons dorés entraient par les fenêtres.

– J'ai pris ma décision, je t'accompagne jusqu'au Testament de roche, dit-il.

Ambre reposa sa tartine et hocha la tête doucement.

– Merci, répondit-elle tout bas. Je sais combien c'est dur pour toi d'avoir à faire un choix.

– Je viens avec toi parce que ensemble nous sommes plus forts, et que si nous nous séparons j'ai la conviction que nous échouerons tous les deux. Mais je ne renonce pas pour autant à sauver Tobias. Dès que nous aurons quitté Wyrd'Lon-Deis, je pars à sa recherche.

Ambre acquiesça, sans un mot. Elle respectait l'espoir qu'il entretenait même si elle ne le partageait pas, il était déjà assez difficile pour Matt d'encaisser la disparition de Tobias. Pour sa part, elle ne voulait pas d'un espoir artificiel, qui rendrait le deuil impossible et qui laisserait la blessure ouverte.

Matt s'assit près d'elle pour partager le petit déjeuner.

– Comment peux-tu manger ça ? dit-il en grimaçant tandis qu'elle étalait à nouveau de la confiture de limaces sur son pain.

– C'est très bon, ça me rappelle la marmelade d'oranges amères que ma grand-mère me servait. Plume n'est pas avec toi ?

– Non, fit Matt d'un air contrarié. Elle a passé la nuit dehors. Depuis hier soir elle regarde vers la forêt au sud-ouest d'Eden. Elle refuse de bouger.

– Tu crois qu'elle sent une menace ?

– Je l'ignore, elle ne grogne pas, mais elle reste assise, à fixer l'horizon.

Ben entra à son tour pour se servir du jus d'orange que Ambre venait de presser et vint s'asseoir à la même table.

– Sais-tu quelle forêt se trouve au sud-ouest de la ville ? lui demanda-t-elle.

– C'est la Forêt Abondante. Elle est pleine de vergers, de baies comestibles et de gibier. La plupart de nos ressources proviennent de là. C'est pour ça qu'Eden a été bâti ici, tout près des plaines pour nos champs, des fruits et de la viande à profusion et un fleuve pour le poisson.

– Pas de dangers dans cette forêt ? s'enquit Matt.

– Pas plus qu'ailleurs. Pas de Gloutons en tout cas, c'est déjà ça ! Mais c'est une très, très grande forêt.

Ambre et Matt s'observèrent. Qu'est-ce que Plume pouvait bien guetter ainsi ?

– Et... les Gloutons sont nombreux dans la région ? demanda Ambre.

– De moins en moins. Il y a quelque temps, les Longs Marcheurs en croisaient souvent, c'était notre principal péril, puis ils se sont faits plus rares. Surtout depuis un ou deux mois, en fait.

– Ils n'ont pas survécu au nouveau monde, supposa Matt. Pas assez organisés, pas assez intelligents. Ils ne pouvaient s'adapter. Je suppose que c'est une question de temps avant qu'ils ne disparaissent.

Ambre baissa la tête. Ils savaient que la perte des Gloutons signifiait la mort de parents. Tous les Gloutons avaient été des hommes et des femmes autrefois.

– Je me demande ce qui a fait que certains adultes sont devenus des Cyniks et d'autres des Gloutons, songea Ambre à voix haute.

– Et pourquoi d'autres ont été vaporisés ! ajouta Matt.

– J'ai entendu dire que les Cyniks ont une croyance concernant les Gloutons : ils seraient les descendants des humains les plus prompts à pécher, les plus avares, les plus gourmands, les plus paresseux…

– Et ceux qui ont été vaporisés seraient ceux qui ne croyaient pas en Dieu, c'est ça ? s'emporta Ambre, outrée par ce fanatisme inquiétant.

– Exactement !

– N'importe quoi ! fit Matt. Toi qui as toujours une explication, tu as bien ton idée, Ambre ?

La jeune fille parut embarrassée.

– Non, je me demande si ce n'est pas tout simplement le hasard…

– Je n'aime pas le hasard !

– Pourquoi ? Parce qu'il ne laisse aucune chance ?

Matt haussa les épaules.

– Je ne sais pas. Je ne l'aime pas, c'est tout.

Il avala son dernier morceau de pain et sortit en prétextant qu'il allait voir où en était Plume.

– Il va bien ? questionna Ben.

– Nous avons perdu Tobias, c'est difficile à accepter. Et puis… je suppose qu'il s'interroge sur ce que sont devenus ses parents.

– Comme nous tous.

– Non. Moi, ça me va très bien comme ça.

Ambre, à mesure que le temps passait depuis la Tempête, réalisait qu'elle avait nourri beaucoup plus de rancœur à l'égard de sa mère qu'elle ne l'avait imaginé. Pour n'avoir pas été capable d'assumer une meilleure vie, pour n'avoir pas été capable de quitter son crétin de petit ami alcoolique et violent. Pour n'avoir pas été capable de lui parler de son vrai père…

Floyd la rejoignit à son tour et s'installa en face d'elle. Sa présence sortit Ambre de ses pensées.

– C'est le grand jour, dit-il avec une pointe d'excitation.

– Aujourd'hui le Conseil annonce à la ville tout ce que nous savons, expliqua Ben. Les sourires vont tomber et la peur va remplacer l'espoir que cette ville avait fait naître au fil des mois.

– Ça va être une longue journée, confirma Ambre.

– Au moins nous allons pouvoir nous préparer, dit Floyd. Je n'en peux plus d'attendre. Et fuir ces Cyniks commençait à me peser ! Il est temps d'en découdre !

Ambre se tourna brusquement face au Long Marcheur :

– Nous parlons d'envoyer des enfants à la guerre ! Contre des adultes entraînés depuis des mois, lourdement armés et bien plus forts !

– Nous avons sorti Eden de la terre, personne ne pourra nous le prendre !

– Ce n'est pas une bataille pour défendre un territoire, mais pour préserver notre liberté !

— Et elle commence ici, entre les murs de ce Paradis perdu.

Ambre se demanda alors si les Pans d'Eden réalisaient vraiment ce qui les attendait.

Une guerre sanglante qui laisserait peu d'entre eux debout.

Un affrontement barbare.

Ce qu'il y avait de plus primaire chez l'homme.

Matt scrutait le damier des champs qui composaient la plaine, près de l'entrée sud de la ville.

Plume n'était nulle part. Peut-être était-elle rentrée pendant la nuit.

Non, je l'aurais vue dans le Hall des Colporteurs, elle connaît le chemin, elle se serait couchée dans le foin des écuries, ou elle aurait gratté à ma porte.

Son absence le troublait. Elle n'était pas du genre à fuguer ainsi sans raison. Et s'il lui était arrivé malheur ?

Matt interpella l'un des deux garçons qui montaient la garde :

— Tu as veillé ici toute la nuit ?

— Non, j'ai pris la relève juste avant l'aurore.

— Aurais-tu aperçu un très grand chien ? Vraiment très grand. Presque comme un cheval.

— Ta chienne ? Oui, elle était là ce matin quand je suis arrivé. Le soleil s'est réveillé et peu après elle s'est mise à tourner sur elle-même et ses oreilles se sont dressées avant qu'elle parte en courant vers la Forêt Abondante.

Ce n'était pas bon signe. Jamais elle n'avait fait cela. Et si sa nature exceptionnelle était en train de lui jouer des tours ? Une sorte de contrecoup génétique de la Tempête ?

— Si jamais tu la revois, merci de me faire prévenir.

Pendant que Ambre suivait sa formation de Long Marcheur, Matt s'équipa avec son sac à dos, son épée, et partit avec la ferme intention d'explorer cette forêt à la recherche de sa chienne. Il rejoignit un groupe de cueilleurs qui prenait la même direction et ensemble ils traversèrent des champs moissonnés en direction de la masse verte des collines.

Plusieurs Pans lui parlaient, racontaient combien la première récolte de maïs et de blé avait été bonne, mais Matt n'écoutait pas vraiment.

Parvenu sous la fraîcheur des frondaisons, il se sépara du groupe pour zigzaguer entre les troncs à la recherche de traces ou de poils accrochés dans les branchages. Tout ce qu'il trouva ressemblait à des empreintes de sangliers.

Régulièrement il criait le nom de Plume, se moquant bien d'attirer du même coup un prédateur.

En milieu d'après-midi harassé, il constata qu'il avait à peine exploré quelques kilomètres carrés d'une forêt qui s'étendait à perte de vue.

La mort dans l'âme, il dut se résoudre à rentrer en ville, non sans jeter d'incessants coups d'œil derrière lui.

Lorsqu'il dépassa les remparts de bois, tous les habitants d'Eden convergeaient vers la grande place.

Le Conseil avait une annonce à faire.

Matt n'avait aucune envie d'assister à ce triste spectacle. Il déposa ses affaires dans sa chambre, au Hall des Colporteurs, et déambula dans les rues jusqu'à atteindre la berge du fleuve où il se désaltéra avant de rejoindre l'infirmerie.

Mia était toujours inconsciente et fiévreuse.

Il lui prit la main et resta ainsi à la veiller jusqu'au soir, pendant que le peuple Pan apprenait qu'il venait d'entrer en guerre.

Ce soir-là, il n'y eut plus de cris de joie dans les rues, plus de musique enjouée dans le Salon des souvenirs. Matt, en longeant les vitres, ne vit que des visages fantomatiques à l'intérieur, des êtres muets qui cherchaient des réponses au fond de leur verre.

Assis sur le perron, un adolescent d'une quinzaine d'années se roulait une cigarette de tabac noir. Matt s'approcha.

– Je t'en fais une ? demanda le garçon.

– Non, merci, ça me rappelle trop les adultes.

Le garçon haussa les épaules comme s'il s'en moquait.

– J'm'appelle Horace, dit-il en allumant sa cigarette et en crachant un nuage de fumée bleutée qui sentait mauvais.

– Matt.

– Je sais qui tu es. Déjà en arrivant avec ton chien géant t'étais pas passé inaperçu, mais maintenant…

– Maintenant quoi ?

– Bah, tu sais bien, la guerre.

– Et alors ? Je n'y suis pour rien, c'est pas moi qui l'ai déclarée !

– T'énerve pas, c'est pas ce que je disais. Mais c'est toi et tes amis qui revenez du pays des Cyniks, le Conseil nous a expliqué. Vous êtes un peu des héros et en même temps… vous apportez la mauvaise nouvelle.

– Grâce à nos informations nous allons peut-être nous en sortir !

Horace tira une autre bouffée et grimaça tandis que la fumée envahissait ses poumons.

– T'y crois vraiment, toi, qu'on va survivre ? dit-il en crachant des brins de tabac.

– Si nous n'y croyons pas, alors autant abandonner tout de suite.

Matt se mit à craindre que tous les Pans de la ville ne soient aussi pessimistes, aussi peu prêts à prendre les armes.

— C'est ma dernière, dit Horace en soulevant la cigarette devant ses yeux. Demain, je me consacre entièrement à l'entraînement au combat. Pour être paré lorsque viendra le moment.

— Alors tu as un peu d'espoir, se réjouit Matt.

— Pas vraiment, mais pour se battre, je n'en ai pas besoin, pas vrai ? Il suffit d'avoir de la colère.

— De la colère ? Tu veux parler des adultes ? Tu leur en veux ?

— J'ai vu des Gloutons fracasser le crâne d'un copain, puis toute une patrouille de Cyniks enlever des fillettes et des garçons devant mes yeux, ils n'hésitaient pas à les battre pour les forcer à monter dans d'immenses chariots, alors je vais te dire, j'ai pas besoin de croire qu'on va gagner cette guerre, pour y aller, même pas besoin d'espérer, il suffit que je pense à certaines images et je suis prêt.

Matt lut alors dans ses yeux une telle détermination qu'il sut qu'Horace serait un combattant redoutable. Il n'aurait pas peur. Au contraire, il était de ces rares enfants capables d'inspirer la peur aux adultes.

— On va avoir besoin de gars dans ton genre, confia Matt. C'est bien que tu te consacres à l'entraînement. Content d'avoir fait ta connaissance en tout cas.

— C'est vrai ce qu'on dit à propos de toi et de ta copine ? Que vous allez descendre sur les terres de la reine Malronce pour lui voler une arme secrète ?

Horace avait dit cela d'une voix contenue, pour ne pas s'emporter, toutefois Matt percevait la tension derrière chaque mot. C'était plus qu'une question. Le besoin d'être rassuré.

Matt fronça les sourcils. Il ne pouvait laisser dire ça, car en réalité il n'avait aucune idée de ce qu'ils allaient faire à Wyrd'Lon-Deis.

Pourtant, il ne trouva pas le courage de dire la vérité. Horace semblait accroché à ses lèvres.

– C'est à peu près ça, en effet.

Horace souffla un épais nuage de fumée enveloppante comme s'il avait longuement retenu sa respiration.

– Alors peut-être qu'il y a un petit espoir, dit-il en écrasant sa cigarette à moitié fumée.

Les braseros sous les toiles tendues entre les maisons irradiaient une lueur rouge. Des groupes de Pans s'agglutinaient autour pour parler à voix basse. Partout où Matt passait, il entendait rebondir le mot « guerre ».

Les étoiles dominaient la cité d'Eden et, en les regardant, Matt songea à ce qu'aurait pu en dire Tobias : « Elles sont si loin que leur lumière nous parvient avec des années de retard ! »

Peut-être qu'elles étaient déjà toutes éteintes en réalité, que le cosmos n'était plus que ténèbres depuis la Tempête.

Elles sont là, au-dessus de nos têtes, vivantes seulement en apparence. Et s'il en était de même pour nous ? Si les Cyniks s'apprêtaient à nous balayer ?

– Matt ? appela un garçon. Je t'ai cherché partout. Viens, je crois que quelque chose va t'intéresser.

Matt mit plusieurs secondes avant de le reconnaître à cause de l'obscurité : c'était le garde qu'il avait vu le matin même près de l'entrée sud.

– Tu as retrouvé ma chienne ?

– Non, pas exactement, mais ça la concerne. Viens, dépê-chons-nous.

Et le garde se mit à courir vers les portes sud de la ville.

7.

Cris et lumières

Matt scrutait l'horizon noir dans l'espoir d'y discerner un mouvement mais la nuit était trop profonde sur la plaine. À peine distinguait-il les pentes des collines.

– Écoute ! lui commanda le jeune garde.

Au loin, un hurlement plaintif grimpa de la forêt. Le hurlement se répéta avant de se muer en jappements saccadés.

– C'est un chien, n'est-ce pas ?

Matt acquiesça.

– Je crois que c'est elle, c'est Plume.

– On dirait qu'elle appelle.

Matt serra les poings.

– Comme si elle était prise dans un piège ! J'y vais !

Le garde le retint aussitôt par le bras :

– La Forêt Abondante de jour, ça va, mais la nuit… Tu ne devrais pas t'y aventurer ! Tous les prédateurs sortent chasser !

– Je ne vais pas abandonner Plume alors qu'elle appelle au secours.

L'autre garde, plus petit en taille mais plus musclé, cheveux noirs et peau foncée, intervint :

– Je viens avec toi, je m'appelle Juan. Va chercher tes affaires, je vais prévenir Gluant pour qu'il nous accompagne.

Matt fonça jusqu'à sa chambre où il s'équipa. Ambre le surprit dans le couloir :

– Tu en fais un boucan ! Où vas-tu comme ça ?

– Chercher Plume dans la forêt, elle hurle depuis un moment.

– J'arrive.

Juan les attendait en compagnie d'un adolescent de quatorze ans, maigre et élancé, manifestement d'origine asiatique :

– Je vous présente Gluant.

– Gluant ? C'est ton nom ? s'étonna Ambre.

– Non, mon prénom c'est Chen.

– On l'appelle Gluant à cause de ses mains quand il est un peu énervé ! expliqua Juan. Chen passe son temps à grimper aux arbres, il le fait depuis qu'il est tout petit, il escalade tout ce qu'il trouve !

– Du coup mon altération s'est développée en conséquence. Je sécrète une substance collante au niveau des mains et des pieds, surtout lorsque je me concentre pour grimper.

Ambre admira le garçon comme si c'était la première fois qu'elle entendait parler de l'altération.

– Tenez, prenez ces lanternes de pied, ordonna Juan en leur tendant des lampes tempête dont le verre était masqué par un cylindre. Avec ça nous ne serons pas visibles de loin, c'est mieux car la lumière attire pas mal de bêtes sauvages.

La lueur ambrée ne sortait que par le bas et éclairait le chemin et le bout des souliers de chacun. Matt, Ambre, Juan et Chen s'élancèrent, remontant la route qui serpentait à travers les champs en direction des collines du sud.

Ils parvinrent à l'orée de la Forêt Abondante en moins

d'une heure. De là ils se guidèrent aux hurlements qui ne cessaient pas, et s'enfoncèrent dans la végétation que la nuit rendait noire et menaçante.

Les yeux jaunes d'un hibou vinrent capturer le peu de lumière qui filtrait des lanternes, et le rapace les observa de sa branche, comme le gardien des lieux, ponctuant leur passage d'un ululement mystérieux.

– Quel genre de créatures peut-on rencontrer ici ? s'inquiéta Ambre.

– Des Mantes transparentes, répondit Juan. Ce sont des insectes fins, d'environ trois ou quatre mètres. Elles sont très agressives et se laissent tomber sur leur proie d'un coup. Et puis les ronces carnivores, de jour on les remarque facilement, il faut être vraiment distrait pour s'enfoncer dans un nid, mais la nuit, ça devient plus compliqué. Si leurs tiges pleines d'épines s'enroulent autour d'une cheville, alors il faut réagir rapidement.

– Il y a les hordes de Sang-Gliés, ajouta Chen, qui sont comme des cochons sauvages en plus gros. Avec eux on ne risque rien tant que nous n'avons pas de blessés, c'est l'odeur du sang qui les attire.

– Tout ça rien que dans cette forêt ? s'étonna Ambre.

– Et bien entendu, les pires ce sont les Rôdeurs Nocturnes.

Matt frissonna, il en avait déjà aperçu un, et sans l'intervention de Plume, Tobias et lui ne seraient probablement plus de ce monde.

– Ce sont les prédateurs les plus redoutables, n'est-ce pas ?

Juan approuva d'un large mouvement de la tête.

– Oh ça oui ! Les Longs Marcheurs qui les ont croisés et qui ont survécu sont rares ! Les Rôdeurs Nocturnes ont une forme humanoïde, du coup certains d'entre nous pensent que c'étaient des humains avant la Tempête.

– Impossible ! protesta Matt. J'en ai aperçu un, et il ressemblait à un monstre, certainement pas à un homme !

– Pourtant c'est ce qui se raconte à Eden. On dit que ce sont les pires criminels de l'ancienne vie, des tueurs en série, des types sans conscience, des machines à tuer, qui sont devenus ces choses effroyables.

– Et il y en a dans la région ? insista Ambre.

– Les Rôdeurs Nocturnes sont nomades, donc oui, il peut y en avoir. Comme ils ne chassent que la nuit et que nous, nous restons à l'abri d'Eden, il est difficile de vraiment savoir.

– Je saurais reconnaître leur cri, prévint Matt.

– Celui qu'ils poussent lorsqu'ils repèrent leur proie pour annoncer leur chasse ? À Eden, on dit que celui qui entend le cri du Rôdeur Nocturne est déjà mort.

– Charmant, commenta Ambre tout bas.

Le hurlement les fit tous sursauter.

– Tu crois vraiment que c'est Plume ? demanda Ambre.

– J'en suis certain.

– Je n'ai pas l'impression qu'elle souffre, on dirait plutôt qu'elle appelle.

– C'est vrai. J'espère qu'elle n'est pas prisonnière et en mauvais état. Plus vite nous la retrouverons, mieux ce sera.

Les appels du chien leur parvinrent durant plus d'une heure encore, et il devint évident que l'animal se déplaçait.

– Elle n'est pas blessée ! fit remarquer Ambre. On dirait plutôt qu'elle cherche quelque chose.

– Qu'est-ce qu'elle pourrait pister ? Nous ne sommes jamais passés par ici !

– Peut-être est-ce lié à son ancienne vie ?

– En tout cas si elle en a besoin, je veux pouvoir l'aider. Si cet endroit est dangereux pour nous, il l'est aussi pour elle.

Ils consacrèrent un long moment à tenter de localiser l'animal, à s'en rapprocher. Matt se mit à l'appeler, au mépris du danger.

Rien n'y fit. Plume semblait sourde à ses cris, absorbée par sa recherche.

Soudain, tandis que Matt guidait la troupe, un lézard géant surgit des fougères pour tenter de gober l'adolescent.

L'épée fendit l'air et ouvrit une profonde entaille sur le crâne du reptile qui recula aussitôt pour disparaître dans les ténèbres.

Chen bondit sur le tronc le plus proche et grimpa vers la cime aussi simplement que s'il y avait eu des marches. Il resta perché de longues minutes, puis redescendit vers ses compagnons :

– Je n'ai rien remarqué, il faut se méfier de ces bestioles, elles chassent en groupe. Mais cette fois je pense que c'était un solitaire. Cependant il vaut mieux ne pas traîner, on ne sait jamais…

– J'ai l'impression que ta chienne ne souhaite pas que nous la retrouvions, dit Juan. Ne risquons pas notre vie davantage.

– Ce n'est pas dans ses habitudes, enchaîna Matt. J'aimerais poursuivre encore un peu…

– Juan a raison, le coupa Ambre. Rentrons. Si Plume voulait de nous, elle nous aurait déjà rejoints. Ne t'entête pas.

– Mais je…

– Matt ! intima Ambre sans élever la voix, avec dans le regard l'intensité de celle qui sait. Rappelle-toi notre expérience chez les Kloropanphylles, tu as promis de m'écouter.

Matt soupira et finit par approuver à contrecœur.

Ils firent demi-tour et s'empressèrent de quitter la forêt et ses bruits inquiétants.

Du haut de la colline, Ambre remarqua une lueur rouge et bleu au loin, derrière la cité d'Eden.

– Vous voyez ça ? Chen, peux-tu grimper dans un arbre pour distinguer ce que c'est ?

– Inutile, nous connaissons ce phénomène. C'est une route de Scararmées qui passe.

– Depuis combien de temps ?

– Depuis toujours. Des millions ! Encore et encore ! Ils foncent vers le sud, et d'autres, plus loin, vont vers le nord.

Ambre contempla les deux halos colorés.

– J'aimerais bien savoir ce qu'ils sont, avoua-t-elle.

– Demain je pourrais vous y conduire, proposa Chen, si vous le voulez. Mais il faudra faire attention.

– À quoi ?

– À l'altération. En présence des Scararmées, l'altération est… désordonnée, parfois incontrôlable. Les Pans qui ne la maîtrisent pas ne doivent pas s'en approcher. Nous avons eu des accidents graves.

Ambre l'écoutait avec beaucoup d'étonnement.

Et tandis qu'ils dévalaient la pente, Matt eut un dernier regard pour la forêt qui retenait sa chienne.

La reverrait-il un jour ?

8.

Énergie en bocaux

Le lendemain, à midi, Chen vint chercher Ambre à la sortie de son cours sur les plantes, et Matt les rejoignit non loin du fleuve.

Deux immenses troncs maintenus ensemble par un maillage complexe de cordes et de mâts formaient un pont sur lequel une armée de pêcheurs remontait des lignes pour remplir des seaux de poissons frétillants qui partaient en vitesse vers les cuisines.

Plume n'était toujours pas rentrée et Matt s'angoissait à s'en faire mal au ventre. Il avait un moment caressé l'idée de repartir au lever du jour, profiter de la journée pour tenter de la retrouver, avant d'admettre que c'était inutile. Durant la nuit, Plume avait pris soin de s'éloigner d'eux chaque fois qu'ils l'approchaient. Elle ne *voulait* pas qu'ils la retrouvent.

Sur l'autre berge, le trio passa entre d'immenses granges emplies de fourrage, des étables et des silos à grain.

– Où avez-vous trouvé les vaches ? demanda Ambre.

– Un peu partout, elles erraient sans but, il a suffi de les rassembler, de poser des clôtures et de trouver un Pan qui savait s'en occuper, un fils de fermier. Il nous a tout appris et maintenant nous avons de quoi produire du lait pour toute la ville.

– Et de la viande ainsi que du cuir ! compléta Matt.

– Là-dessus, le débat reste ouvert, la ville est vraiment partagée entre ceux qui ne veulent surtout pas abattre de vache pour la viande et ceux qui estiment que c'est normal. Pour l'instant, il est interdit de les toucher.

Ils sortirent de la ville par la porte Nord, et passèrent entre les champs occupés par des troupeaux paissant tranquillement, jusqu'à grimper les pentes des hautes collines. Au sommet, ils se retournèrent pour contempler le bassin où Eden avait été érigé. Le fleuve ressemblait à un ruban bleu sur un écrin doré. La ville comme un sceau gris, aux armoiries des Pans.

À deux heures de marche, ils perçurent un grouillement et, brusquement, une étrange vision apparut.

Une ligne de bitume bordée de végétation et noyée par une interminable procession de scarabées lumineux. Plus nombreux que tous les habitants de la Terre réunis, ils marchaient à toute vitesse, une lueur bleue irradiant leur ventre pour ceux de la voie de droite et rouge pour la file de gauche. Tous avançaient vers le sud, émettant une faible stridulation.

– Hier, tu as dit que d'autres se dirigent vers le nord ? répéta Ambre.

– Tout à fait. À dix kilomètres d'ici. Et ça ne change jamais, l'autoroute est pleine, de jour comme de nuit. Des milliards sont déjà passés par ici et ça semble ne jamais finir.

– Tout de même, il doit bien y avoir une raison.

– Ils ne sont pas agressifs ? s'enquit Matt.

– Pas le moins du monde ! Quand on les prend pour les déposer plus loin, ils traînent un moment avant de retrouver leurs camarades. Le plus amusant, c'est quand on en prend un bleu et qu'on le met avec les rouges. Immédiatement il change la lumière de son ventre et se fond dans le décor.

– Et tu dis qu'ils ont une incidence sur l'altération ? rappela Ambre.

– Oui, je te conseille d'être prudente.

La jeune fille avisa des rochers à quelques mètres de là. Le plus petit ne devait guère peser plus de deux kilos et le plus gros, de la taille d'un cheval, approchait la demi-tonne. Ambre tendit la main dans leur direction et se concentra sur le plus petit.

C'était dans ses cordes, pour peu qu'elle soit attentive à ses sensations.

Il ne se passa rien.

Je suis peut-être un peu loin, si je me rapproche...

Tout à coup le petit s'envola et vint se fracasser contre l'énorme rocher. Un nuage d'éclats et de poussière retomba.

– Oh la vache ! lâcha Matt stupéfait.

– Je t'avais prévenue, s'exclama Chen.

– Ce sont les Scararmées ! conclut Ambre. Ils dégagent une énergie dont notre altération doit se nourrir. Je suis sûre que je peux faire encore mieux, j'ai à peine senti l'effort.

– Sois prudente ! implora Chen. Ils ont produit des accidents !

Ambre se concentra sur le rocher intermédiaire, plusieurs dizaines de kilos de la taille d'un tabouret. Elle ne chercha pas tout de suite à le déplacer, s'appliqua à bien le percevoir, jusqu'à en deviner le relief par la pensée. Lorsqu'elle fut prête, elle fit le vide en elle pour emmagasiner l'énergie. Il allait en falloir beaucoup pour mouvoir une masse pareille.

Puis, à la manière d'un lance-pierre dont l'élastique en tension est brusquement lâché, Ambre projeta toute sa force mentale en direction de la pierre.

Celle-ci explosa en un millier de particules, et aussitôt, le rocher voisin se souleva en arrachant des mottes de terre pour s'envoler sur plusieurs mètres et finir sa course contre un peu-plier brisé net par l'impact.

Matt et Chen, la bouche grande ouverte, contemplaient le cratère à leurs pieds.

Ambre s'effondra, épuisée.

Matt s'empressa de la rattraper. Elle battait des paupières et un drôle de sourire étirait le coin de sa bouche.

– J'adore ces scarabées, souffla-t-elle avant de s'évanouir.

Ambre prit les choses en main. Son malaise n'avait été que passager, et elle obtint qu'une salle soit mise à sa disposition à Eden. Elle récupéra des bocaux en verre et multiplia les allers-retours avec Matt pour les remplir de Scararmées.

En fin d'après-midi, Maylis et Zélie entrèrent dans la pièce. Ambre avait repoussé les chaises sur les côtés, les bancs tout au fond, et une estrade trônait avec un tableau et une demi-douzaine de bocaux remplis d'insectes lumineux.

– Je vous présente l'académie de l'altération ! s'enthou-siasma Ambre.

– Que projettes-tu d'en faire ? demanda Zélie.

– Un lieu de travail sur notre altération, pour apprendre à mieux la connaître afin de la décupler. Les Scararmées déga-gent une énergie supplémentaire dont on doit pouvoir se servir en la canalisant.

– Et tu te sens prête à diriger ces travaux ? s'enquit Maylis.

– Je vais poursuivre la formation de Long Marcheur le matin et je serai là tous les après-midi, jusqu'à notre départ. Ensuite, il faudra trouver quelqu'un pour me remplacer.

Elle jeta un bref regard à Matt.

Le garçon était à la fois surpris qu'elle se lance dans ce projet et en même temps fier d'elle. Ambre avait toujours su se débrouiller avec l'altération, elle trouvait les mots justes et possédait suffisamment de maîtrise d'elle-même pour en percevoir les mécanismes avec plus d'aisance que la plupart des Pans.

— À propos de votre départ, rebondit Zélie, nous sommes en train de former le commando qui vous accompagnera jusqu'à la forteresse de la Passe des Loups.

— Ambre et moi continuerons en direction du sud, et Ben veut se joindre à nous.

— Il nous a fait part de son souhait. Nous pensons que c'est une bonne idée.

— Je crois que nous aurons besoin d'aide, c'est un très long voyage, rappela Matt. Un groupe petit pour être discret mais assez étoffé pour faire face à toutes les situations.

— Nous pouvons ajouter des volontaires si tu le souhaites.

— Non, je préfère les recruter moi-même. Je pense à Chen.

— S'il est d'accord, le Conseil ne s'y opposera pas.

— Je reviendrai avec d'autres noms dès que je me serai décidé.

— Wyrd'Lon-Deis est très loin d'ici, n'est-ce pas ? Combien de temps pensez-vous mettre pour vous y rendre ?

— Aucune idée. Plusieurs semaines sûrement. Nous improviserons au hasard de nos rencontres.

— Nous allons nous organiser pour vous fournir ce que nous avons de plus précieux : des chevaux.

Ambre secoua la tête :

— Le plus urgent, c'est de prévenir tous les clans de Pans, les Longs Marcheurs auront plus que nous besoin des chevaux. Laissez-les-leur.

— Votre voyage ne servira à rien s'il est trop long, insista

Maylis. Si vous revenez dans trois mois et que la guerre est finie, à quoi bon ? Nous aurons très vite besoin de ce que vous allez trouver !

Ambre inclina la tête, confuse :

– Mais nous ignorons totalement ce que nous allons trouver !

– Si Malronce envoie autant de soldats capturer les Pans pour cette quête, c'est qu'elle est primordiale ! Et Malronce n'est pas du genre à chercher un objet pour la paix dans le monde ! Ce qu'elle veut est donc capital, et nous devons le découvrir avant elle !

Ambre acquiesça.

– Nous ferons de notre mieux, dit-elle.

Et tandis qu'Ambre exposait les méthodes qu'elle comptait suivre pour travailler l'altération, personne ne remarqua la silhouette qui les épiait à travers l'une des fenêtres de la grande salle.

Neil.

9.

Organisation et confidences

Les Pans affluaient de toute la ville pour apercevoir l'académie de l'altération.

Le soleil déclinait vers l'ouest, et les lanternes s'allumaient un peu partout sur le passage des badauds. Certains s'y présentaient pour s'inscrire, mais la plupart ne venaient qu'en simples curieux et le registre tenu par Ambre peinait à se remplir. En constatant le manque d'enthousiasme, Melchiot, membre du Conseil d'Eden, sauta sur un tabouret et harangua la foule :

– Avez-vous déjà oublié ce qui nous a été annoncé hier ? Nous sommes en guerre !

– Justement ! cria une adolescente. Nous voulons savourer ce qu'il nous reste à vivre ! Pas étudier !

– C'est votre manque de motivation qui va nous faire tuer !

– De toute façon quelle chance avons-nous de les battre ? fit remarquer un autre garçon.

– Si nous restons ainsi à ne rien faire : aucune ! Mais si nous nous préparons, nous pouvons réussir un exploit !

– Ce n'est pas en un mois qu'on apprendra à se battre !

Juché sur le tabouret le garçon pointa son doigt vers celui qui venait de parler :

– Écoutez-le ! Il a raison ! Nous ne pourrons pas défier les Cyniks à leur propre jeu ! Par contre nous avons nos propres forces ! L'altération ! Tous ensemble, nous pourrions nous en servir pour les renverser !

– La plupart d'entre nous ne savent même pas la contrôler ! opposa une autre fille.

Ambre sortit du bâtiment et leva la main pour imposer le silence.

– C'est justement pour cela que l'académie existe, dit-elle assez fort pour être entendue de tous. Et pour vous démontrer que nous avons fait une découverte majeure !

Ambre fit signe à la foule de s'écarter pour dégager la rue entre elle et la façade d'un bâtiment. C'était une grange dont le toit s'était effondré. La jeune fille souleva les étoffes qui masquaient les bocaux à ses pieds. Les Scararmées brillaient en rouge et bleu.

Ambre défit les couvercles et se concentra.

Les halos colorés dansèrent sur la jeune fille à la manière d'un gyrophare.

Elle tendit la main vers la grange.

Plusieurs Pans ricanèrent.

Ambre agitait ses doigts, ouvrant et refermant la main comme pour palper à distance les murs fendus.

Elle prenait un gros risque, elle n'avait pas assez pratiqué, et ne connaissait encore rien de l'énergie dégagée par les Scararmées.

Puis elle se sentit prête et, doucement, commença à agir par la pensée sur la matière qu'elle devinait à dix mètres d'elle.

Le bois grinça, la charpente se tordit, les parois de planches se mirent à couiner et tout d'un coup le toit se souleva. Une poutre, puis une seconde vinrent s'assembler sous le faîtage, avant que le toit ne se remette en place, dégageant un nuage de poussière et de sciure.

La foule se tut, médusée. Ambre relâcha sa concentration et s'appuya sur Chen pour ne pas vaciller. Elle avait la tête qui tournait, soudainement épuisée.

– Voilà ce qu'on peut faire avec l'altération ! lança Melchiot du haut de son tabouret.

– Personne, à part cette fille, n'est capable d'un pareil exploit ! contra un garçon au milieu de l'attroupement.

Ambre se reprenait. Elle inspira complètement pour retrouver un peu de force :

– Ce sont les Scararmées qui démultiplient mon altération. Venez tous et vous serez bientôt en mesure d'accomplir des prouesses bien supérieures à celle-ci !

Cette fois les discussions fusèrent pêle-mêle dans le public. Tous avaient entendu parler d'incidents de l'altération liés aux Scararmées, mais personne n'en connaissait les causes. La démonstration à laquelle ils venaient d'assister était assez probante pour faire taire les plus sceptiques.

Une adolescente aux longs cheveux blonds s'approcha :

– Ambre, tu peux vraiment nous aider à développer notre altération ?

– Avec les Scararmées à nos côtés, nous serons en mesure de faire trembler toutes les armées des Cyniks, crois-moi.

– Alors j'en suis.

– Moi aussi ! Je veux venir ! s'écria un jeune homme.

– Je suis intéressé également !

– Et moi !

– Inscris-moi ! J'ai toujours cru en l'altération ! fit un autre.

En quelques secondes, la moitié de la foule se bousculait aux portes de l'académie et Ambre dut les faire reculer pour organiser les inscriptions.

S'ils manquaient cruellement de guerriers, les Pans, en revanche, n'auraient pas de problème du côté de l'altération.

C'était toujours ça de gagné.

Matt venait de terminer le tour de la ville en longeant les remparts de rondin, du côté extérieur, en sondant l'horizon. Il espérait toujours le retour de Plume. À la tombée de la nuit, il se résigna à rentrer et alla prendre des nouvelles de Mia.

Son état n'avait pas évolué, ses plaies, surtout celles de la cuisse, suppuraient encore. Elle tremblait et transpirait abondamment.

Matt resta à son chevet un long moment.

Ils se connaissaient à peine, et pourtant l'adolescent se sentait proche d'elle. Il l'avait libérée de l'anneau ombilical qui l'asservissait, ils avaient fui ensemble Hénok, les Cyniks et les Mangeombres, survécu au crash du dirigeable du Buveur d'Innocence, autant d'exploits qui avaient tissé entre eux un lien.

Matt inspecta le nombril de la jeune fille, la boursouflure rose était encore bien suintante. L'anneau ombilical était ce que les Cyniks avaient inventé de pire.

Puis Matt partit vers le Hall des Colporteurs dans l'espoir d'y croiser Floyd, Jon ou Nournia. Il n'avait pas envie de rester seul ce soir et savait Ambre bien trop occupée à l'académie.

En remontant la rue, il longea la vitrine éclairée du Salon des souvenirs et décida d'y entrer.

Si Eden était en grande partie bâti avec des matériaux de récupération, le Salon des souvenirs était le centre névralgique de cet hymne à l'ancien monde. Il ressemblait à un saloon des films de cow-boys, avec ses boiseries partout, son bar interminable, ses tables rondes et la scène pour l'orchestre. Sur ses murs : des dizaines et des dizaines de photos de familles, couples avec des enfants, familles entières avec les grands-parents et même les chiens, clichés du petit frère ou de la grande sœur, sans oublier les photos de classe.

En reconnaissant Maylis et Zélie sur l'une d'elles, Matt comprit que c'étaient les habitants d'Eden, les Pans et leur famille avant la Tempête.

Il réalisa alors qu'il n'avait aucun souvenir de ses parents. Il n'avait jamais glissé de photo dans son portefeuille, et lorsqu'il avait quitté son immeuble, l'idée ne lui était pas venue d'en emporter, persuadé qu'il était de revoir un jour ses proches.

Il n'avait jamais eu la possibilité de dire adieu à son père et à sa mère. À présent, il regrettait tous ces moments passés avec eux sans vraiment prendre conscience de leur présence. De leur amour. Lui qui n'avait jamais pu leur dire qu'il les aimait.

– Salut.

Matt cligna les yeux pour sortir de ses pensées et aperçut Horace assis au bar.

– Ça plombe le moral, pas vrai ? fit Horace.

Matt approuva sans un mot. Il tira la haute chaise la plus proche et s'installa à côté du garçon aux cheveux noirs. Horace avait une curieuse tête : son nez était un peu gros, ses sourcils broussailleux, son menton trop en avant, et s'il n'était au final pas séduisant, il dégageait toutefois une impression rassurante.

– Alors, tu as arrêté de fumer tes cigarettes infectes ?

Horace fit la moue.

– Pas tout à fait. Mais je me suis remis à faire du sport. J'ai l'impression qu'arrêter de fumer c'est plus difficile que ce que je croyais.

– Tout ce que les adultes ont inventé de profondément inutile est difficile à arrêter, sinon ces inventions stupides n'auraient pas duré dans le temps : la cigarette, l'alcool, la drogue… On devrait le savoir avant de commencer !

– La milice est en train d'organiser des cours de combat pour nous préparer à la guerre. Chacun reçoit une affectation. Moi je serai dans l'infanterie. Faut que je manie la lance. J'aurais préféré les lance-pierres ou les arcs, mais faut dire que je suis mauvais au tir ! Et pour la cavalerie faut déjà savoir monter à cheval, vu qu'on n'en a pas beaucoup…

– Et tu ne sais pas ?

– Ah non ! Pas du tout même ! J'ai grandi à Chicago ! Je suis très fortiche en ligne de métro ou en skate-board, manque de bol l'un comme l'autre ne serviront à rien pour gagner cette guerre !

– Chicago ? C'est un sacré voyage jusqu'ici.

Horace acquiesça, l'air pensif.

– Tu as une photo de tes parents sur ce mur ?

– Non, fit Horace. Je n'ai pas pensé à en prendre quand je suis parti. C'était la panique. Il y avait un blizzard terrible, il faisait froid, des chiens sauvages sillonnaient les rues, les animaux du zoo s'étaient échappés et les Gloutons commençaient à sauter sur tout ce qui passait à proximité. Je suis parvenu à retrouver deux potes, et on s'est dépêchés de fuir.

– C'était pareil à New York. Vide et flippant.

– J'ai eu la chance de rencontrer un autre groupe de Pans en sortant de Chicago, et on s'est installés dans un ancien complexe sportif. On y a survécu pendant cinq mois, avant de croiser un Long Marcheur qui nous a dit que beaucoup de survivants se rendaient au centre du pays pour y fonder une ville. Nous avons suivi ses indications et c'est comme ça que je suis parvenu à Eden. Il paraît que des nuages noirs occupent tout le nord désormais. Je me demande si Chicago est dessous.

– Au sud, chez Malronce, le ciel est tout rouge, j'en ai aperçu l'horizon. Faut croire qu'on est pris entre deux feux.

– Mouais… Je me demande bien où tout ça va finir. T'as dîné ?

Horace commanda deux assiettes et deux verres d'Hydromiel et expliqua à Matt qu'ici tout était gratuit, chacun travaillait pour soi et pour la communauté. À tour de rôle, on alternait et tout le monde y trouvait plus ou moins son compte. Leur survie en dépendait.

Ils bavardèrent une bonne partie de la soirée, Matt raconta son périple chez les Cyniks et Horace lui confia sa haine pour les soldats de Malronce qu'il avait vus attaquer ses amis lors de leur migration vers Eden. Horace avait été le seul à s'en sortir. Il était parti dans la forêt pour trouver un point d'eau et à son retour les Cyniks frappaient ses copains pour les faire entrer dans les cages des Ourscargots.

– C'est pour ça que cette guerre ne me fait pas peur. Je compte bien rendre coup pour coup. Faut juste que je trouve ma place dans notre armée, et ça, c'est pas gagné ! Parce que franchement, l'infanterie, tout le monde bien rangé, bien obéissant, c'est pas mon truc !

– Pourquoi tu ne rejoindrais pas l'académie de l'altération, peut-être que tu…

Horace pouffa.

– Mon altération ne nous fera pas gagner la guerre !

– Et pourquoi pas ?

– Et pourquoi pas ? répéta Horace en imitant la voix de Matt.

Ce dernier stoppa net le verre qu'il portait à ses lèvres.

– C'est exactement moi ! Comment tu fais ?

– C'est mon altération. L'imitation. Pratique pour gagner la guerre tu crois ?

– Tu peux prendre toutes les voix que tu entends ?

– Avec un peu d'entraînement, oui. Et c'est pas tout, admire !

Le front d'Horace se crispa, ses sourcils se détendirent et semblèrent s'allonger, ses pommettes se haussèrent, ses lèvres perdirent du volume, après plusieurs secondes Horace était devenu méconnaissable. D'une voix caverneuse, qui ne ressemblait plus à la sienne, il lança :

– Je peux déformer mon visage autant que je veux !

– Tu peux prendre la même tête que quelqu'un ?

– Non, tout de même pas, mais je réussis à altérer mes traits suffisamment pour qu'on ne puisse pas me reconnaître. Alors, tu crois qu'on peut terroriser les Cyniks avec ça ?

– C'est génial, tu ne devrais pas te moquer de toi-même. Comment ça t'est venu ?

– J'étais un peu le comique du groupe, tu vois le genre ? À toujours prendre des voix différentes, à faire des grimaces, à imiter tout le monde. C'est juste que maintenant, je n'imite plus, je recopie le timbre de la voix.

– Je trouve ça hallucinant.

– Pour amuser la galerie c'est sûr, pour survivre dans ce monde, c'est moins pratique.

Matt demeura silencieux une longue minute, à scruter le garçon d'un air pensif.

– C'est à cause de ce qui est arrivé à tes amis que tu es devenu plus…

Matt cherchait le mot juste.

– Cynique, termina Horace avec une grimace. Probablement, oui.

Matt lui tendit la main :

– En tout cas j'ai passé une excellente soirée.

Matt dormait.

Un sommeil lourd, de ceux qui ne laissent aucun souvenir de rêve.

En se couchant, chaque soir, il espérait recevoir la visite du Raupéroden à travers ses songes. Qu'ils se confrontent enfin, qu'ils se sondent l'un et l'autre. Matt lui laisserait toutes les portes ouvertes, pour qu'il le trouve, et pendant ce temps lui-même fouillerait l'intérieur du monstre dans l'espoir d'y déceler la présence de Tobias.

Mais il ne venait plus.

Le cherchait-il encore ? Certainement, mais la distance entre eux était telle que le Raupéroden ne parvenait pas à localiser l'émanation de ses rêves. Cela viendrait, tôt ou tard, Matt le savait.

Lorsqu'on toqua à sa porte, Matt crut un instant que c'était lui.

Ce n'était qu'un garde de la milice.

– Matt, il faut que tu viennes voir !

– Quoi ? Qu'est-ce qui se passe ? Un orage ? C'est ça ? Il y a un orage au loin ? Avec des éclairs partout, comme des mains ?

Le garde le regarda avec curiosité, comme s'il s'agissait d'un fou.

– Non, pas du tout, c'est… c'est ta chienne.

Soudain les dernières volutes du sommeil le quittèrent et il se dressa, totalement réveillé.

– Plume ? Vous l'avez retrouvée ?

– Eh bien… En fait, on ne sait pas vraiment.

– Comment ça ? Elle est là ou pas ?

– Il faut que tu viennes voir pour le croire.

Matt attrapa son manteau noir et se précipita dans le couloir.

10.
Une surprenante cavalerie

Trois gardes se cramponnaient à leurs lances lorsque Matt arriva en courant.

– Je leur dis qu'il faut fermer les portes tout de suite et sonner l'alerte ! rapporta le plus petit du groupe.

– N'importe quoi ! Il n'y a rien à craindre ! Je ne te laisserai pas réveiller toute la ville pour ça !

– Qu'y a-t-il ? s'écria Matt. Où est Plume ?

– À toi de nous le dire !

Les gardes s'écartèrent et Matt sonda l'obscurité des champs. Des nuages bas masquaient la lune et il n'y voyait rien.

Des ombres. Des silhouettes.

Des créatures assises dans la nuit, observant les remparts d'Eden de leurs yeux brillants.

La lune apparut et la plaine sortit des ténèbres.

Ils étaient des centaines.

Grands comme des chevaux. Assis sur leur train arrière, attendant un signal.

Des chiens partout. Le poil ébouriffé, la masse imposante, le museau levé. Matt se figea. Il ne savait pas s'il devait les trouver mignons comme des nounours ou inquiétants comme des fauves.

Une forme s'avança vers lui, et Plume surgit de l'ombre.

Matt fit un pas dans sa direction et la chienne jappa vers son jeune maître.

– Tu me dis que tu es parti pour ça, pas vrai ? comprit Matt. Voilà ce que tu manigançais dans la forêt ? Tu les as sentis, et tu es partie les chercher !

Plume vint se frotter si fort contre lui qu'elle faillit le renverser.

– Tu vois qu'ils sont gentils ! fit un garde dans son dos.

– Mais qu'est-ce qu'on va faire d'eux ? Ils sont beaucoup trop nombreux !

– Notre cavalerie spéciale, annonça Matt. C'est pour ça qu'ils sont venus. Pour nous aider.

– Euh… ce sont des chiens, géants d'accord, mais rien que des chiens, ils peuvent pas avoir de plan !

– Plume n'est pas une chienne ordinaire, elle comprend beaucoup de choses. Et si elle a été chercher son monde, c'est qu'elle a une raison. Faites-moi confiance, ces chiens savent très bien ce qu'ils font, ils ne sont pas venus par hasard.

Un des gardes déposa sa lance et partit à leur rencontre, d'un pas prudent. Un des chiens s'approcha à son tour et lui donna un coup de tête amical bien qu'un peu brutal.

– Il a l'air sympa ! s'exclama-t-il. On dirait qu'il veut des caresses.

– Ces chiens avaient probablement une famille avant la Tempête, rappela Matt, ils doivent se sentir seuls désormais. Nous allons leur trouver un endroit pour la nuit, demain il faudra les présenter aux habitants d'Eden.

Matt enfouit ses mains dans le pelage soyeux de Plume et la serra contre lui.

Le lever du soleil ressemblait à un matin de Noël.

En découvrant cette armée de chiens géants les Pans se mirent à crier de joie, à les prendre dans leurs bras et à jouer avec eux, pour le plus grand bonheur des animaux.

Ambre et Matt observaient des scènes parfois cocasses, les Pans les plus jeunes ne parvenant pas à se décrocher de leurs nouveaux amis.

— J'aimerais bien savoir d'où ils viennent, fit Ambre.

— Je pense qu'ils formaient un troupeau, ils sont trop nombreux pour que Plume ait pu en rassembler autant en deux jours. Ils se sont regroupés comme nous ici.

— Tu crois qu'ils voyageaient dans l'espoir de retrouver des hommes ?

— Quand je vois combien ils semblent heureux d'être avec nous, je le pense ! La Tempête a modifié leur gabarit, mais n'a probablement pas effacé leur mémoire. Ils ont dû se sentir terriblement seuls pendant ces longs mois.

— J'ai entendu au petit déjeuner que tu proposais d'en faire une cavalerie spéciale ? Tu veux vraiment prendre le risque de les blesser, voire pire ?

— Si les Cyniks remportent la guerre, j'ai bien peur que le sort de ces chiens soit peu enviable. Et tu as vu Plume, elle n'est jamais la dernière lorsqu'il s'agit d'affronter le danger. Elle veille sur nous, comme un chien sur sa famille, c'est ce qu'elle sait faire de mieux. Les autres agiront de même. Notre commando aura tout à gagner à voyager avec eux.

— À ce propos, il faut donner au Conseil les noms de ceux qui nous accompagneront jusque chez Malronce, que nous ayons le temps de les connaître et de les former.

— Ils seront trois. Ben, Chen et un garçon qui s'appelle Horace.

– Horace ? Je ne le connais pas. Il est volontaire ?

– Oui, mais il l'ignore encore.

– Matt, tu ne peux forcer personne, nous risquons de mour…

– Je sais qu'il viendra si je le lui demande. Et nous aurons besoin d'un gars comme lui. À cinq, je pense que nous avons une chance de parvenir jusqu'à Malronce. Ce sera serré, mais j'y crois. Et de ton côté, qu'est-ce que ça donne l'altération et les Scararmées ?

– Il faut trouver quelqu'un pour me remplacer pendant que nous serons sur la route. Tu imagines ce dont nous serons capables si nous parvenons à canaliser leur énergie ?

– On dirait que notre petite armée commence à s'organiser.

Ambre lui rendit un sourire.

– Je n'étais pas très confiante au départ, mais maintenant… Je crois vraiment que nous avons une chance.

Matt croisa les bras sur son torse en guettant les enfants qui jouaient avec des chiens deux fois plus hauts qu'eux.

– Tu ne crois pas ? insista la jeune femme.

– Si, répondit-il sans joie.

Car au fond de lui, même s'il commençait à croire en leur victoire, il savait que ce serait au prix de nombreuses vies. La violence deviendrait leur langage.

Les fondations d'Eden baigneraient bientôt dans le sang.

11.
Les préparatifs

Pendant cinq jours, Ambre enchaîna les cours de Long Marcheur le matin et une présence active à l'académie de l'altération l'après-midi.

Elle n'avait plus une minute à elle.

À l'académie, elle entraînait chaque Pan à contrôler son altération et n'autorisait que les meilleurs à pratiquer en présence des Scararmées. Les résultats devinrent vite surprenants. Au-delà de toute attente. Des flashes de lumière surgissaient souvent du bâtiment de l'académie et les Pans qui passaient dans la rue apprirent à ne plus les craindre. On savait désormais que ce lieu était celui de bien des expériences étranges.

Melchiot, un des membres du Conseil, se révéla son meilleur élève. Posé, réfléchi et très volontaire, il savait écouter et se montrer très pédagogue. Son altération était une capacité de feu. Chargé d'allumer les lanternes et les feux de cheminée depuis la Tempête, il avait développé la faculté de produire une forte chaleur au bout de ses ongles. En présence des Scararmées, la chaleur se transformait en flammes qu'il devait maîtriser au prix d'efforts intenses.

Plus les Pans puisaient dans l'énergie des Scararmées, plus

leur altération gagnait en puissance, mais plus ils terminaient l'exercice épuisés. Ceux qui se laissaient déborder produisaient des effets démesurés, s'effondraient tout de suite après et ne se réveillaient qu'un ou deux jours plus tard. Ambre et Melchiot s'interdisaient de dépasser une certaine intensité, et s'ils n'avaient aucune idée de ce qu'ils étaient capables d'accomplir à pleine puissance, au moins restaient-ils conscients jusqu'au soir !

Durant ce temps, Matt, lui, en profitait pour se reposer, soigner les ecchymoses et les écorchures qu'il avait en arrivant à Eden. Il faisait le tour de la ville et surveillait les progrès de l'armée. Les ateliers produisaient arcs et flèches en quantité, des archers s'entraînaient chaque jour sur des cibles de plus en plus éloignées. L'infanterie apprenait à se déplacer en groupes, à obéir collectivement à un ordre d'assaut, et tous s'exerçaient au combat rapproché plusieurs heures par jour. La cavalerie n'existait plus. Les derniers chevaux venaient d'être attribués aux volontaires qui accompagneraient les Longs Marcheurs.

À la place, plus de six cents chiens géants répétaient inlassablement les manœuvres avec des Pans sur le dos. Les animaux semblaient prendre leur rôle très au sérieux et se prêtaient aux enchaînements sans rechigner.

S'ils continuaient à ce rythme, les habitants d'Eden formeraient bientôt une armée digne de ce nom.

Vint alors le moment d'envoyer les Longs Marcheurs et les volontaires sillonner le pays pour rassembler tous les clans.

Les volontaires avaient été formés en vitesse, et la plupart étaient terrorisés maintenant qu'approchait le moment de partir, seuls à l'aventure.

Matt et Ambre vinrent saluer Doug.

– Prends soin de toi, dit Matt. Fais gaffe et tiens-toi éloigné des dangers. Ta mission est de nous revenir en un seul morceau !

– J'y compte bien ! La prochaine fois qu'on se reverra, je serai avec Regie et les copains de l'île.

– Il y a un clan auquel j'ai promis de rappeler l'existence à Eden, il s'appelle la Féroce Team, au sud-est, entre l'île Carmichael et la Forêt Aveugle. Ce sont de braves types, ils pourront nous filer un sacré coup de main au combat.

– Je les trouverai.

Ambre lui déposa une tape amicale sur l'épaule.

– Bonne route, dit-elle.

Eden regarda ses messagers se disperser aux quatre vents, porteurs de mauvaises nouvelles et pourtant chargés de revenir avec assez de renforts pour lui offrir un espoir.

Le soir du cinquième jour, Matt était assis sur une barrière d'où il admirait les chiens qui jouaient ensemble, se roulaient dans la terre, se mordillaient et couinaient de joie, lorsqu'une présence étendit son ombre dans le soleil couchant.

– Salut, Matt.

– Mia ?

La jeune fille se tenait sur une béquille, pâle et essoufflée, un bras en écharpe.

– On m'a dit que tu m'avais souvent veillée. Je voulais te remercier.

– Quand es-tu sortie ?

– Ce matin. Il paraît que je suis tirée d'affaire. Pas en grande forme, comme tu peux le constater, mais ça ira bientôt mieux.

– Tu nous as fichu une sacrée trouille ! Je suis content de te voir debout.

– Après tout ce que tu as fait pour nous, je voulais te remercier, je crois que je n'en ai pas eu l'occasion lors de notre fuite.

Matt haussa les épaules.

– C'est normal.

Mia pencha la tête pour dégager ses cheveux blonds et déposa un baiser sur la joue de l'adolescent.

Le lendemain, l'académie fut ravagée par les flammes.

Melchiot avait trop poussé son altération en présence des Scararmées et des geysers de feu avaient jailli de ses doigts avant qu'il ne s'effondre, inconscient. Par miracle, aucun Pan ne fut blessé, et Ambre put sortir Melchiot de l'édifice avant qu'ils ne brûlent vifs.

Pour plus de sécurité, cette fois, l'académie fut installée à l'écart des habitations, tout au nord d'Eden, derrière les étables et les granges, dans une maison en pierre qui servait à entreposer le matériel agricole.

Ambre et Matt se retrouvèrent en début d'après-midi au bord du fleuve.

– Il va falloir que nous nous mettions en route, dit-elle. Nous ne pouvons plus attendre ainsi.

– Le Conseil préférerait que les Longs Marcheurs en provenance du sud soient rentrés avant d'envoyer notre commando, pour que nous ayons les dernières nouvelles de la Passe des Loups, et je crois que c'est sage. Ne fonçons pas tête baissée sans savoir où en est la situation.

– Et s'ils ne rentrent pas ? S'ils sont… enfin, tu sais.

– Pour quelqu'un qui souhaite devenir Long Marcheur, tu ne leur fais pas trop confiance !

– C'est justement parce que je suis leur formation que je prends pleinement conscience du danger que représente le monde.

– Attendons encore un peu.

– Si d'ici trois jours ils ne sont pas de retour, il faudra que nous y allions, tant pis. Les armées de Malronce n'attendront pas que nous soyons prêts.

Matt se rinça les mains dans l'eau claire du fleuve et considéra ses doigts abîmés par les voyages et les affrontements. Son corps tout entier avait changé en un an, ses muscles se dessinaient, et ses joues d'enfant avaient disparu.

– J'ai vu que Mia était sur pied, dit Ambre.

– Oui, depuis hier.

– Vous vous entendez bien tous les deux, n'est-ce pas ?

Matt devina à l'intonation de son amie que quelque chose clochait.

– Pourquoi dis-tu cela ?

– Je vous ai vus hier soir, vous étiez très… proches.

L'adolescent haussa les épaules.

– C'est elle qui…

– Matt, tu n'as pas à te justifier. Je voulais juste te dire que… que je savais, voilà tout. Pour qu'il n'y ait pas de malaise entre nous.

– Pourquoi y en aurait-il un ?

Ambre se mordilla la lèvre.

– Laisse tomber, je suis idiote.

– Non, dis-moi.

– Rien, c'est moi, je raconte n'importe quoi, c'est la fatigue, avec l'académie, je suis éreintée !

Elle se fendit d'un large sourire que Matt devina de façade.

Bon sang, ce qu'il pouvait être maladroit parfois ! Il lui semblait comprendre ce qu'Ambre voulait lui dire, mais il ne parvenait pas à le formuler. Il avait l'impression qu'elle était jalouse.

Comme moi de Ben ?

Il chassa aussitôt cette idée saugrenue. Il n'était pas jaloux de Ben. Ambre ne lui appartenait pas, elle était libre de faire ce qu'elle voulait.

– J'y retourne, j'ai du travail, dit Ambre en se relevant. On se laisse trois jours, et ensuite, quoi qu'il arrive, on part pour les terres de Malronce. Wyrd'Lon-Deis.

Comme si d'en parler avait suffi à déclencher leur présence, les Longs Marcheurs du sud rentrèrent le soir même. Ils étaient trois, dont un était blessé. On l'emporta à l'infirmerie pendant que les deux autres se rendaient au Hall des Colporteurs pour se libérer de leurs équipements avant d'effectuer leur rapport. La cape vert foncé du second était déchirée, ses vêtements rapiécés à la va-vite sur le terrain. Tous sur son passage devinaient qu'il avait dû en baver.

Le Conseil les convoqua en urgence avant le dîner et les deux jeunes hommes entrèrent, l'air épuisés. Philip et Howard, c'étaient leurs noms, déclinèrent leur identité, la durée de leur périple et son but premier :

– ... Trois semaines de route pour collecter des informations sur les mouvements au sud, terminait Phil, s'assurer qu'aucune autre communauté de Pans n'y est installée et visiter les deux déjà répertoriées pour leur communiquer les dernières informations de notre monde.

– Commencez par les mouvements, commanda Zélie. Avez-vous croisé des patrouilles Cynik ?

Phil hocha la tête.

– Plusieurs, nous avons pris soin de les éviter, mais elles étaient nombreuses.

– Il y a plus surprenant, ajouta Howard. J'ai vu beaucoup de groupes de Gloutons filant vers le sud ! J'en ai suivi un pendant deux jours et il a rejoint d'autres troupes, les Gloutons se rassemblent ! Et ils sont très nombreux !

– Ça explique qu'on en voie de moins en moins par ici, ajouta Phil.

– Ils se rassemblent pour quoi faire ? s'alarma Maylis.

– Ils franchissent le passage dans la Forêt Aveugle, enchaîna Howard, pour entrer sur le territoire des Cyniks. Ils sont lourdement armés.

– La Passe des Loups. Ils partent en guerre ? devina Melchiot.

– Ça y ressemblait fort ! De milliers de Gloutons ! Quand j'ai découvert l'étendue de leurs forces dans la plaine, j'avoue avoir pris peur ! J'ai également repéré une patrouille Cynik un peu plus loin. Comme moi, elle évitait soigneusement les Gloutons.

Maylis se frotta les mains.

– Si les Gloutons ouvrent un second front sur les terres de Malronce, ça peut nous arranger !

– Il faut en profiter maintenant ! lança un Pan sur les gradins.

– Non, répliqua Zélie, nous ne sommes pas prêts et nous manquons d'effectifs ! Laissons les Gloutons attaquer et si la chance est de notre côté, les armées de Malronce seront affaiblies par ce premier assaut.

– Pourquoi les Gloutons attaqueraient-ils les Cyniks ? fit la voix nasillarde de Neil. Ils vont se faire massacrer !

– Les Gloutons ne sont pas très subtils, rappela Phil.

– C'est vrai, mais ils s'adaptent vite !

Une Pan aux cheveux orange comme les flammes se leva :

– S'ils se retrouvent, c'est donc qu'ils peuvent communiquer entre eux. Peut-être que des Gloutons du sud sont venus les prévenir qu'ils allaient se faire envahir et ils ont décidé de devancer la stratégie de la Reine ?

– C'est prêter aux Gloutons une grande intelligence qu'ils n'ont pas ! corrigea Neil.

Zélie leva les mains pour requérir le silence.

– Longs Marcheurs, fit-elle, pouvez-vous nous dire si la Passe des Loups est accessible ?

– La trouée dans la Forêt Aveugle ? vérifia Phil. Elle ne l'était pas il y a cinq jours, mais je suppose que les Gloutons sont passés depuis. Cependant, une grande bataille doit avoir lieu en ce moment quelque part dans le territoire Cynik et je pense que c'est tout près de cette Passe des Loups. Les Cyniks n'ont pas dû mettre longtemps avant de se rendre compte de l'invasion.

Zélie et Maylis se regardèrent.

– Notre commando peut donc s'y rendre, conclut la seconde. Ambre, Matt, avez-vous constitué votre groupe ?

Matt se leva pour lui répondre :

– Nous serons cinq.

– Quatre autres personnes vous accompagneront jusqu'à la forteresse de la Passe des Loups, pour repérer le terrain et préparer notre plan.

– Qui sont ces personnes ?

– Floyd, le Long Marcheur que vous connaissez déjà, leur servira de guide pour le retour, Luiz est notre stratège, Tania, une très bonne archère, et un membre du Conseil.

– Qui ? Son nom ?

Maylis parut moins à l'aise subitement.

– Il s'agit de moi ! fit Neil en se levant.

Matt dévisagea tour à tour Zélie et Maylis. Neil était le plus belliqueux du Conseil, il détestait Ambre et était prêt à la vendre à Malronce, comment pouvait-il faire partie de ce commando ?

Matt se pencha vers les deux sœurs :

– Pourquoi lui ? C'est le pire que vous puissiez envoyer avec nous !

– Nous avons procédé à un vote, expliqua Zélie tout bas, nous n'étions pas bien préparés, c'est lui qui l'a imposé, et Neil a assez d'amis pour s'assurer d'une petite majorité.

Matt pesta en silence. Il l'aurait à l'œil. Mieux vaudrait pour lui qu'il se tienne à carreau.

Maylis reprit la parole, s'adressant à Ambre et Matt :

– Demain nous vous préparerons des vivres.

– Dans deux jours, vous devrez être partis, ajouta Zélie.

12.

De huit à neuf

Après dix jours passés à Eden, Matt avait des fourmis dans les jambes. Malgré tous les dangers que représentait l'extérieur, il ne tenait plus en place. Explorer les entrailles du palais de Malronce et percer ses secrets, découvrir pourquoi elle le cherchait et ce que représentait le Testament de roche, voilà qui le motivait ! Mais avant tout il faudrait déjà parvenir à Wyrd'Lon-Deis.

Dès que tout cela sera terminé, je partirai à la recherche de Toby.

L'annonce du départ se propagea dans les rues et plusieurs Pans vinrent le saluer, le féliciter, l'encourager ou tout simplement lui témoigner leur admiration. Comme s'il fallait un courage suicidaire pour se lancer sur les terres de Malronce.

Matt l'avait déjà fait, et il avait survécu, alors pourquoi pas une seconde fois ?

Il faut dire qu'on a tous failli y rester ! Et nous ne sommes même pas entrés dans le domaine de la Reine !

Matt trouva Horace au Salon des souvenirs, vautré sur une chaise, une de ces horribles cigarettes nauséabondes à la main, le regard dans le vague.

– Tiens, un héros, dit-il en apercevant Matt.

Matt préféra ne pas relever. Il accomplissait son devoir, rien de plus, comme chacun ici serait bientôt contraint de le faire pour sauver sa liberté.

– Alors, tu as trouvé ta place dans l'infanterie ? demanda-t-il.

– Pas vraiment… J'ai demandé à faire partie de ceux qui seraient en première ligne, j'attends leur réponse. Si je dois tomber pendant cette guerre, je peux te jurer que j'emporterai mon lot de Cyniks avec moi !

– Justement, je viens te proposer de leur ficher un grand coup. De les attaquer là où ça va faire le plus mal.

– Explique.

– Tu le sais déjà, Ambre et moi partons pour Wyrd'Lon-Deis, et pour avoir une chance de survivre à cette expédition il nous faut les meilleurs. Je voudrais que tu en sois.

– Moi ? pouffa Horace toutes dents dehors. Non mais tu m'as vu ? Je ne sais même pas tenir une lance ! Mon altération est parfaite pour faire rire les copains ici, le soir, mais certainement pas pour défier la Reine en personne !

– Il s'agit justement de passer dans son dos, nous ne voulons pas d'assaut, nous ne pourrions pas y survivre. Ce qu'il nous faut c'est un groupe sur lequel on puisse compter, des gens costauds mentalement, et très motivés. Je sais que tu es de ceux-là.

Horace leva les yeux au plafond.

– Que Dieu t'entende !

– Je préfère compter sur nous que sur Dieu, si tu veux bien. Alors ? Qu'en dis-tu ?

– T'as attendu le dernier jour pour venir m'en parler ?

Matt se fendit d'un sourire :

– Si je te laisse trop de temps pour réfléchir, tu réaliseras que c'est une mission kamikaze ! Et j'aimerais vraiment t'avoir avec nous.

Horace hocha doucement la tête.

– Bon. Laisse-moi jusqu'à demain, j'ai besoin d'y songer.

– On part à l'aurore.

Horace lui posa la main sur l'épaule :

– Eh bien si je suis là, c'est que tu as un ami de plus, sinon…

Ben avait enfilé son manteau-cape de couleur vert foncé, une sacoche en bandoulière, et une petite hache pendait le long de sa jambe. Chen était vêtu d'une tenue ample d'un brun tirant sur le vert, pour le rendre plus discret encore lorsqu'il grimperait aux arbres. Ambre et Matt avaient retrouvé leurs vêtements de marche, et le garçon appréciait le poids rassurant de sa lame entre ses omoplates. En face de chacun, un chien géant était couché dans l'herbe que les premiers rayons du soleil venaient blanchir. La veille, ils avaient passé près de trois heures dans le pré aux chiens pour se familiariser avec eux, jusqu'à sentir une affinité particulière avec l'un des canidés de la meute. Chacun avait trouvé le sien.

Un peu plus loin, l'autre commando terminait d'équiper les montures en disposant des sacoches sur leurs dos. Floyd avait rasé ses cheveux, il ne lui restait qu'un fin duvet sombre sur le crâne. Il s'emmitouflait dans son manteau-cape de Long Marcheur et veillait sur le reste de son groupe. Une longue adolescente aux cheveux bruns noués en queue-de-cheval, Tania, scrutait tout le monde de ses immenses yeux attentifs, un arc dans le dos. Derrière elle, un garçon plus petit, au type mexicain, enfilait des gants en cuir. Neil, ses rares mèches blondes en bataille, attendait, adossé à son chien, un brin d'herbe entre les dents.

Zélie et Maylis, accompagnées d'une dizaine d'autres Pans, circulaient au milieu de la troupe pour souhaiter bonne chance à tous.

Horace apparut soudain face à Matt, en lui tendant la main :

– Général, j'ai entendu dire que vous recrutiez ?

Matt le salua d'une bourrade dans l'épaule et pointa du doigt le pré aux chiens :

– Dépêche-toi d'aller te trouver un compagnon à quatre pattes.

– C'est déjà fait, dit-il en s'écartant pour désigner une boule de fourrure noire et marron dont les yeux étaient à peine visibles sous les poils trop longs. Je l'ai choisi parce qu'il est aussi moche que moi ! On devrait s'entendre !

Zélie parvint au niveau de Matt et Ambre.

– Nous allons poursuivre le travail de l'académie, dit-elle en s'adressant à Ambre. Melchiot s'en charge. Avec un peu d'espoir, une partie de notre armée sera capable de prouesses formidables d'ici quelques semaines.

– N'oubliez pas de développer un système pour transporter les Scararmées, précisa Ambre, pour l'instant ils supportent bien la vie en bocaux, mais ça n'est pas pratique.

– Bien sûr. Philip et Howard vont reprendre la route du sud d'ici à trois jours, pour surveiller la Passe des Loups. Dans moins d'un mois j'espère que nous aurons reçu suffisamment de renforts pour y expédier nos troupes.

– Malronce doit mobiliser cinq armées, ça lui prendra du temps, rappela Matt qui se voulait rassurant. Ses quinze mille hommes sont sa force mais aussi sa faiblesse, ils seront longs à déplacer.

Ben se mêla à la conversation :

– Si tout se passe bien, dans dix jours Floyd avec son commando de reconnaissance sera de retour. Vous aurez le temps de préparer votre stratégie d'attaque. En ce qui nous concerne, tout dépendra de ce que nous trouverons à Wyrd'Lon-Deis. Nous ferons tout notre possible pour vous rejoindre à la forteresse de la Passe des Loups avant la bataille. Sinon... nous serons derrière les lignes ennemies.

Matt insista :

– Vous devez absolument conquérir la forteresse ! Sinon, tout notre plan échouera !

– Nous y parviendrons.

Zélie serra la main à chacun d'eux.

– Peut-on avoir confiance en Neil ? demanda Matt lorsque ce fut son tour.

Zélie glissa un regard vers le grand adolescent.

– C'est un extrémiste, il est parfois dangereux, murmura-t-elle, mais il est aussi très intelligent et peut avoir de bonnes idées. Gardez un œil sur lui mais sachez aussi l'écouter.

– Nous avons découvert que beaucoup de Pans finissent par trahir en vieillissant, ils ne se sentent plus chez eux parmi les enfants et gagnent le sud pour s'enrôler auprès de Malronce. Neil doit avoir dix-sept ans, c'est l'âge critique.

Zélie approuva d'un air sombre.

– En effet, nous l'avons également remarqué. Ici, le phénomène prend un peu plus de temps, c'est vers dix-huit ans, mais soyez prudents, on ne sait jamais.

Ben se pencha vers elle :

– J'ai dix-sept ans, et je peux vous garantir que rien ne m'attire chez les Cyniks !

– C'est parce que tu es sur la route tout le temps, peut-être que la solitude...

Ambre l'interrompit :

– Ce n'est pas une fatalité ! Tout le monde n'est pas voué à rejoindre le camp des Cyniks en grandissant ! Arrêtez de dire ça !

Sa colère jeta un froid, et Zélie les salua après avoir renouvelé ses encouragements.

Mia s'approcha de Matt, elle marchait péniblement, toujours à l'aide d'une béquille.

– C'est le grand jour, dit-elle.

– Oui, fit Matt soudain mal à l'aise à l'idée qu'Ambre assiste à la scène.

– Je compte sur toi pour revenir vite et en bonne santé, évite les flèches et les barres d'acier, ça fait des dégâts, je suis bien placée pour le savoir ! plaisanta-t-elle en souriant.

– Je vais essayer.

Mia voulut se tourner pour s'éloigner mais elle trébucha. Matt la rattrapa au passage, les longues mèches blondes de la jeune fille recouvrirent ses épaules. Elle resta accrochée à lui plusieurs secondes et, lorsqu'elle se releva, sa joue frôla celle de Matt.

– Tu vas me manquer, chuchota-t-elle.

Matt se sentit rougir violemment.

La moitié de la ville s'était rassemblée sur les trottoirs de bois, tandis que les neuf voyageurs s'élançaient. La foule leur adressa des petits signes en guise d'adieu. L'admiration et la tristesse se lisaient sur les visages.

Tous les regardaient comme s'ils n'allaient plus jamais les revoir.

Et Matt avait la désagréable sensation d'être un héros condamné à disparaître.

13.

Des visages dans les ténèbres

Dormir était le pire.

Dans cette grotte tapissée d'ossements, Tobias pouvait attendre, se recroqueviller dans son coin, étudier le moindre son en priant que ce ne soit pas le Dévoreur qui approchait, mais dormir relevait de l'exploit. Dormir c'était se rendre totalement vulnérable, c'était s'abandonner corps et âme à cette caverne, et au monstre qui venait y puiser sa nourriture.

Épuisé, le garçon somnolait par intermittence, et se réveillait en sursaut.

Son cœur passait du rythme lent de l'assoupissement à l'emballement explosif de la peur. La poitrine douloureuse, la bouche sèche, il restait aux aguets sans jamais parvenir au repos. Sans même tenter de s'extraire du trou qui était devenu sa cabane protectrice.

Il n'avait même pas eu la force de s'intéresser aux formes prisonnières comme lui de cet endroit effrayant.

La phosphorescence du gypse irradiait tout juste assez pour que Tobias puisse apercevoir d'autres silhouettes en position fœtale.

Il ignorait tout du temps qui passait. Étaient-ce des heures ?

Des jours ? Tobias comptait en survies. En repas que venait prendre le Dévoreur et dont il réchappait.

Déjà trois.

Combien étaient-ils ici ? Une dizaine tout au plus. À ce rythme-là, tôt ou tard, ce serait son tour. La chose entrerait, se faufilant par la porte gluante, le gypse lumineux s'éteindrait, elle déploierait sa masse abjecte, marchant sur les crânes pour palper ses victimes, jusqu'à en choisir une qui lui conviendrait et ce serait son tour. Alors c'en serait fini de lui.

Tobias détendit ses jambes engourdies. Son talon heurta quelque chose de creux qui roula, provoquant aussitôt des frémissements parmi les autres proies prisonnières.

Pour la première fois depuis qu'il était là, Tobias cessa de vivre à travers sa peur, et une pensée rassurante lui traversa l'esprit.

Son champignon.

Il enfouit immédiatement la main dans sa poche et en ressortit son fragment de champignon brillant. La lueur spectrale envahit sa partie de la grotte.

– Qu'est-ce que c'est ? fit une voix fluette toute proche.

– Range ça ! ordonna une autre. Tu vas l'attirer !

Un squelette presque entier gisait aux pieds de Tobias, le crâne à l'envers.

Des émotions contradictoires se bousculaient en lui. Toutes les formes de terreur, mais aussi un peu de force, un soupçon d'espoir. Et il fit alors ce qu'il n'aurait jamais cru possible : il se dégagea de l'anfractuosité où il se cachait et avança un peu dans la caverne. Des dizaines et des dizaines de squelettes recouvraient le sol. À chaque pas, Tobias écrasait une cage thoracique, une vertèbre ou un tibia.

Il ne savait pas ce qu'il faisait mais bouger devenait vital. Cela le rassurait, et dans cet enfer, ce soupçon d'activité prouvait qu'il était encore en vie.

Il descendit la pente douce de la grotte. Le plafond n'était pas très haut, trois mètres tout au plus, en revanche la profondeur formait un boyau sans fin.

– Retourne dans ton coin ! chuchota quelqu'un. Tu veux tous nous faire mourir !

Tobias l'ignora. La vie reprenait ses droits en lui. Il ignorait comment il réagirait si le Dévoreur surgissait d'un coup, n'avait d'attention que pour le contrôle de son corps et de son esprit qu'il retrouvait peu à peu, repoussant le filet paralysant de l'épouvante.

Peu à peu, il comprit qu'il se trouvait quelque part *dans* le Raupéroden. Pas dans ce voile qui claquait aux vents et d'où sortait un visage difforme, mais au-delà, dans le monde de cette créature. Il avait franchi un passage.

Son monde à lui, ses amis, tout cela était resté au-dehors, très loin désormais.

Inaccessible.

Ne pas se laisser envahir par la mélancolie, se commanda-t-il. *Chasser toutes les émotions noires qui neutralisent la pensée.*

Le garçon continua d'avancer, lentement, dans le froid. Il réalisa qu'il avait les pieds et les mains glacés. Allumer un feu lui aurait fait du bien, mais c'était impossible, pas dans une grotte sans aération directe, et de toute façon il n'avait pas de quoi le faire surgir.

– Je… Je te connais, murmura quelqu'un tout proche.

Tobias s'arrêta et tendit le champignon vers la voix.

Un garçon aux vêtements déchirés se couvrait le visage pour se protéger de la clarté, accroupi entre deux blocs de pierre.

Tobias discerna un nez tordu, une longue balafre… Il avait déjà vu ce visage.

— Franklin ! s'écria-t-il tout bas. Le Long Marcheur !

Il se souvenait parfaitement de lui, il avait combattu à leurs côtés sur l'île Carmichael, l'île des Manoirs.

— C'est bon de voir une tête amicale ! dit-il en venant se serrer contre lui.

— Toi aussi, il t'a eu, le fantôme noir ?

— Le Raupéroden ? Oui.

— Il veut Matt, il m'a torturé pour savoir où le trouver, c'est Matt qu'il veut absolument.

— Sais-tu pourquoi lui et pas un autre ?

— Non, c'est un démon, un monstre, il est capable de faire des trucs insupportables. Tout ce que je sais, c'est qu'il est sur terre pour attraper Matt. J'espère qu'il ne l'aura jamais.

— En attendant c'est nous qu'il a capturés. Tu sais où nous sommes ?

— Dans son garde-manger !

— Et cette créature qui vient, je l'appelle le Dévoreur, c'est la vraie forme du Raupéroden, c'est ça ?

— Je n'en sais rien.

— Tu es là depuis combien de temps ?

— Je l'ignore. J'ai l'impression que ça fait des années. Parfois j'ai l'impression d'être devenu à moitié fou.

— Tu ne manges pas, tu ne bois rien ?

— Non, j'ai faim et soif mais curieusement, je ne m'affaiblis pas, c'est comme si cette grotte nous maintenait en vie.

— En attendant de devenir le repas du Dévoreur !

— Ce que je peux te dire, par contre, c'est que le Dévoreur, comme tu dis, choisit son festin parmi ceux qui ont le plus peur.

— Le plus peur ? répéta Tobias.

— Oui, on dirait qu'il apprécie les plus terrifiés.

– Je parie que c'est son âme qu'il nourrit avec nos peurs !

Plusieurs crânes roulèrent soudain et Tobias leva vivement le champignon, craignant que le Dévoreur ne soit entré.

Colin rampait sur les os. Les larmes coulaient entre les boutons de son visage aux traits grossiers.

– Aidez-moi, supplia-t-il tout bas, je ferai tout ce que vous voudrez !

– Mais c'est le garçon qui a tué le vieux Carmichael ! s'exclama Franklin en attrapant une pierre.

Tobias stoppa son geste.

– Laisse-le, c'est un pauvre type. Un couard et un menteur, mais il ne mérite pas ça.

– Tu le connais ?

Tobias soupira.

– C'est en grande partie à cause de lui si je suis là.

– Et tu le protèges ? s'indigna Franklin.

Tobias haussa les épaules.

– Il a toujours agi par peur et par bêtise. Je le plains.

Colin était à présent tout près. Il tendit la main vers la jambe de Tobias.

– Pardonne-moi ! gémit-il. Je ne savais pas ce que je faisais ! Je ne savais pas que c'était une créature si monstrueuse ! Je croyais qu'il s'occuperait de moi ! Pardonne-moi, je t'en supplie !

Tobias l'esquiva.

– Arrête de me coller. Tu l'as bien cherché.

– Protégez-moi ! sanglotait Colin. S'il vous plaît ! Ne le laissez pas me manger !

Franklin jeta un coup d'œil à Tobias.

– On dirait qu'il est prêt pour passer à la casserole, dit-il sans joie.

Tobias se pencha vers lui :

– Colin ! Reprends-toi ! Si tu continues comme ça, c'est toi que le Dévoreur va choisir la prochaine fois ! Tu dois évacuer ta peur, tu dois te maîtriser !

Colin se mit à pleurer de plus belle.

– Je ne peux pas ! Je ne peux pas ! J'ai peur !

Franklin s'écarta du garçon.

– Ne reste pas à côté de lui, conseilla-t-il à Tobias, il va attirer le Dévoreur !

C'est alors que la porte émit le grincement caractéristique et tous les prisonniers frémirent en même temps.

La peur la plus primale envahit Tobias, malgré toute sa volonté, malgré les barrières mentales qu'il avait décidé d'élever, et il se jeta à travers la caverne pour rejoindre son trou.

En se cognant contre la paroi, il réalisa qu'il avait lâché son champignon et il décida de l'abandonner. Tout plutôt que de retourner le chercher, pas avec le Dévoreur dans la pièce.

Il regretta aussitôt son geste.

Car à présent le Dévoreur était éclairé par la lueur argentée.

Une énorme araignée noire luisant comme du vinyle, de gros poils sortaient de ses articulations. Ses mandibules s'agitaient dans l'air, au-dessous de huit yeux ténébreux. Ses pattes coulissèrent rapidement pour la propulser au centre de la grotte d'où elle commença à palper les formes recroquevillées qui tremblaient.

Certains gémissaient, d'autres s'étranglaient de sanglots.

Puis le Dévoreur s'arrêta face à Colin qui suppliait, le visage déformé par le désespoir et l'épouvante.

L'araignée le palpa de ses pattes avant.

Et elle s'avança pour le saisir.

Colin hurla, roula sur le sol comme un enfant qui fait un

caprice et, lorsque les pattes tentèrent de l'attraper à nouveau, il poussa dans leur direction un autre prisonnier qui fut soulevé instantanément.

Le Dévoreur l'enfourna sans hésitation.

Colin tremblait, et geignait, au bord de la folie.

Tobias avait la chair de poule.

Il fallait qu'il sorte d'ici. Vite.

Très vite.

Et pour cela, il ne pouvait compter que sur Matt et Ambre.

DEUXIÈME PARTIE
Voyage au Purgatoire

13.

Créatures de la nuit

Matt marchait avec Ben, en tête du convoi. Leurs chiens gambadaient à côté, portant l'essentiel des sacoches de vivres et de matériel.

— Tu penses qu'on va mettre combien de temps pour parvenir à la Passe des Loups ? s'enquit Matt.

— À pied il faut environ six jours, parfois un peu plus. À dos de chien, je dirais la moitié.

Toute la matinée, les chiens les avaient portés avec un plaisir évident. Au début de l'après-midi, l'expédition avait décidé de les laisser se reposer une heure ou deux.

— Tout dépendra si nous empruntons les pistes ou si nous taillons notre propre chemin, ajouta Ben.

— Il reste des pistes praticables ?

— Oui, d'anciennes routes que la végétation n'a pas encore complètement noyées, les Longs Marcheurs y passent souvent, ça facilite la progression et le repérage. L'inconvénient c'est que les Cyniks les empruntent également. Nous pourrons ouvrir notre voie mais c'est beaucoup plus long, il faut faire des détours et les chiens ne peuvent pas galoper, surtout en forêt.

– Restons sur les routes, nous serons vigilants.

Ben approuva.

Un peu plus tard, Ambre remonta jusqu'au niveau de Matt :

– Ce doit être dur pour toi de quitter Eden, lui dit-elle.

– Comme pour tout le monde je suppose. Le plus difficile c'est de ne pas savoir ce qui nous attend.

– Je veux dire : pour Mia. Tu laisses derrière toi quelqu'un avec qui il se passe manifestement quelque chose.

Matt leva les bras au ciel :

– C'est juste une amie !

Ambre ricana, la voix moqueuse :

– Bien sûr ! J'ai vu comment elle se comporte. Et ce matin, sa petite chute ! Ah ! Quelle comédienne !

– Qu'est-ce que tu insinues ?

– Oh, Matt ! Ne me dis pas que tu n'as rien remarqué ! Elle l'a fait exprès pour que tu la rattrapes !

– Pas du tout, elle est affaiblie, je te rappelle !

– Oui, bien sûr !

Ambre secoua la tête, agacée par la naïveté de Matt. Elle continua de marcher avec lui un petit moment puis pressa le pas pour rejoindre Ben. Matt l'observa qui discutait avec le Long Marcheur et cela lui rappela l'île des Manoirs, lorsqu'elle passait des heures en sa compagnie, soi-disant pour en apprendre davantage sur le métier de Long Marcheur.

De temps en temps, elle regardait en arrière, en direction de Matt.

Elle minaudait, il le voyait bien.

Ben lui plaisait.

Après cinq minutes, Matt en eut assez de ce petit manège et avertit tout le monde qu'ils remontaient sur leurs chiens pour l'après-midi.

Autant le groupe d'Ambre et Matt se débrouillait bien à dos de chien, autant celui de Floyd peinait à trouver ses marques. Luiz ne tenait pas en équilibre malgré le petit tapis qui protégeait le dos de chaque animal ; il devait se cramponner au pelage et semblait encore plus épuisé que sa monture après une heure de trot rapide. Tania s'en sortait bien, alors que Neil et le Long Marcheur n'étaient pas du tout à l'aise.

Les neuf chiens ne semblaient pas souffrir d'être ainsi chargés, ils filaient à bonne vitesse, les uns derrière les autres, parfaitement disciplinés, suivant le grand husky blanc et gris de Ben. La plupart ressemblaient surtout à des bâtards, d'immenses corps hirsutes avec des têtes de nounours, et quelques-uns semblaient être des chiens de race, un mètre quatre-vingts au garrot, mais de race tout de même. Tel le saint-bernard que montait Ambre ou le berger australien de Chen.

Tous s'étaient amusés à leur donner un nom. Et lorsque Horace avait baptisé son chien Billy, Ambre s'était exclamée :

– Billy ? Ce n'est pas un nom de chien ! Tu ne peux pas l'appeler Billy, voyons !

– Et pourquoi pas ? Il mérite tout autant qu'un humain de s'appeler ainsi ! Ce sera Billy et rien d'autre !

Et ils avaient beaucoup ri.

Pour Matt, c'était une relation nouvelle avec Plume. Elle était parmi les plus petits chiens du groupe, mais il la devinait excitée comme aucun, prête à courir pendant des heures. Elle avançait la truffe en l'air, les babines frémissantes, fière de galoper avec son maître.

Le soir, en établissant le bivouac, Matt éprouva toutes les peines du monde à s'asseoir pour manger, il avait les fesses et les cuisses courbatues et douloureuses.

Ben alluma le feu, ce qui rappela Tobias à Matt. D'habitude, c'était lui qui s'en chargeait.

Il eut un pincement au cœur.

– Nous avons bien avancé pour une première journée, je suis satisfait, constata le Long Marcheur.

Ils s'étaient installés au bord de la piste, une étroite bande d'herbes tassées au milieu d'une végétation plus dense. Le feu se mit à crépiter et on libéra les chiens de leurs sacoches. Pendant que les Pans déroulaient leurs sacs de couchage, les animaux s'éloignèrent ensemble en reniflant les troncs d'arbres et les bosquets.

– Que doit-on craindre le plus maintenant que nous nous sommes éloignés d'Eden ? demanda Horace en roulant un peu de tabac dans sa paume.

– Pour l'instant, nous sommes trop au nord pour tomber sur des patrouilles Cynik, mais ouvrons l'œil tout de même, répondit Ben. Je sais qu'il y a pas mal de Basilics fourchus dans le secteur, alors évitez de trop traîner près des points d'eau où ils établissent leurs nids.

– Le Basilic ? s'inquiéta Ambre. Ce n'est pas cet animal mythologique censé transformer en pierre quiconque le regarde dans les yeux ?

– C'est exactement ça. Sauf que le Basilic fourchu ne te transforme pas *vraiment* en pierre. On l'appelle ainsi parce qu'il est tellement flippant que la plupart de ceux qui l'ont croisé sont restés paralysés de peur.

– Et ça ressemble à quoi ? s'enquit Matt.

– À un grand tigre roux, avec des yeux jaunes gigantesques, plusieurs rangées de crocs, des sabots fourchus avec une seule griffe au milieu, mais quelle griffe ! Longue et capable de trancher n'importe quoi !

– Bah, j'espère qu'on n'en croisera pas ! fit Horace en roulant son tabac dans du papier fin.

Matt tendit l'index vers la cigarette :

– Tu ne vas pas arrêter, alors ?

– Bientôt…

– Tu parles comme un adulte.

Horace alluma la cigarette.

– C'est parce que je fume comme eux.

Un nuage malodorant s'envola et Matt recula pour ne pas en perdre l'appétit. Leur repas était en train de cuire sur le feu.

Après dîner, ils s'étaient tous rassemblés autour des braises, allongés dans leur duvet. Les chiens venaient à peine de revenir et s'étaient allongés en cercle, comme pour former un rempart protecteur.

Les Pans discutaient à voix basse, se confiant leur existence passée. Matt remarqua que la convenance de ne pas aborder ce sujet parfois sensible avait totalement disparu ici, dans ces conditions un peu particulières. En tendant l'oreille, il entendit Neil raconter à Luiz et à Chen qu'avant la Tempête, il jouait de la guitare dans un groupe de Métal et qu'il détestait le sport.

Ambre et Tania devisaient ensemble, si bas que Matt ne put comprendre un mot. Il se tourna vers les autres, Ben, Floyd et Horace. Ce dernier fumait une autre cigarette, couché sur le dos, admirant les étoiles, pendant que les deux Longs Marcheurs confrontaient leur connaissance de la région qu'ils traverseraient le lendemain.

Soudain il vit une lumière vive et colorée surgir au-dessus d'un bois. Une autre lueur suivit et Matt, subjugué, contempla le ballet aérien de deux papillons géants dont les ailes brillaient tels de puissants néons électriques. Du bleu, du vert et du violet pour l'un ; l'autre, le plus grand, palpitait de rouge, orange et rose. Ils se tournaient autour, et malgré les trois ou quatre cents mètres de distance, Matt avait l'impression qu'ils étaient de l'envergure d'un petit avion de tourisme.

– Ce sont des Luminobellules, expliqua Ben alors que tous les admiraient en silence. Elles ne sortent que la nuit, et je crois qu'elles ne brillent que pour se séduire, avant la reproduction.

– Tu en sais des choses sur une faune qu'on découvre à peine, s'étonna Matt.

– C'est notre tâche de Long Marcheur, observer, déduire, et rapporter. Tous ensemble, au fil des mois, nous constituons une bibliothèque de connaissances à Eden, que tous les Longs Marcheurs consultent sans cesse. C'est un nouveau monde, il y a tout à faire.

Ambre le couvait des yeux.

Matt soupira d'agacement.

Puis quatre autres Luminobellules sortirent du bois et dessinèrent à leur tour des arabesques colorées dans la nuit.

Les Pans assistèrent à ce spectacle féerique pendant plus d'une heure, dans la douce tiédeur des braises, avant que le sommeil ne vienne les happer.

Le lendemain, en fin de matinée, les chiens venaient de ralentir pour passer un raidillon où la piste se rétrécissait, lorsque le groupe entendit un sifflement lancinant, au loin dans les arbres.

Matt fronça les sourcils. Il n'aimait pas ce son. Ben était juste devant lui, il hésita à élever la voix pour ne pas faire remarquer leur convoi, puis estima que ce pouvait être important :

– Ben ! Tu as une idée de ce que c'est ? On dirait un cri, un appel peut-être. J'ai tout de suite pensé à un Rôdeur Nocturne.

– Possible. Mais ils ne chassent jamais de jour. C'est peut-être un animal en rut.

– J'ai croisé un Rôdeur Nocturne une fois, et il a fui dès que Plume est arrivée. C'est un bon point pour nous ! Ils ont peur des chiens.

– C'était il y a longtemps ?

– Disons… huit mois de cela. En quittant New York.

– Les Rôdeurs Nocturnes s'adaptent vite. Si depuis ils ont goûté à la chair de chien, ils n'en ont certainement plus peur !

– T'es drôlement rassurant…

Dès que la piste le permit, les chiens reprirent leur rythme de croisière : un trot rapide. Matt commençait à s'y habituer, il le trouvait à présent plutôt agréable, un bercement régulier.

Lors de la pause du midi, Matt entendit à nouveau le sifflement perçant, bien plus distant, et cela le tranquillisa un peu.

Lorsqu'il replaça les sacoches sur le dos de Plume, le sifflement se répéta, et un autre, de l'autre côté de la forêt, lui répondit.

– Quoi que ce soit, ça communique ! avertit-il. Tout le monde est armé ?

– Moi j'ai mon garde du corps, dit Floyd en sortant une épée de son fourreau. Je l'ai piquée à des Cyniks !

Chen leva le rabat en cuir de ce qui lui servait de selle et montra une petite arbalète avec deux arcs l'un sur l'autre pour tirer deux coups simultanés. Horace avait emporté un bâton poli à pointe d'acier. Tania attrapa son arc et Ben sa hache.

Ambre, Luiz et Neil demeuraient les mains vides.

– Que ceux qui n'ont pas d'armes restent au milieu, on ne sait jamais. Ben, peut-on s'éloigner de cette forêt ?

– Non, pas avant d'atteindre les grandes plaines, demain au plus tôt.

Matt se mordit la lèvre. Il n'aimait pas ces sifflements.

– Alors redoublons d'attention, dit-il avant de se mettre en route.

Le soir, Matt dut se plier à la majorité pour accepter d'allumer un feu qu'il jugeait dangereux. Il trouvait les flammes trop voyantes dans la nuit, l'odeur de leurs boîtes de chili con carne trop puissante, craignant qu'elle n'attire tous les prédateurs de la nuit, et même lorsque les chiens partirent faire leur tour, il les estima trop longs à rentrer.

Tout l'inquiétait.

Il n'avait plus entendu de sifflement depuis la fin d'après-midi, pourtant l'angoisse le tenaillait. La fatigue avait beau peser sur ses épaules, il attrapa son baudrier parmi ses affaires et l'enfila pour sentir son épée dans son dos. Il hésita mais laissa finalement son gilet en Kevlar.

– Tu devrais te détendre, lui suggéra Ambre. La route va être longue jusqu'à Wyrd'Lon-Deis.

– Je préfère m'assurer que nous y parviendrons tous indemnes.

Il entreprit de faire le tour du campement sous l'œil curieux de Plume.

– Il est toujours aussi nerveux ? demanda Tania en détachant ses longs cheveux bruns.

Ambre observait, songeuse, son ami.

– Il est préoccupé, répondit-elle sans le lâcher du regard.

Ils dînèrent en silence, fatigués et songeurs. Grâce au rythme de leurs montures, ils allaient atteindre la Passe des Loups d'ici à deux jours. Il faudrait la franchir. Étudier la forteresse, et la traverser afin d'entrer au pays des Cyniks.

Jamais ils ne s'étaient sentis aussi vulnérables et en même temps chargés d'une mission aussi vitale.

Autour des flammes dansantes, ils réalisaient que le destin de leur peuple se jouait peut-être en ce moment même, rivé à leurs choix, à leurs actions.

Matt s'endormit enfin, après s'être tourné et retourné dans son duvet pendant plus d'une heure.

Le feu s'était éteint, et les chiens ronflaient doucement autour du campement.

Le cri aigu et saccadé, presque un rire monstrueux, tira Matt brutalement de sa couche. En un instant, il fut debout, l'épée à la main, comme s'il attendait ce signal depuis le début.

14.

Funeste rencontre

La pénombre noyait les environs, les troncs et les fourrés n'apparaissaient que par taches noires au milieu d'un voile gris-bleu.

Les deux Longs Marcheurs, toujours aux aguets, émergèrent rapidement.

– Tu l'as vu ? chuchota Ben tout près de Matt.

– Non. Il va se déplacer dans les branches, c'est ce qu'il faut écouter.

Neil rampa jusqu'à eux.

– C'est un Rôdeur Nocturne, pas vrai ?

Ni Ben ni Matt ne prirent le temps de répondre, trop concentrés sur leurs sens amoindris par l'obscurité.

Les chiens se mirent à grogner, tous ensemble, ce qui était encore plus stressant.

Le cri de hyène hystérique reprit, en hauteur parmi les arbres, avant qu'un second cri ne lui réponde, tout près.

– Non, corrigea Matt, pas un mais deux Rôdeurs Nocturnes. Neil, vérifie que tout le monde est réveillé et prenez vos armes. On forme un cercle autour des cendres du feu.

Ses compagnons, moins prévoyants, durent se rhabiller en

vitesse avant de saisir arbalète, arc, épée et bâton et de se rassembler.

Avisant qu'Ambre n'était pas armée, Matt lui tendit son couteau de chasse.

– Prends au moins ça !

– Non, je me débrouillerai mieux sans, dit-elle en serrant contre elle son sac à dos comme si elle protégeait un bien précieux.

Soudain une silhouette blafarde jaillit des fourrés, sauta par-dessus la meute de chiens excités et se retrouva face aux adolescents avant même qu'ils puissent réagir.

Elle avait la forme d'un homme affublé de membres fins et noueux. Le crâne difforme, tout en longueur, ne ressemblait en rien à une tête humaine. La peau laiteuse collait à des os sans chair, et la mâchoire proéminente découvrit une rangée de crocs acérés. Dans la nuit, les yeux étroits luisaient d'une lueur jaune.

Des griffes courbes et tranchantes sifflèrent si rapidement à leurs oreilles que personne ne put intervenir.

Matt tenta pourtant de lui fendre le bras d'un coup de lame.

Il entendit le hurlement d'un des garçons tandis que le Rôdeur Nocturne pivotait vers lui à une vitesse stupéfiante.

Le poignet de Matt fut heurté aussitôt et un violent coup dans son épée la projeta trois mètres plus loin.

Avant même que les autres ne puissent frapper, le Rôdeur Nocturne avait déjà bondi vers les hautes fougères.

– Bon sang, ce qu'il est rapide ! lança Horace.

– Luiz ! s'écria Floyd.

Le jeune Mexicain avait la poitrine ouverte, le tee-shirt imbibé de sang, il ouvrait la bouche comme un poisson hors de l'eau, l'air hagard.

Neil s'approcha et s'agenouilla sur lui.

Mais il n'eut pas le temps d'intervenir. Le Rôdeur Nocturne jaillit à nouveau de la végétation, projetant une nuée de feuilles, et ses impressionnantes serres se refermèrent sur les chevilles de Luiz pour le tirer dans la nuit.

Ben bondit pour lui planter sa hachette dans la tête.

L'autre Rôdeur Nocturne tomba du ciel et renversa Ben avant de lancer son bras pour décapiter Tania. Le bâton d'Horace se planta dans la main de la créature juste avant que les griffes n'atteignent la gorge tendre de la jeune fille tétanisée.

Horace hurlait de rage et de peur, animé d'un feu bouillonnant.

– Aaaaaaaah ! Crève saloperie !

Matt et Floyd tentèrent en même temps de frapper, le premier avec ses poings et toute la force prodigieuse dont il était capable, l'autre avec son épée.

Le Rôdeur Nocturne esquiva avec une agilité décourageante les deux coups et brandit ses bras monstrueux pour atteindre les deux garçons déséquilibrés.

Matt ne recula pas assez vite et perçut la déchirure de ses chairs au niveau du flanc. Un flot de liquide chaud inonda sa hanche et il tomba à genoux, étourdi par la douleur.

Floyd avait évité la première attaque en roulant au sol, mais dès qu'il leva les yeux il comprit qu'il ne pourrait parer celle qui allait suivre.

C'est alors que le Rôdeur Nocturne s'envola d'un coup, comme giflé par une main colossale. Il décolla, désarticulé, les bras et les jambes instantanément brisés et vint s'encastrer dans un chêne, à huit mètres de hauteur.

Ambre s'effondra dans la foulée, inconsciente.

Luiz hurlait toujours, désespéré, entraîné à l'écart. Deux chiens bondirent mais le Rôdeur Nocturne qui tirait l'adolescent les repoussa de deux violents coups de pied. Il reprit immédiatement Luiz qui se redressait en criant de douleur pour tenter de frapper son assaillant.

Les griffes sifflèrent encore et les deux mains de Luiz s'effacèrent aussitôt. Le pauvre garçon regarda ses blessures sans comprendre.

Le Rôdeur Nocturne le saisit par les épaules et se mit à escalader l'arbre le plus proche avec une rapidité et une facilité irréelles.

Chen venait de le prendre en chasse. Pieds nus, il courut à son tour, à quatre pattes sur l'écorce. Les deux formes ressemblaient à deux araignées se pourchassant, sans se soucier de la gravité.

Tania banda son arc et décocha une flèche qui se planta dans le dos du prédateur. Ben en resta stupéfait. À cette vitesse, le tir tenait du miracle.

Les traits suivants touchèrent chaque fois.

Chen en profita pour saisir le Rôdeur Nocturne par la cheville. Gêné par le poids de Luiz, la créature manqua le premier coup de pied qu'elle tenta. Elle arma le second.

La cinquième flèche de Tania se ficha droit dans ses cervicales. Le monstre se crispa brusquement, demeura paralysé une seconde avant de basculer dans le vide avec Luiz. Chen essaya d'attraper son camarade au vol, mais tout alla trop vite et il dut s'agripper à une branche pour ne pas tomber à sa suite.

Luiz et le corps du Rôdeur Nocturne s'écrasèrent dix mètres plus bas.

Tania et Ben accoururent pour tenter de secourir leur ami.

Luiz clignait des paupières doucement, les yeux fixes comme s'il ne voyait plus.

Il voulut dire quelque chose, mais un filet pourpre coula par ses narines, et il s'affaissa.

Ben le prit contre lui, pour lui dire adieu.

Luiz venait de mourir.

Matt, malgré la douleur et le sang qu'il perdait, parvint à rouler sur le sol pour se rapprocher d'Ambre.

Elle ne bougeait pas, les paupières closes. Il tendit la main sur sa bouche pour s'assurer qu'elle respirait encore et le sac qu'elle retenait contre elle glissa. Une lumière rouge et bleu illumina le visage du garçon.

Plusieurs dizaines de Scararmées s'agitaient dans un bocal.

– Ambre…, murmura Matt tandis que des piques de souffrance électrisaient sa colonne vertébrale.

Matt se cambra, terrassé par sa blessure.

Neil le plaqua au sol et le mit sur le flanc.

– Ne bouge pas ! ordonna-t-il. Tu perds beaucoup de sang !

Floyd se pencha par-dessus les deux garçons.

– C'est profond ? On peut le soigner ? demanda-t-il, inquiet.

– Il se vide de son sang ! Pousse-toi, laisse-moi faire !

– Je croyais que tu ne pouvais guérir que les petites plaies ?

– Si je n'essaye pas, il va y rester.

Matt sentit les mains froides de Neil sur sa peau.

Une violente morsure serra tout son côté gauche. Puis une sensation de brûlure. De plus en plus intense.

Matt voulut se débattre mais Floyd le maintenait et toutes ses forces l'avaient fui.

Matt hurla et son cri résonna dans le silence de la forêt.

Puis la douleur fut trop forte.

Son esprit vacilla tandis qu'il entendait Floyd murmurer :

– C'est fini, Neil. Laisse, tu ne peux plus rien pour lui.

15.

Deux voix dans la nuit

Tobias se concentrait sur la maîtrise de ses émotions.

La peur principalement.

Elle agissait sur l'intellect comme une marée noyant un dessin sur la plage, des vagues inlassables qu'il faut repousser, avec ses marées d'équinoxes, ses périodes d'accalmie. Et Tobias luttait pour préserver le dessin de son esprit, sa personnalité.

Après le départ du monstre, son champignon lumineux, que le Dévoreur semblait ne pas avoir remarqué, comme s'il n'avait pas usage de la vue, avait quelque peu changé l'atmosphère de la grotte. À présent, la plupart des prisonniers pouvaient se voir. Certains avaient même franchi le pas, s'étaient éloignés de leur tanière improvisée pour discuter doucement avec leur voisin. Dans l'ensemble, cela ne durait jamais longtemps, le moindre bruit, même s'il s'agissait seulement du vent, les faisait courir à leur place.

En poussant un garçon dans la gueule du Dévoreur, Colin s'était fait beaucoup d'ennemis d'un coup. Tout le monde le regardait avec haine.

Il fallait s'attendre à des représailles. Tobias se demandait si la vengeance frapperait pendant leur bref sommeil ou au prochain passage du monstre.

Sa relation à Colin était très paradoxale. Il le détestait autant qu'il en avait pitié. Colin méritait cent fois ce qui lui arrivait, et pourtant, Tobias ne pouvait s'empêcher d'éprouver de l'empathie pour ce grand benêt incapable de se trouver une place sur Terre. Il ne se sentait pas à l'aise parmi les Pans, et savait que tôt ou tard les Cyniks prendraient le dessus, alors il était passé de leur côté. Lorsqu'il avait été rejeté par eux, il s'était tourné vers le Buveur d'Innocence, jusqu'à ce qu'il disparaisse dans les eaux du fleuve, après quoi, craignant la vengeance des Pans, il s'était tourné vers son dernier espoir : le Raupéroden.

Colin était un idiot irrécupérable, égoïste et couard, mais tout ce qu'il voulait, c'était avoir sa place quelque part.

À présent, la mer de la peur était à marée basse, réalisa Tobias.

Analyser son environnement le détendait.

L'image de l'araignée géante lui revint en tête, avec ses membres répugnants, et une déferlante s'abattit sur la plage de son esprit.

Tobias se remobilisa aussitôt pour la contrer, pour reprendre le contrôle.

La créature n'était plus revenue depuis. À peine avait-elle dévoré sa victime qu'elle était repartie par la petite porte, le corps distendu pour parvenir à s'y engouffrer.

Pour la première fois, comme s'il émergeait d'une longue léthargie, il se mit soudain à s'interroger sur ce qui existait au-delà de la grotte. Était-ce seulement la tanière du monstre ? On ne percevait ni lumière ni mouvement.

Les ténèbres pour unique paysage. Et leur imagination livrée à la peur.

Qu'attendait-il en restant là ? *La mort* ?

Non plus maintenant.

Le retour de ses amis ? Ambre et Matt ?

Il faut être lucide, comment pourraient-ils venir jusqu'ici ?

Il n'attendait plus rien.

Alors il se leva et tituba sur les crânes et les os jusqu'à ramasser son champignon lumineux qu'il avait laissé au milieu de la caverne.

– Que fais-tu ? demanda une voix paniquée. Notre lumière ! Laisse-la-nous ! Laisse-la-nous !

– Oui, fit une autre plus loin dans l'obscurité. Prends-la ! Retire cette saleté de clarté ! Nous ne voulons plus voir le monstre lorsqu'il mange !

Tobias remonta vers l'entrée et s'agenouilla face à la porte.

C'était un cercle de bois, semblable à une grille, recouvert d'une matière blanche et visqueuse.

– De la soie d'araignée ? devina Tobias à voix haute.

Il saisit un os assez long, un humérus, et en tâta la substance collante. Il eut du mal à le dégager ensuite, la substance le retenait aussi sûrement que de la Super glu.

La porte restait donc fermée grâce à cette matière dégoûtante, comprit Tobias. Elle opérait une sorte de jointure avec le mur extérieur. Le Dévoreur devait l'appliquer et la retirer à chaque passage.

Les barreaux de la porte étaient suffisamment espacés pour y passer un bras. Tobias prit une inspiration pour se donner du courage et glissa la main, le champignon lumineux entre ses doigts.

C'était une autre grotte, plus petite, et dont le relief dissimulait la véritable profondeur. Tobias sentit un léger courant d'air sur son visage. La pente remontait par là, s'il devait y avoir une sortie, c'était ici, et pas au fond de leur caverne qu'il avait déjà inspectée.

Tobias retira son bras en prenant soin d'éviter la substance collante et planta l'humérus à l'opposé de ce qui ressemblait à des gonds. Il se tourna pour dissimuler ses gestes aux autres prisonniers et entreprit de frotter l'os contre la soie humide. À vitesse normale, c'était presque impossible tant sa texture accrochait, mais Tobias voulait savoir si, dans le Raupéroden, son altération était encore efficace. Ses bras enchaînaient les gestes à toute vitesse, bien plus vite qu'un être normal ne pouvait le faire.

Ça fonctionne ! Je peux encore être très rapide !

En une minute, il avait arraché une partie de la colle du barreau. Il continua jusqu'à dégarnir le pieu sur près de vingt centimètres. Il guetta pour s'assurer que le Dévoreur n'était pas en approche et se remit à la tâche jusqu'à libérer un côté de la porte.

Il poussa, et le bois grinça en basculant un peu avant de se remettre en place. En forçant, Tobias estimait qu'il pouvait passer.

Pour quoi faire ? cria une petite voix en lui.

— Pour aller jeter un coup d'œil dehors. J'en ai besoin. C'est ça ou attendre ici qu'il vienne nous bouffer ! répondit-il tout bas.

Tobias lima encore un peu de substance collante et se faufila.

À peine était-il de l'autre côté, que Franklin surgit derrière la porte.

— Que fais-tu ? s'alarma-t-il.

— Je vais faire un tour, t'en fais pas, s'il y a un moyen de fuir, je reviens vous prévenir.

— Non, tu ne peux pas faire ça, tu vas tomber sur *lui* !

— Je prends le risque. C'est ça ou c'est lui qui finira par tomber sur moi. Tu veux venir ?

Franklin le dévisagea comme s'il avait perdu la raison.

— Pour me faire massacrer ? Certainement pas ! Tu es fou, Tobias ! Complètement fou ! Tu devrais rester ici, regarde-moi, ça fait longtemps que j'y suis, je me tiens à carreau, j'essaye de ne pas avoir trop peur, et du coup il ne me touche pas ! C'est ce qu'il faut faire ! Ne pas se faire remarquer ! Surtout être discret comme un têtard dans sa mare.

— Et quand tu seras le dernier têtard, c'est toi que le serpent mangera ! prophétisa Tobias en reculant dans la pénombre.

Franklin lui adressa un signe de la main, ses yeux lui disaient adieu.

Aussi vite que le lui permettaient ses jambes engourdies, Tobias gagna le sommet de la grotte, vers un coude, puis un second, jusqu'à distinguer un changement subtil dans la profondeur des noirs. Une nuance de gris venait de faire son apparition. Tobias rangea son champignon dans sa poche et remonta en suivant ce qui semblait une lueur extérieure. Derrière un tas de gravats, il découvrit une ouverture sur la nuit où l'air était plus frais.

Tobias eut l'impression de revivre.

Il ne voyait pas encore le paysage, mais devinait de grands espaces, et le froissement du vent dans les arbres.

Sa joie retomba dès qu'il entendit la voix, sifflante et rocailleuse :

— … me nourrir. J'ai faim. J'ai très faim.

— Attends un instant, j'ai à te parler, répondit un homme.

Tobias connaissait cette voix. Il ne parvint pas à l'associer à un visage mais il l'avait déjà entendue quelque part. Ce n'était pas celle d'une créature abominable mais celle d'un être humain et cette pensée le rassura.

Se pouvait-il qu'ils soient sauvés ?

– Dépêche-toi, répliqua celle qui sifflait, comme si elle devait traverser plusieurs puits de cordes vocales avant de jaillir. Je meurs de faim et je sens leur odeur d'ici, ils sont plusieurs à être prêts ! Plusieurs ! Mmmmm…

Tobias réprouva un haut-le-cœur. C'était le Dévoreur, cela ne faisait plus aucun doute.

– Je me suis rendu compte que l'enfant Matt était parvenu à nous sonder pendant que nous étions en train de fouiller son esprit, expliqua l'homme. À cause de ton activité et de celles des autres, pendant que j'explore les Puits d'Inconscience, cela me distrait, et l'enfant Matt a pu nous sentir ! Je ne veux plus de ça !

– Mais… Mais je dois… manger ! C'est ce que je suis ! C'est ma fonction !

– Plus pendant que j'explore les Puits ! s'énerva l'homme.

Tobias entendit les pattes du monstre qui s'agitaient nerveusement.

– Bien… c'est toi qui décides.

– Il ne doit plus se rendre compte dans ses rêves que je suis là à le traquer ! Il nous le faut ! Tu comprends ?

– Oui… il nous le faut. Pour l'assimiler. Mmmm… il sera délicieux !

– Une fois dans ton ventre, il sera en nous pour toujours ! Et rien qu'à nous ! Nous devons mettre la main dessus avant la Rauméduse !

L'araignée recula et soudain Tobias aperçut son imposant ventre poilu et ses pattes arrière. Une goutte de soie laiteuse dépassait de son abdomen, entre les deux petits pseudopodes de sa filière. Tobias posa sa main devant la bouche pour ne pas vomir.

— J'ai faim, gémit la créature de sa voix sifflante.

— Va donc manger ! Mais ensuite, je veux le silence total ! Je vais ouvrir les Puits d'Inconscience, et nous trouverons l'enfant Matt !

Tobias se laissa glisser à l'intérieur de la grotte et se dépêcha de retourner sur ses pas. Il n'avait nulle part où se cacher ici, et s'il tombait nez à nez avec le Dévoreur, le monstre ne chercherait pas plus longtemps son dîner. Il fallait prévenir tout le monde qu'il arrivait. Se cacher. Ou se préparer à vendre cher sa peau.

L'enfant Matt... Cet homme a trouvé un moyen de retrouver Matt sans qu'il puisse le sentir à travers ses cauchemars ! Le Raupéroden va lui tomber dessus sans même qu'il le voie venir !

Après avoir espéré et attendu ses amis, Tobias réalisa que c'était en fait eux qui avaient besoin de lui.

Avant que le Raupéroden ne les engloutisse.

Le temps leur était compté.

16.

Un ennemi de plus

Le soleil déposait sa caresse chaude sur le visage de Matt.

La tiédeur lui fit ouvrir les yeux, il avait la gorge sèche, un mal de crâne épouvantable et tout son flanc gauche était aussi sensible que s'il était allongé sur des tessons de verre.

– Il revient à lui ! annonça un visage au-dessus de lui.

Matt voyait flou. Ses yeux mirent plusieurs secondes à faire le point. Visage amical. Cheveux coupés très courts.

Floyd.

– Soif…, parvint-il à dire.

On lui versa de l'eau sur les lèvres et il réussit à se redresser lentement pour boire de longues gorgées.

Les souvenirs de la nuit passée lui revinrent. Il inspecta ses environs immédiats et vit la tristesse sur les traits de ses camarades. Ben, Horace et Chen avaient encore les mains pleines de terre.

Matt comprit en voyant le petit monticule derrière eux, un bâton planté à son extrémité avec les gants en cuir de Luiz enfoncés sur le dessus. Ils lui avaient creusé une tombe. Luiz n'était plus.

Soudain affolé, Matt s'agita jusqu'à repérer Ambre qui,

heureusement, semblait en bonne santé. Elle croisa son regard et s'approcha :

– Neil t'a sauvé la vie. Ta blessure s'est… refermée.

Matt, dubitatif, souleva sa chemise pour découvrir qu'il n'avait même pas de point de suture. En réalité, il n'avait plus la moindre plaie, rien qu'un gigantesque bleu d'un brun violacé.

– Comment a-t-il fait ça ? Je suis sûr que j'ai saigné ! Regarde, mes vêtements sont imbibés !

– C'est son altération. Il soigne les blessures par le contact de ses mains. Il n'avait jamais guéri plus qu'une foulure ou qu'une plus modeste coupure jusqu'à cette nuit. Ce sont les Scararmées, Matt. Ils décuplent nos facultés au-delà de ce que nous pensions !

– C'est bien toi qui as projeté le Rôdeur Nocturne contre l'arbre, alors ?

– J'ai voulu le repousser et je l'ai broyé !

– Génial ! Voilà de quoi nous protéger mieux qu'une armure.

Ambre laissa apparaître sa contrariété :

– Sauf que nous ne maîtrisons pas le phénomène, nous n'avons aucune nuance. Et l'effort intense me fait perdre conscience. Et quand Neil s'est occupé de toi, sur le coup il n'est parvenu à rien, puis en n'écoutant que lui, il a essayé encore et, bien concentré cette fois, il a capté l'énergie des Scararmées. Cela t'a sauvé, mais il a perdu connaissance et n'est toujours pas revenu à lui.

Matt se leva avec difficulté et se rendit au chevet de celui à qui il devait la vie. Le grand garçon au crâne dégarni était allongé entre leurs sacs, sur son duvet, veillé par Tania.

– Il dort ou il est dans le coma ? demanda-t-il.

– Je l'ignore, j'ai essayé de le réveiller, mais je n'ose insister.

Ben apparut dans leur dos.

– Il va falloir le brusquer. Nous devons partir, nous avons déjà perdu pas mal de temps.

– Les chiens vont bien ? s'enquit Matt.

– Deux sont blessés, mais je crois qu'ils peuvent encore suivre. Nous allons les alléger.

– Et Luiz ? fit Matt d'un ton résigné. Vous l'avez enterré ici, c'est ça ?

– En effet. Floyd m'a dit qu'il était catholique, alors on a essayé de dire quelques mots en rapport avec le Paradis, tout ça quoi.

– On lui a même taillé une petite croix, ajouta Chen.

– Et pour votre mission ? Il était le stratège, celui qui devait noter toutes les failles de la forteresse pour préparer le plan d'invasion, n'est-ce pas ?

– Nous improviserons sur place, affirma Floyd. Avec Tania, on se débrouillera pour faire le boulot. Nous n'avons pas le choix, de toute façon.

Matt hocha la tête en considérant la tombe de Luiz. Il n'arrivait pas à croire que le jeune garçon qui chevauchait encore à leurs côtés hier après-midi était à présent sous cette terre, froid et dur. Jamais plus il ne le reverrait.

Ben le sortit de ses pensées :

– Floyd et moi allons mettre Neil sur son chien, pendant ce temps reprenez toutes vos affaires, nous repartons.

Matt regarda une dernière fois la sépulture de Luiz. D'ici quelques jours elle serait envahie par les feuilles et les ronces et plus personne ne saurait qu'au bord de la route reposait le corps d'un garçon.

Sa mémoire ne survivrait plus qu'à travers eux.

S'ils s'en sortaient.

Ils chevauchèrent à bonne allure toute la matinée, sur-veillant Neil, sanglé sur son chien, et gardant également un œil sur les deux animaux blessés qui galopaient en retrait sans manifester de signe de souffrance. De toute façon, Matt les sentait si dévoués à leurs jeunes maîtres qu'il serait impossible de les renvoyer ; s'ils venaient à se blesser, Matt les devinait capables de rester jusqu'au sacrifice.

Neil revint à lui, relevant la tête au gré des soubresauts de la chevauchée. Il grimaçait et Matt le vit boire régulièrement. Il revint à son niveau, et lui demanda :

– Comment te sens-tu ?

– Nauséeux. J'ai l'impression d'être malade. Et ma tête va exploser. Et toi ?

– Apparemment tu m'as sauvé la vie. Merci.

Neil haussa les épaules comme si la chose n'avait pas d'importance, qu'il n'avait fait que son travail.

– J'aurais aimé en faire autant pour Luiz.

– À ce que j'ai compris c'était impossible, il est mort pres-que instantanément. C'est une très grande faculté que tu as là.

– Une très grande faculté qui fait très mal à la tête ! Et mon corps est fourbu, j'ai l'impression d'être passé sous un bus ! Je vais mettre une semaine à m'en remettre.

Matt renouvela ses remerciements et le laissa se reposer.

En fin de matinée de ce troisième jour, un trait noir apparut au loin sur la ligne d'horizon sud. Tandis qu'ils s'en appro-chaient, le trait ressembla peu à peu à un immense mur posé sur le bord du monde. L'ombre d'une interminable chaîne de montagnes de verdure.

La lisière de la Forêt Aveugle.

Le lendemain, ses contreforts sortirent du flou et son imposante masse prit consistance à mesure que le groupe franchissait les kilomètres.

Matt distingua ce qui ressemblait à une vallée entre ces montagnes végétales, comme si une force prodigieuse s'était ouvert un passage en plein milieu de la Forêt Aveugle pour rejoindre le sud. La Passe des Loups, unique passage entre le royaume des Cyniks et les terres libres des Pans.

Depuis la veille, le convoi redoublait de prudence, guettant tout signe de vie, craignant de tomber sur une patrouille Cynik. Pourtant ils n'avaient pas quitté la piste pour autant, privilégiant la rapidité.

La caravane canine progressait plus lentement, il lui fallait reprendre quelques forces, lorsque Ben pointa le doigt vers un minuscule nuage de poussière qui sc déplaçait au loin, derrière une butte.

– Ça ressemble à des chevaux en pleine course, lança-t-il, et ça vient dans notre direction.

– Tout le monde à l'abri dans les fourrés ! ordonna Matt.

Tous sautèrent à terre et tirèrent leur monture hors de la piste, à couvert dans un petit bois d'épineux. Matt, Ben et Ambre rampèrent dans les fougères jusqu'au bord de la route.

Le martèlement d'un galop ne tarda pas à résonner, et deux cavaliers apparurent. Ils portaient des armures légères, en cuir noir, les traits dissimulés par des casques. La terre se mit à trembler lorsqu'ils passèrent juste sous leur nez, sans ralentir.

Et Matt remarqua leurs épées et leurs longues dagues effilées.

– Qu'est-ce que deux cavaliers seuls font ici ? demanda-t-il. C'est un peu léger pour une patrouille !

– Des éclaireurs ou des messagers, devina Ben. Il faudra être vigilants, ne pas se faire surprendre par l'arrière, s'ils reviennent.

– Tu crois que les Cyniks ont encore beaucoup de patrouilles dans les environs ? questionna Ambre.

– Je l'ignore, mais il y en avait tellement ces derniers temps… je serais étonné qu'elles soient toutes rentrées.

Ben recula et ils rejoignirent les autres pour se remettre en route.

Ben ouvrait la voie tandis que Floyd fermait la marche, chacun guettant l'horizon pour prévenir tout danger.

– La Passe des Loups est large ? demanda Horace.

– Je ne l'ai jamais empruntée sur plus d'un kilomètre, répondit Ben. Au début elle doit mesurer environ trois ou quatre kilomètres de large. C'est une cuvette de hautes herbes, bordée par un fleuve et encastrée dans la forêt qui grimpe en pente abrupte.

– Comment ne pas se faire repérer par les Cyniks ?

– En longeant la forêt. À partir de ce soir nous n'allumons plus de feu, nous ne galopons plus pour éviter de soulever la poussière, et nous marchons le plus possible à couvert. Nous nous en sortirons.

Horace fit la moue. Il semblait ne pas partager l'optimisme de Ben, mais n'en dit rien.

Ils marquèrent une pause pour dévorer quelques provisions et repartirent en hâte. Ils voulaient rejoindre la Passe des Loups le plus rapidement possible, malgré leur appréhension.

La piste décrivit un long lacet à flanc de colline, avant que les arbres qui l'encadraient ne s'éclaircissent et dévoilent une plaine émeraude et dorée. L'entrée de la Passe des Loups passait par ce long dégagement de hautes herbes. De rares bosquets de conifères et quelques buissons la parsemaient. La cuvette de la Passe semblait toute proche tant la Forêt Aveugle qui l'encadrait grimpait en altitude, pourtant plus de dix kilomètres restaient à franchir à découvert.

– C'est la partie la plus délicate, annonça Ben. Soit nous ne perdons pas de temps et nous tentons de la franchir dès maintenant, mais si des Cyniks prennent la route au même moment ils nous repéreront aussitôt, soit nous attendons la nuit.

– La nuit, trancha Matt sans hésiter. Nous en profiterons pour nous reposer, tout le monde en a besoin, à commencer par les chiens. Et demain matin, nous partirons avant le lever du soleil, pour traverser et entrer dans la Passe.

Ils s'éloignèrent de la piste, dressèrent un campement sommaire, et s'étendirent enfin dans les duvets, les membres douloureux. Les chiens, libérés de leurs paquetages, allèrent se rouler dans l'herbe ou renifler l'odeur d'un gibier pour leur repas.

Neil s'endormit, encore épuisé par son exploit de la veille. Ambre n'était pas plus vaillante, mais tenait bon. Matt savait qu'elle était du genre à ne pas faiblir tant qu'un minimum de force la tenait debout.

Le ciel s'assombrit à mesure que le soleil déclinait, jusqu'à ce que la grande plaine se nimbe de ce clair-obscur propre au crépuscule, une lumière rasante ponctuée d'ombres soufflées par le vent.

Soudain, des points de lumière apparurent à l'entrée de la plaine, au sud-ouest. Des centaines de petites étoiles tremblantes qui se déplaçaient au ras du sol.

Alertés par Tania, les Pans, à l'exception de Neil qui dormait, scrutèrent la progression des lueurs vacillantes.

Des torches.

Des torches qui éclairaient une interminable colonne de silhouettes à la démarche incertaine, parfois claudicante.

– Des Gloutons ! comprit Floyd. Des milliers de Gloutons qui entrent dans la Passe des Loups !

– Ils vont se battre contre les Cyniks, fit Chen, hypnotisé par le spectacle.

– Je ne crois pas, intervint Ben. Regardez en tête du convoi !

Ils fouillèrent la pénombre au pied de la forêt et aperçurent une cinquantaine de cavaliers noirs.

– Ce sont des Cyniks ! reconnut Floyd. Qu'est-ce qu'ils font avec des Gloutons ?

– Ils les guident, déclara Ambre d'un air sinistre. Ils les conduisent vers leurs terres. Les Gloutons ne vont pas faire la guerre à Malronce, ils rejoignent son armée !

– Ce n'était pas prévu dans leur plan ! s'indigna Matt comme un enfant éprouvant une cruelle injustice.

La lutte des Pans contre les adultes, déjà suicidaire, venait de devenir vaine. Même avec un très bon plan et l'effet de surprise, jamais les Pans ne pourraient vaincre les Cyniks et les Gloutons rassemblés.

– Autant rentrer chez nous dès maintenant, proposa Tania. Il ne sert plus à rien de continuer. Il faut prévenir Eden, alerter tout le monde qu'il faut fuir, vite et loin.

– Et pour aller où ? fit Floyd. Les Cyniks nous extermineront ou nous transformeront en esclaves !

– Nous ne changeons rien au plan ! ordonna Ben. S'il faut vaincre une armée de Gloutons, eh bien nous nous battrons ! Nous savions que ce serait difficile, de toute façon !

Tania et Chen le regardèrent, effarés, comme s'il ne mesurait pas la gravité de la situation. Floyd se pencha vers eux :

– En partant pour cette mission, nous savions que nous ne reviendrions peut-être pas, dit-il. Alors autant aller jusqu'au bout.

Ils demeurèrent immobiles, à espionner le serpentin d'humanoïdes qui ondulait dans la plaine, tandis que la nuit tombante faisait briller chaque seconde davantage les points orange et jaune des torches.

L'armée se glissa entre les deux masses de la Forêt Aveugle, dans la vallée, et lorsqu'elle fut totalement aspirée par l'obscurité, les loups se mirent à hurler sous les étoiles.

17.

La Passe des...

Les hurlements des loups durèrent plusieurs heures, ils étaient invisibles, mais leurs cris résonnaient, portés par le vent, à l'instar de fantômes hantant la plaine et menaçant tout intrus.

Il devait être trois heures du matin lorsque Matt se réveilla, incapable de dormir plus longtemps. Il ne rêvait plus. Depuis un moment déjà, il n'avait plus aucun souvenir de songe. Encore moins de cauchemar. Le Raupéroden avait-il renoncé à le traquer ? C'était peu probable, quoi qu'il cherchât en Matt, il ne le lâcherait pas tant qu'il n'aurait pas eu satisfaction.

Ou peut-être qu'il est loin. C'est pour ça qu'il ne m'envoie aucun mauvais rêve, il est encore trop éloigné pour parvenir à capter mon inconscient dans l'inconscient collectif.

Matt ignorait si c'était une bonne ou une mauvaise nouvelle. La venue du Raupéroden pourrait mettre en péril cette expédition, mais en même temps le croiser signifiait le défier. Pour récupérer Tobias.

Et s'il était déjà mort ? Si je me trompais, si Tobias était mort à l'instant même où il a été dévoré par ce monstre ?

Alors le détruire serait sa vengeance.

142

Il rangea ses affaires dans sa sacoche et alla secouer doucement ses compagnons. Il était temps de se remettre en route.

Neil avait retrouvé ses forces, il pouvait se tenir éveillé et
n'éprouvait plus de douleur lancinante à la tête.

Ils chevauchèrent à travers la plaine jusqu'à atteindre
l'entrée de la Passe des Loups. La lune était désormais masquée par la masse gigantesque de la Forêt Aveugle, une
muraille de végétation qui s'élançait de part et d'autre de la
vallée, semblable aux pentes d'une montagne escarpée. Ils
allaient devoir la traverser sur plusieurs dizaines de kilomètres, en suivant un goulet obscur de quatre kilomètres de large,
et en espérant ne croiser ni patrouille Cynik ni danger suscep-
tible d'attirer l'attention.

Ils entraient en territoire ennemi.

Les loups se répondaient sur leur passage. Leur présence
n'avait pas alarmé les Pans jusqu'à ce que leurs montures se
mettent à trembler. La démarche des chiens avait perdu en
assurance et leur pelage était tout hérissé.

– Tu sens comme ils ont peur ? s'inquiéta Ambre.

– Plume aussi… Pourtant tu as vu la taille de nos chiens ?
Ils n'en feraient qu'une bouchée si les loups attaquaient !

– Sauf si c'est une énorme meute. Peut-être que les chiens
le sentent ?

– Je ne sais pas, mais ça ne me plaît pas du tout.

Les loups se turent lorsque l'aurore commença à blanchir le
ciel. Les chiens progressaient en file, celui de Ben en tête et
Floyd fermant la marche. Avec le jour, ils s'étaient approchés
de la lisière de la forêt et Ben mit pied à terre.

– Nous ne pouvons prendre le risque d'évoluer à découvert, la route est à moins de deux kilomètres, des Cyniks pourraient nous apercevoir.

Une fine bande de terre claire se tortillait au loin dans la vallée, tout près d'un fleuve à l'eau sombre. Quelques rochers hérissaient, ici et là, le paysage relativement dégagé, n'offrant que très peu de relief hors les arbres qui tapissaient les pentes de part et d'autre.

Ils avancèrent donc toute la matinée sous les frondaisons, profitant de ce camouflage mais sans pouvoir lancer les chiens au galop, parmi les racines, les branches basses, les terriers et les fourrés drus qu'il fallait contourner. Les deux chiens blessés, celui de Floyd et celui de Luiz, transportaient peu de matériel pour ne pas les fatiguer et ils continuaient de suivre sans ralentir le groupe.

La lumière parvenait chichement dans la vallée, filtrée par les arbres géants de la Forêt Aveugle. Elle s'intensifia à midi, lorsque le soleil vint à l'aplomb de la profonde gorge, pour quatre heures à peine, avant de disparaître à nouveau à l'ouest, derrière les futaies d'un kilomètre de hauteur.

En milieu d'après-midi, Ambre aperçut une maison coincée entre la route et le fleuve. Elle s'arrêta net.

– Ben ! Qu'est-ce que c'est ?

– Je l'ignore, je n'ai jamais été si loin dans la Passe. La forêt descend jusqu'au niveau de la route, on peut s'en rapprocher si vous souhaitez jeter un coup d'œil.

– C'est préférable, intervint Floyd. Je n'ai pas envie de faire un rapport incomplet à Eden.

Les chiens changèrent de direction et suivirent la pente légère en direction du fleuve, sur plus d'un kilomètre et demi avant de s'arrêter. Ben les confia à Horace et Neil et invita les autres Pans à le suivre à pied, en prenant soin de ne pas faire de bruit.

Ils débouchèrent sur de hautes herbes d'un vert éclatant, à une centaine de mètres de la route seulement. La maison apparut, tout en pierre grise, sur deux étages, et coiffée d'un toit en chaume. Deux grosses cheminées fumaient et sur sa façade arrière, on entendait grincer une immense roue entraînée par le courant du fleuve. Une large bâtisse, imposante comme un manoir.

Ses fenêtres fines et hautes semblaient les meurtrières d'un donjon.

— C'est ça la forteresse ? fit Chen entre déception et incrédulité.

— Je ne pense pas, répondit Matt. On dirait plutôt une grande auberge. Les Cyniks doivent s'arrêter ici pour dormir lorsqu'ils traversent.

— Une auberge fortifiée ?

— Regardez les fenêtres, insista Ambre. Ce n'est pas normal.

Tania intervint aussitôt :

— C'est un bâtiment de guerre.

— Non, le toit ne serait pas en chaume que l'on peut brûler facilement, mais plutôt en ardoise, les Cyniks savent le faire, je l'ai vu à Babylone, leur plus grande ville.

— Ambre a raison, confirma Ben. Ils n'ont pas d'écurie extérieure, la grande porte à droite, c'est pour faire entrer les chevaux, ils ne laissent rien dehors.

— Pour se tenir chaud ! proposa Chen. L'hiver, les animaux peuvent servir à chauffer une maison.

— Non, le coupa Ben, je vois des traces de coups sur les portes ! Cet endroit a été attaqué !

— Probablement par les Gloutons avant qu'ils ne deviennent leurs alliés, avança Matt.

– C'est possible. Quoi qu'il en soit, cette auberge ne sera pas facilement prenable.

– Il suffira de lancer des flèches enflammées sur le toit, exposa Ambre, tous les occupants sortiront rapidement ! Quel que soit l'usage de cet endroit, il n'a pas été pensé pour se protéger contre des adversaires un tant soit peu rusés.

– À quoi penses-tu ? demanda Matt qui connaissait assez son amie pour savoir qu'elle avait une idée.

– À des animaux. Les Cyniks dorment ici pour se protéger des prédateurs.

– Des Rôdeurs Nocturnes ? s'affola Tania.

– Aucune idée. En tout cas voilà une raison de plus pour que nous restions discrets.

Ils remontèrent vers les chiens. Neil et Horace discutaient, une tige d'herbe entre les dents.

– Alors ? demanda ce dernier.

– Nous allons presser le pas, dit Ben, pour sortir de la Passe des Loups le plus vite possible.

Lorsque la pénombre du soir vint accentuer les ombres de la vallée, le groupe, sans mot dire, se mit à craindre l'arrivée de la nuit. Cette forêt au bord de laquelle ils progressaient entretenait leur malaise. Quels mystères cachait-elle ? Quelles abominations se tapissaient dans ses profondeurs, prêtes à jaillir sous la lune ?

À l'unanimité, ils votèrent pour en sortir et dormir au grand air.

Ils s'installèrent derrière de gros rochers qui les cachaient à la route. Le dîner, froid, fut frugal, et lorsque la fraîcheur nocturne les enveloppa, tous regrettèrent de ne pouvoir allumer un bon feu.

Les chiens, contrairement à leurs habitudes, ne s'éloignèrent guère et rentrèrent à l'abri des hautes pierres, pour se blottir contre leurs jeunes maîtres.

Alors les hurlements commencèrent.

De longues plaintes à peine modulées qui surgissaient de la forêt.

Puis de nombreuses formes sautillantes apparurent.

Grandes et menaçantes.

18.
Le mobile

Le Dévoreur était entré pour se nourrir et personne n'avait tenté de le repousser.

Lorsque Tobias était revenu de son exploration extérieure, pour prévenir les prisonniers et proposer de s'organiser pour lutter, pour empêcher le monstre d'entrer dans la grotte, ils avaient tous refusé et s'étaient rencognés dans leurs coins respectifs, en priant pour ne pas être choisis.

L'araignée était passée devant Tobias, et il l'avait sentie *hésiter*.

Alors un raz de marée avait déferlé sur la plage de son esprit, où il s'était représenté son libre arbitre, le contrôle de soi, par un petit dessin. Tout avait soudain été submergé… Et Tobias avait perçu la terreur qui pénétrait ses chairs.

L'araignée aussi l'avait flairée.

Alors Tobias s'était projeté sur sa plage, et avait couru pour repousser l'eau, d'abord vainement, avec ses mains, puis plus efficacement, par la force de la pensée.

L'araignée avait levé les pattes, comme sur le point de le palper et une autre vague gigantesque s'était abattue sur le rivage.

Si haute et si bouillonnante que Tobias avait failli tout abandonner et se laisser balayer, que le monstre l'emporte et que tout soit enfin fini !

Mais la force de vie qui l'animait avait repris les rênes et il s'était jeté face à la vague, pour la contrer, pour faire un barrage de son corps.

Et le temps qu'il rouvre les yeux pour la recevoir en plein visage, elle s'était dissipée. Le Dévoreur s'était tourné pour sonder une autre cavité.

Tobias avait alors fait quelque chose de stupide.

En entendant les cris de désespoir d'une fille que l'araignée saisissait, Tobias s'était redressé, un os à la main, et avait bondi sur le Dévoreur.

Il avait reçu un coup de patte arrière en pleine poitrine et était tombé à la renverse, sonné.

Le temps qu'il revienne à lui, les cris avaient cessé. C'était trop tard.

Lorsque le monstre recracha le squelette chaud de la fille, Tobias pleurait.

Le cauchemar ne prendrait jamais fin tant qu'il n'y mettrait pas un terme, comprit-il.

En définitive, la leçon à retenir était simple : il ne devait compter que sur lui-même.

Tobias regagna la porte dès que le Dévoreur fut parti. L'araignée avait à nouveau enduit le cercle de bois de sa soie collante.

– Je déteste les araignées, pesta Tobias tout bas en saisissant un os pour répéter l'opération de limage.

Lorsqu'il fut dans la première caverne, il grimpa lentement pour être certain que le Dévoreur ne l'attendait pas plus loin, et il aperçut enfin la lueur de la nuit.

Aucune araignée en vue.

Tobias osa un coup d'œil rapide à l'extérieur.

Une lande de roche noire. Des dolmens aiguisés par le vent, tranchants comme des lames. Une terre aride et sombre, semée de pierres menaçantes.

Tobias remarqua immédiatement l'absence d'étoiles dans ce ciel d'encre. Au lieu de quoi il vit une succession d'éclairs fabuleux et silencieux, des arcs tordus qui illuminèrent l'horizon.

Tobias posa le pied sur cette terre froide et sonda les environs.

Le Dévoreur apparut au loin, il se faufilait derrière une butte, dans ce que Tobias supposa être une autre grotte.

Le jeune garçon monta sur un talus pour tenter de voir plus loin.

Il remarqua très vite la silhouette qui marchait lentement entre les lames minérales et décida de la suivre.

L'absence de végétation rendit l'approche aisée et Tobias fut rapidement à quelques mètres de l'individu.

Une large houppelande enveloppait son corps, surmontée d'un capuchon immense noyant son visage dans l'obscurité. Pour ce qu'il en distinguait, Tobias sut que c'était un humain. Deux mains dépassaient du vêtement, des mains d'homme. Qui tirèrent sur une chaîne rouillée, dégageant une trappe. Une lueur rouge et blanche s'éleva du puits. L'homme se pencha au-dessus et la lumière spectrale envahit son capuchon. Tobias n'était pas dans le bon axe pour voir son visage. Il pesta en silence mais ne prit pas le risque de se faire repérer.

L'homme resta un bon moment ainsi courbé au-dessus du puits avant de secouer la tête et de remettre la trappe en place.

Tobias le suivit jusqu'à une margelle de pierre noire. L'homme souleva le couvercle comme s'il s'apprêtait à humer un bon petit plat. Il posa ses mains de chaque côté du rebord et la même lumière rouge et blanche projeta son halo fantomatique.

Les rayons lumineux déplaçaient des formes, fugitives et diaphanes, pas plus consistantes qu'un filet de vapeur. Tobias vit défiler des visages, puis les motifs transparents gagnèrent en précision et l'adolescent put admirer des paysages, des silhouettes.

L'homme ne bougeait plus, captivé par ce qu'il voyait au fond du puits. Soudain il recula et serra les poings.

Il se mit à marcher autour du puits, lentement, tandis que les images dans la lumière continuaient de s'élever avant de se dissoudre dans la pénombre.

L'homme émit un rire inquiétant, cruel.

Il leva brusquement la main et referma le poing comme s'il venait de capturer une mouche en plein vol.

– Je te tiens ! Cette fois, tu es à moi ! À moi ! La Rauméduse sera battue ! Battue !

Alors sa houppelande claqua au vent et il se précipita sur le puits pour le refermer avant de foncer vers une petite colline au relief agressif.

Tobias hésita. S'il continuait à le suivre, il n'était pas sûr de retrouver son chemin jusqu'à la grotte. Et il ne voulait pas abandonner les Pans à l'intérieur.

– Je dois en savoir plus, murmura-t-il.

Par prudence, il laissa un peu d'avance à l'homme et lui emboîta le pas en cherchant un maximum de repères pour pouvoir rentrer.

Au sommet de la colline, Tobias découvrit avec stupeur une forêt en contrebas. Un interminable labyrinthe d'arbres noueux sans feuilles, aux branches tordues, à l'écorce plissée

151

telle la peau d'un vieillard. Un léger panache de fumée hoquetait dans le ciel depuis une clairière. Le garçon crut distinguer ce qui ressemblait à une petite chaumière, mais il ne prit pas le temps de s'en assurer et dévala la pente à la suite de sa proie tandis qu'elle pénétrait dans cette forêt morbide.

Sa première impression se confirma : la vie avait déserté ce lieu. Tout y était stérile. Les troncs étaient morts et difformes, la mousse sur le sol n'était plus qu'un tapis rêche et les ronces séchées se brisaient au moindre effleurement.

L'homme emprunta un sentier qui serpentait jusqu'à la clairière où se dressait la chaumière. À l'intérieur, un feu de cheminée nimbait les fenêtres rondes d'un halo orangé.

L'homme poussa la porte et disparut.

Tobias se précipita contre l'une des vitres et risqua un œil.

L'homme se réchauffait les mains au-dessus des flammes, ce que Tobias trouva étrange car il ne faisait pas du tout froid.

Ce lieu me permet de vivre sans manger ni boire, peut-être qu'il me prive aussi des sensations.

Tobias se pinça le gras de la main et perçut immédiatement la douleur.

Ouch ! Non, c'est pas ça ! Alors peut-être que ce type est froid comme la mort ! Qu'il n'a pas de chaleur...

Pour l'heure il n'avait surtout pas de visage.

Tobias le vit s'asseoir à une table et ouvrir une magnifique boîte laquée. Un mobile en acier brillant apparut. Différents cercles de fer allant du plus petit au plus grand s'articulaient autour d'une bille métallique. Chaque cercle tournait sur un axe invisible et animait un motif sculpté. L'ensemble semblait ainsi se mouvoir comme par magie, recréant les orbites des planètes du système solaire. Tobias s'aperçut alors que le mobile ne reposait sur rien. Il flottait dans l'air.

Il colla son nez à la vitre et tenta de discerner les motifs des cercles. Leurs balancements lui compliquaient la tâche, néanmoins il reconnut une araignée au centre. Puis un moustique sur l'extérieur. Des éclairs pour le plus grand cercle, celui qui fermait le mobile. Le centre était plus flou. La bille centrale dessinait un… visage. Mais il ne pouvait en reconnaître les traits.

– Qu'est-ce que c'est que ce machin ? chuchota-t-il.

L'homme leva les mains au-dessus du mobile et les cercles d'acier ralentirent. Sa voix lui parvint, étouffée :

– Nous l'avons localisé ! Il sera bientôt en nous. À nous !

Le mobile se remit en mouvement, plus rapide, et Tobias crut y lire une forme d'excitation.

En nous ? Si le Raupéroden absorbe Matt, est-ce qu'il va aussi ingérer son altération ? Devenir plus fort ?

Tobias frissonna. Il fallait faire quelque chose. Ce mobile avait son importance, il le pressentait. Il s'en dégageait une troublante énergie.

Tout vient de là. De cet objet. Ce balancement, ce mouvement perpétuel, c'est le cœur du Raupéroden.

Soudain les pièces du puzzle s'assemblèrent dans son esprit.

Tobias sut tout de cet endroit.

Et il reconnut la voix de l'homme.

– Oh non ! gémit-il en sentant ses jambes se dérober.

Il glissa le long du mur et porta une main à sa bouche.

Matt ne devait surtout pas venir ici. Tobias allait s'y employer par tous les moyens.

Il n'était pas dans *le monde* du Raupéroden, mais à l'intérieur de son organisme. Et tout ce qu'il apercevait constituait ses différentes fonctions. L'araignée était son système alimentaire, les éclairs sa force, ses sens également.

Et si le mobile en était le cœur, cet homme en était l'âme.

Tobias entendit un énorme bourdonnement dans le ciel et des dizaines de formes ailées surgirent, braquant sur lui une lumière vive depuis leurs gueules allongées.

Ça c'est pour moi ! devina-t-il aussitôt.

Maintenant il allait faire connaissance avec le système immunitaire du Raupéroden.

Et quelque chose lui murmurait qu'il n'allait pas aimer cela.

19.

Le sacrifice

Ambre grimpa sur la pierre la plus proche.

— Je ne vois pas ce que c'est mais il y en a beaucoup !

Ben se hissa à ses côtés.

— Des loups, révéla-t-il. D'énormes loups. De la taille de nos chiens. Et ils viennent vers nous !

Tout le monde se jeta sur les armes. Ben aida Ambre à descendre et celle-ci en profita pour demander tout bas :

— Es-tu sûr ? Il fait noir et ils sont encore loin, peut-être que...

— J'en suis certain. Tu ne m'as jamais demandé quelle était mon altération. Je vois la nuit. Presque aussi bien qu'en plein jour. Et ce sont d'immenses loups que je viens d'apercevoir.

Floyd et Matt ordonnèrent qu'on range tout pour être prêts à fuir, puis Matt s'approcha de Tania :

— J'ai entendu parler de ton exploit sur le Rôdeur Nocturne, cinq flèches dans le mille. J'imagine que ce n'était pas un hasard, pas cinq fois de suite ?

— En effet, j'ai ce don. Je suis précise.

— Parfait. Nous allons préparer des flèches avec du tissu imbibé d'alcool. Nous en avons dans la trousse de soins. Avec de la chance, les loups seront effrayés par le feu.

– Et si ça ne marche pas ? demanda Neil.

– Dans ce cas on verra qui du loup et du chien est le plus rapide et nous jouerons nos vies sur ce pari !

Tandis que Floyd et Tania préparaient des flèches inflammables, Neil se dressa devant Matt :

– Le feu va nous faire repérer des Cyniks.

– S'il y en a dans le secteur, c'est certain ! Mais c'est aussi notre unique chance de repousser ce qui nous fonce dessus à toute vitesse, fit Matt en entendant les hurlements se rapprocher.

Tania encocha la première flèche que Floyd enflamma à l'aide de son briquet et tira en l'air pour tenter d'éclairer les formes qui approchaient. Elle prépara aussitôt une seconde flèche et hésita.

– Je vise lequel ?

– Il faut trouver le chef de meute, indiqua Matt.

– Et je fais comment ?

– Aucune idée. Celui qui est en tête ou celui qui hurle tout le temps peut-être !

Les loups dévalaient la pente en galopant et bondissant, une vingtaine de silhouettes presque aussi hautes que des chevaux.

Tania ne parvenait pas à se décider.

– Et tu es sûr que ça va les effrayer ? demanda-t-elle.

– Je n'en sais rien, je me souviens avoir lu que les loups obéissent à un chef de meute, c'est tout ce que je sais !

Tania ajusta le loup de tête, mobile et fluide dans sa course. Elle prit son inspiration et sa vue se focalisa sur cette ombre. Les flammes de sa flèche la perturbaient, parasitant sa concentration, son œil ne faisait pas le point comme d'habitude. Puis soudain elle parvint à ne plus voir que sa cible, tout le reste disparut, elle ne vit plus que lui et fut comme projetée sur lui.

C'était le moment. Elle libéra la corde qui expédia le projectile sans un bruit.

La flèche fusa, presque à l'horizontale, comme un feu d'artifice raté, avant de retomber brusquement et de se ficher dans le poitrail du loup de tête qui trébucha et roula sur dix mètres. Les autres ne ralentirent même pas.

– Essaye encore ! lança Matt.

Tania répéta l'opération, avec le même résultat.

– Non, dit-elle, ça ne marche pas !

– À vos montures ! ordonna Ben en sautant sur son husky.

Les chiens et cavaliers jaillirent et foncèrent dans la nuit. Ben estimait qu'ils n'avaient plus le choix, il fallait mener un grand galop au milieu des rochers et des racines émergentes. Ils parvinrent à la route, Ben en tête, les mains crispées dans le poil de sa monture. À peine son husky effleurait-il la piste de terre battue, tant il gagnait en vitesse.

Tous les autres suivaient, à l'exception de Floyd dont le chien blessé peinait à tenir le rythme, et celui de Luiz, sans cavalier ni équipement, qui traînait la patte.

Les loups sortaient de la forêt par grappes de dix, se jetant dans la pente en direction de ce copieux repas qui détalait.

Matt fit ralentir Plume pour se mettre au niveau de Floyd et il sortit son épée tandis que plusieurs loups géants se rapprochaient dangereusement. Tania l'accompagna et la jeune fille aux longs cheveux noirs banda son arc et avisa le loup le plus proche. À cette allure, il suffit d'une flèche dans le poitrail pour qu'il parte en roulé-boulé. Matt cueillit le suivant au moment où il sautait pour mordre les flancs de Plume, un coup de lame tranchante en pleine gueule et l'animal s'effondra dans une écume pourpre.

Tania multiplia les tirs. Les uns après les autres, les loups trébuchaient ou s'effondraient.

Pourtant de nouvelles vagues déferlaient pour remplacer les troupes perdues, le combat tournait à l'impossible victoire.

Et ils étaient de plus en plus près.

Matt eut à peine le temps de fendre un museau garni de crocs qu'un autre tenta de lui arracher le pied, il ne dut son salut qu'à un heureux réflexe. Un troisième se positionna dans le sillage de Plume et se prépara à la mordre pour qu'elle perde l'équilibre.

Les mâchoires claquèrent une première fois à quelques centimètres de la patte arrière du chien.

La seconde tentative était mieux préparée, le loup allait enfoncer ses dents pointues dans la chair de Plume lorsqu'une force prodigieuse le fit décoller du sol. Il fut projeté dix mètres plus loin, sur un groupe de congénères qui gémirent en s'effondrant.

Une seule personne était capable d'un pareil exploit. Matt tourna la tête et vit Ambre, le bras levé dans la direction de leurs assaillants, se cramponnant à Gus, son saint-bernard.

Une partie des loups venaient de ralentir, abandonnant leurs proies, mais une quinzaine d'individus tenaient bon, les derniers sortis de la forêt. Matt pouvait entendre leurs mâchoires claquer d'excitation et de faim.

Ambre fatiguait et Tania commençait à épuiser ses réserves de flèches. Ce n'était pas bon signe. Matt se mit à douter.

Il ne voulait pas finir dévoré.

Il leva sa lame vers le ciel, prêt à frapper. Cela ne serait pas suffisant, il le savait, mais il allait les repousser jusqu'à l'épuisement. C'était son seul espoir.

Le loup de Luiz, qu'il avait nommé Peps, se mit alors à ralentir. En un instant il fut rattrapé par la meute. Matt allait tirer sur les poils de Plume pour la lancer à son secours, lorsque Peps regarda intensément ces enfants qui fuyaient et Matt eut la conviction qu'une réelle intelligence rayonnait dans ce regard.

C'était un dernier salut à ses compagnons de route.

Alors Peps fit volte-face et retroussa ses babines.

La meute se précipita sur lui, abandonnant la poursuite des Pans, et Peps disparut, submergé par les grands prédateurs gris.

Matt aperçut encore le dos de Peps lorsque celui-ci chargea ses agresseurs. Puis la meute se referma sur lui, comme une fleur carnivore et meurtrière.

Une éternité plus tard, l'un des loups hurla à la lune pour célébrer leur victoire.

Matt en eut le cœur serré. Peps avait chèrement vendu sa peau, il en était convaincu.

Les Pans filaient dans la nuit, s'éloignant du danger.

Peps les avait sauvés.

20.

Les portes de l'Enfer

L'aube surprit les voyageurs sur la piste, les chiens hors d'haleine, leurs jeunes cavaliers encore étourdis par la peur.

Marmite, la chienne de Floyd, tirait la patte et Tania fermait la marche. Elle pleurait en silence. Toutes les larmes qu'elle était parvenue à retenir à la mort de Luiz s'écoulaient maintenant. Elle pleurait comme si le sacrifice de Peps venait de débloquer quelque chose en elle.

– Il faut quitter la route, prévint Matt, ce n'est pas le moment de nous faire repérer par les Cyniks.

– Si les flèches enflammées de cette nuit ne les ont pas alertés ! protesta Neil de mauvaise humeur.

Matt l'ignora. Il ne souhaitait pas entrer dans le jeu du grand blond qui cherchait l'affrontement verbal, probablement pour évacuer son stress.

La colonne remonta la plaine en direction de la pente ouest, pour se mettre à l'abri du bois, restant en lisière pour ne pas s'enfoncer dans les contreforts escarpés de la Forêt Aveugle. Matt et Ambre la connaissaient assez pour vouloir l'éviter à tout prix. Les loups géants n'en étaient qu'un petit aperçu.

En milieu de matinée, fourbu, le groupe s'arrêta et s'effondra sur le tapis de mousse. Il fut décrété qu'ils devaient dormir un peu pour se remettre de leur courte nuit, et on installa le campement.

Pendant que chacun brossait son chien dans un silence pesant, Tania creva l'abcès :

– Peps a donné sa vie pour nous sauver. Même si nous le sentions déjà, c'est la preuve que ces chiens sont très particuliers.

– Peut-être que Peps était juste épuisé, qu'il n'en pouvait plus, lança Chen sans trop y croire.

– Non, fit Matt. Je l'ai vu dans son regard. Il savait ce qu'il faisait. Il l'a fait pour nous.

Chacun observa son chien. Les huit montures étaient sagement assises, jouissant des coups de brosse et savourant chaque caresse.

– À la mort de Luiz, nous n'avons pas pris le temps d'en parler, intervint Ambre. Je pense qu'il serait bien qu'on profite de ce moment pour en dire un mot. Ce qu'il nous inspirait, et si certains ici le connaissaient un peu plus, qu'ils nous disent qui il était.

Ambre commença, décrivant en quelques mots ce qu'elle avait pensé de Luiz, ce qu'il dégageait à ses yeux, puis Tania prit la parole. Les garçons eurent plus de mal à se lancer, mais lorsqu'ils y parvinrent, ils ne purent s'arrêter, comme si évoquer son souvenir pouvait le faire revenir. Ceux qui l'avaient enterré avaient pleinement conscience de sa disparition, ils l'avaient mis en terre, mais pour les autres, sa mort ne fut réelle qu'après cette longue veillée. Cette acceptation de l'émotion qui les laissait en larmes.

L'hommage s'était terminé sur une remarque d'Horace :

– Et si Peps n'avait plus voulu vivre sans son maître ? Il ne l'a pas vraiment connu, pas longtemps, mais peut-être que pour eux ça veut tout dire, non ?

Personne n'avait trouvé de réponse, mais chacun avait observé son chien.

Lorsqu'ils se couchèrent, blottis contre le pelage soyeux de leur animal, le souffle chaud les berça rapidement.

Les Pans repartirent après quatre heures de repos, pour mener bon train tout l'après-midi.

De gros nuages gris s'amoncelaient au-dessus de la vallée au fil des heures et, avant que la nuit ne tombe, il faisait déjà aussi sombre qu'au crépuscule.

La pluie arriva en fin de journée, d'abord de grosses gouttes lourdes, puis un rideau qui s'abattit sur la région, occultant une partie du paysage.

Protégés par les frondaisons de la forêt, les Pans ne ralentirent pas l'allure. Ils se contentèrent d'enfiler les manteaux, de remonter les cols et de rentrer le cou dans les épaules. Les chiens, eux, ne semblaient même pas remarquer la pluie qui détrempait la terre.

En contrebas, dans la vallée, quatre cavaliers remontèrent la route au galop, apparaissant au détour d'un petit bois de hauts sapins. Mais la route était à plus de deux kilomètres des Pans et ils ne purent distinguer autre chose que les silhouettes fusant à travers la pluie.

– Ils dormiront à l'auberge fortifiée que nous avons aperçue hier, devina Ben.

– Tiens, je me demande ce qu'il est advenu de l'armée de Gloutons de l'autre soir, fit Chen.

Floyd secoua la tête :

– Ils sont tellement nombreux qu'ils ont forcément dû dor-

mir dehors, comme nous, mais je n'imagine pas les loups attaquer une force aussi impressionnante.

– C'est juste que je n'aimerais pas rattraper les Gloutons.

– T'en fais pas, on aura le temps de les voir avant de tomber
dessus !

La lumière baissait de plus en plus ; Ben, en tête, laissait son husky les guider et les autres suivaient. Il ne se souciait que des branches basses, profitant de son altération pour
les repérer dans la pénombre, et ses compagnons les évitaient
à son signal en se penchant sur le cou de leur chien.

Matt et Ambre conversaient, l'un derrière l'autre, juste
devant Floyd qui fermait la marche. Ce dernier les entendit
évoquer le souvenir du peuple Kloropanphylle au sommet de
la Forêt Aveugle.

– Il y a vraiment des gens qui vivent tout là-haut ? s'étonna-t-il.

– Oui, fit Ambre en haussant la voix. Et si tu voyais leur
ingéniosité, tu n'en reviendrais pas !

– J'aimerais bien y monter !

– Je ne suis pas sûr, tempéra Matt. Les Kloropanphylles
sont un peu spéciaux.

– Pourquoi ?

– Disons qu'ils sont prêts à t'accepter mais tu devras te sou-
mettre à leurs coutumes, à leur croyance, et tu devras rester
parmi eux.

– Ils se protègent, le coupa Ambre. C'est normal ! Nous
n'avons pas été corrects, nous avons trahi leur confiance !

– C'est leur faute ! Ils n'avaient qu'à pas se la jouer aussi
mystérieux !

– Non, Matt ! s'énerva Ambre. Nous avons…

– Moins fort ! ordonna Ben. La pluie ne couvre pas les cris,
je vous rappelle !

Ambre soupira, agacée par l'attitude de son ami.

Matt se tut à son tour. Il pivota sur Plume pour apercevoir Floyd.

– Au fait, quelle est ton altération ? demanda-t-il.

– Si je te dis que petit, je n'arrêtais pas de tomber partout, que j'étais un vrai casse-cou et que je me suis fait plus de fractures que toute ma classe réunie, à quoi tu penses ?

– Je suppose que tu as développé une altération d'agilité, pour ne plus tomber ?

Floyd secoua la tête.

– Perdu. Mes os sont devenus élastiques, pas énormément, mais je ne me casse plus rien maintenant ! Il n'y a pas plus souple à Eden !

– Ah, fit Matt un peu déçu. Et ça te sert souvent ?

– Pour me faufiler dans un petit trou, c'est pratique. Et surtout je peux me prendre un coup violent, j'aurai un bel hématome mais je ne casse pas ! Bien sûr, j'imagine que si c'est un choc vraiment trop fort, je risque une hémorragie interne ou un truc de ce genre. Et toi, c'est quoi ton altération ?

– Moi ? Disons que je frappe fort, fit Matt en désignant son épée dans son dos.

Ben était sur le point de renoncer à poursuivre et d'établir le bivouac pour la nuit lorsqu'il distingua une forme pointue que la pluie rendait floue, au loin dans la plaine.

– Qui a les jumelles ? demanda-t-il.

Matt réalisa qu'il portait celles de Tobias. Après le crash de la méduse, il avait récupéré ses affaires, ne pouvant se résoudre à les abandonner. Il fouilla dans une des sacoches de Plume et remonta le long du convoi pour les tendre à Ben.

Voyant Ben scruter l'horizon noir, Matt se demanda s'il pouvait vraiment voir quelque chose.

Ben inspira d'un coup, comme effrayé.

– Qu'est-ce qu'il y a ? murmura Matt.

– La forteresse Cynik. Elle est là, toute proche.

– Très bien ! Allons y jeter un œil, avec ce temps ils ne pourront pas nous remarquer.

Ils contournèrent un éperon rocheux qui sourdait de la pente jusqu'à plus de vingt mètres de hauteur et descendirent en silence de leurs montures. Lentement, en prenant soin de discerner le moindre détail pour ne pas se faire surprendre par une patrouille masquée par la pluie, ils se rapprochèrent de la route. Et la forteresse apparut au détour d'une butte.

Matt en eut le souffle coupé.

Elle était bien plus imposante qu'il ne l'avait imaginé.

Les Cyniks n'avaient pas choisi l'endroit au hasard. C'était une zone hérissée de gigantesques rochers, comme s'ils étaient tombés des pentes de la Forêt Aveugle, sur lesquels s'appuyait un énorme mur de pierre. Il fermait totalement la vallée jusqu'au fleuve au-dessus duquel une arche, suspendue tel un pont, retenait une gigantesque herse de métal s'enfonçant dans l'eau obscure.

Et au milieu du mur : une forteresse flanquée de ses hautes tours, de ses chemins de ronde crénelés et d'un donjon massif percé de fines fenêtres. La route aux pieds des Pans serpentait pour se terminer par une rampe gagnant une large porte d'acier. L'accès au château.

Partout les drapeaux rouge et noir frappés de la pomme d'argent flottaient sur leur mât.

Matt distingua les lumières vacillantes des lanternes derrière les créneaux. Des ombres se déplaçaient lentement. Les sentinelles.

Il réalisa alors qu'ils étaient face à un vrai problème.

Le cœur de la terre

Non seulement ils ne pouvaient la contourner pour continuer vers Wyrd'Lon-Deis, mais la forteresse semblait inattaquable. Jamais l'armée des Pans ne pourrait la prendre.

Cet ouvrage titanesque mettait un terme à leurs deux missions et par là même à tous leurs espoirs.

Plus qu'une forteresse, il s'agissait des portes de l'Enfer.

21.

Pire que la mort

La nuit fut agitée.

Comme si chacun des Pans avait pris conscience que c'était la fin de leur mission. Qu'ils ne pouvaient la remplir.

Ils ne cessèrent de se tourner et se retourner dans leur sac de couchage, s'interrogeant sur ce qu'ils devaient faire. Ils ne s'imaginaient pas une seconde rentrer à Eden pour annoncer que c'était fini, qu'il n'y avait plus aucun espoir.

Au lever du jour, Matt était assis, et épiait l'immense château à travers les branchages qui gouttaient encore. La pluie n'avait cessé que très tard dans la nuit, forçant les Pans à dormir sur des souches, à l'abri de la forêt.

– Ça va être coton pour y entrer, fit la voix d'Ambre dans son dos.

La jeune fille vint s'asseoir près de lui.

– Impossible, tu veux dire ! Et moi qui avais naïvement cru qu'on pourrait la contourner.

– Nous pouvons encore passer sur le côté, par la Forêt Aveugle.

– Les Cyniks ont bien sélectionné le lieu avant de construire ; regarde, à cet endroit ce ne sont pas les arbres de la

Forêt Aveugle qui encadrent l'encaissement de la vallée mais une sacrée pente ! Les rochers qu'on voit dans la plaine s'en sont décrochés. C'est abrupt, de l'escalade pure, nous n'y arriverons pas. La végétation a repoussé dessus en plus, ça doit être glissant, et avec ces immenses troncs devant, la paroi doit être aussi obscure qu'une grotte !

— Alors il faut trouver un moyen de franchir ce mur.

— Il fait plus de vingt mètres ! Et le fleuve est barré par cette herse en fer avec une tour de chaque côté ! Ils surveillent le moindre mouvement de l'eau. Non, je ne vois qu'une seule option : la porte ! Et vu sa taille, je n'imagine pas une seconde l'enfoncer.

— Nous avons les Scararmées, Matt, ne l'oublie pas ! Avec eux, le pouvoir de nos altérations est décuplé !

— Tout ce que ça décuplera, c'est l'impact de cet acier contre mon corps ! Je me briserai les os !

— Je ne pensais pas à cela, mais plutôt à conjuguer nos altérations. Ensemble, nous pouvons accomplir des miracles ! Notre force c'est le groupe !

— Tu vois comme moi ce lieu de malheur, il a été conçu pour éviter les intrusions. Je doute qu'on puisse s'y faufiler, c'est plus étanche qu'une baignoire !

— Viens, il faut en parler avec tout le monde.

Les Pans croquaient des biscuits secs et buvaient un peu de lait pour reprendre des forces et se réveiller lorsque Ambre exposa son idée :

— Grâce aux Scararmées nous pouvons compter sur une précieuse aide pour transformer nos facultés en un redoutable pouvoir. La conjonction de toutes nos capacités peut peut-être nous faire entrer dans cette forteresse.

— Alors on n'abandonne pas ? fit Tania entre doute et espoir.

– Certainement pas ! Votre groupe doit préparer l'offensive principale, pour ça il faut que vous ayez une idée des forces et des faiblesses de cet endroit. Et nous, nous devons le franchir pour continuer vers le sud. Tous ensemble, nous pouvons y parvenir. D'abord, il nous faut entrer.

– Pas par la porte, exposa Ben, elle est lourde et ne peut s'ouvrir que de l'intérieur d'après ce que j'en ai vu.

– Ni par le fleuve, compléta Tania. Les tours de guet verront la moindre embarcation approcher et de toute façon le maillage de la herse est trop étroit pour qu'on puisse passer.

– Il reste donc le mur, dit Chen.

– Sauf qu'on n'est pas tous comme toi, Gluant ! répliqua Floyd.

– Ambre a raison ! enchaîna Chen. Il faut se servir des Scararmées, avec eux je pourrais sûrement sécréter davantage de substance collante, mes prises seront mieux assurées, je peux probablement porter quelqu'un de léger, une des filles.

– Et les autres ?

– Attendez qu'on vous ouvre ! Nous nous introduisons à l'intérieur pour vous déverrouiller la porte !

– Pas seulement à deux ! contra Matt. Ambre n'est pas une guerrière, et pardonne-moi, Chen, mais tu n'es pas non plus très costaud !

Chen secoua les épaules :

– Je ne peux pas porter davantage !

– Moi je peux, affirma Ambre. Avec les Scararmées, je dois pouvoir faire léviter Matt.

– Me faire léviter ? Comme si… je volais ?

– Il faudra faire très attention, que je ne brise surtout pas ma concentration, mais je pense que je peux y arriver.

– Oh, c'est un peu prématuré, vous ne croyez pas ? avança

Horace. Tu vas te balader sur le dos de Chen, tout en soulevant Matt à vingt mètres de hauteur ! Si tu as le moindre relâchement, il ira s'écraser comme une crêpe !

– Je peux le faire !

– Je n'en doute pas, mais avec un minimum d'entraînement, quelques jours de préparation et…

– Nous n'avons pas le temps, l'interrompit Matt. Et si Ambre pratique aujourd'hui, elle sera vidée ce soir au moment d'y aller. Tant pis pour la sécurité, je prends le risque. Si tu t'en crois capable, je te suis.

Ambra avala sa salive en fixant son ami.

– Il faut une diversion, déclara Floyd. Les sentinelles sur le mur finiront par vous voir grimper. Il faut attirer leur attention ailleurs.

Ben fit une grimace, peu convaincu :

– Si nous mettons le feu dans la vallée ou si nous nous faisons repérer pour les entraîner plus loin, ça risque de les inciter à redoubler de vigilance au contraire !

– Pas si cette diversion a lieu de l'autre côté du mur !

– Et comment ?

– Moi je peux passer, tout seul. Si j'approche du fleuve sans être vu par les gardes, je peux me glisser entre les barreaux de la herse.

Tania eut un haut-le-corps :

– Tu es aussi souple que ça ?

– Ça peut se faire. Ensuite je fiche la pagaille et pendant qu'ils se concentrent sur ce côté de la forteresse, vous autres vous vous occupez du mur !

Ambre et Matt approuvèrent. Chen suivit.

– Pendant ce temps nous trouverons un moyen de gagner la porte, assura Ben.

– Et si tous les Gloutons que nous avons aperçus avant-hier sont derrière ce rempart ?

– C'est un risque à prendre, conclut Ambre.

– Ne prenez que nos chiens avec vous, fit Matt à l'attention de Ben et Tania, laissez les autres dehors, vous repartirez avec. Nos routes se sépareront une fois à l'intérieur.

Matt tendit la main comme il avait l'habitude de le faire lors de l'Alliance des Trois et chacun posa la sienne dessus.

– Pour notre avenir, dit-il. Pour Eden.

La nuit venue, ils patientèrent jusqu'à ce qu'il soit très tard. Par chance, les nuages masquaient la lune, multipliant les ombres dans la vallée déjà opaque.

Floyd serra chacun de ses compagnons dans ses bras avant de partir, seul, en direction du fleuve. Ben allait suivre sa progression grâce aux jumelles et à sa vision nocturne pour donner le départ de l'autre groupe.

Floyd prit son temps, attentif à ne pas se faire repérer, et Ben l'observa pendant plus d'une heure.

– Il sera bientôt à la herse. Il est fort, le bougre ! Il se déplace très lentement à la surface de l'eau. Préparez-vous.

Matt embrassa sa chienne comme s'il n'allait plus la revoir. C'était plus fort que lui, comme un pressentiment.

Puis Chen et Ambre se faufilèrent avec lui, de rocher en rocher, jusqu'à devoir ramper dans les hautes herbes pour atteindre l'imposant rempart. Avec l'absence de lune, les gardes n'avaient aucune chance de les apercevoir.

Une fois adossé à la pierre froide, Chen retira ses chaussures qu'il attacha à sa ceinture par les lacets, et demanda tout bas à ses deux acolytes :

– Vous êtes prêts ?

– Non, attendons le signal de Floyd, répliqua Matt.

Ambre ne répondit pas, déjà concentrée sur la tâche qui l'attendait. Elle allait tenir la vie de Matt entre ses mains.

– C'est quoi le signal ? s'enquit Chen.

– On le saura en l'entendant.

Il y eut soudain un immense fracas de l'autre côté du mur, et un cor se mit à sonner. Des voix d'hommes crièrent dans les hauteurs.

– C'est le signal ! lança Matt.

Chen posa les mains sur la paroi et fit signe qu'il était prêt. Ambre dévissa le couvercle du bocal qu'elle portait dans sa sacoche et les Scararmées se mirent en mouvement. Ambre grimpa sur le dos de Chen.

– Je compte sur toi, fit Matt à l'attention de la jeune fille.

– Laisse-toi faire.

Chen posa son autre main plus haut et son pied nu suivit. Un bruit de succion accompagnait chaque geste de sa progression.

– Incroyable, j'adhère parfaitement ! murmura-t-il.

– C'est les Scararmées, répéta Matt.

Tout à coup, une énorme poussée lui souleva les jambes et il se rattrapa au mur pour ne pas tomber en avant.

– Laisse-toi porter, chuchota Ambre avec difficulté.

Matt glissait doucement, dos à la maçonnerie, les jambes compressées par la pensée d'Ambre.

– Tu me fais mal, Ambre, dit-il, relâche un tout petit peu la pression s'il te plaît.

Aussitôt la poigne qui le retenait se dissipa et Matt commença à chuter. La force réapparut juste avant qu'il ne heurte la terre. Violente, bien trop présente, elle lui écrasa les membres.

Matt étouffa un cri qui se transforma en un long gémisse-ment. Ses poings se serrèrent et la pression redevint suppor-table.

Il se remit à monter.

Chen et Ambre étaient déjà dix mètres plus haut, à mi-par-cours.

La douleur se dilua et Matt retrouva son souffle. Il rejoignit ses deux amis, en se balançant. L'énergie qui le retenait était instable.

En bas, la plaine commençait à être sacrément loin à mesure qu'il se rapprochait du sommet du mur.

La sensation de vertige lui donna la nausée.

Chen ne semblait éprouver aucune difficulté, soulevant son poids et celui d'Ambre en poussant sur ses jambes et en tirant sur ses bras. Il filait avec l'aisance d'un lézard sur un crépi.

Matt tenta d'observer les créneaux au-dessus de lui, mais il ne vit rien. Il craignait qu'ils ne soient repérés pendant leur ascension.

Il était maintenant à plus de quinze mètres.

La force qui le soulevait s'était diffusée dans une large par-tie de son corps et il souffrait moins. Il sentait les soubresauts de cette énergie et sa stabilité n'était pas sans cesse assurée. Il avait l'impression qu'elle allait le lâcher, qu'il s'effondrerait dans le vide.

Pourtant elle le porta jusqu'à vingt mètres.

Tout près des créneaux du chemin de ronde.

Ambre se cramponnait à Chen, les muscles tétanisés par l'effort.

Elle ne respirait presque plus.

C'est fini, tiens bon ! se répétait-elle. *Focalise-toi sur Matt.*

Pour parvenir à le soulever, elle avait dû le *sentir*. Projeter son esprit dans le corps de son ami, jusqu'à en percevoir la matière, les reliefs. Alors elle avait appliqué l'étau mental sur ses membres inférieurs pour le soulever.

Sans la présence des Scararmées, jamais elle n'aurait été capable d'un pareil exploit. L'envers de la médaille c'était qu'elle ne maîtrisait pas encore cette puissance. Elle devina la douleur qu'elle infligeait à Matt et jongla avec ses sensations pour répartir sa prise.

Son cœur battait à toute vitesse. La tête lui tournait de plus en plus, un bourdonnement lancinant croissait entre ses tempes.

Ambre avait l'impression qu'elle ne tiendrait pas jusqu'au bout. Ce n'était pas Matt le plus épuisant, elle avait sous-estimé la difficulté de se cramponner à Chen pendant toute l'escalade. Elle sentait venir les crampes.

Elle allait lâcher et se fracasser vingt mètres plus bas.

Matt. Elle devait assurer Matt.

L'énergie était à présent bien répartie sur tout le corps du jeune homme.

Elle percevait sa peau, sa chaleur, et n'était-ce le martèle-ment de son propre cœur, elle aurait pu détecter le sien. Elle sentait Matt tout entier. Son odeur.

Soudain elle réalisa qu'elle le sentait aussi bien que s'ils étaient nus, l'un contre l'autre.

Sa concentration se brisa net.

Elle s'infligea une gifle mentale et renoua le contact juste avant que Matt ne lui échappe.

Il était à nouveau sous son emprise.

Ambre respirait fort, la sueur gouttait dans ses yeux. Elle ne voyait plus.

Elle allait lâcher.

Elle le sut aussi sûrement qu'elle tenait Matt au-dessus du vide.

Elle comprit qu'elle devait opérer un choix instantanément. Elle ou lui.

Ambre se reporta sur Matt. Encore quelques centimètres et il serait au sommet. Tant pis pour elle.

Cela avait été une belle vie. Elle aurait tant aimé la partager avec lui, encore un peu. Le temps de se découvrir.

Peut-être de s'aimer.

L'étreinte de ses membres autour de Chen se relâcha, son esprit entièrement tourné vers Matt.

Chen bougea encore.

Et au moment où elle allait chuter dans le vide, Chen l'attrapa et la fit glisser sur le rebord d'un créneau.

L'épuisement et la confusion la terrassèrent.

Elle perdit le contact mental.

Retenue à la ceinture par Chen, elle tendit la main vers Matt, pour le récupérer in extremis.

Vainement. Elle ne parvint pas à le saisir et le vit disparaître à toute vitesse.

Elle sut que c'était trop tard, qu'il allait se briser les os au pied du mur. Ses entrailles se révulsèrent, elle n'eut plus de cœur, plus de cerveau, rien qu'un effroyable vide intérieur.

Matt chutait.

Ambre ne put renouer avec sa concentration.

Et elle le regardait périr sans rien pouvoir faire.

Une forme jaillit alors des fourrés à une vitesse prodigieuse, se coula entre les rochers pour surgir juste sous Matt au moment de l'impact.

Le garçon s'enfonça à l'intérieur du rectangle noir qui flottait à quelques centimètres du sol à l'instar d'un drap porté par les vents.

Soudain Ambre mit un nom sur cette chose.

C'était le Raupéroden.

Matt venait d'être englouti.

22.

La vitesse pour arme

Matt avait à peine tendu les mains pour saisir le rebord du parapet qu'il avait senti la force se dérober sous lui.

La seconde suivante il fonçait droit vers les rochers et l'herbe.

À toute vitesse.

Son crâne allait se fracasser aussi sûrement qu'une pastèque lâchée du septième étage d'un immeuble.

Tout alla très vite.

La forme obscure. L'amortissement soyeux. L'impression de glisser dans un toboggan sans fin, un boyau de tissu. L'absence de lumière.

Puis il tomba dans une grande pièce au sol tendre, sur lequel il rebondit, tout étourdi.

L'esprit encore confus, Matt mit un long moment avant de parvenir à s'asseoir.

Il ne voyait presque rien, la pâle lueur d'un ciel nocturne provenait d'un orifice rond assez éloigné de lui.

Il sentit un mouvement, tout près. Il voulut sauter sur ses pieds pour parer au pire, mais la tête lui tourna et il posa un genou à terre.

Une forme était en train de se déplier. Elle le frôlait.

Matt recula lentement.

Dans la pénombre il vit une longue tige, puis une autre.

Une fleur ?

Non, cela ressemblait davantage à un animal.

Un insecte.

Lorsque Matt réussit à assembler les bribes d'informations que ses yeux parvenaient difficilement à lui envoyer, il voulut se saisir de son épée, dans son dos, mais l'araignée plongea sur lui.

Deux dards pointus pénétrèrent ses épaules et instillèrent une dose de venin.

Matt tituba aussitôt, les forces désertèrent son corps, pantin désarticulé qui tentait de marcher sans le soutien de ses fils. Il heurta le sol mou et perdit connaissance.

L'araignée déploya ses pattes au-dessus de lui et le saisit pour le hisser vers sa gueule humide.

Tobias avait survécu aux moustiques de chasse.

Ils étaient pourtant nombreux, leur long bec produisait une lumière vive qui balayait le sol aussi bien qu'un projecteur, et ils changeaient de trajectoire avec l'aisance et la souplesse d'un danseur. Pourtant il leur avait échappé.

Grâce à la forêt d'arbres morts, en s'abritant sous les réseaux de souches intriquées tels des intestins dans un ventre. Les moustiques le traquaient, cela ne faisait aucun doute, ils survolaient toute la lande de pierre noire, toute la forêt et disparaissaient derrière les collines, fouillant le sol de leur projecteur blanc, leurs ailes transparentes soulevant une fine poussière sombre.

Tobias avait aperçu la longue tige pointue qui prolongeait leur tête, une arme pour tuer. Il n'osait imaginer ce qui se produirait s'ils parvenaient à la lui enfoncer dans le corps !

Leur tête toute petite, encadrée par deux gros yeux rouges n'exprimait aucune vie.

Il avait attendu longtemps avant d'oser sortir de sa cachette. Où pouvait-il aller désormais ? Certainement pas retourner dans la grotte avec les autres. Maintenant que son évasion était remarquée, les mesures de sécurité avaient certainement été renforcées. Jamais plus il n'aurait l'occasion de sortir s'il se rendait.

Tobias opta pour retourner de l'autre côté de la colline escarpée, là où il avait vu le Dévoreur s'engouffrer dans un trou.

S'il devait survivre ici un petit moment, autant connaître les lieux.

Il retrouva l'endroit en question facilement, se jetant dans un renfoncement rocheux dès qu'un moustique surgissait dans le ciel noir zébré d'éclairs.

Tobias avait le sentiment que l'air était devenu électrique. Il ne savait pas si c'était dû à son évasion ou à autre chose mais l'atmosphère dans le Raupéroden avait changé.

En passant devant un puits, Tobias fut tenté d'y jeter un coup d'œil. Le Raupéroden s'en servait pour sonder l'inconscient des gens, pour traquer Matt à travers ses rêves. À quoi cela pouvait-il bien ressembler, l'inconscient collectif ?

À des mots, des images, des impressions, des sensations, voyageant dans des rayons de lumière, des informations aussi ténues et fragiles qu'un filet d'eau.

Tobias l'avait perçu avec l'homme. Il devina aussi qu'il fallait une grande maîtrise pour s'y retrouver, pour voyager parmi ces flots de données spectrales. « Il est préférable de s'en tenir éloigné », voilà ce qu'aurait conseillé Ambre en pareil cas. Et elle était la sagesse, Tobias le savait bien.

Il approchait enfin du trou, au bas d'un rocher pointu.

Il n'y voyait pas très bien, profitant des nombreux éclairs pour inspecter le sol avant de se déplacer, sans sortir son champignon lumineux de peur d'être repéré.

Une odeur acide se dégageait du trou, des relents rances et étourdissants.

Qui rappela quelque chose à Tobias.

C'est par ici que je suis arrivé ! Je m'en souviens ! J'ai dévalé cet interminable boyau pour atterrir ici et ensuite... plus rien. Je me suis endormi.

Tobias crut discerner une forme dans la pénombre.

C'est lui ! Le Dévoreur ! Il est là !

Un début de panique commença à l'envahir avant qu'il ne se reprenne. Protéger la plage, préserver le dessin de l'esprit, se répéta-t-il.

Le Dévoreur n'était pas seul. Quelqu'un était avec lui, étendu sur le sol...

Matt ! C'est Matt !

Que faisait-il là ?

L'araignée le saisit avec ses pédipalpes près de sa gueule et le souleva pour gagner la sortie. Matt était encore équipé de sa besace et de son épée dans le dos, il venait tout juste d'arriver dans ce monde.

Tobias se plaqua contre la roche au moment où la grande silhouette immonde passait devant lui. La voix sifflante et cra-chotante parlait toute seule :

– ... tous présents ! Je dois tous les attendre pour le manger. Tous. Surtout Lui, surtout Lui ! Ah, quel repas ! Quel festin ! Enfin ! Victoire ! Victoire !

Matt pendait dans le vide, suspendu devant la gueule répugnante du monstre.

Ils ne l'auront pas ! se révolta Tobias soudainement galvanisé par sa détermination.

Il se précipita dans le sillage de l'araignée. Quelques minutes plus tard, il ne savait toujours pas s'ils prenaient la direction de la caverne des prisonniers, du garde-manger, ou celle de la forêt, vers l'homme.

Penser à lui fit frissonner Tobias.

Matt ne devait surtout pas être confronté à ce terrible personnage.

L'araignée fit soudain volte-face, comme si elle sentait qu'elle était suivie.

Tobias ne dut son salut qu'à sa célérité surhumaine, en une seconde il était recroquevillé derrière un talus et serrait les poings.

Le Dévoreur finit par reprendre sa route et Tobias poussa un long soupir de soulagement.

Ils surplombèrent bientôt une falaise qui dominait la forêt noire, et Tobias remarqua une autre clairière, différente de la première. Plus vaste. En son centre s'élevait un grand autel de pierre enveloppé par les ronces.

Comme dans les églises !

Mais la notion de sacrifice émergea bientôt dans l'esprit du jeune garçon.

Il fallait faire quelque chose. Dans quelques minutes, le Dévoreur déposerait Matt sur cet autel pour l'assimiler devant tous ses congénères, à commencer par l'homme qui effrayait tant Tobias.

Tous réunis, je n'ai aucune chance. C'est maintenant ou jamais.

Mais que pouvait-il face à une araignée de cette taille ?

Me servir de mon aptitude. La vitesse.

Tobias s'empara de plusieurs pierres tranchantes et pressa le pas pour se rapprocher du monstre. Il fallait jouer serré.

L'air devenait plus électrique encore. À n'en pas douter, il se passait quelque chose dans le Raupéroden.

Tobias pressa le pas puis fonça à pleine vitesse.

Il arriva si vite sur le Dévoreur que ce dernier ne détecta sa présence qu'au dernier moment. Il voulut se retourner mais Tobias était déjà passé sous son corps et enfonçait la face tranchante de la pierre dans l'abdomen de l'araignée.

La douleur la fit frémir, sensation qu'elle n'avait jamais connue, et elle demeura figée un moment, assez longtemps pour permettre à Tobias de s'échapper.

Le Dévoreur lâcha Matt et recula en sondant les environs pour débusquer son agresseur parmi les rochers.

Tobias apparut d'un autre côté, et avant même que le Dévoreur puisse pivoter pour le cueillir avec ses chélicères, le jeune garçon roulait à nouveau sous l'araignée pour l'entailler encore.

Folle de rage, la créature martelait le sol de ses pattes, frappant à l'aveugle dans l'espoir d'écraser l'ennemi.

Mais Tobias allait de plus en plus vite, enivré par sa réussite et par l'inaptitude de l'araignée à l'arrêter. À chaque passage, il l'entaillait plus profondément, déjà une substance noire s'écoulait de son corps blessé.

Le Dévoreur n'eut bientôt plus d'autre option que de fuir pour sauver sa peau. Il voulut saisir Matt, son précieux festin, mais Tobias lui entailla une patte si violemment que le Dévoreur relâcha sa proie.

S'il restait, il risquait d'y laisser la vie.

L'équilibre entier du Raupéroden serait menacé.

Alors le Dévoreur lança des cris aigus, des appels à l'aide, et lança ses huit pattes dans la pente, pour fuir.

Tobias roula au sol pour atteindre Matt. Il était inconscient mais en vie.

Il n'avait plus une seconde à perdre.

Les moustiques allaient accourir d'un instant à l'autre, et certainement bien d'autres choses que Tobias n'avait pas du tout envie de croiser.

Il souleva son ami à grand-peine et parvint à le hisser sur ses épaules.

S'il avait l'altération de mobilité, il n'avait pas celle de la force et le regretta amèrement. Matt pesait une tonne.

Il réussit néanmoins à le transporter jusqu'à l'abri d'une petite grotte, profonde de cinq mètres seulement, et l'étendit doucement.

Dehors les éclairs se multiplièrent brusquement et le ciel fut rapidement empli de moustiques tournoyants.

Toutes les fonctions du Raupéroden étaient à présent en alerte.

Pour les traquer.

23.

Le vrai visage de l'ennemi

Matt revint à lui avec une intense sensation de froid.

Il avait la bouche sèche, et une douleur nichait au niveau de ses deux épaules.

Un visage noir apparut au-dessus de lui. Les cheveux dessinaient une coupe arrondie, comme un casque. Soudain, sa vue s'adapta à l'obscurité et il reconnut son ami.

– Tobias ! s'exclama-t-il en se jetant à son cou.

– Moins fort ! Tu m'étouffes !

– Ce que je suis heureux de te revoir ! Je savais que tu n'étais pas mort ! Je le savais !

– Tempère ta joie, nous ne sommes pas en meilleure posture.

Matt examina la grotte qui les abritait.

– Où est-on ?

– En *lui*, Matt. Dans le Raupéroden.

– Prisonniers ?

Tobias oscilla d'un côté et de l'autre, hésitant.

– Oui et non, dit-il. Pour l'instant ils ne savent pas où nous sommes, mais ils finiront par nous débusquer, sois-en certain.

– Qui ça « ils » ?

Tobias prit une inspiration avant de se lancer :

– Les fonctions du Raupéroden sont toutes représentées par un élément précis ou une créature. Son système alimentaire et digestif, c'est cette araignée qui t'a endormi avec son venin.

La chair de poule envahit les bras de Matt.

– Oui, je me souviens vaguement d'une forme, de pattes…

– Il y a le système immunitaire, des nuées de moustiques géants, je pense que les éclairs dans le ciel sont sa force, ses muscles ou je ne sais quoi.

– Alors il a forcément un cœur ! Un cœur qu'on peut approcher et détruire !

Tobias ne partagea pas l'enthousiasme de son compagnon.

– En effet, je l'ai vu. C'est un mobile en acier, dans un coffret de bois. Il tournoie dans l'air, mais nous ne pouvons pas l'approcher.

– Et pourquoi donc ?

– C'est loin d'ici. Et puis les moustiques patrouillent. Oublie cette idée.

– Et le cerveau ? Tu l'as vu ?

Tobias fit la moue.

– Oui.

– Et alors ? Il ressemble à quoi ? Il est vulnérable ?

– Je ne crois pas. Laisse tomber.

– Pourquoi tu fais tant de mystères ?

– Pour rien. C'est juste une perte de temps. Il faut fuir cet endroit et c'est tout.

– Mais nous avons une chance inespérée de pouvoir mettre le Raupéroden au tapis, de le détruire de l'intérieur, ça ne se reproduira pas une seconde fois !

– Nous avons surtout une chance d'être encore en vie, et

pas prisonniers dans le garde-manger ! répliqua Tobias sèchement. Tâchons d'en profiter pour fuir, cet exploit-là me suffira !

Matt l'observa en silence. Tobias était marqué par son séjour ici, il était nerveux et ne cessait de guetter l'entrée de la grotte.

– Tu as un plan ? demanda-t-il.

– Nous allons sortir par où nous sommes entrés, par ce qui lui sert d'estomac. Mais avant cela, nous devons aller chercher du monde.

– Nous ne sommes pas seuls ?

– Non, il y a Franklin, le Long Marcheur qui était avec nous sur l'île des Manoirs, d'autres Pans et même… Colin.

– Ce traître ?

– Pour l'instant c'est une victime comme nous tous. Viens, il faut étudier le manège des moustiques pour se faufiler jusqu'à la caverne du Dévoreur.

Tobias et Matt s'allongèrent à l'entrée de leur abri et contemplèrent le déploiement de moustiques qui balayaient la région de leur projecteur nasal.

– En étant rapide et discret, c'est jouable, estima Tobias.

– Tu as l'air de bien connaître cet endroit et ses habitants. Ç'a été dur ?

Le visage de Tobias se contracta.

– Comme un cauchemar qui ne prend jamais fin. Je suis content de te voir.

– J'ai voulu venir te chercher, tu sais ? J'ai voulu te récupérer, j'étais prêt à mourir s'il le fallait… mais ça ne s'est pas passé comme je l'espérais.

– Tu es là maintenant, c'est ce qui compte pour moi. Allez, viens, si on se dépêche, on peut parvenir à la prochaine colline avant que ces deux moustiques là-haut ne reviennent dans notre direction.

Tobias guida Matt jusqu'à la petite porte recouverte de soie d'araignée. Tobias commençait à la limer pour déchiqueter la substance collante lorsque Matt l'écarta pour fracasser le voile d'un grand coup d'épée. Des gémissements de peur se mêlèrent à ceux de la surprise à l'intérieur du garde-manger.

– Venez ! commanda Tobias tout bas. Venez tous ! Nous sortons ! Nous quittons ce monde horrible !

Colin apparut en premier.

– C'est vrai ? Vous allez nous sortir de là ?

– Toi, tu mériterais d'y rester ! fit une voix derrière le grand boutonneux.

Colin s'empressa de sortir avant qu'on le repousse à l'intérieur, aussitôt suivi par une demi-douzaine de Pans de tous les âges et des deux sexes.

– Il n'y a aucun adulte ? s'étonna Matt.

– Non, je n'en ai jamais vu. C'est toi qu'il traque, Matt, un Pan, et je suppose qu'il ne veut que des enfants en lui.

– Sais-tu pourquoi il me veut à ce point ?

Tobias déglutit avec difficulté, et pour une fois fut heureux que la pénombre le masque lorsqu'il mentit à son ami :

– Aucune idée.

Tobias prit la tête des fugitifs jusqu'à la sortie.

– Ne vous dispersez pas ! ordonna-t-il. Restez groupés ! Nous n'aurons pas de seconde chance.

– En ce qui me concerne, c'est fuir ou mourir, annonça Franklin. Je ne retournerai pas dans ce trou.

Ils évoluaient par petits bonds. D'un rocher à l'autre, d'un renfoncement à une cavité, d'ombre en ombre, guidés par la seule lueur grise des cieux et les éclairs qui se multipliaient. La lande stérile semblait prise sous les feux d'un stroboscope.

– Il y a un truc qui cloche avec le Raupéroden ! prévint Tobias. Toute cette électricité dans l'air, et ces éclairs, ce n'est pas normal !

– C'est à cause de nous, tu crois ? demanda Matt.

– Je ne suis pas sûr. Ce ciel c'est… comme la limite du Raupéroden, comme si c'était le drap de son corps. J'ai l'impression qu'il lutte avec quelque chose d'extérieur !

Ils approchaient enfin du trou rond menant à ce qu'ils appelaient l'estomac.

– Comment on remonte ? demanda Franklin. Dans mon souvenir, c'est une sorte de toboggan interminable, jamais nous ne parviendrons à grimper là-haut !

– C'est le Raupéroden lui-même qui va nous remonter, l'informa Tobias.

– Et tu comptes t'y prendre comment pour ce miracle ?

– S'il s'agit bien d'un estomac, en le forçant à nous vomir.

Matt admirait son ami d'enfance qu'il n'avait jamais vu aussi déterminé. Il avait dû avoir sacrément peur pour en tirer pareille énergie.

Une rafale de vent dégringola du ciel et, avant qu'ils puissent comprendre ce qui leur arrivait, deux moustiques surgirent pour agripper chacun un Pan au passage et l'emporter avec eux. Les deux adolescents se mirent à frapper les insectes avec une violence qui témoignait de leur envie de vivre retrouvée. Les moustiques plantèrent alors leur longue tige pointue dans le corps de leurs prisonniers qui se crispèrent, cependant que le sang les quittait pour remonter dans l'abdomen du moustique.

Cinq autres moustiques firent leur apparition et Matt décapita le premier d'un geste fluide et rageur. Tobias s'empara de pierres et multiplia les tirs, visant les ailes. Un seul fit mouche mais sans causer de dégâts.

– Courez ! hurla-t-il. Foncez dans l'estomac !

Un moustique lui tomba dessus, prêt à l'empaler de son stylet. Matt lui perfora le crâne avant de le repousser d'un coup de pied.

La majorité des fuyards avaient pénétré dans la grotte lorsque le Dévoreur bondit devant Tobias et Matt pour bloquer le passage. Ses pattes avant se dressèrent pour les écraser et les deux adolescents se jetèrent au sol.

Le Dévoreur fonça sur Matt qui l'arrêta en faisant tournoyer sa lame. Le monstre le harcelait d'un côté puis de l'autre avec ses longues pattes. Tobias voulut lui venir en aide mais un nouveau moustique tentait de le saisir et il dut l'esquiver.

Matt tentait de fendre les pattes du monstre mais sans grande réussite.

Pendant qu'il reculait pour éviter les coups, l'adolescent réalisa que l'araignée n'attaquait pas vraiment.

Était-ce à cause des blessures que Tobias lui avait infligées ?

Non ! Elle le repoussait.

Matt profita d'un assaut manqué pour jeter un coup d'œil derrière lui.

Une forme arrivait en courant. Enveloppé dans une ample houppelande noire à capuchon, un homme se précipitait sur lui.

Matt n'avait plus le choix.

Il prit tous les risques et décida de charger l'énorme arachnide.

D'un bond il se dégagea de la menace des pattes avant et, ignorant les pédipalpes qui s'agitaient au-dessus de sa tête, il frappa de toutes ses forces dans les chélicères déployés.

L'acier siffla et s'enfonça sous les yeux noirs de l'araignée. Matt perçut la résistance de la carapace et poussa, puisant dans ses réserves. La lame atteignit des matières plus tendres et le monstre se souleva sur les pattes arrière.

Accroché à la poignée de son épée, Matt décolla avec lui et son propre poids continua de fendre les chairs de son adversaire.

Lorsque l'araignée retomba sur le sol, Matt tira sur son arme et roula sur plusieurs mètres.

Le Dévoreur criait, un hurlement aigu, qui perçait les tympans.

Tobias était parvenu à se défaire d'un des moustiques en lui crevant un œil d'un superbe jet de pierre. Mais un second lui tournait autour.

Il crut voir l'araignée qui titubait, et brusquement le bourdonnement du moustique s'interrompit.

Matt venait de le fendre en deux.

C'est alors qu'il aperçut l'homme qui se rapprochait d'eux.

Tobias poussa brutalement Matt vers l'ouverture. Il fallait le soustraire à ce sinistre personnage.

Tous les Pans attendaient, angoissés.

– Colin a essayé de remonter par le boyau, mais c'est impossible, ça glisse trop ! lança Franklin.

– Il faut que l'estomac nous rejette, affirma Tobias. Provoquons-lui une remontée acide ! Sautez ! Allez ! Tout le monde saute !

Toute la caverne se mit à trembler sous les bonds répétés des Pans.

– Et toi tu sais ce qu'est une remontée acide ? demanda Matt.

– Mon père en avait tout le temps ! Ça lui donnait mauvaise haleine ! Il faut martyriser cet estomac, l'obliger à se débarrasser de nous !

– Pour ça, j'ai un moyen très efficace, fit Matt en ressortant son épée de son baudrier.

Une ombre tomba sur la pièce.

L'homme se dressait sur le seuil.

– Matt ! L'enfant Matt ! tonna-t-il.

Matt se figea.

Cette voix...

– Tu es à moi ! hurla l'homme en s'approchant.

Matt restait paralysé.

C'est impossible.

Tobias lui arracha l'épée des mains et la planta profondément dans le sol mou.

Les parois furent secouées et d'un coup tout le fond se contracta.

L'ouverture se referma, et la texture de la caverne se durcit tout en réduisant l'espace à toute vitesse.

Puis les Pans furent éjectés, comme sur un trampoline, projetés ensemble dans le conduit étroit qui les avait aspirés jusque dans cet enfer.

Éjectés vers la surface.

Vers leur monde.

24.

Sous le déluge

La tempête s'était abattue brusquement, en un instant, sur la forteresse Cynik.

La Passe des Loups tout entière disparaissait sous des trombes d'eau. Les éclairs frappaient sans répit : la cime des arbres qui explosaient sous l'impact, le sommet d'une des tours, foudroyant le soldat qui avait eu le malheur de se trouver là.

Les Cyniks couraient se mettre à l'abri pendant que d'autres écopaient les flots qui inondaient progressivement les niveaux inférieurs.

Ambre et Chen étaient recroquevillés sur un créneau du mur, les jambes repliées pour ne pas être détectés par les soldats.

Ambre était au bord de l'épuisement.

Après l'effort fourni pour hisser Matt, elle se concentrait sur la forme noire qui flottait au bas de la muraille.

Le Raupéroden.

Le monstre qui avait avalé Matt.

Ambre le maintenait par la force de son altération là où il était, l'empêchant de fuir. Elle savait que s'il parvenait à lui échapper, il filerait dans les bois et plus jamais ils ne le reverraient, ni lui ni Matt.

Après ce qui venait de se passer, Ambre voulait croire que Matt avait raison à propos de Tobias. Qu'il n'était pas mort, mais captif, à l'intérieur de ce drap étrange, dans un autre monde. Car cette idée lui laissait l'espoir de revoir un jour ses amis vivants.

Et c'était avec cette pensée qu'elle tenait malgré les vertiges, malgré la douleur qui vrillait son cerveau. Grâce au souvenir de Matt et Tobias, elle ne perdait pas conscience.

À peine le Raupéroden avait-il compris qu'il était retenu prisonnier par une force invisible que la tempête s'était déclenchée. Les éclairs cognaient au hasard, pour tenter de libérer leur maître. Il était parvenu à surprendre Matt en se déplaçant seul, sans son cortège de Guetteurs, et ceux-ci lui manquaient à présent.

Ben, Horace et Tania avaient accouru de la forêt pour encercler le Raupéroden et tentaient aussi de le retenir avec leurs pauvres armes, ne sachant s'ils devaient frapper ou sauter dessus pour récupérer Matt.

Un grand visage effrayant se dessina au milieu de la cape noire. Un crâne au front large, aux mâchoires proéminentes, aux orbites agressives.

Sa bouche s'ouvrit comme s'il allait crier et dans un froissement de drap, plusieurs silhouettes apparurent, effarées, glissant hors des ténèbres. Tania pointa sa flèche sur la première avant de s'apercevoir qu'il s'agissait d'un jeune garçon.

Lorsque Tobias et Matt roulèrent à leur tour hors de la cavité, Ben se précipita vers eux.

– Matt ! Éloignez-vous de cette chose ! Nous la tenons !

Matt tituba et tendit la main vers le Raupéroden.

– Laissez-le, dit-il sans force. Laissez-le partir.

– Quoi ? Tu es fou ? Il t'a... Il t'a englouti !

Matt secoua la tête, éperdu.

– Il est affaibli, il va fuir. Laissez-le.

Ben n'y comprenait plus rien. Il regarda Tania et Horace qui, eux non plus, ne savaient que faire. Alors il recula et fit un grand signe à Ambre.

Celle-ci relâcha son étreinte mentale et tomba dans les bras de Chen.

Le Raupéroden claqua au vent et se redressa face aux adolescents.

Matt avait gravement blessé le Dévoreur, l'une des fonctions de la créature. Elle n'était plus en mesure de combattre.

Le visage squelettique toisa Matt un moment, puis la forme flottante se coula entre les rochers, à toute vitesse, pour disparaître dans la forêt.

La tempête était telle qu'aucun garde ne surveillait plus la plaine en contrebas. L'apparition des Pans et la présence du Raupéroden étaient passées totalement inaperçues.

Neil et Ben prirent en charge les nouveaux venus, les installant auprès des chiens, sous leur bivouac entre les arbres.

Matt se laissa choir à l'écart, les genoux repliés contre sa poitrine.

Tobias vint s'agenouiller près de lui.

– Je suis désolé, dit-il plein de tristesse.

– Tu le savais, pas vrai ? Tu l'avais vu…

Tobias ne trouva pas la force de répondre, il se contenta d'approuver d'un geste.

– C'est impossible, tenta de se convaincre Matt. Ça ne peut pas être lui.

– C'était sa voix, c'était son visage.

Matt laissa retomber son front entre ses mains jointes.

Il était perdu. Il s'était attendu à tout, sauf à cela.

L'âme du Raupéroden, son cerveau, avait un visage humain.

Celui de son propre père.

Ben et Tania approchèrent.

– Ambre et Chen sont en haut du rempart, et Floyd est de l'autre côté, il faut faire quelque chose, annonça Ben.

Matt hocha la tête.

Il se releva péniblement, éreinté.

– Je vais monter avec Tobias, prévint-il.

– Comment allez-vous faire ?

– La tempête ne durera pas, c'est le cortège du Raupéroden, cette créature que vous avez vue tout à l'heure. Nous allons profiter de sa présence pour faire un peu d'escalade.

– Le Rau… comment sais-tu cela ? demanda Tania.

Matt ignora la question, saisit sa besace, et glissa son épée dans le baudrier, entre ses omoplates. Il alla jusqu'à Plume prendre le sac à dos et l'arc qu'il gardait parmi ses affaires et les rendit à Tobias.

– Mon matériel ? s'exclama celui-ci, ébahi.

– Je savais que, tôt ou tard, je te retrouverais. Je n'ai jamais perdu l'espoir, Toby.

Tobias se jeta dans ses bras et lui chuchota tout bas :

– On va trouver pourquoi ton père est le Raupéroden, tout ça a forcément une explication, d'accord ?

Matt approuva et ils se mirent en route vers la muraille qui traversait la vallée.

Ils parvinrent au pied de l'édifice, Tobias noua une fine corde à l'extrémité de sa flèche et recula pour viser.

195

Sans Ambre pour le guider, son tir serait nettement moins facile.

J'ai prouvé que je pouvais aussi me débrouiller sans elle !

Chen fit signe que la voie était libre et Tobias libéra la corde.

La flèche grimpa sous la pluie et passa tout près de Chen.

Ce dernier réapparut en exhibant fièrement la flèche. Il enroula la corde autour d'un créneau et Matt commença son ascension.

– J'ai assez de force pour me hisser, ensuite attache la corde autour de toi et je te tirerai. À tout de suite !

Ils procédèrent comme convenu et Tobias défit aussitôt la corde pour ne laisser aucune trace de leur passage.

Les éclairs avaient perdu leur violence, et la pluie n'était plus aussi drue qu'auparavant. L'orage touchait à sa fin.

– Il faut faire vite ! dit Matt. Où est Ambre ?

– Je l'ai allongée dans un coin, là-bas près des tonneaux, elle est inconsciente. Elle a tenu cette espèce de voile noir avec son altération, elle y a laissé toute son énergie.

Matt et Tobias attendirent qu'aucun garde ne soit en vue et se hâtèrent vers la jeune fille.

Matt la prit dans ses bras.

– Ambre, Ambre, il faut que tu reviennes à toi, nous avons besoin de toi.

Il insista ainsi pendant de longues secondes, aidé par Tobias.

Les paupières de l'adolescente tremblèrent, puis s'ouvrirent lentement.

– Toby ? murmura-t-elle.

– Oui, c'est moi ! Content de te revoir !

– J'ai cru que… vous étiez perdus !

Ses yeux ruisselèrent et Matt n'aurait su dire si c'était la pluie ou les larmes qui mouillaient son beau visage.

– Tu peux marcher ? demanda-t-il.

– Je crois… Mais ne me demande pas d'utiliser mon altération, j'ai l'impression que ça me tuerait.

Ils l'aidèrent à se remettre debout. Elle ne semblait pas vaillante.

– Il faut faire entrer les autres, dit Matt. Il faut leur ouvrir la porte. Notre mission n'est pas terminée.

25.

Croisée des chemins

Le quatuor d'intrus se glissa dans l'escalier de la tour la plus proche, l'une de celles qui encadraient le donjon.

Des lampes à graisse diffusaient une clarté orangée en même temps qu'une odeur rance caractéristique. La pluie cognait contre les fenêtres en ogive.

– Il faut faire vite, murmura Chen. Avec ce temps les gardes sont moins attentifs. Ça ne durera pas.

– Tu as vu l'armée des Gloutons quelque part ? demanda Matt, inquiet.

– Non, pas dans la cour centrale en tout cas. Et c'est très calme. Si tu veux mon avis, les Gloutons n'ont fait que passer, ils ne se sont pas arrêtés.

– Pourquoi vous voulez à tout prix faire entrer les autres ? demanda Tobias.

– Seulement Ben, Horace et Tania, corrigea Matt, pour repérer les lieux, pour élaborer le plan d'attaque de notre armée.

– *Notre* armée ?

– L'armée d'Eden, l'armée des Pans. Nous n'avons plus le choix, nous sommes en guerre contre les Cyniks.

– Wouah ! Je m'absente quelques jours et c'est le chaos !

– Ça fait trois semaines que tu as disparu, rectifia Ambre.

– Tant que ça ? Dans le Raupéroden, le temps était différent, il n'y avait pas de jour, pas de repas non plus. Je meurs de faim pour tout vous dire.

– Trois semaines sans manger ? s'étonna Chen en descendant les marches. Je ne te crois pas ! Tu serais mourant !

– C'est un autre monde ! Notre organisme était… je ne sais pas l'expliquer, comme en hibernation, nous n'avions pas besoin de manger. C'était…

– Chut ! ordonna Chen.

Des pas lourds montaient les marches.

Chen poussa tout le monde en direction de la première porte venue et, après avoir jeté un rapide coup d'œil par le trou de la serrure, ils pénétrèrent dans une pièce circulaire qui sentait la sueur. Deux tables et leurs bancs se faisaient face, avec dans un coin des tonneaux de bière. Une petite flaque moussait encore sur le dallage, juste au-dessous des robinets en bois. Des jambons pendaient aux poutres.

Les quatre Pans se précipitèrent derrière un gros rideau en velours pendant que le Cynik passait à leur niveau sans s'arrêter. Il poursuivit vers l'étage supérieur, d'où ils venaient et Tobias sortit de sa cachette.

– Vous m'excuserez, mais je ne tiens plus ! lança-t-il en découpant une large tranche de jambon.

Chen fit le guet dans l'escalier et agita les bras pour les rappeler.

La spirale des marches semblait sans fin, étourdissante. Puis ils débouchèrent sur un hall sombre.

D'autres tables et bancs s'alignaient, des coffres, et un râtelier pour les lances. Une vaste salle de repos pour les gardes. Par chance, elle était inoccupée.

– La porte en face, indiqua Matt. Nous devrions tomber tout près de ce que nous cherchons.

– Comment le sais-tu ? demanda Chen.

– J'ai un bon sens de l'orientation.

De fait, ils entrouvrirent l'accès vers un immense couloir dont le plafond culminait à dix mètres de hauteur et qui donnait d'un côté sur une cour inondée, de l'autre sur l'énorme portail qui fermait le rempart.

Des individus en armure traversaient la cour à vive allure, lestés de seaux, de lanternes ou de balais.

– Ils sont occupés, c'est le moment ! fit Chen.

Ils descendirent dans le couloir et Ambre désigna les deux herses en acier qui les surplombaient :

– Il ne faudrait pas se retrouver prisonniers entre ces deux grilles.

Chen pointa un index vers une meurtrière en hauteur :

– Ce doit être une salle de garde, avec les poulies pour les herses. Chut, pas un bruit !

Ils s'immobilisèrent face aux deux battants de la porte.

De lourdes chaînes retenaient les énormes troncs qui verrouillaient l'ouverture. Les commandes semblaient opérationnelles depuis une pièce dans le mur, accessible par un escalier. Des bribes de conversation en descendaient en même temps que des ombres.

– Jamais nous ne pourrons actionner ce système sans avoir la moitié de la forteresse sur le dos ! murmura Tobias.

– La poterne ! signala Ambre.

Ils passèrent devant le petit escalier en guettant, le cœur battant, et parvinrent au guichet – une petite porte de dimension humaine, au milieu du gigantesque portail de métal. Une chaîne avec un cadenas la maintenait close.

Tobias montra les deux tabourets dont les pieds traînaient dans l'eau qui s'était infiltrée.

– C'est normalement gardé ici.

– Ça se complique, dit Chen en soupesant le cadenas. Nous ne pouvons chercher la clé, c'est trop risqué.

Matt se déplaça et enfila son couteau de chasse entre deux maillons de la chaîne. Il commença à les faire tourner autour de sa lame et força sur le manche de son couteau. Un maillon céda en résonnant dans le vaste passage.

Chen et Tobias se figèrent, l'oreille tendue, de crainte d'être repérés. Mais personne n'approchait sous le crépitement des torches.

Matt défit la chaîne brisée et la déposa dans l'eau. Son couteau avait rendu l'âme.

Ambre tira sur le battant et risqua un regard à l'extérieur.

Tout d'abord elle ne vit personne. Puis Ben et Tania apparurent derrière le rocher le plus proche. Horace, Neil et sept chiens suivaient. Ils rampèrent parmi les herbes pour se rapprocher de la rampe qu'ils remontèrent à plat ventre.

Quand tous furent enfin entrés, Matt prit soin de redisposer la chaîne comme si elle était intacte.

Une des anses vint cogner contre la porte et le métal résonna bruyamment.

Un garde s'écria depuis la pièce en retrait :

– Sam, c'est toi ?

– Oui, tout va bien ! répondit un adulte au milieu du groupe de Pans.

Tous les adolescents sursautèrent et s'écartèrent en même temps d'Horace.

Matt se souvint alors de l'altération du garçon : sa capacité à truquer sa voix, à déformer son visage. Ils allaient savoir d'une seconde à l'autre si ce don était aussi précieux qu'il semblait.

— Au moins vous ne roupillez pas ! s'exclama le garde en lâchant un rot sonore ponctué d'un rire gras.

Matt donna une tape amicale à Horace.

— Qu'est-ce que Neil fait là ? chuchota Ambre.

— Je viens avec vous. Je pars pour le sud, moi aussi.

— Non, commença Matt, c'est hors…

— Je suis le représentant du Conseil d'Eden, j'ai le droit de faire ce que je veux. Et je viens ! dit-il en chuchotant plus fort que les autres.

Ben se pencha vers Matt :

— N'insiste pas, il a déjà fait son choix. Et son altération pourra nous servir.

— Vous n'avez pas retrouvé Floyd ? demanda Tania.

— S'il est malin, il est déjà repassé par la grille du fleuve pour retourner au campement, répliqua Chen.

— Ne restons pas là, intervint Ambre. Il faut trouver une cachette pour les chiens, le temps que nous repérions la sortie de l'autre côté.

Ils longèrent la paroi jusqu'à la cour transformée en bassin par l'orage. Le donjon se dressait juste en face, colossale bâtisse de pierre. Des échafaudages en bois graduaient sa face est.

Des remparts couraient tout autour, régulièrement ponctués par des tours de tailles différentes. Matt repéra une grange toute proche où les chiens pourraient peut-être rester cachés. Puis il vit les écuries, un long édifice au toit d'ardoises, et une arche au milieu d'un rempart. La herse était levée et semblait donner sur le fleuve et une route de terre.

— Là-bas, notre sortie ! dit-il.

Tania lui tendit la main :

– Nos routes se séparent ici.

– Nous allons t'aider, ce sera plus…

– C'est inutile, je vais faire un tour rapide des lieux pour mémoriser les accès, les postes de surveillance, et je repartirai par la poterne. Seule je serai plus discrète qu'avec vous. Floyd aura noté tout ce qu'il y a à savoir du côté du fleuve. Votre mission continue, Matt.

Neil se pencha vers Tania :

– Lorsque vous ferez votre rapport au Conseil d'Eden, n'oubliez pas de leur dire que je suis parti avec eux, pour représenter l'autorité des Pans.

Tania fit comme s'il n'existait pas et serra la main de Matt. Puis elle s'adressa à Tobias :

– Je te laisse ma chienne, tu en auras plus besoin que moi. Elle s'appelle Lady et aime être brossée chaque soir. Prends-en soin.

Tobias regarda la chienne qui le scrutait avec curiosité. Il acquiesça et remercia Tania.

Lorsqu'ils se furent tous dit adieu, Tania profita que les rares gardes dans la cour leur tournent le dos pour foncer vers une ouverture au pied du donjon et s'y engouffra.

Elle a du cran, songea Matt.

Cela suffirait-il à la garder en vie dans cette forteresse ?

Il lui faudrait également une bonne dose de ruse, de vigilance, un peu d'agilité et surtout une grosse part de chance.

À ce prix, peut-être pourrait-elle survivre à sa mission et regagner Eden pour les aider à préparer la guerre.

L'avenir des Pans reposait en partie sur les épaules d'une jeune fille.

Bonne chance, Tania, songea-t-il. *Nous en aurons tous besoin*.

L'expédition s'était dédoublée. Un tout nouveau périple commençait pour eux.

En terre Cynik.

26.

Arbalète, arc et précision

Un timide crachin tombait sur la forteresse. Les drapeaux Cynik ruisselaient, les gouttières des tours terminaient de déverser leur trop-plein, les lampes à graisse brûlaient à travers les fenêtres étroites et les soldats de garde commençaient à sortir pour reformer les patrouilles sur les remparts.

Matt savait qu'il ne fallait plus attendre, c'était le moment de partir.

Mais ils formaient une longue caravane, sept Pans et autant de chiens, ce qui ne rendait pas la tâche aisée.

Après avoir longuement détaillé la cour et ses dangers, il retrouva ses camarades, tapis dans un renfoncement, derrière des caisses en bois.

— Si nous parvenons aux écuries, il sera facile de gagner l'ouverture sur le fleuve, indiqua-t-il. Les soldats sont encore peu nombreux ou en mouvement. Avec un peu d'habileté, nous devrions passer dans leur dos. Le problème, c'est qu'il y en a deux juste dans l'axe de notre passage.

— Je peux grimper en surprendre un, rappela Chen.

Tobias leva son arc :

— Et avec l'aide d'Ambre, je peux faire taire l'autre.

— Franchement, je ne suis pas sûre d'être capable de quoi que ce soit, avoua la jeune femme.

Matt avisa Tobias. Ce dernier haussa les épaules.

— Dans ce cas, je ne garantis rien ! dit-il. Me regardez pas comme ça ! D'accord ! Je vais m'en occuper.

— Pendant ce temps, je mène les troupes jusqu'aux écuries. Vous nous rejoindrez là-bas.

Matt emmena les deux garçons au bord de la cour et leur désigna leur cible. Chen retira ses chaussures qu'il noua à sa ceinture par les lacets, et commença à grimper sur le mur. Tobias, de son côté, alla se positionner dans un angle obscur, à côté d'une charrette pleine de foin trempé, et planta cinq flèches devant lui. À défaut d'être précis, il était rapide, il finirait tôt ou tard par faire mouche.

Restait à espérer que ce soit avant qu'on ne sonne l'alarme.

Dès que Chen fut parvenu au sommet du chemin de ronde, tout alla très vite. Il attendit que le garde tourne la tête dans la direction opposée et se précipita sur lui pour lui assener un violent coup de crosse d'arbalète à la base du crâne. Le Cynik tomba à la renverse, raide comme un piquet.

Tobias, qui se concentrait sur sa cible depuis un moment, décocha son trait.

La flèche siffla à peine dans la nuit, et passa à un bon mètre du garde. Par miracle, ce dernier ne s'en rendit pas même compte, à moitié endormi par l'attente. Dans la seconde qui suivait, Tobias encochait une autre flèche et la libérait, puis une troisième et avant même qu'elles ne soient à hauteur de l'homme, il en envoyait une quatrième.

Le Cynik comprit qu'il se passait quelque chose lorsque la deuxième flèche cogna le parapet de pierre juste derrière lui. Mais il n'eut pas le temps de se retourner que la troisième venait lui transpercer la gorge, et la quatrième se ficher au milieu de son torse. L'homme convulsa avant de s'immobiliser.

Tobias l'avait certainement tué. Il balaya toute culpabilité en bondissant vers la grange.

Les cinq autres Pans et la meute de chiens géants se faufilaient d'ombre en ombre, au gré des patrouilles. Ils parvinrent aux écuries qu'ils longèrent et stoppèrent tout près de l'ouverture dans le mur. La herse était encore levée.

Deux gardes se tenaient debout, appuyés sur leur lance, plus concernés par leur conversation que par la surveillance de ce qui pouvait entrer ou sortir à cette heure de la nuit.

Matt et Horace relevèrent le capuchon de leur manteau pour dissimuler leurs traits et se dirigèrent à bonne vitesse, d'une démarche sûre, vers les gardes. Horace parlait de sa voix d'adulte :

– ... et là il me dit : Malronce est une bonne reine. Alors moi je lui réponds...

Les deux gardes s'étaient interrompus pour jeter un œil distrait à ces collègues qu'ils ne reconnaissaient pas encore lorsque Matt fut sur le premier. Un coup de poing phénoménal lui tordit la tête et l'envoya glisser dans la boue sur plusieurs mètres.

Horace se servit de son bâton de marche pour frapper le sien en pleine tempe. Le morceau de bois se brisa en deux tandis que l'homme s'effondrait.

Les deux garçons tirèrent les corps à l'écart, derrière un long bac qui recueillait l'eau de pluie. Après quoi Matt fit signe aux autres d'accourir et ils passèrent sous l'arche, Chen et Tobias en dernier.

Le mur se prolongeait, seulement percé d'une étroite poterne, jusqu'à un quai illuminé par de nombreuses lanternes. Le ponton de planches accueillait plusieurs dizaines de barriques renversées qu'une douzaine de Cyniks finissaient de ranger.

Matt poussa ses compagnons dans un petit fossé où les chiens sautèrent instantanément.

Un bateau était amarré, de vingt mètres de long, semblable à une jonque asiatique.

– Floyd a fichu une sacrée pagaille, se réjouit Chen en observant les Cyniks à l'ouvrage.

– Il faut attendre qu'ils aient terminé, annonça Ben, ensuite nous pourrons franchir la poterne et nous éloigner.

– S'ils finissent avant l'aube ! ajouta Neil. Parce que dès qu'il fera jour, nous serons visibles sur des centaines de mètres !

Horace tendit un doigt en direction de la jonque :

– Il faut leur piquer le bateau. C'est un moyen de transport rapide, reposant et sûr pour ne pas se perdre.

Chen ricana.

– Toi, on t'entend pas souvent mais quand t'as quelque chose à dire, ça vaut le coup !

Matt approuva :

– Horace a raison, nous devons prendre le bateau. Dès que tous ces Cyniks auront fini, on les laisse rentrer au château et on fonce. Il faudra faire vite, l'absence des gardes sous la herse ne tardera pas à éveiller les soupçons. Tobias, tu as un peu d'expérience avec les navires, tu nous guideras dans la manœuvre d'appareillage.

Les Cyniks accomplirent leur tâche en une heure, empilant les tonneaux en petites pyramides. Ils laissèrent sur place la plupart des lanternes, deux gardes, et la troupe rentra d'un pas pressé se réchauffer au sec.

Cette fois, Matt et Ben s'occupèrent du premier soldat pendant qu'Horace et Chen assommaient le second.

La voie était libre. Tout le monde grimpa à bord de la jonque et pendant que Tobias prenait connaissance du navire, Matt, Ben et Chen défirent les amarres.

C'est alors qu'un cri retentit sur les hauteurs de la forteresse :

– ATTAQUE ! ATTAQUE ! SUR LE QUAI !

Aussitôt le cor d'alarme sonna au sommet de la tour et une dizaine d'hommes en armure se précipitèrent par la porte sud.

La jonque commençait seulement à s'éloigner du ponton de bois.

Chen épaula son arbalète à deux arcs superposés et déclencha un premier tir, rapidement suivi du second. Un des tout premiers Cyniks s'écroula, un carreau dans la cuisse, ce qui eut pour effet de les arrêter net. Le temps qu'ils analysent la situation, la jonque déployait sa grand-voile sur les instructions de Tobias, et le courant l'entraînait déjà à la vitesse d'un trot de cheval.

Chen en avait profité pour recharger et il tira à nouveau pour ralentir leurs poursuivants qui investissaient le quai.

Bénéficiant d'un courant fort et d'un vent porteur, la jonque fut rapidement hors de portée et tout le monde à bord entendit les Cyniks hurler leur rage d'avoir été aussi facilement bernés.

La silhouette irrégulière de la forteresse se découpait sur la nuit, et les Pans ne furent réellement soulagés que lorsqu'elle disparut complètement derrière une colline, après un coude du fleuve.

Peu avant l'aurore, ils entendirent le galop d'un cheval et un cavalier apparut sur la route qui jalonnait le fleuve. Il fonçait vers le sud.

– Un messager ! avertit Ben. Il va prévenir la prochaine garnison que nous arrivons !

– Il ne doit pas délivrer son message ! ordonna Matt.

Ambre, qui se reposait depuis leur départ, s'approcha.

– Il va passer tout près, par la route. À cette vitesse, il ne craint pas grand-chose. Sauf si Tobias et moi nous en chargeons.

– Tu en es capable ?

– Nous le verrons bien.

Le cavalier se rapprochait.

– Vous n'aurez pas le temps pour un second tir, concentre-toi bien.

Tobias se cala contre le bastingage et retint son souffle.

Ambre avait ouvert le bocal des Scararmées.

– Tu ne devrais pas t'en servir, s'inquiéta Matt, ils vont te faire mourir de fatigue si tu continues.

Ambre l'écarta d'un geste et se concentra.

Le cavalier apparut à leur niveau, en plein galop, il allait les dépasser lorsque Tobias tira. Sa flèche prit la bonne trajectoire d'emblée, mais la vitesse du cavalier était telle qu'elle allait passer derrière lui lorsqu'elle opéra une courbe improbable, encore plus puissante, comme téléguidée. Le trait de bois interrompit sa course folle en travers du cou du soldat qui chancela avant de rouler sur le bas-côté. Sa monture, elle, poursuivit sans même ralentir.

Tout le monde à bord félicita Tobias qui haussa les épaules, gêné.

– C'est le deuxième homme que je tue ce matin, dit-il, abattu.

Ambre était livide, elle se retenait au mât. Matt la rattrapa avant qu'elle ne s'effondre et la porta à l'arrière pour la déposer sur un lit de duvet. Il était anxieux. Il craignait que l'altération décuplée par les Scararmées ne finisse par avoir de plus graves conséquences que l'épuisement.

Tobias était de retour à la barre du gouvernail.

– Je vais garder un œil sur elle, ne t'en fais pas, dit-il.

Le soleil se leva sur la vallée, bien plus large qu'elle ne l'était avant la forteresse. Ici la Forêt Aveugle dressait son incroyable masse loin des berges ; la Passe des Loups était dans leur dos, ils étaient parvenus sans aucun doute au royaume de Malronce.

Neil vit le cheval sans cavalier, en train de brouter paisiblement, et il demanda :

– Cette piste finit bien par rejoindre un village ou quelque chose de ce genre, n'est-ce pas ?

– Je pense que c'est le fleuve qui traverse Babylone, la principale ville Cynik, révéla Matt.

– Nous n'allons tout de même pas nous y introduire ? Il faut quitter cette embarcation et contourner la ville !

– Au contraire, intervint Matt, c'est le meilleur moyen de filer à Wyrd'Lon-Deis sans perdre de temps, le fleuve coule jusqu'à Hénok, la cité qui borde le bassin où vit Malronce.

– C'est de la folie ! Les Cyniks vont nous arrêter !

– Pas si nous nous faisons passer pour des adultes. S'il n'y a pas d'autres cavaliers que celui abattu ce matin, ils ne se méfieront pas. Alors, nous serons bientôt au pied du Testament de roche.

Matt croisait les doigts pour se donner du courage, et pour paraître lui-même convaincu par son discours.

Après tout, maintenant que Tobias était de retour parmi eux, ils formaient à nouveau l'Alliance des Trois.

Rien ne pouvait plus leur arriver.

Matt se le répéta plusieurs fois, comme pour se forcer à y croire.

27.
Croisière

Les chiens s'étaient regroupés à l'avant de la jonque, pelotonnés les uns contre les autres. Le navire glissait, silencieux. Tous dormaient pour se remettre de la nuit mouvementée à laquelle ils avaient survécu.

Seuls Tobias, qui tenait le gouvernail, et Matt, qui veillait Ambre, demeuraient éveillés.

Matt vint s'asseoir à côté de son ami d'enfance.

– Ce n'était pas le premier, dit-il. Je vois bien que ça te préoccupe, les Cyniks tués ce matin.

– Non, ce n'étaient pas les premiers, répéta Tobias d'un air sombre. C'est peut-être justement ça le problème. Je ne m'habitue pas.

– Tant mieux ! C'est ce qui fait de toi un garçon bien. Moi, quand je plante mon épée dans un de ces gars, j'ai l'impression que c'est un peu ma chair qui est meurtrie. Le soir, j'y repense, je revois le sang, le regard de mon adversaire, où se mélangent la peur et l'incompréhension, avant la douleur. Je n'aime pas ça non plus, et je ne m'y habitue pas. Mais c'est une guerre, Toby, ne l'oublie pas. Si tu hésites, le Cynik en face de toi n'aura pas cette indulgence, lui.

– Tu crois que toutes les guerres ne peuvent se terminer que par la victoire totale d'un des camps ? Qu'il faudra exterminer tous les adultes pour espérer vivre en paix ?

Matt soupira profondément.

– Je n'en sais rien, Toby. Je n'en sais rien. J'espère que non. Mais je ne vois pas comment tout cela va se terminer. Quand une espèce animale se met à traquer ses propres enfants pour les anéantir, ça n'augure rien de bon pour sa survie, c'est tout ce que je sais.

Tobias avala péniblement sa salive et scruta les yeux de son ami.

– Tu penses à ton… Au Raupéroden, pas vrai ? demanda-t-il.

Matt acquiesça sans un mot.

– Peut-être que ce n'est qu'une illusion, reprit Tobias. Tu sais, une sorte d'invention que le Raupéroden fabrique pour te faire douter.

– Si c'était le cas, il t'aurait montré ton père, pour te manipuler aussi. Non, maintenant j'en suis certain, c'est bien lui. Il me recherche, il me veut. C'était son visage, sa voix, j'ai même pu sentir son odeur ! C'est bien mon père, je n'ai aucun doute.

– Pourquoi il te veut autant ? Il parlait de t'assimiler…

– Je l'ignore. Ça n'a aucun sens.

Le vent souffla soudain plus fort et les deux garçons sursautèrent, avant de se rassurer. La jonque prit de la vitesse.

– Tu crois qu'il va encore te pourchasser après ce qu'il s'est passé cette nuit ?

– Il est obsédé par ça. Il n'arrêtera pas. Il est blessé, j'ai touché l'araignée, il va probablement prendre le temps de se remettre, mais il ne sera pas loin, sur mes talons. Bon sang,

Toby, qu'est-ce que je vais faire ? C'est mon père ! Je ne peux pas le tuer !

Tobias se gratta la tête tout en donnant un petit coup de gouvernail pour s'éloigner des berges sablonneuses.

Lui aussi se demandait comment cela allait finir, entre Matt et le Raupéroden.

Puis il songea à Tania et Floyd. Étaient-ils parvenus à repérer les lieux et à en sortir ? Tania avait sans aucun doute bénéficié de la diversion provoquée par leur propre fuite pour filer. Restait à espérer qu'ils avaient assez glané d'informations pour permettre à l'armée Pan de prendre la forteresse par la ruse. Car un siège serait impossible.

Encore fallait-il qu'ils parviennent à Eden sains et saufs.

– Je me demande si on a bien fait de laisser Colin avec les autres, avoua-t-il. Ce n'est pas qu'il soit méchant, mais par peur il est capable de tout.

– Y compris de les trahir, je vois à quoi tu fais allusion. Hélas, nous n'avions pas le choix.

– Franklin l'a vu à l'œuvre, il l'aura à l'œil, se rassura Tobias. Et pour passer Babylone, tu as un plan ?

Matt se mordit les lèvres et secoua lentement la tête.

– Moi j'en ai peut-être un, confia Tobias. Pour franchir Babylone et surtout Hénok, les facultés d'Horace ne suffiront pas, il nous faut un véritable adulte. J'en connais un, je pense qu'il pourra nous aider.

– Tu veux t'arrêter à Babylone ?

– De toute façon j'ai bien peur que les Cyniks nous y contraignent.

– Confier nos vies à un adulte, je ne sais pas, je ne suis pas très chaud…

– Sans lui, nous n'atteindrons pas Wyrd'Lon-Deis, tu le sais comme moi.

– C'est un pari osé, nous risquons tous notre peau là-dessus.

– Fais-moi confiance, ce Cynik-là est différent.

Matt enfouit son menton dans ses mains et prit le temps de réfléchir.

– Je suppose que nous n'avons pas d'autre option, concéda-t-il après un moment.

Le vent lança une autre rafale dans la voile qui se déploya en claquant.

La croisière prit un tour inattendu lorsque le fleuve obliqua vers l'est pour entrer dans les contreforts de la Forêt Aveugle. La route, elle, poursuivait vers le sud.

– Tu es sûr que c'est une sage idée que de continuer à bord ? demanda Neil à Matt.

– Les Cyniks utilisaient ce bateau, non ? C'est forcément par là qu'ils passaient, nous n'avons croisé aucune autre voie navigable.

La lumière déclina, à peine les premiers kilomètres franchis. Une épaisse mousse brune recouvrait les berges, les roseaux avaient disparu, remplacés par des amas d'épineux. Les arbres dépassaient la centaine de mètres de hauteur et, par-dessus leurs épaules, on pouvait apercevoir leurs grands frères de la Forêt Aveugle. Dans cette pénombre hostile, il semblait impensable qu'un autre monde puisse exister tout là-haut, perché à plus d'un kilomètre d'altitude, avec sa faune et ses peuples. Et pourtant l'Alliance des Trois pouvait en témoigner. Les Kloropanphylles faisaient plus qu'y survivre, ils s'étaient bâti un nid confortable et une impressionnante flotte de navires volants.

Un étrange cri animal retentit soudain depuis les entrailles des contreforts, qui ne ressemblait à rien de ce que les adolescents avaient déjà pu entendre. Une sorte de cri de gorge syncopé, aigu et répété. Il accompagna l'embarcation un long moment avant de se perdre au loin.

Matt aperçut des singes, ou du moins ce qui ressemblait à des singes, au loin dans les branches supérieures.

La perspective d'enchaîner une autre nuit blanche pour veiller sur la sécurité de la jonque n'enchantait pas Matt, il ignorait combien de temps encore il pourrait tenir.

Mais avant que le ciel ne s'assombrisse totalement, le fleuve ressortit de la forêt, en direction du sud. Matt respira à nouveau, sa courte expérience de la Forêt Aveugle, un mois et demi plus tôt, l'avait passablement dégoûté de ce lieu.

Rassurés, ils osèrent allumer deux lampes à graisse tandis que Chen sortait des sacs d'un coffre :

– Regardez ce que j'ai trouvé ! Du jambon, des champignons, de la confiture et même un peu de pain !

Après le dîner qui prit des airs de festin, Tobias fut relayé à la barre par Ben qui avait dormi une large partie de la journée.

– Aucun signe de l'armée Glouton ? demanda-t-il à Tobias.

– Non. Pas âme qui vive. C'est quoi au juste cette armée ? Les Gloutons et les Cyniks sont alliés maintenant ?

– Apparemment. Nous l'avons surprise à l'entrée de la Passe des Loups. Elle filait vers le sud, accompagnée par des cavaliers Cynik. Je suppose qu'à l'heure qu'il est, elle a rejoint l'un des campements militaires de Malronce. Allez, va donc dormir un peu, tu as les yeux tout rouges et tes paupières peinent à se relever !

Le lendemain matin, la jonque glissait dans une région de collines, la Forêt Aveugle dans leur dos. Ils étaient passés.

Le panache de fumée d'un feu les fit paniquer en début d'après-midi, tous sautèrent sous les bâches, ne laissant que

Horace à l'avant et Ben au gouvernail, le visage dans l'ombre de son capuchon.

Ils voguèrent jusqu'à une grande bâtisse de pierre. Matt, dissimulé sous la bâche avec ses amis, entendit Horace commenter entre ses dents :

– C'est une auberge, la route et le fleuve s'y rejoignent. Je vois un ponton avec deux pêcheurs. Si je dis « grosse colère », c'est qu'il faut que vous sortiez tout de suite avec vos armes au poing ! Sinon, restez sans bouger et pas un bruit !

Les pêcheurs interpellèrent la jonque et Horace répondit un vague salut d'une voix d'adulte.

– L'armée se mobilise à Babylone ! cria l'un des pêcheurs.

– Nous leur apportons des peaux d'ours ! fit Horace.

– Il y a justement tout un groupe de soldats à l'intérieur, ils descendent à Babylone, si vous voulez vous épargner le trajet !

– Nous ne pouvons accepter, ces peaux sont pour quelqu'un de particulier, un proche de la Reine.

– C'est bientôt le moment de la Rédemption ! La Reine va nous guider ! fit le second pêcheur.

L'autre enchaîna, sur un ton d'excuses :

– Mon pote et moi, nous ne pouvons nous battre, à cause de nos jambes, elles sont toutes tordues ! Mais nos pensées vous accompagnent ! Peut-être que vous pouvez prendre les soldats avec vous ?

– Nous sommes déjà bien assez chargés !

– Ah bon, alors bonne route !

Horace les salua encore une fois et soupira de soulagement.

– C'est bon, dit-il dans sa barbe, nous sommes passés.

Quand il sortit de sa cachette, Matt comprit qu'ils ne pouvaient se permettre la moindre inspection de routine, entre les chiens au gabarit hors normes et les Pans présents à bord, il était impossible de cacher tout le monde, ils seraient aussitôt arrêtés par les Cyniks.

Pendant deux jours encore, ils descendirent le fleuve dont l'eau verdissait à mesure qu'il gagnait le sud.

Ambre avait dormi l'essentiel des quarante-huit premières heures, et s'était réveillée en pleine forme.

Depuis elle examinait les Scararmées dans leur bocal, et s'entraînait avec son altération, jamais de gros efforts, canalisant son attention sur de petits objets qu'elle faisait déplacer sur le pont. Au début, elle avait expédié plusieurs brosses pour récurer le bois, couteaux et instruments de cuisine par-dessus bord. Peu à peu, elle s'était améliorée, parvenant à filtrer le surplus d'énergie que lui conférait la présence des Scararmées.

Neil s'était assis sur une pile de cordages pour la regarder faire, il affichait une mine souriante, le regard plus doux, comme s'il voulait faire la paix avec la jeune fille.

– Jamais tu ne les nourris ? demanda-t-il.

– Non. Au début j'ai mis des feuilles, un morceau de pain et même un ver de terre, mais ils n'y touchent pas. Ils ne mangent ni ne boivent jamais.

– Comment font-ils pour survivre ?

– Je pense qu'ils ne sont qu'un petit réceptacle d'énergie, c'est elle qui les fait vivre. Ils ne sont que les vaisseaux.

– Une énergie qui viendrait d'où ?

– C'est la même que celle que nous utilisons pour nos altérations, je suppose que c'est une sorte de courant qui relie toutes choses dans l'univers.

– Ah, j'ai déjà entendu un truc à ce sujet ! La matière noire ! Ce sont des particules qui existent partout, même dans ce qu'on appelle le vide, dans l'espace !

– Peut-être que l'énergie de ces insectes est un concentré de

218

matière noire alors. Ça renforcerait l'hypothèse d'une Terre en colère.

– C'est ton hypothèse de la Tempête ?

– En effet. Une sorte de gigantesque réaction chimique et physique à nos excès, à notre exploitation outrancière des ressources de la planète, à toute notre pollution qui la détruit. La matière noire aurait réagi comme un anticorps, bouleversant le monde, et nous par la même occasion.

– Je n'imagine pas de la *matière* choisir qui doit survivre et qui doit être vaporisé !

– Elle n'a pas vraiment choisi, la matière noire serait guidée par un unique principe directeur : propager et équilibrer la vie. Elle a rééquilibré et s'est assurée que la propagation pourrait se poursuivre, mais autrement.

Neil ne parut pas convaincu :

– Mouais.

– Peut-être que la matière noire et la Tempête sont deux choses différentes, je n'en sais rien, ce ne sont que des hypothèses.

– En tout cas tu as l'air de bien te débrouiller avec ton altération. Félicitations.

– J'y travaille.

Neil la regarda avec insistance, la mettant mal à l'aise, et Ambre ramassa ses affaires pour rejoindre ses deux amis à l'arrière du bateau.

En fin de journée, la jonque sortait d'un bois lorsque Tobias sauta sur le banc à côté du gouvernail.

– Mes jumelles ! s'écria-t-il en bondissant vers son sac pour sortir son instrument. Je la vois ! La tour du Buveur d'Innocence ! Nous arrivons à Babylone ! Derrière cette grande colline ! Babylone !

La cité des Cyniks.

28.
Une question de principe…

Ambre frissonnait de dégoût à l'approche de Babylone. La tour du Buveur d'Innocence, au-dessus de la vieille université, lui rappelait de mauvais souvenirs.

La jonque approchait des murailles, deux tours flanquaient le fleuve et leur arrivée avait déjà été remarquée par des soldats qui les observaient depuis les hauteurs.

Les chiens étaient couchés à l'avant, Matt, Chen, Neil et Tobias dissimulés sous leur bâche, tandis que Ben et Ambre, qui pouvaient passer pour des adolescents approchant l'âge adulte, et donc l'âge de la trahison, accompagnaient Horace dont le visage venait de se transformer. Sa peau s'était tendue, faisant ressortir une fine barbe, le pourtour de ses yeux et son front s'étaient soudainement plissés pour lui donner des rides, et il fit quelques essais pour se choisir une voix d'adulte convaincante. Il paraissait approcher la trentaine.

Les quatre Pans sous la bâche gardaient un œil sur l'extérieur à travers de petites déchirures dans le tissu imperméabilisé.

Ils aperçurent l'immense campement qui encerclait la ville, des centaines de tentes rudimentaires, autant de feux sur lesquels chauffaient des marmites, et des milliers d'hommes pour la plupart en tenue civile.

L'une des armées de Malronce se mobilisait en ce moment même autour de Babylone.

– C'est pas bon du tout pour nous ! murmura Chen. L'armée est presque prête. Ils ne vont plus tarder à se mettre en route. Jamais les forces d'Eden n'auront le temps de se rassembler pour les contrer !

Un Cynik les interpella depuis le haut d'une tour, alors qu'ils allaient franchir la muraille pour pénétrer dans la ville :

– Nous vous attendions ! hurla-t-il. Amarrez-vous sur le quai est !

Horace fit un grand signe de la tête pour signaler qu'il avait entendu mais ne toucha pas au gouvernail.

– Qu'est-ce que je fais ? siffla-t-il entre ses dents.

– Je ne crois pas que nous ayons le choix, répondit Ben. Ils vont nous cribler de flèches si nous ne nous arrêtons pas.

– Dès que nous poserons un pied sur ce quai, nous serons démasqués, intervint Ambre aussitôt.

– Non, fit la voix étouffée de Tobias sous la bâche, pas si nous avons un Cynik avec nous ! Laissez-moi filer en douce et je vous en trouverai un !

– Tu vas te faire repérer ! répliqua Ambre.

– Non ! Je suis sûr qu'avec l'armée dehors et l'imminence de la guerre, Babylone est sens dessus dessous, et puis je suis rapide, au pire je peux perdre des poursuivants dans le dédale de la vieille ville ! Fais-moi confiance, Ambre, nous sommes déjà venus ici, je connais l'endroit !

Ambre soupira et d'un regard demanda l'avis de Ben et Horace.

Ce dernier haussa les épaules en disant :

– De toute façon nous n'avons pas d'autre solution…

– Trouve-nous un coin plutôt isolé, capitula Ambre, pour que Toby puisse débarquer discrètement.

– Ça va être difficile ! fit Ben en contemplant Babylone.

Les quais étaient saturés, toute la flotte Cynik y était accostée, de longs navires de transport, tous fraîchement fabriqués, occupaient les débarcadères, pendant qu'une foule agitée les déchargeaient en direction de charrettes tirées par des bœufs, des ânes et quelques chevaux de trait.

– Regardez ce qu'ils chargent sur les chariots ! lança Neil. Ce sont des armes et des armures !

– Toute la production des forges de Malronce, murmura Matt.

Ambre désigna un emplacement entre deux navires.

– Conduis-nous là, Horace, nous serons cachés entre les deux plus gros voiliers Cynik, ça laissera à Toby le temps de disparaître à terre.

À peine la petite jonque se collait-elle au débarcadère de pierre, que Tobias glissait hors de la bâche pour se hisser sur le quai et se mélanger à la foule, la capuche baissée sur son visage.

Matt serra son épée contre lui. Il se tourna vers Chen et Neil :

– Si les choses tournent mal, je tenterai de repousser l'ennemi pendant que les autres lanceront la manœuvre pour fuir ; Chen, tu me couvriras avec ton arbalète, et toi, Neil, tu fonceras trancher les amarres.

Les deux garçons approuvèrent, peu rassurés.

Ils entendirent Ben qui s'adressait à Horace, d'un air troublé :

– Horace, ton visage ! Il s'affaisse !

– Je sais, je le sens. J'ai du mal à stabiliser la déformation.

– Ça y est, on dirait que ça va mieux.

– Il faut que je reste concentré, c'est tout.

Ils patientèrent plus de dix minutes, croisant les doigts pour que Tobias revienne rapidement. Soudain deux soldats surgirent, accompagnés par un homme en soutane noire et rouge, tel un curé.

– Vous venez pour le ravitaillement ? demanda celui-ci.

Horace s'avança.

– Non, nous avons une nouvelle mission, dit-il de sa voix d'adulte, grave et un peu éraillée. Nous devons transporter ces chiens vers notre Reine.

– Diable ce qu'ils sont grands ! Et les caisses d'armes pour la Passe des Loups ? Quand est-ce que vous les prenez ?

– À notre retour.

– Mais ce sera trop long !

– C'est un ordre que j'ai reçu, je ne fais qu'obéir.

L'homme en soutane parut contrarié, il avisa alors les deux autres membres d'équipage et fut surpris par leur jeunesse.

– Ce sont des traîtres Pans, expliqua aussitôt Horace, ce sont eux qui nous ont livré ces chiens. Je dois les descendre à Wyrd'Lon-Deis également.

– Sont-ils passés par le Ministère auparavant ?

– Non, intervint Ambre qui craignait un piège, elle se souvenait que le Ministère délivrait un bracelet spécifique aux jeunes traîtres Pans nouvellement enrôlés. Ces chiens sont la preuve de notre bonne foi.

L'homme en soutane secoua la tête, pas convaincu, c'était manifestement un homme de protocole, il changea de ton et devint agressif :

– Je vais monter à bord ! Je veux voir votre ordre de mission !

– Ils n'en ont pas ! fit un autre Cynik derrière lui.

L'homme en soutane sursauta et fit face à un vieil individu, avec deux touffes de cheveux blancs au-dessus des oreilles, le visage creusé et de fines lunettes en équilibre sur un nez étroit.

– Balthazar ! reconnut Matt sous sa bâche.

– C'est une mission que je supervise, expliqua Balthazar, l'approvisionnement de notre Reine en créatures singulières. Vous me connaissez, n'est-ce pas ? Je suis fournisseur de bizarreries, et mon réseau est large. Jusqu'à notre forteresse du nord. Le conseiller spirituel Erik, paix à son âme, m'avait demandé en son temps de trouver à la Reine des spécimens de chiens géants. Les voici.

– Alors Erik vous avait signé un bon de commande, j'aimerais le voir !

– Je ne travaille pas comme ça. Tout se fait par la parole chez moi. Est-ce un problème ? Dois-je faire partir un message pour prévenir la Reine que sa cargaison spéciale aura du retard ?

L'homme en soutane ne se laissait pas manipuler, la méfiance ne le quittait pas.

– Je ne laisse pas partir un de nos bateaux pour le sud par les temps qui courent, sans une autorisation du Ministère ! Si vous voulez quitter ce port, venez à la capitainerie munis d'un laissez-passer ; en attendant, cette jonque reste à quai ! Et si je ne vois aucun document officiel sur mon bureau d'ici demain soir, je la réquisitionne pour nos transports d'armes !

Balthazar s'inclina, comprenant qu'il n'y avait plus rien à faire, et le trio menaçant s'éclipsa.

Une fois à bord, Balthazar fut rejoint par Tobias et ils se rassemblèrent près de la bâche pour que tous puissent entendre.

– Je suis désolé, dit-il, j'ai fait de mon mieux.

– A-t-on une chance si nous tentons une fuite discrète cette nuit ? demanda Ambre.

– Aucune. Les soldats sur les tours sont attentifs, avec l'imminence de la guerre, ils sont surexcités ! Ils vous trufferont de flèches. Aucun navire n'est autorisé à quitter l'enceinte de la ville la nuit, sauf autorisation spéciale. Et en pleine journée, vous n'aurez pas plus de chance de survie ! Ils ne laissent rien passer sans en avoir été informés.

– Alors il nous faut ce document du Ministère, conclut Ambre.

Balthazar secoua vivement la tête :

– C'est impensable ! J'ai menti, et je ne pourrai pas en obtenir un, il vous faut fuir rapidement, et sans ce navire !

– Aucun moyen de faire un faux ?

Balthazar hésita puis fit signe que non.

– Pourquoi ai-je l'impression que vous nous cachez quelque chose ? demanda Tobias.

Le vieil homme soupira.

– Je vous ai déjà mis en garde contre ce personnage, lâcha-t-il à contrecœur.

– Le… Le Buveur d'Innocence ? balbutia Tobias, sous le choc.

Ambre frémit, la chair de poule lui envahit les bras jusqu'au cou.

– C'est le seul en ville à pouvoir falsifier un document officiel, avoua Balthazar.

– Il n'est pas mort ? s'étonna Tobias.

– Non ! Je sais qu'il a failli y passer, il a dit à tout le monde qu'un groupe d'enfants avait tenté de l'assassiner.

– Quel salaud ! s'énerva Tobias.

— Nous nous procurerons ce laissez-passer, fit la voix de Matt sous la bâche.

— Je ne peux que vous inciter à vous tenir éloignés du Buveur d'Innocence, vraiment, il…

— Nous avons déjà eu affaire à lui, le coupa Ambre. Nous savons de quoi il est capable, mais nous devons poursuivre notre route vers le sud.

Balthazar les toisa un par un.

— C'est aussi important que ça en a l'air, n'est-ce pas ? demanda-t-il comme s'il lisait sur leurs visages.

— Oui, fit Ambre doucement.

— Bon. Dans ce cas, vous ne devez pas rester ici, c'est imprudent, il va faire nuit dans une heure, attendez un peu et venez jusqu'à ma boutique, sur la place que vous voyez là-bas. Faites des petits groupes de trois maximum, pour passer inaperçus. Au moins vous dormirez au chaud et à l'abri.

Balthazar les salua et remonta sur le quai où il disparut dans la foule.

Ils attendirent qu'il fasse nuit et les trois Pans sous la bâche sortirent, des fourmis dans les jambes.

— La voie est libre, informa Tobias, on peut y aller.

— Horace et moi devons nous absenter, annonça Matt.

— Pour quoi faire ?

— J'ai un plan pour le laissez-passer, pendant ce temps, attendez-nous ici, nous ne serons pas longs.

— Et Balthazar ? fit Tobias. Il nous a invités pour la nuit, et je suis d'accord avec lui, ce serait plus prudent qu'on soit planqués chez lui plutôt qu'ici !

— Il est inutile de prendre le risque de traverser la ville,

226

Horace et moi serons de retour bien avant l'aube. De toute façon il est hors de question de laisser les chiens seuls à bord !

Ambre s'approcha :

– Je n'aime pas l'idée que tu puisses te rendre chez le Buveur d'Innocence sans nous, je le connais, il est redoutable.

– Tu as déjà accompli ta part du boulot en ce qui le concerne, c'est à mon tour.

Elle lui prit le poignet.

– Matt, ne lui donne rien, il retournera toutes les situations à son avantage, c'est ce qu'il est : un manipulateur.

Il lui adressa un clin d'œil complice :

– Sois rassurée, je n'y vais pas pour lui donner quoi que ce soit, mais plutôt pour prendre. Prendre ma revanche. Et venger ce qu'il t'a fait.

29.

Vieille connaissance

Matt avait exposé son plan à Horace et ils marchaient en direction du pont qui enjambait le fleuve.

De l'autre côté, les bâtiments néogothiques de l'ancienne université occupaient plusieurs hectares au milieu d'un parc. Les drapeaux Cynik s'agitaient mollement sur leurs façades.

La tour du Buveur d'Innocence, haute et fine, se dressait à l'entrée du bois clairsemé. Les fenêtres supérieures, en vitraux, étaient illuminées, projetant dans le ciel noir des lueurs bleu, rouge et violet.

À l'entrée du pont, une faction de soldats montait la garde et contrôlait l'accès à la rive opposée, celle du Ministère de la Reine.

Lorsqu'un garde s'approcha du duo qui marchait vite, Horace abaissa le capuchon de son large manteau et désigna Matt du menton :

– Une livraison pour le Buveur d'Innocence, dit-il de sa voix d'adulte.

Il attrapa les poignets de Matt et les leva pour bien montrer les liens qui l'entravaient.

Face à un adulte de son âge, le garde perdit tout soupçon, et lui fit signe de continuer, un rictus aux lèvres.

– Ton prisonnier va passer une mauvaise nuit, on dirait !

Les autres gardes rirent stupidement et Horace s'empressa de traverser le pont.

À l'approche de la tour, Matt s'assura qu'Horace était bien prêt :

– Tu n'es pas trop nerveux ?

– Si, j'ai les mains moites.

– Tout va bien se passer. Ce type n'est pas du genre à s'entourer de centaines de gardes, il aime être tranquille.

– Je n'ai que le long couteau que m'a donné Ben, et je t'avouerai que je ne sais pas m'en servir, si ça dégénère, je…

– Laisse-moi faire, couvre mes arrières au besoin, et fais-toi confiance. J'ai vu dans ton regard la haine que tu as pour les Cyniks, elle te guidera si tu dois te battre.

– On arrive, qu'est-ce que je fais ? Je frappe à la porte ?

– Oui. Et rappelle-toi, tout est dans le timing. Quand je te ferai signe. Pas avant.

Horace prit une profonde inspiration pour se donner du courage et se servit du gros heurtoir en bronze pour signaler leur présence.

Ils attendirent une longue minute qu'un visage adolescent, disgracieux, avec un nez affreusement retroussé, ne vienne leur ouvrir.

– J'ai un cadeau pour le Buveur d'Innocence, fit Horace en montrant Matt.

– Désolé, il est tard, il n'aime pas être dérangé à cette heure, repassez demain matin.

Horace glissa son pied dans l'entrebâillement de la porte pour l'empêcher de se fermer :

– J'insiste. Ce n'est pas un cadeau ordinaire. Dites-lui que je lui amène l'adolescent qui l'a humilié.

Le garçon aux traits larges et porcins hésita, puis les laissa entrer.

– Je vais voir, dit-il, attendez là, mais s'il refuse, il faudra repartir sans faire de scandale !

Ils n'eurent pas à attendre longtemps. Le garçon redescendit les marches à toute vitesse, comme s'il était poursuivi par le diable en personne. Tout essoufflé, il annonça :

– Le Maître… va… vous… recevoir ! Suivez-… moi.

Ils gagnèrent les hauteurs de la tour, après une épuisante et interminable ascension, passèrent par un grand vestibule de velours multicolores et pénétrèrent dans un salon recouvert de boiseries sombres. Les grands vitraux culminaient à plus de six mètres de hauteur éclairés par des candélabres soutenant des dizaines de bougies.

Le Buveur d'Innocence se tenait derrière son secrétaire en poirier, une plume et un encrier devant lui, les doigts croisés, le visage incliné. Mais sa petite moustache blanche, ses yeux très rapprochés, son cou maigre, tout en lui frémissait d'excitation.

Lorsqu'il vit le visage de Matt, son regard s'embrasa. Il s'écria, avant même qu'Horace puisse se présenter :

– Combien en veux-tu ?

– Euh… pardon ?

– Ton prisonnier ! Combien le vends-tu ?

En plus de l'adolescent porcin, un troisième serviteur du Buveur d'Innocence se tenait dans la pièce, enfoncé dans une zone d'ombre, et Matt ne parvenait pas à discerner ses traits. Il ne voyait qu'une silhouette massive.

Ses dernières mésaventures avec nous l'auraient-elles incité à se flanquer d'un garde du corps ?

– Où l'as-tu trouvé ?

– Près de la Passe des Loups où je patrouille, répondit Horace.

– Était-il seul ? N'y avait-il pas avec lui une jeune fille, belle comme le printemps ? Et un jeune garçon à la peau noire ?

– Non, il était seul.

– Dommage.

Le Buveur d'Innocence fit un signe et le colosse sortit de la pénombre. Une force de la nature.

Les choses se compliquaient pour Matt. Il n'avait pas prévu ce type d'obstacle.

Tant pis, trop tard pour faire machine arrière !

Le Buveur d'Innocence donna une bourse en cuir au garde du corps qui vint la tendre à Horace.

– Comment t'appelles-tu ? demanda le maître des lieux. Que je sache à qui je dois ce cadeau tombé du ciel !

– Horace.

– Eh bien, Horace, sache que si tu trouves ses deux compagnons, je t'offrirai quatre fois cette somme ! Et tu… Que se passe-t-il avec ton visage ? Tu… tu as une maladie ?

Horace recula d'un pas et tourna la tête, le temps de se reprendre.

Mais le Buveur d'Innocence flaira le mauvais coup, il hurla :

– Phil ! Attrape-moi cette vermine !

Le mastodonte lâcha la bourse et tenta de saisir Horace par le col de son manteau. Celui-ci parvint néanmoins à l'esquiver et Matt s'écria :

– Maintenant !

Horace fit tomber son manteau et dévoila l'épée de Matt qu'il dissimulait contre lui. Matt leva les poignets devant lui et tira de toutes ses forces. Les liens de corde fragile grincèrent puis se rompirent.

L'adolescent porcin se précipita sur lui et fut cueilli d'un puissant coup de coude en plein nez. L'os craqua et il tomba à la renverse, assommé.

Matt saisit l'épée qu'Horace venait de lui lancer et fonça sur le garde du corps qui eut le temps d'attraper un grand plateau en argent sur lequel était posé un service en cristal.

Matt se préparait à frapper fort, pour briser le plateau, mais il n'en eut pas le temps, devancé par le colosse qui le chargeait, bouclier d'argent en avant. L'adolescent leva l'épée pour dévier l'assaut, mais sa lame glissa sur le rebord du plateau, le coup l'emporta en arrière et l'écrasa contre le mur. Son épée restait coincée entre lui et le plateau que le colosse poussait de plus en plus fort, comme s'il voulait l'enfoncer dans la pierre.

La douleur inonda la poitrine, de Matt, l'air s'expulsa de ses poumons. Le visage du garde du corps était juste au-dessus du sien, crispé par l'effort, les veines et les tendons saillant de son cou de taureau.

Matt ne respirait plus, il sentait qu'il allait rapidement perdre connaissance. Il tira sur son bras pour dégager son poignet.

De son poing libre il assena un formidable direct du gauche en pleine tempe à son assaillant.

Celui-ci ne broncha pas, obsédé par l'idée d'écrabouiller ce moucheron qui osait le frapper.

Matt insista, un second coup puis un autre, et un autre encore.

Rien n'y faisait, le colosse ne réagissait pas et Matt voyait des mouches noires passer devant ses yeux, le sang lui montait à la tête, il n'allait plus tenir.

Horace se retrouva alors sur le dos du colosse, le martelant de coups de poing. Matt arma son ultime direct.

Il cogna si fort que la mâchoire du Cynik se déboîta dans un craquement sinistre.

L'homme vacilla, puis tomba la tête la première contre une chaise qu'il brisa en morceaux.

Matt posa un genou à terre pour reprendre sa respiration, appuyé contre son épée.

Le Buveur d'Innocence se jeta sur un tiroir de son secrétaire et allait en tirer une longue dague lorsque Matt bondit en avant, la lame tendue pointée contre sa gorge.

– Maintenant, vous allez nous rendre un précieux service, dit-il en haletant.

Le Buveur d'Innocence appliqua son sceau sur le cachet de cire chaude et tendit la lettre à Matt.

– Voilà, avec ça vous pouvez quitter la ville à tout moment, même cette nuit.

Sa main tremblait. Matt prit le document et du regard, défia l'homme que la peur secouait de la tête aux pieds. Il savait qu'il avait survécu par miracle la première fois, et manifestement il craignait l'issue de cette seconde confrontation.

– Faites-m'en une autre, pour franchir les Hautes-Écluses.

– Hénok ? fit l'homme alors que la curiosité remplaçait un instant l'angoisse. Vous projetez de vous rendre là-bas ? Pourquoi diable allez-vous sur les terres de la Reine ?

– Ce n'est pas à vous de poser les questions ! Allez ! Obéissez !

Le Buveur d'Innocence sursauta et s'empressa de rédiger le second document.

Horace avait ligoté les deux autres comparses du Cynik. Il demanda à Matt :

– Qu'est-ce qu'on en fait ? Les jeter par la fenêtre, ce serait spectaculaire mais pas discret.

– Ces messieurs vont rouler dans les marches jusqu'au sous-sol, et on les bouclera. Je pense qu'ils vont rester là un bon moment avant que quelqu'un les trouve, à condition que ce type ait des amis assez inquiets pour venir chez lui. S'il n'en a pas, alors… Serre bien les nœuds surtout !

– Mais… Tu veux les… épargner ?

Matt fixa Horace avec de la glace dans le regard. Un froid si intense qu'il pénétra la chair d'Horace.

– Tu veux finir comme eux ? Des Cyniks cruels et sans âme ? Nous ne tuons pas froidement, même nos pires ennemis, c'est ce qui nous différencie d'eux ! Allez, viens, aide-moi à attacher celui-là et à les pousser dans l'escalier.

Rouler dans les marches fut long et douloureux pour les Cyniks, et Matt trouva une cave profonde, qui sentait l'humidité. Il tenait une bougie à la main et s'accroupit près du Buveur d'Innocence :

– Si jamais vous nous causez des ennuis, je vous promets que je reviendrai, et que je vous découperai les mains, les pieds et la langue. Est-ce clair ?

Le Cynik hocha la tête et gargouilla de terreur derrière son bâillon.

– Et ça, ajouta Matt, c'est pour ce que vous avez fait à Ambre.

Sur quoi il lui décocha un grand coup de pied dans les parties.

Le Buveur d'Innocence hurla à s'en étouffer, et se tordit de douleur, recroquevillé sur lui-même et dans son urine.

234

Pour franchir le pont en sens inverse, Horace expliqua aux soldats qu'il était tard et que le Buveur d'Innocence, après les avoir fait attendre une heure dans sa tour, les avait congédiés en leur demandant de revenir le lendemain matin.

À une centaine de mètres de la jonque, Matt comprit qu'il y avait un problème. Une troupe de soldats tournait autour de l'embarcation.

Il poussa Horace dans l'ombre d'une ruelle.

– Ils se sont fait prendre ! Ambre, Toby et les autres !

Horace risqua un œil :

– Non, attends, ils ne sont pas montés à bord, les soldats viennent juste d'arriver ! On peut agir !

– Ce serait de la folie ! Au premier cri, toute la milice de Babylone va nous tomber dessus ! Viens ! Je veux voir ça de plus près.

Matt l'entraîna par une ruelle parallèle au fleuve jusqu'à ce qu'ils parviennent au niveau de l'escouade militaire.

Matt s'approcha lentement, jusque derrière un tonneau qui servait à recueillir l'eau de pluie. Ils étaient tout près des soldats.

L'officier distribuait des filets à ses hommes :

– N'oubliez pas, je les veux vivants si possible !

– Et pour les chiens ? demanda un soldat armé d'une longue lance.

– Tuez-les ! Ne prenez aucun risque ! Notre objectif, ce sont ces gosses. Si notre information est bonne, il y en a aussi sous la bâche ! Allez ! En place !

Matt sentit un frisson glacial lui parcourir l'échine.

Ils étaient bien renseignés.

Cela ne pouvait signifier qu'une chose.

Ils avaient été trahis.

30.
À propos de confiance

Matt fonçait à travers les ruelles obscures de Babylone.

Horace peinait à le suivre.

– Où vas-tu ? Matt ! Parle-moi !

Aucune réponse ne venait, l'adolescent semblait aveuglé, étranglé par la colère.

Ils débouchèrent sur une place près du pont, et Matt approcha d'une vitrine opaque. « AU BAZAR DE BALTHAZAR » était écrit en lettres d'or sur une pancarte noire.

Matt donna un coup de pied dans la porte qui céda immédiatement. Il sortit son épée et fonça vers l'arrière-boutique d'où provenait de la lumière.

Il s'attendait à trouver des Cyniks, peut-être même des hauts représentants de la Reine, mais peu importait, il était animé d'une telle rage qu'il se sentait capable de les défier tous. Pour atteindre le traître.

Il surgit dans une petite pièce réchauffée par la présence de nombreuses personnes, assises autour d'une table sur laquelle fumaient des tasses.

Ambre, Tobias, et tous les autres se tenaient là, avec Balthazar, et même les chiens, entassés dans ce qui servait de cuisine.

– Vous ? fit Matt. Mais…

– Eh bien quoi ? dit Ambre. On dirait que tu vois des revenants ?

– Je croyais que vous étiez sur le bateau ?

Tobias eut soudain l'air coupable.

– Non, je me suis dit que ce serait tout de même plus prudent d'attendre ici. Sur la jonque n'importe qui pouvait nous voir.

Matt pointa son épée vers Balthazar :

– Il nous a donnés ! Les Cyniks sont en ce moment même sur la jonque ! Et ils savent exactement ce qu'ils cherchent ! Ils savent tout, pour les chiens, notre cachette sous la bâche ! Tout !

Tous les visages comme un seul pivotèrent vers le vieil homme.

Il fronça les sourcils, et pendant une seconde ses pupilles parurent verticales. Des yeux de serpent.

– Ne sois pas idiot ! répondit-il. Si je devais vous vendre à Malronce pourquoi aurais-je envoyé ses hommes sur le bateau alors que je vous attendais ici pour la nuit ? Et puis j'avais tout le loisir de le faire en fin d'après-midi sur le port, avec l'officier de contrôle !

L'argument fit mouche et tout le monde se détendit.

– Attends une minute ! s'écria Tobias. Les Cyniks sont sur la jonque ? J'ai laissé un mot à bord, pour que vous nous retrouviez ici !

Matt et Ambre se regardèrent.

– Il faut fuir ! Vite ! dit-il.

– Et où va-t-on ? s'affola Neil. Maintenant nous ne pouvons plus passer par le fleuve, et les accès de la ville seront infranchissables !

– D'autant que toute une armée de soldats campe autour de la cité, ajouta Chen.

Matt se posta à la porte de derrière et jeta un coup d'œil dans la rue pour s'assurer que personne n'approchait.

– Ambre, dit-il, tu conduis Neil, Horace et les chiens jusqu'aux abords de la jonque, restez bien planqués tant que nous n'aurons pas dégagé la voie ! Les autres avec moi, nous allons nous occuper de reprendre la jonque, s'ils ont bien vu la note de Tobias, ils doivent être en train de courir jusqu'ici !

– Et… Balthazar ? fit Tobias. On ne peut pas le laisser là, il est plus que compromis…

Matt étudia le vieil homme. Il était à présent moins impressionnant que dans son échoppe de New York. Presque pitoyable. Était-ce une ruse ?

Je n'ai pas l'impression. C'est moi qui ai changé depuis l'année dernière.

– Il vient avec nous, avec le groupe d'Ambre.

– Non, attendez, dit Balthazar. Vous ne pourrez jamais quitter la ville par le fleuve, les archers des tours vous abattront.

Matt sortit le laissez-passer de sa veste :

– J'ai notre précieux sésame !

Balthazar plissa les lèvres, l'air contrarié.

– Il faut qu'il soit entre les mains de l'officier de garde avant que vous ne tentiez de passer, les informa-t-il.

– Je peux le leur apporter, proposa Horace.

– Non, fit Balthazar, je vais y aller. Poursuivez votre chemin, et quoi que vous soyez venus accomplir, faites-le !

Tobias fut soudainement paniqué, il s'était attaché au vieil homme :

– Mais les Cyniks finiront par comprendre, ils vous arrêteront !

Balthazar ébouriffa affectueusement les cheveux de Tobias :

– Un vieil homme comme moi n'a pas peur du cachot. Et avec cette guerre qui se profile, je crois que je préfère ça. Au moins je ne cautionnerai pas le sang versé par mes pairs.

Il tendit la main vers Matt.

– Alors, jeune homme, vas-tu me faire confiance ?

Matt hésita. Tout cela allait trop vite, il aurait voulu prendre le temps de tout poser à plat, d'y réfléchir.

Mais il fallait prendre une décision, une quinzaine de soldats allaient faire irruption ici d'un instant à l'autre.

Alors Matt serra les mâchoires et déposa le laissez-passer dans la main fripée du vieil homme.

Matt se faufila derrière une charrette abandonnée au milieu du quai.

Trois hommes montaient la garde devant la jonque.

Chen se coula entre un navire de transport et le quai, et entreprit de remonter ainsi en direction de la jonque, parfaitement hors de vue, pendant que Tobias, Ben et Matt se positionnaient le plus près possible des gardes.

Lorsqu'ils furent à moins de dix mètres, Tobias décocha trois flèches en deux secondes et l'un des Cyniks mourut sur le coup. Chen surgit dans le dos des soldats et son arbalète s'occupa du second. Matt et Ben foncèrent vers le troisième qui n'eut pas le temps de comprendre ce qui lui arrivait, balayé et assommé à coups de pommeau d'épée et de hachette.

Ambre se précipita avec toute sa troupe et la jonque fut rapidement apprêtée pour le voyage.

Elle glissa sans un bruit entre les bâtiments encore chargés d'armes et d'armures.

– Si seulement nous avions pu couler quelques-uns de ces cargos ! maugréa Neil. Quel temps nous aurions fait gagner à nos troupes !

Matt lui posa la main sur l'épaule.

– Excellente idée ! Ambre ! Avec l'aide des Scararmées, peux-tu défoncer quelques planches de la coque des bateaux que nous allons croiser ?

– Je pense, oui.

– Rien de trop brutal, que l'eau s'infiltre progressivement.

Ambre alla chercher le bocal qu'elle déposa à ses pieds, et après l'avoir ouvert elle se concentra.

Plusieurs planches cédèrent d'un coup, émettant un craquement bruyant.

– Oups, fit-elle. Je suis désolée. Je vais faire plus doucement pour les suivants.

Un à un, Ambre s'occupa des navires qu'ils longeaient, tandis que la jonque approchait les tours de la muraille sud.

D'ici au petit matin, les deux tiers de la flotte seraient enfoncés dans l'eau jusqu'aux mâts.

Matt se tenait à la proue de la jonque. Il guettait l'agitation au sommet des tours. Des gardes se groupaient autour des lanternes, l'arc à la main.

– Le nom de votre navire ? cria l'un d'eux.

– *Le Styx* ! répondit Horace de sa voix d'adulte.

Un interminable silence suivit.

Matt sentait son cœur s'emballer. Plusieurs archers avaient déjà allumé l'extrémité de leur flèche, prêts à incendier la jonque si celle-ci osait sortir sans autorisation.

Avait-il bien fait de faire confiance à Balthazar ? Le vieil homme était un Cynik, après tout. Matt ferma les yeux. Il avait joué leur vie à tous sur un coup de dés.

Voyage au Purgatoire

Il serra le cuir de la poignée de son épée, discrètement posée devant lui. S'ils tiraient, il n'y avait pas grand-chose à faire, sinon plonger. Et espérer atteindre le rivage sains et saufs, avant d'être récupérés par la milice.

Puis la voix tomba du sommet de la tour :

– L'autorisation est en règle. Bon voyage !

31.
Navigation paranoïaque

Les lumières de Babylone s'éloignaient lentement dans la nuit.

Matt avait retrouvé un peu de confiance : sur l'eau ils seraient rapides, plus que par la piste. Il avait déjà fait ce trajet, avec le Conseiller spirituel de la Reine, et il se souvenait que la route multipliait les détours à travers bois, le long d'une région de collines escarpées. Le temps que les Cyniks réalisent la duperie, le *Styx* aurait suffisamment d'avance pour atteindre Hénok avant tout messager.

Maintenant que la tension était retombée, il était nettement plus préoccupé par les siens.

Tobias avait confié la barre à Ben et il vint s'asseoir à l'avant, avec son ami, au milieu des chiens qui dormaient en ronflant doucement.

— J'espère qu'il s'en est sorti, dit-il tristement.

— Balthazar ? T'en fais pas, c'est un dur-à-cuire. Il a survécu à la Tempête, n'oublie pas !

— Justement, c'était le dernier adulte normal. J'aimerais pas qu'il lui arrive quelque chose.

Matt prit son ami par les épaules. Un geste d'affection qu'il n'avait plus fait depuis longtemps. Il se sentit mieux. Tobias lui avait sacrément manqué.

– Nous avons un sérieux problème, Toby, enchaîna-t-il plus bas.

– Cette histoire de trahison ?

– Exactement ! Les Cyniks savaient précisément où nous devions être ! La bâche, les chiens ; ils n'ont pas pu le deviner ! Est-ce que quelqu'un a quitté le groupe pendant qu'Horace et moi étions sortis ?

Tobias fit la grimace.

– Hélas, oui. Ben a proposé que nous profitions de l'attente pour refaire notre stock de vivres. Il avait de l'argent, piqué à une patrouille Cynik. Ambre n'était pas d'accord, mais Neil a insisté. Ambre est restée à bord pendant que nous allions acheter des provisions.

– Tous ensemble ?

– Non, chacun dans son coin. On s'était dit qu'en groupe nous attirerions l'attention, alors que seuls, nous pouvions passer pour des traîtres Pans nouvellement arrivés en ville.

– Quand avez-vous décidé d'aller chez Balthazar ?

– En rentrant, j'ai rappelé qu'on serait plus en sécurité chez lui que sur la jonque.

– Celui qui a trahi l'a donc forcément fait pendant les courses, sinon il n'aurait pas envoyé les Cyniks au bateau. Quelqu'un t'a paru contrarié par ta proposition ?

– Neil, il n'avait pas du tout envie. Il disait qu'on devait s'en tenir au plan.

– Celui-là, depuis le début je ne le sens pas !

– Attends, ce n'est peut-être pas lui.

– J'ai une confiance aveugle en chacun de nous trois, Horace lui, était avec moi, je ne l'ai pas quitté une minute. Il reste Chen, ce n'est pas son genre. Ben, lui, est d'une droiture exemplaire, et Neil, rappelle-toi, déjà au Conseil il n'a pas hésité à proposer qu'on échange Ambre contre la paix !

– Sans preuve, tu ne convaincras personne.

– Je sais, pesta Matt. En attendant, il faut avoir un œil sur tout le monde, et en particulier sur Neil. Il n'a pas loin de dix-sept ans, l'âge de Raison comme disent les Cyniks, l'envie d'aller les rejoindre doit le titiller.

– Ne dis pas ça, demanda Tobias, d'un air blessé. Ça me fiche la trouille. Je ne veux pas finir comme ça.

– T'en fais pas, nous, on ne se trahira jamais.

Tobias acquiesça, sans grande conviction.

– Je l'espère.

Matt se leva :

– Allez, viens, à partir de maintenant, toi et moi nous alternerons les tours de garde, il faudra toujours qu'un de nous deux puisse surveiller les autres.

– Tu n'en parles pas à Ambre ?

– Pour l'instant elle dort, elle se remet de son effort avec les Scararmées. On avisera ensuite. Je ne suis pas sûr que ce soit une bonne idée de lui faire peur avec ça, elle a déjà bien assez de trucs en tête. Tu sais, la carte que Malronce recherche, ce n'est pas moi. C'est elle.

– Le Grand Plan ? C'est Ambre ?

– Aucun doute.

Tobias se tut, abasourdi.

– Mais alors, pourquoi Malronce te recherche, toi ?

Matt haussa les épaules.

– C'est ce que nous allons bientôt découvrir.

Deux jours durant, Matt épia ses camarades en prenant soin de ne pas se faire remarquer. Neil en particulier retenait son attention, sa façon de rester en retrait la plupart du temps tout en tirant l'oreille à chaque conversation, les regards de biais qu'il jetait aux uns et aux autres, et même son physique déplaisait à Matt. Si jeune, il avait déjà perdu la moitié de ses cheveux !

Seul un garçon retors et machiavélique peut se dégarnir ainsi à cause de la méchanceté ! avait-il songé.

Matt réalisa alors qu'il se focalisait tellement sur lui qu'il en perdait la raison. Pour en arriver à se convaincre de pareilles bêtises, il devait être tombé bien bas ! À force de traquer le moindre détail, il avait fini par se convaincre de tout et n'importe quoi.

Et il en résulta qu'après mûre réflexion Neil n'était finalement pas plus suspect qu'un autre.

Il a voulu échanger Ambre à Malronce, et ça je ne peux pas lui pardonner !

C'était intolérable à ses yeux, mais s'il réfléchissait bien, c'était un calcul purement logique : sacrifier une vie pour en sauver des milliers d'autres !

Sauf que Malronce ne nous laissera jamais en paix !

Au matin du troisième jour, Matt fut réveillé par Chen :

– Des cavaliers ! lui annonça-t-il.

Matt s'approcha du bastingage, encore tout ensuqué par le sommeil.

Cinq individus en armures descendaient la colline au galop, ils venaient du sud, d'Hénok, et remontaient en direction de Babylone.

Ils étaient suivis par un nuage bas, un long panache brun qui se révéla être toute une armée, interminable défilé militaire, qui passa au loin, devant les yeux à la fois fascinés et terrorisés des sept Pans.

Des cavaliers en tête, puis des carrioles bâchées, suivies par une infanterie sans fin. Personne ne se souciait de la petite embarcation.

Les Ourscargots fermaient la marche avec leurs hautes cages de bambous tractées par des ours noirs.

Les Cyniks y entasseraient leur moisson de Pans.

Il fallut plus d'une heure pour en voir le bout.

Ce n'était qu'une seule des cinq armées en passe de déferler sur Eden, et il semblait pourtant qu'elle suffirait à réduire en esclavage tous les enfants du pays.

L'armée Sainte de la Reine disparut au détour du relief, seulement trahie par l'auréole de poussière sombre qui la coiffait.

À l'approche de la nuit, Matt et Tobias commencèrent à craindre les Mangeombres. Ils savaient qu'ils n'étaient plus très loin d'Hénok et ne voulaient surtout pas se retrouver au pied de la montagne hantée par ces créatures nocturnes.

Plus que des mauvais souvenirs, les Mangeombres leur avaient laissé quelques cicatrices encore rouges et douloureuses.

Matt ne put se résigner à dormir, aussi s'installa-t-il à la proue avec les jumelles de Tobias. À la moindre ombre massive sur l'horizon il se précipiterait pour faire arrêter la jonque.

Rien ne vint, et quand Tobias le relaya, tard dans la nuit, Matt vit une montagne surgir sous ses paupières closes, plusieurs fois, avant de sombrer d'épuisement.

Les pentes menaçantes d'Hénok se profilèrent le lendemain à midi.

Un pic pointu, l'écorce percée de pitons dressés vers le ciel, comme s'ils cherchaient à fuir cet endroit. Matt savait qu'au-dessous se situaient les Hautes-Écluses qui donnaient accès à Wyrd'Lon-Deis.

Un impressionnant rideau de vapeur envahissait l'extrémité sud de la forêt, là où le fleuve se jetait dans un vide de plus de cinq cents mètres.

Hénok était l'unique possibilité de passage. Il allait falloir se livrer aux Cyniks, compter sur la transformation d'Horace et sur le physique mature de Ben, pour berner les adultes responsables du chenal souterrain.

Et remettre leurs vies entre les mains du Buveur d'Innocence.

Matt défroissa le document cacheté qu'il gardait dans sa besace.

Il avait veillé à ce que chaque mot soit clair, surveillé la calligraphie, pour s'assurer qu'il n'y raconterait pas n'importe quoi. Le texte lui avait paru correct, administratif, pompeux, mais bien dans le genre d'un ordre de mission. À présent, avec un peu de recul, il se mit à hésiter.

Et si le Buveur d'Innocence avait truqué le laissez-passer avec un code ? Une phrase alambiquée qui pouvait signifier en fait d'emprisonner immédiatement le porteur de cette missive ?

Les Cyniks étaient-ils à ce point vicieux et organisés ? Le Buveur d'Innocence avait-il eu la présence d'esprit d'un tel stratagème malgré sa peur ?

Matt ne savait plus.

Pourtant il ne pouvait décacheter la lettre sans lui faire perdre toute valeur.

Il devait se faire confiance. Si le Buveur d'Innocence avait joué au plus malin ce soir-là, il l'aurait détecté.

Et s'il m'a trompé ?

C'était trop tard. Le courant s'accentuait, la jonque devenait difficile à manœuvrer, ils approchaient du bras secondaire, celui qu'il ne fallait surtout par rater pour éviter une chute mortelle, celui qui s'enfonçait sous le mont, vers la cité d'Hénok.

Tobias et Ben à la barre, Chen et Horace à la voile, ils s'affairèrent à guider le navire dans la bonne direction.

Le fleuve les poussait cependant vers les chutes et la bifurcation n'allait pas tarder à s'éloigner dangereusement.

La jonque tangua avec de plus en plus d'amplitude puis opéra une courbe irrégulière pour enfin quitter le courant principal.

Elle entra dans l'ombre de la montagne.

Au-delà, c'était Wyrd'Lon-Deis.

Un pays encaissé, un gigantesque bassin protégé d'une falaise infranchissable.

Comme si la Terre en avait eu honte, comme si elle avait voulu le cacher.

Loin au sud, le ciel était rouge.

32.

Improbable mélange

La jonque pénétra sous l'arche monumentale de la grotte, et la lumière disparut. Ben alluma les deux lampes à graisse du bord, et se posta à l'avant, parmi les chiens.

– Je vois la ville ! Elle brille comme un trésor ! s'exclama-t-il, admiratif face à cet écrin de ténèbres garni de perles dorées.

– C'est le moment de nous cacher, fit Matt.

Horace prit le commandement du *Styx*, le document officiel à la main, tandis que Ben plaçait un long filet sur les chiens pour faire croire qu'ils étaient immobilisés. Tous les autres Pans s'allongèrent sous la bâche, arme au poing.

Si leur plan échouait, il faudrait combattre, le temps d'improviser une fuite. Ne surtout pas finir entre les mains des Cyniks.

Et si pour une fois nous tombions sur des adultes doués d'empathie, capables de nous accepter malgré nos différences ? avait espéré Matt. *Si, au lieu de nous combattre, ils choisissaient de nous aider ? Après tout, Hénok est à l'écart, différente…*

La jonque fila tout droit vers le quai mal éclairé, tandis que les petites bâtisses blanches à toit plat sortaient de la pénombre.

249

Des lampes à graisse et quelques flambeaux illuminaient les ruelles grimpantes de la petite cité érigée sur une pente douce.

Matt se demanda s'il y avait vraiment quelque espoir à attendre d'un peuple vivant dans une ville enterrée. C'était naïf de sa part d'avoir pu imaginer que des adultes, surtout ici, puissent désobéir à la Reine. Un espoir de gosse.

Matt se cramponna à la poignée de son épée. Il devait davantage compter sur elle que sur la clémence des Cyniks. C'était une effroyable vérité qu'il ne pouvait plus se permettre de négliger.

La coque se mit à craquer en touchant le bord du quai et la voix d'un homme résonna :

— Est-ce toi, Sam, qui nous rend visite ?

Matt ne parvenait pas à le voir à travers le trou dans la bâche, il faisait trop sombre.

— Non, répondit Horace en parlant comme s'il avait trente ans. J'ai réquisitionné le bateau pour une mission spéciale. Je dois livrer ma cargaison à la Reine. Voici mon ordre de passage !

— Ah ? Bien… Dites, il n'y a pas de signature officielle là-dessus, le Buveur d'Innocence n'a pas tous les droits ! Faudrait le lui rappeler !

— C'est… une mission secrète que lui a confiée Malronce, inventa Horace. Je ne peux pas vous en dire plus.

— Et vous voudriez passer le tunnel quand ? Aujourd'hui ?

— Le plus vite possible, la Reine nous attend.

— C'est que moi j'attends deux transports de marchandises pour ce matin qui doivent remonter, il y en a pour la journée ! Je peux vous faire transiter dans la nuit, cela dit, vous ne devrez pas sortir avant le lever du jour, comme vous devez le savoir, la montagne est infestée de Mangeombres.

– Notre mission est prioritaire ! insista Horace avec une autorité que Matt ne soupçonnait pas.

Le garde soupira.

– Je vais voir ce que je peux faire. Il y a l'auberge au coin là-bas, si vous voulez patienter un peu…

– Non, nous n'avons pas le temps ! Dépêchez-vous !

Le garde marmonna quelque chose dans sa barbe au sujet du Buveur d'Innocence et s'éloigna au pas de course.

L'attente parut interminable.

L'homme revint une heure plus tard. Sans un mot il sauta à bord et s'approcha de la bâche. Matt pouvait à présent le voir, il était vêtu d'une chemise en toile et d'un gilet sans manche en mouton. Un poignard ornait sa ceinture. Ce n'était pas un militaire.

– Je peux passer entre les chiens ? demanda-t-il, pas rassuré.

– Qu'est-ce que vous voulez faire ?

– Vous assister pour la manœuvre d'accrochage, je dois être à la proue pour ça !

– Allez-y, mais ne les touchez pas, ils pourraient vous arracher la main d'un coup de gueule.

Le marin passa à toute vitesse entre les grandes masses poilues qui le toisaient à travers le filet.

– Larguez les amarres et prenez la direction du tunnel, tout au bout de la caverne, vous n'avez qu'à suivre le courant en fait.

Lorsque la jonque fut devant une énorme galerie, le marin lança les amarres en direction de ses collègues qui les passèrent dans de larges boucles en acier, arrimées à des chaînes tout aussi spectaculaires.

Matt se souvenait du tunnel, de sa démesure, de quoi y faire descendre un trois-mâts sans problème. Un réseau complexe de poulies, de roues crantées et d'engrenages assurait le déplacement des navires en se servant de la force de l'eau qui dévalait des toboggans tout au long de cette interminable galerie si vaste que son plafond se perdait dans l'obscurité.

L'opération de levage ne dura seulement qu'une heure, le *Styx* était petit, plus facile à manœuvrer que les gros transporteurs habituels, mais il fallut une heure de plus pour le mettre en place, sur ses rails, tout en haut de cet impressionnant tunnel qui s'enfonçait en pente raide dans les profondeurs de la montagne. Matt n'était pas rassuré, le Cynik multipliait les allers-retours d'un bord à l'autre, et il craignait qu'il finisse par les débusquer, en marchant dessus ou si la bâche s'ouvrait dans un mouvement brusque.

– C'est l'heure de débarquer, vous passerez par l'escalier, avertit le marin. Par contre vos chiens là, je ne les veux pas à quai, ils restent là, tant pis pour eux !

– C'est risqué ?

Le marin hésita.

– Disons que ça va secouer. Allez, passez par l'échelle de corde ! J'espère que vous avez du souffle, parce que c'est un escalier très, très long ! Je vous aurais bien proposé de vous reposer dans les wagons, mais nous avons eu un… un incident et ce n'est toujours pas réparé.

Matt ne put contenir un rictus.

Un incident ? Un sabotage tu veux dire !

Horace, Ben et l'homme quittèrent l'embarcation avant que celle-ci ne plonge dangereusement vers l'avant et s'engage dans l'enchaînement de grincements tous plus effrayants les uns que les autres.

Les Pans glissèrent brusquement sur le pont et s'entassèrent sur les chiens. Matt se précipita sur la bâche pour la retenir et la repositionner en hâte. Heureusement qu'il n'y avait aucun garde à bord !

Un déclic métallique se déclenchait chaque fois que le *Styx* parcourait un mètre, un métronome parfaitement régulier, à peine audible dans le fracas des torrents qui s'engouffraient dans les rampes juste sous la coque. Des chaînes d'une longueur improbable tractaient des sceaux dans lesquels l'eau venait taper, entraînant le mécanisme vers des roues de plus en plus volumineuses. Et cet ensemble guidait la jonque lentement, la faisant descendre à petite vitesse.

Matt s'interrogea sur la fiabilité de cette incroyable invention. Et si un des maillons des chaînes venait à se rompre ? La jonque serait lâchée sur ses traverses à roues, prendrait de plus en plus de vitesse avant d'aller s'écraser contre un mur ou dans le lac tout en bas, si violemment que tous à bord seraient instantanément broyés.

La position était particulièrement inconfortable, Matt était écrasé entre Billy, le chien d'Horace, et quelqu'un d'autre. Il dégagea un bras et s'aperçut que c'était Ambre.

L'inconfort fut soudain moins évident.

Il réalisa qu'il sentait la poitrine de la jeune fille contre lui.

Elle leva la tête et sa bouche effleura la sienne.

Matt fut électrisé par un frisson.

À travers la pénombre de la bâche, il pouvait discerner ses yeux verts. Elle le fixait aussi. Gênée, elle tenta de se pousser mais Matt lui fit comprendre que ce n'était pas la peine.

– Tu ne me fais pas mal, murmura-t-il.

Elle le regardait toujours.

Sa main se posa sur son épaule et elle se détendit, allongée sur lui. Elle vint enfouir son visage dans le creux de son cou et Matt demeura ainsi un long moment avant d'oser la serrer dans ses bras.

Bon sang, ce que cette sensation était agréable !

Il lui sembla que toute sa vie il avait attendu ce plaisir. L'apaisement et l'excitation en même temps. La chaleur du corps et l'enivrement de la personnalité. L'eau et le feu. La terre et le ciel.

Matt se sentait enfin complet.

Il eut soudain terriblement envie de prolonger cette ivresse par la fusion. Il voulut qu'Ambre soit en lui, et lui en elle.

Il eut envie de l'embrasser.

Doucement, et malgré l'appréhension, il remonta une main dans son dos, jusqu'à sentir sa nuque et ses cheveux soyeux. Il détecta un tremblement subtil qui parcourait sa peau.

Elle inclina son visage, ses lèvres frôlèrent le menton du jeune garçon.

Matt pivota juste un peu, pour que son nez touche celui d'Ambre.

Leurs souffles chauds s'entremêlèrent.

Leurs lèvres se caressèrent.

Le même tremblement les fit frémir tous les deux.

Le satin de leur bouche se découvrait, une humidité tiède et capiteuse. Leurs langues s'effleurèrent d'abord, puis se mêlèrent.

Leurs membres ondulèrent, à la manière d'une vague lente qui cherche à épouser les moindres recoins de la plage.

Le baiser dilua le temps, ouvrit une brèche dans un espace inconnu, et ni Matt ni Ambre ne sut bientôt plus où il se trouvait ni depuis combien de temps ils s'étreignaient ainsi.

Le ricanement de Chen rompit brutalement le sortilège. Et ils s'écartèrent aussitôt, mal à l'aise, presque honteux.

— Faut pas vous gêner ! commenta bêtement le jeune garçon.

Voyage au Purgatoire

Ambre glissa sur le côté pour se retenir à Gus, son saint-bernard, et Matt fit comme s'il n'avait rien entendu.

Il ferma les yeux et constata que son cœur était tout affolé.

Lui restait le goût d'Ambre sur les lèvres.

33.

Le mauvais chemin

Le *Styx* s'immobilisa dans un claquement sonore.

Le temps que Ben et Horace parviennent en bas de l'épuisant escalier, la jonque était déjà à l'eau, amarrée au quai devant deux gros bâtiments servant à transporter des marchandises.

Une vingtaine de Cyniks s'affairaient sur le quai à préparer l'ascension du premier navire.

Un marin s'approcha d'Horace.

– Tenez, votre ordre de mission. Vous ne pouvez pas repartir maintenant, la nuit tombe, les Mangeombres vont sortir. Ils ne vous ont pas proposé de dormir à l'auberge là-haut ?

– Je préfère le plancher de mon bateau, il me berce, répondit Horace avec un bon sens de la repartie.

De retour à bord, Ben s'agenouilla à côté de la bâche :

– Vous êtes toujours là-dessous ?

– Oui, on crève de chaud ! se plaignit Neil.

Ben leur fit passer deux gourdes d'eau supplémentaires.

– Je commence à croire que nous allons y parvenir, dit-il tout bas.

– Nous ne sommes pas encore dehors, murmura Matt.

Ben se laissa tomber sur les fesses, le dos contre le mât.

– Comment allons-nous rentrer chez nous ? demanda-t-il. Horace m'a dit que vous aviez épargné le Buveur d'Innocence. Notre passage à Babylone ne sera pas passé inaperçu, Hénok sera certainement averti dans les jours, sinon les heures qui viennent, autant de lieux qui nous seront interdits !

– Une chose à la fois. Je ne donnais déjà pas cher de nos peaux pour parvenir à Wyrd'Lon-Deis, et pourtant nous y sommes !

– Justement, nous ne pourrons continuer éternellement sans un bon plan. L'improvisation finira par se retourner contre nous.

– Tout dépendra de ce que nous découvrirons chez Malronce, rappela Matt. Nous le savions dès le départ.

Ben se mordit la lèvre, contrarié.

– Je n'aime pas trop ça, lâcha-t-il. C'est de nos vies dont nous parlons.

– Non, Ben, de celles de tous les Pans. Tu as vu comme moi les armées de Malronce, jamais nous ne pourrons les vaincre, jamais. J'ai bien peur que tous les espoirs de notre peuple reposent dans ce que cache le Grand Plan. Et sur cette table de pierre, le Testament de roche.

Toute la nuit, des marins s'occupèrent de préparer et de hisser les deux cargos de bois par le tunnel. Par prudence, aucun des Pans sous la bâche n'en sortit, au cas où un Cynik viendrait à monter à bord pour une visite surprise. Horace et Ben leur glissèrent leurs duvets, des provisions, et eux-mêmes allèrent se coucher à l'arrière après avoir éteint les lampes à graisse.

Tobias et Matt se réveillèrent en sursaut en entendant des cris à l'extérieur de la grande caverne.

Les Mangeombres chassaient.

Tobias, qui dormait contre Lady, se rapprocha de Matt.

Le souvenir de ces monstres remuait de désagréables images : la mort de Stu, la bataille sanglante où chacun avait cru périr.

Matt chuchota doucement :

– T'en fais pas, nous sommes en sécurité ici.

Tobias acquiesça, pas plus rassuré.

– Et si Horace ou Ben était le traître ? murmura Tobias. S'il décidait de nous dénoncer cette nuit ?

– J'ai confiance en l'un et l'autre. Mais si ça peut t'apaiser je vais veiller. Je n'arrive pas à fermer l'œil de toute façon.

Tobias approuva vivement. Il s'emmitoufla dans sa couverture et ne laissa émerger que le bout de son nez. Ses paupières s'abaissèrent aussitôt.

Matt soupira en croisant les bras sous sa tête. Demain il serait fatigué, c'était idiot de ne pas se reposer. Mais il était obsédé par le visage du Raupéroden. Sitôt qu'il s'endormait, il voyait son père se pencher au-dessus de lui.

Comment était-ce possible ?

Que devait-il faire, maintenant qu'il connaissait le vrai visage du monstre ?

Continuer à le fuir. Rien de ce qu'il y a en lui n'est bon. Si c'est encore mon père, c'est à travers son apparence et sa voix, rien de plus.

Le Raupéroden n'était qu'un être vide, une coquille de souffrance, sans âme réelle. Du moins une large partie de ce qu'il avait été lui avait été arrachée, et cet être incomplet errait, traînant sa démence et ses fantômes de par le monde.

C'est le spectre de mon père ! comprit Matt. *Il me traque parce que je suis la seule chose qu'il connaisse, je lui rappelle le passé !*

Une seconde, Matt envisagea de devoir tuer le Raupéroden pour soulager son père, pour libérer son âme. Il repoussa l'idée avec horreur. Il en était incapable.

S'il continuait à se focaliser sur le Raupéroden, Matt sentait qu'il allait devenir fou. Il fallait qu'il occupe son esprit…

Matt regarda Ambre qui s'était volontairement mise à l'écart, comme si elle cherchait à le fuir. Elle lui tournait le dos.

Il eut envie de la rejoindre, mais n'en fit rien.

Il ignorait ce qui lui avait pris cet après-midi, pendant la descente. Étourdi par la chaleur, par la tension, il s'était un peu laissé aller.

Le sentiment que nos jours sont comptés, se dit-il.

Ambre lui en voulait-elle ? Peut-être était-il préférable de ne plus en parler, d'agir comme s'il ne s'était rien passé.

Matt décida qu'il s'adapterait aux réactions de son amie.

Si elle n'en parlait pas, il ferait celui qui ne sait rien.

Oui, c'était mieux ainsi.

À aucun moment il ne vit que Ambre avait les yeux grands ouverts.

À l'aurore, Horace et Ben sortirent la jonque du tunnel et tout le monde fut bientôt aveuglé par la lumière du jour.

Les Pans quittèrent la bâche avec soulagement, et se relayèrent à l'arrière pour procéder à des ablutions à l'abri d'un paravent, utilisant l'eau qu'ils tiraient du fleuve.

Matt chercha le regard d'Ambre, sans avoir l'air d'insister, mais la jeune fille l'ignora toute la matinée.

Le paysage faisait défiler des forêts aux parures d'automne. Beaucoup trop tôt pour la saison, néanmoins toutes les feuilles étaient brunes, rouges ou jaunes. Entre les vallons, des falaises ouvraient leur plaie blafarde, et de hauts rochers élimés jaillissait ici et là une fourrure végétale.

Le bassin de Wyrd'Lon-Deis était parfaitement délimité par les parois verticales, comme emprisonné derrière des murs façonnés par des titans.

Ben pointa l'index vers le sud.

– Pourquoi le ciel est-il rouge ? On dirait que l'horizon brûle.

– C'était déjà ainsi lorsque nous sommes venus à Hénok, commenta Matt.

– Les Cyniks pensent que c'est le sang de Dieu qui coule pour noyer leurs péchés, révéla Tobias en se souvenant des propos tenus par le Buveur d'Innocence.

– J'ose espérer que c'est autre chose, déclara Matt en s'écartant.

Horace l'interpella :

– Le fleuve part dans deux directions ! Je prends laquelle ?

Matt gagna la proue et scruta les deux larges bras.

– Je n'en ai pas la moindre idée, avoua-t-il.

– Prends à droite, proposa Ben. Nous n'aurons qu'à toujours prendre à droite, ainsi, pour rentrer ce sera plus facile de s'y retrouver.

Horace claqua dans ses mains et s'empara du gouvernail.

– Y a plus qu'à prier pour qu'on ait fait le bon choix, lança-t-il.

Aucune route au loin, aucun village, pas même le toit d'une maison. Il semblait que l'unique présence humaine soit la leur, au milieu du fleuve.

Lorsqu'un grondement caverneux monta de la forêt, tout le monde se précipita sur son arme.

Plusieurs arbres s'agitèrent, une nuée d'oiseaux noirs s'envola, et ils reconnurent tous le cri de ce qui ressemblait à un dinosaure.

– On peut s'éloigner de cette rive ? demanda Ambre au bord de la panique.

La forme se rapprochait et les branches cassaient aussi facilement que des cure-dents.

Elle s'immobilisa brusquement et fit demi-tour, sans qu'ils aient pu l'apercevoir.

– Qui a proposé d'accoster ce soir pour faire du feu ? demanda Tobias, décomposé.

– C'était une mauvaise idée, avoua Chen. Finalement on est très bien sur ce bateau.

Plus tard, Matt empoigna un bidon de graisse liquide pour remplir les lampes. Ambre en profita pour l'approcher pendant que les autres discutaient à l'avant en guettant le paysage.

– Je... Je voulais te dire, à propos de ce qu'il s'est passé hier, commença-t-elle.

– Écoute, je suis désolé, je ne sais pas ce qui m'a pris, la devança Matt, soulagé qu'elle ne lui fasse pas la tête.

– Ah.

Ambre eut l'air blessée.

– Enfin... Je veux dire... c'était bien, c'était drôlement bien, corrigea vivement Matt. Mais si je t'ai choquée, je te présente mes...

Ambre le coupa en posant un doigt sur sa main, elle venait de retrouver le sourire.

– Non, Matt, pas du tout, pour moi aussi c'était magique. Je voulais juste te dire que ça ne doit pas changer ce qui existe entre nous. Notre association, notre relation forte.

— Non, bien sûr.

— Tu sais, je ne crois pas avoir eu l'occasion de te le dire, je suis heureuse de t'avoir rencontré, Matt Carter.

Matt eut soudain les joues en feu, la bouche sèche.

Elle souleva une épaule et inclina la tête, en un mouvement qui trahissait sa gêne :

— Bon. Je vais retourner avec eux, avant que Chen ne nous voie ensemble et vende la mèche.

Matt approuva, bien qu'il eût une furieuse envie de la retenir pour toute la soirée.

Ils dînèrent en établissant un roulement pour les tours de garde. En plus d'un barreur, Tobias et Matt s'arrangèrent pour que l'Alliance des Trois ait l'un de ses membres chaque fois éveillé.

La première nuit, ils tardèrent à trouver le sommeil, dérangés par le halo rougeoyant qui les attendait au sud. La faune nocturne se relaya également pour assurer l'ambiance : cris, hurlements, plaintes lancinantes et babils de rapaces, toute une vie bruyante peuplait la forêt sous le regard torve d'un morceau de lune.

Au matin, accoudé au bastingage de poupe, Neil mangeait des biscuits secs pour son petit déjeuner quand il remarqua les formes longues qui nageaient dans leur sillage.

— Oh les gars ! appela-t-il. Je crois qu'on a un souci !

Plusieurs poursuivants affleurèrent la surface, dévoilant leur peau huileuse. Ils ressemblaient à des anguilles de la taille d'un traversin.

— Regardez leur gueule ! s'écria Chen. On dirait des piranhas !

— Des lamproies carnivores, annonça Ben. Que personne ne mette le doigt dans l'eau, vous vous feriez dévorer tout le bras.

– Elles peuvent sauter ?

– Pas très haut, mais tenez-vous éloignés du bord, par sécurité.

Neil laissa tomber son biscuit et recula d'un bon mètre.

Le gâteau flotta dans les remous de la jonque puis une large gueule pleine de crocs transparents surgit pour l'avaler d'un coup.

Le soir, Matt surprit Horace assis sur un tonneau, une pochette de tabac à rouler sur la cuisse. Il la fixait.

– Ça va ?

Horace sursauta et répondit en faisant claquer sa langue contre son palais.

Matt montra le tabac de l'index :

– J'ai vu que tu n'avais pas fumé depuis un moment.

– J'ai arrêté.

– Alors qu'est-ce qui ne va pas ?

– J'ai… J'ai affreusement envie de m'en griller une.

– C'est le stress.

– Peu importe, j'ai envie.

– Et qu'est-ce qui te retient ?

Horace inspira bruyamment pour réfléchir.

– Soit je résiste une bonne fois pour toutes, soit je replonge. Tu ne voudrais pas me prendre le paquet et le balancer par-dessus bord ?

– C'est à toi de le faire.

– Je sais mais je n'y arrive pas.

Matt lui prit la main et leva ses doigts devant lui.

– Tu te ronges les ongles jusqu'au sang !

– On dirait pas comme ça, mais je suis un grand nerveux.

Matt fit un pas en arrière et toisa l'adolescent. Son physique pas banal avait probablement été l'objet de moqueries à l'école primaire. Pourtant il commençait à lui donner une singularité presque séduisante. Matt repensa à la vie qu'Horace menait autrefois à Chicago, ce qu'il lui en avait raconté.

– Tu sais ce qui ferait du bien à tout le monde ? Que tu nous fasses un petit sketch avec tes imitations.

– Laisse tomber, c'est naze.

– Non, je te jure ! Ça remonterait le moral des troupes. Ça fait une éternité que nous n'avons plus ri.

Horace hésita.

– Tu crois ?

– Je suis sûr. Et avec ta voix, tes voix, je devrais dire, tu vas faire un carton !

Horace lâcha un sourire crispé.

– Je vais y réfléchir.

Une demi-heure plus tard, Ambre était pliée en deux face à Horace imitant Forrest Gump à merveille. Tout le monde se rapprocha, et Horace se laissa griser par son succès. Il enchaîna Michael Jackson, Larry King, Georges Bush, Jack Black et même Oprah Winfrey, tous merveilleusement singés.

Lorsqu'il eut fini, Matt le vit s'éloigner et se pencher par-dessus le bastingage. Il tenait son paquet de tabac.

Après avoir contemplé les flots noirs un long moment, il le jeta au loin.

Cette nuit-là, ils dormirent bien mieux malgré la chaleur qui ne cessait d'augmenter depuis la veille.

Le soir du troisième jour, le fleuve se scinda une nouvelle fois en deux.

Fidèles au plan de route proposé par Ben, ils optèrent pour la droite.

Le lendemain matin, ils se réveillèrent dans une moiteur étouffante, dans la brume, une odeur de vase, des tapis de nénuphars et des touffes de roseaux partout. Ils comprirent qu'ils étaient parvenus dans un marais.

Alors ils se mirent à douter.

Surtout lorsque des moustiques géants décidèrent de foncer sur l'embarcation en bourdonnant.

34.

Brume de poisse

Les moustiques avaient la taille de pigeons, des ailes d'un mètre d'envergure et un stylet long comme une aiguille à tricoter.

Dès qu'il les vit, Tobias repensa au Raupéroden et à ses anticorps volants.

Il attrapa son arc et dans la confusion renversa ses flèches à ses pieds.

– Cachez-vous dans les couvertures ! hurla Ben. Pour vous protéger des piqûres !

Tobias usa de son altération pour ramasser plusieurs flèches et les planter dans une rainure du pont, juste devant lui.

Il banda son arc et visa le moustique le plus proche.

Ils n'étaient plus qu'à dix mètres.

– Je suis avec toi, l'informa Ambre en se plaçant sur sa gauche.

C'était la confiance dont il avait besoin. Maintenant il pouvait enchaîner les tirs sans perdre du temps à les ajuster.

Les flèches filèrent à toute vitesse sous le contrôle d'Ambre. En trente secondes Tobias avait vidé un tiers de son carquois et abattu la première vague d'assaillants.

– Tu m'as sacrément manqué ! s'exclama Tobias.

Les bourdonnements n'avaient pas cessé mais le carnage semblait avoir refroidi les ardeurs de l'escadrille. Ils tourbillonnèrent autour de la jonque puis finirent par se perdre dans la brume.

Chen lâcha un long soupir.

– Je déteste les moustiques, confia-t-il.

Horace lança par-dessus bord les cadavres qui avaient échoué à leurs pieds, embrochés sur une flèche.

– Nous avons un autre problème, déclara Neil. Avec cette brume et ce labyrinthe d'îlots, ça va devenir coton pour s'y retrouver !

Matt sortit sa boussole de son sac.

– Malronce est au sud, non ? Tiens, garde-la tant que tu t'occupes du gouvernail.

Le brouillard ne masquait pas totalement le rougeoiement des cieux. L'intensité du halo était variable, comme si elle était due à des projecteurs dont certains s'allumaient pendant que d'autres s'éteignaient.

Puis il y eut les coups de tonnerre.

Puissants mais lointains, les échos d'un orage formidable.

Qui durait.

En début d'après-midi le tonnerre cognait toujours aussi fort.

La température avait encore grimpé. Tous les passagers ne portaient plus qu'un tee-shirt ou une chemise.

C'est alors qu'ils traversèrent une zone d'îlots plus larges et plus longs, couverts de champignons énormes, de la taille de petites cabanes, puis vastes comme les soucoupes volantes des films.

– Ça se trouve, on pourrait en manger ! proposa Tobias.

– Ça se trouve, ils sont empoisonnés, contra Ambre.

Les moustiques revinrent avant la tombée du jour, plus nombreux encore, et cette fois les flèches de Tobias ne suffirent plus, il fallut les repousser à l'aide de torches allumées dans la panique avec de la graisse de lanterne.

Matt manqua de peu de se faire piquer dans le cou et il ne dut son salut qu'à la précision de Chen et son arbalète.

L'attaque dura dix minutes et laissa les Pans haletants, mais intacts.

– Nous avons perdu les trois quarts de nos projectiles, annonça Tobias le soir pendant le dîner. À ce rythme-là, nous pouvons espérer repousser encore un assaut, certainement pas deux.

L'orage n'avait toujours pas faibli. Pire, il leur semblait qu'il se rapprochait.

– Vous êtes sûrs qu'on fait bien de continuer en direction de cette tempête ? s'inquiéta Neil.

– Ce n'en est pas une, annonça Ambre.

– Alors c'est quoi ?

– Des éruptions volcaniques. Ça expliquerait le bruit, la chaleur et la couleur du ciel.

Tous la considéraient avec circonspection.

– Wyrd'Lon-Deis est au milieu d'une zone volcanique ? C'est possible ça ? s'étonna Neil.

– Combien de kilomètres avons-nous parcourus depuis notre départ ? demanda Chen.

Ben répondit :

– Cela fera bientôt trois semaines, dont près de deux semaines sur ce bateau, nous avons peut-être fait plus de mille kilomètres, mille cinq cents.

– Impossible ! contra Neil, ça veut dire que nous aurions dépassé la Louisiane, que nous serions au milieu du Golfe du Mexique !

– Pas tout à fait. Après la Forêt Aveugle, le fleuve n'est jamais descendu tout à fait au sud, mais au sud-est, révéla Ben.

– Alors nous sommes en Floride ! s'exclama Chen. Il n'y a pas de volcans en Floride !

– Il n'y en avait pas *avant* la Tempête, corrigea Ambre.

– Par contre il y avait déjà des marais, rappela Tobias.

– Bon, et ça nous avance à quoi ? s'enquit Horace. Nous y allons tout de même, non ? Je n'ai pas fait tout ce voyage pour abandonner maintenant.

Matt se leva.

– Personne n'abandonne, dit-il. Il est trop tard pour ça. Depuis longtemps.

Il était minuit passé. Chen tenait la barre pendant qu'Ambre surveillait à la proue, une lampe à graisse suspendue au-dessus du vide à l'extrémité d'une longue gaffe.

– Terre à droite, dit-elle assez fort pour qu'il l'entende et pas trop pour ne pas réveiller tout le monde. Vire encore un peu, encore… encore… C'est bon, tu peux redresser.

Le vent était faible, le courant puissant, aussi la jonque se déplaçait-elle plus vite que le matin.

De temps à autre, de grosses lamproies jaillissaient devant l'étrave avant de disparaître dans l'eau sombre. Ambre préférait les ignorer, ces monstres la dégoûtaient.

Malgré la nuit et la brume, les cieux brillaient avec une intensité presque magique. Des boules de feu tirant sur le jaune semblaient vouloir percer le rideau opalin, loin en altitude, en même temps qu'un coup de canon déchirait le silence.

Il s'agissait bien d'une chaîne volcanique. Et ils s'en rapprochaient d'heure en heure.

Ambre transpirait, s'épongeait le front avec sa manche, faute de mieux, et but encore quelques gorgées dans sa gourde. Depuis le matin, ils avaient décidé de se rationner en eau potable en constatant qu'ils étaient dans un marais. Personne ne voulait prendre le risque de goûter à cette eau qui sentait la vase et qu'ils savaient pleine de larves de moustiques.

Les bandes de terre qu'ils croisaient, souvent plantées de roseaux, abritaient des colonies de vers luisants, si bien qu'elles ressemblaient à des villes miniatures qu'Ambre survolait.

La jonque se rapprochait d'une autre de ces colonies, Ambre discerna des lueurs vertes au loin. Elle s'apprêtait à donner l'ordre de virer lorsque des ombres géométriques se profilèrent. Rectangle plus haut que la jonque. Forme allongée, soutenue par des barres verticales droit devant…

Ambre comprit tout à coup. Elle bondit sur la gaffe et la renversa dans l'eau pour éteindre la lampe. Puis elle fonça sur Chen et lui arracha la barre des mains pour tirer de toutes ses forces sur le gouvernail.

– Un ponton droit devant ! lâcha-t-elle entre ses dents.

– Quoi ? T'es sûr ?

– Chut ! lui ordonna-t-elle, il y a de la lumière !

Un quai suspendu au-dessus de l'eau apparut à trente mètres. Ils fonçaient dessus.

Des lampes remplies de vers luisants étaient accrochées à des piquets et en délimitaient les bords.

La jonque changea de cap, juste assez pour passer tout près du bout du ponton. Ils avaient frôlé la catastrophe.

270

– Va les réveiller, demanda Ambre, pendant que je manœuvre pour qu'on puisse revenir accoster.

– Tu veux vraiment qu'on descende là ?

– Je pense que c'est notre destination, Chen. Je pense que
nous sommes arrivés au cœur de Wyrd'Lon-Deis.

Elle prit une profonde inspiration pour ajouter :

– Nous sommes chez Malronce.

35.
Wyrd'Lon-Deis

La jonque était immobilisée à une cinquantaine de mètres du ponton.

À travers la brume et l'obscurité, les Pans pouvaient tout de même apercevoir la nitescence spectrale des lampes à vers luisants.

— Tu n'as vu personne ? s'enquit Matt.

— Non, mais tout a été très vite, admit Ambre. Je crois qu'il y a une sorte de vieille baraque et c'est tout ce que j'ai remarqué.

— Je propose que nous continuions, dit Neil, cet endroit c'est encore une perte de temps et un moyen de se mettre dans le pétrin !

— Nous n'allons pas filer plein sud éternellement ! répliqua Matt. Non, il faut y aller, au moins s'assurer que ce n'est pas le domaine de Malronce.

Tobias approuva et tous suivirent à part Neil qui les rejeta d'un geste agressif de la main.

— Ça tombe bien, ironisa Matt, il nous faut quelqu'un pour garder le bateau.

— Ah non ! Certainement pas ! Je ne reste pas tout seul ici !

Le *Styx* se rapprocha en silence du débarcadère et Matt y sauta avant qu'on lui lance les cordes pour amarrer le navire aux poutrelles de bois.

– Tobias, Ben et moi allons faire un repérage rapide, ne bougez pas et préparez-vous à filer si ça se passe mal.

Les trois garçons remontèrent en direction de la terre ferme. Ambre ne s'était pas trompée, c'était bien une vieille maison accrochée à la berge, planches de façade fendues, peinture écaillée et volets tordus.

Ils passèrent devant et constatèrent qu'ils étaient sur une allée de briques roses en partie recouverte par des lianes et des pissenlits. Elle conduisait à une grande grille de fer forgé, ouverte sur une petite place avec sa fontaine ancienne au milieu. Des ronces noires remplaçaient l'eau, et une nappe de brume diaphane stagnait à un mètre du sol.

– J'ai l'impression que c'est grand, dit Matt.

– Ça l'est ! confirma Ben avec sa vision nocturne. Je vois des dizaines de toits et de cheminées entre la brume et les arbres.

– On dirait une ville abandonnée, ajouta Matt.

Tobias le reprit immédiatement :

– Une ville hantée, tu veux dire !

Soudain Ben les saisit par les épaules et les poussa dans les fourrés.

– Des soldats ! murmura-t-il.

Les talons de leurs bottes frappaient la route de brique malgré le tapis de végétation, et deux Cyniks en armure, lance au poing, remontèrent dans leur direction, passèrent devant le ponton sans y jeter un regard et firent demi-tour pour repartir là où ils étaient venus.

– Patrouille de garde, commenta Matt. Nous sommes chez Malronce, j'en suis sûr ! Allons chercher les autres !

Il fut finalement décrété de ne laisser personne derrière. Ils débarquèrent les chiens ainsi que tout leur matériel, ne laissant rien à bord du *Styx*. Si les Cyniks venaient à le trouver, ils croiraient peut-être à une livraison ou à un messager, du moins était-ce ce qu'espéraient les Pans.

– À sept plus nos sept chiens, nous serons rapidement repérés, regretta Matt. Nous allons nous écarter un peu de la jonque et dissimuler les chiens quelque part.

Ils franchirent les grilles et contournèrent les petites maisons mal entretenues, si vétustes qu'il semblait peu croyable que des gens y habitent.

Ils passèrent sous une arche, et Ben leur montra une étable en mauvais état, un peu à l'écart. Il manquait l'un des murs de planches, la paille à l'intérieur sentait le pourri, mais c'était assez grand pour que les chiens puissent s'y allonger sans être vus.

Matt embrassa Plume qui le regarda s'éloigner avant d'aller se coucher.

L'allée de brique serpentait entre ce qui avait dû être des massifs de fleurs, avant la Tempête. Elle se séparait en de nombreuses allées qui se rejoignaient un peu plus loin. Ben les guidait sans peine, il suivait les lanternes remplies de vers luisants qui propageaient un halo verdâtre, presque surnaturel.

Le grand bâtiment sortit de la nuit et de la brume d'un coup, un édifice de deux étages élevé sur une butte, avec ses toits pointus, son clocher central garni d'une horloge, et les mansardes étroites qui s'ouvraient dans sa charpente comme autant d'yeux noirs.

Une très longue terrasse courait devant, et se prolongeait de chaque côté par un mur semblable à un petit rempart. De part et d'autre du manoir, un tunnel permettait de passer sous la butte, signalé par des lanternes suspendues.

– Je connais ce lieu, avoua Neil.

– On dirait la maison de *Psychose* ! gémit Tobias qui parlait pour repousser la peur.

– Oh ça y est ! fit Neil. Non, pas ça…

– Quoi ? Qu'est-ce qu'il y a ?

Tobias n'y tenait plus, il craignait une révélation fracassante qui allait d'un coup compromettre tous leurs plans. Au lieu de quoi, Neil murmura :

– C'est Disneyworld.

– Ça ne ressemble pas du tout à un parc d'attractions ! intervint Chen. C'est plutôt la cité de la famille Adams !

– Non, il a raison, insista Ambre. C'est un Disneyworld devenu sinistre, mais c'est bien là que nous sommes.

Ils réalisèrent que la terrasse était en fait un quai de gare, et le mur qui les empêchait de passer rien de plus que la voie ferrée.

– N'avancez plus ! lança Ben. Je vois des soldats dans les corridors. Au moins quatre chaque fois !

Matt les tira sur le côté.

– Dans ce cas on va faire le tour, j'ai toujours rêvé de faire le mur chez Mickey.

Ils n'eurent pas à s'aventurer bien loin pour qu'une palissade fasse leur affaire. La courte échelle, une traction, et tout le monde passa de l'autre côté, enjamba la voie ferrée pour se retrouver dans une zone boisée.

Le ciel s'illumina d'un bouquet rouge et orange tandis qu'un bref geyser de lave apparut au loin entre de gros panaches de fumée noire.

Les Pans s'accroupirent instinctivement pour se cacher, le

temps que cette lumière retombe. L'explosion résonna longuement, suivie d'un grondement inquiétant, comme si toute la
région était sur le point de subir un tremblement de terre.

– Et maintenant ? C'est que c'est grand, Disneyworld ! fit
remarquer Chen.

– À ton avis, où la Reine a pu s'installer ? ironisa Ben. Je
serais d'avis qu'on commence par le château !

Ils pataugèrent dans la boue jusqu'à rejoindre l'arrière d'une
grande bâtisse en bois dans l'esprit du XIXᵉ siècle, poussèrent une
porte battante et se trouvèrent à l'entrée d'une place encadrée de
maisons anciennes, toutes décrépites. Les fenêtres réfléchissaient
les cieux enflammés, et l'unique éclairage n'était autre que ces
mêmes lanternes emprisonnant des insectes lumineux.

Au centre de la place, un mât dressait le drapeau rouge et
noir de Malronce, avec la pomme argentée en son centre.

– C'est Main Street ! s'exclama Ambre.

La rue principale déployait sa perspective entre les façades
abîmées jusqu'à une autre place, lointaine, couverte de végétation dense derrière laquelle se dressait l'ombre d'un château
qu'ils reconnurent aussitôt.

Ses tourelles affûtées tendues vers les nuages, cette multitude de pignons aux lucarnes étroites jaillissant des remparts,
ce donjon compact qui projetait la haute tour et sa coiffe d'or
comme une fusée médiévale… Cet emblème du divertisse-
ment les avait émerveillés au début de chaque production Walt
Disney, une promesse de rêve. À présent, sous cette lumière
pourpre, elle semblait jaillir d'un cauchemar.

Trois Cyniks en armure les sortirent de leur contemplation
craintive, ils remontaient Main Street dans leur direction.

– Il faut faire le tour, décida Matt. Par là nous serons inter-
ceptés avant même d'atteindre le pont-levis.

Ils rebroussèrent chemin et s'engagèrent dans une épaisse forêt basse, où voisinaient des essences tropicales, d'énormes fougères et des fleurs aux couleurs vives.

Tobias marchait devant, avec Matt, son champignon lumineux à la main. Lorsqu'un trou ou une racine piégeuse sortait de la pénombre, il faisait circuler l'information pour que tout le monde l'évite. Le clapotis de l'eau les informa de la proximité d'une rivière ou d'un lac. Avec toute la faune étrange et menaçante qu'ils avaient croisée dernièrement, Matt préféra se tenir le plus éloigné possible de la berge.

Après un trajet assez fatigant au milieu de ces plantes et ces ronces, ils approchèrent d'un grand bâtiment avec deux grandes verrières en guise de toit, des dômes colorés par les reflets des explosions qui s'enchaînaient sur l'horizon. Ils le contournèrent en passant sur une butte au sommet de laquelle ils purent voir les panaches de fumée noire qui grimpaient au-delà du château.

Des dizaines et des dizaines de cheminées occupaient le sud du parc, sous l'éclat infernal d'immenses fourneaux palpitants. Il sembla alors aux Pans qu'ils pouvaient entendre le choc des marteaux sur l'acier chaud.

Les forges de Malronce n'arrêtaient jamais, elles produisaient le matériel de guerre sans répit, comme pour déverser tout ce métal en fusion sur les Pans eux-mêmes.

Cette vision les effraya et ils se hâtèrent de redescendre jusqu'à un chemin de briques roses, vers la place au pied du château. Ils se faufilèrent un par un vers un espace dégagé d'où ils pouvaient gagner les abords directs de la forteresse, lorsque Matt s'immobilisa au milieu de la piste.

Le centre de la grande place était occupé par une statue, de facture récente, toute blanche. Elle culminait à plus de cinq mètres sur son socle d'obsidienne.

Il s'agissait d'une femme dont la robe ample partait du haut des cheveux, ne laissant apparaître que son pâle visage.

Malronce.

Figé, Matt ne pouvait plus avancer d'un pas. Il rendait à la statue le même regard froid et pétrifié.

Maintenant qu'il la contemplait, cela lui semblait tellement évident.

Comment avait-il pu ne pas le deviner plus tôt ?

Après l'épisode du Raupéroden, il aurait dû comprendre.

Malronce, la reine Cynik, présentait les traits de sa mère.

36.
Les secrets du corps

Matt serra les paupières.

Il allait se réveiller.

Tout cela n'était qu'un rêve. Il ne pouvait en être autrement. Les deux forces ennemies étaient incarnées par ses parents.

Et elles étaient prêtes à tout pour lui remettre la main dessus.

C'est un long rêve, je ne suis pas le centre du monde, ça ne peut pas être mes parents, je vais me pincer et dans une minute, je serai au fond de mon lit, dans notre appartement à Manhattan. Papa et maman auront cessé de se crier dessus, ils signeront les papiers du divorce, je vivrai chez l'un la semaine et je passerai mes week-ends chez l'autre et tout ira bien.

Il se pinça jusqu'au sang. Pourtant rien ne changea.

Alors il tomba à genoux.

Comment était-ce possible ?

– Matt ? s'inquiéta Ambre. Ne reste pas là, on va se faire repérer !

L'adolescent ne parvenait plus à se relever. Toutes ses convictions vacillaient, ses forces l'abandonnaient, il ne comprenait plus rien, et même n'avait plus envie de comprendre. C'était trop pour lui.

– Matt ! insista Ambre. Qu'est-ce qui t'arrive ?

Tobias lui désigna la statue.

– Je crois bien que c'est sa mère, dit-il, je la reconnais.

– Sa mère ? Mais… comment est-ce possible ?

– Je ne sais pas mais il se passe quelque chose avec Matt. Viens, il faut le tirer hors du chemin.

Ils se mirent à plusieurs pour soulever l'adolescent qui sortit alors de sa catatonie en clignant les yeux au moment même où deux soldats traversèrent un petit pont pour passer à leur niveau.

– Tout juste ! souffla Tobias.

Matt se tourna vers lui.

– Tu l'as reconnue, toi aussi, pas vrai ?

Tobias acquiesça sombrement.

– Malronce c'est ta mère ? répéta Horace.

– Alors on est peut-être sauvés ! triompha Neil. Il suffit d'aller la voir, pour qu'elle te reconnaisse !

– Je te rappelle que si les Cyniks nous capturent et nous tuent c'est à cause d'elle, fit Horace.

– Voir son fils sera sûrement un électrochoc !

Tobias secoua la tête.

– Elle se souvient déjà de lui, dit-il, il y a des avis de recherche avec le portrait de Matt partout dans les villes Cynik. Et ça ne l'a pas rendue plus sympathique. J'ai vu ce qu'ils font aux Pans, les anneaux ombilicaux et le dépeçage qu'ils promettent à Ambre s'ils l'attrapent pour leur Quête des Peaux. Malronce n'a rien d'une femme accueillante et compréhensive.

Matt interrompit les protestations qui fusaient :

– Il faut entrer et faire ce que nous sommes venus accomplir avec le Testament de roche. Après ça nous fuirons, vite et loin.

Le pont-levis était gardé par deux hommes en armure.

Les murs étaient bien trop hauts pour espérer les escalader sans cordes, sauf pour Chen. Lassé de devoir toujours contourner les Cyniks et perdre du temps, Horace proposa la manière forte.

Tobias enchaîna deux tirs rapides qu'Ambre ajusta et les deux hommes s'écroulèrent sans un bruit.

Les Pans franchirent le hall et se mirent en quête d'un escalier.

Après avoir traversé trois pièces sans intérêt, gravi deux niveaux en évitant soigneusement les quelques gardes, et n'être toujours pas plus avancé, Matt se demanda s'ils avaient une chance de tomber par hasard sur ce qu'ils cherchaient.

Le vent soulevait un imposant rideau. Le château était beaucoup plus vaste que ce qu'il croyait. Le rideau se gonfla et Matt entendit un frottement similaire à celui d'un chien qui se gratte.

Il écarta le rideau et faillit s'étrangler de stupeur.

Un papillon de plus de six mètres d'envergure attendait sur une corniche spacieuse, une selle en cuir sanglée au milieu du corps. Matt tira le rideau pour montrer la créature à ses compagnons qui en restèrent abasourdis.

– Les Cyniks savent être ingénieux quand ils le veulent, commenta Tobias.

Un réfectoire, puis une salle d'entraînement, et Matt perdit patience. Lorsqu'ils manquèrent de peu d'être surpris par une ronde de deux guerriers lourdement équipés, il opta pour une autre stratégie. Ils tournèrent encore jusqu'à repérer un soldat seul. Avec l'aide de Chen qui se colla au plafond pour lui tomber sur le dos, ils le capturèrent pour l'entraîner dans un placard à balais.

– Le Testament de roche ? demanda Matt. Où est-il ?

L'homme était sous le choc. Il fixait ses agresseurs comme s'ils sortaient tout droit de l'enfer. Matt lui enfonça la pointe de son épée entre les côtes et il se mit à gémir. Il hocha vivement la tête pour signaler qu'il allait parler et Chen retira sa main devant sa bouche.

– Tout en haut, il est tout en haut, après la salle du trône !

Matt l'assomma avec le pommeau de son arme et l'enferma dans le placard.

Ils n'osaient courir pour ne pas faire de bruit, marchèrent vivement, longèrent un balcon qui donnait sur une grande salle qui sentait la rôtisserie et où trois hommes ronflaient, ouvrirent la porte d'un dortoir plein de Cyniks assoupis avant de la refermer en hâte. Ils parvinrent enfin à un escalier qui les mena face à deux énormes battants. Matt et Ben les poussèrent et pénétrèrent dans ce qui ressemblait à une salle de bal des plus austères. Les fenêtres étaient trop hautes et trop étroites pour laisser passer la lumière des volcans, aussi Matt alluma-t-il une des torchères contre le mur. Des tapisseries ornaient les parois, et tout au bout, au sommet des marches, trônait un grand siège de fer garni de coussins.

– Nous y sommes presque, murmura Matt. Dis aux autres d'entrer.

Matt repéra deux portes au fond du hall. L'une devait conduire au Testament de roche, et il devina que l'autre desservait les appartements de Malronce. Elle ne devait pas dormir très loin de son trône.

Lui qui avait longuement pleuré la perte de ses parents ne souhaitait à présent plus les approcher. Il n'avait aucune envie de contempler sa mère, même plongée dans le sommeil. Il craignait trop sa propre réaction. Resterait-il figé ou au contraire exprimerait-il toute sa colère ? Comment pouvait-elle guider tous ces hommes dans le fanatisme ? Comment avait-elle pu ordonner des abominations comme celles des anneaux ombilicaux, et toutes ces rafles d'enfants ?

Et maintenant la guerre !

Quel genre de mère était-elle pour commander l'extermination de tous les enfants du monde ?

Matt s'agenouilla devant chaque porte et posa sa main au niveau de la rainure entre le bois et le sol froid. Un léger courant d'air soufflait sous la seconde. Il l'ouvrit et découvrit un autre escalier, étriqué celui-là.

Ils grimpèrent sans fin, au sommet de la plus haute tour du château, jusqu'à la salle circulaire qui dominait Wyrd'Lon-Deis.

Par la grande fenêtre ronde qui dominait la chape de brume, Matt contempla les volcans rugissants à une cinquantaine de kilomètres au sud, montagnes spectaculaires sorties de la terre en quelques heures une nuit de décembre. Les coulées de lave serpentaient sur leurs pentes comme des dragons de feu glissant lentement hors de leur tanière, prêts à dévorer le monde.

Du coin de l'œil, Matt nota la présence d'un étrange meuble. Il s'agissait d'un cadre de bois avec un morceau de peau animale tendue par des petites cordes. Ce parchemin avait servi à inscrire une kyrielle de points à l'encre noire qui ressemblait au dessin d'une constellation.

Ambre s'approcha du centre de la pièce.

– C'est ici, dit-elle religieusement.

Un bloc de lave séché était posé au milieu, de la taille d'une table.

Matt cala sa torche dans un des trous du gros bloc noir et recula pour avoir une vue d'ensemble.

Une partie de la pierre était parfaitement plate, striée de lignes et de courbes.

— C'est une carte, avec chaque continent, révéla Ambre en se penchant dessus. Il y a de curieux dessins. Et une étoile ici, au milieu, dans l'océan Atlantique.

— Tu dois comparer tes grains de beauté avec ces dessins, fit Matt en faisant signe à tout le monde de retourner dans l'escalier.

Ambre hocha la tête.

— J'en ai sur tout le corps.

— Nous allons te laisser seule.

— Sauf que… ma peau est censée être étalée sur tout le planisphère. Seule, je ne pourrai pas lire la carte.

Matt la considéra un moment, puis il dit tout bas :

— Je vais rester. Je vais t'aider.

Une fois seuls, Ambre et Matt se regardèrent dans les yeux.

— Je ne reste que si tu le veux, bien sûr.

Ambre ne répondit pas. Elle le prit par la main et l'entraîna pour qu'ils se penchent sur le Testament de roche.

— Aide-moi à en décrypter les mystères, demanda-t-elle.

— Les proportions ne sont pas toutes conservées, analysa Matt aussitôt. L'espace entre l'Europe et l'Amérique est tout petit, juste assez grand pour cette étoile.

— C'est le cas de tous les océans et toutes les mers. Les continents sont rapprochés.

— Je crois que… si tu t'allonges, ton corps recouvrira une partie du planisphère.

— Il faudrait un repère, pour que je me place précisément par rapport à la carte, sinon ce sera approximatif.

– Cette étoile au centre n'est pas là par hasard. Si tu te mets dans ce sens, tu couvriras l'essentiel des dessins, et alors elle correspondra à… ton nombril.

Ambre approuva vivement.

– C'est ça. Le symbole de la vie, le cordon qui relie la mère à ses enfants, la Terre à nous.

Elle soupira et recula d'un pas.

– Je vais le faire, dit-elle la voix tremblante. Et j'ai besoin que tu sois mes yeux.

Alors Ambre s'écarta dans la pénombre et se déshabilla complètement. Elle frissonna dans la fraîcheur de la tour, la torche éclairait plus qu'elle ne réchauffait.

Elle se tourna face au Testament de roche, et face à Matt, la gorge serrée, le pouls palpitant à la naissance de son cou.

À sa grande surprise, Matt aussi s'était déshabillé. Il se tenait nu, de l'autre côté de la table en lave.

– Il n'y a pas de raison, dit-il doucement, je t'accompagne jusqu'au bout.

Ambre plongea son regard dans le sien. Ils étaient pareillement vulnérables, et elle se sentit moins mal à l'aise, peu à peu, elle baissa les bras qui cachaient sa poitrine.

– Je… Je suis prête, je crois.

Elle vint s'allonger sur la pierre glacée qui la fit trembler. Matt l'aida à se positionner pour que son nombril soit juste au-dessus de l'étoile. Le contact de leurs peaux réveilla des sensations agréables et réchauffa Ambre.

– J'ai la tête du bon côté ? demanda-t-elle.

Matt examina l'ensemble. Il se concentrait sur sa tâche, s'efforçant de la toucher le moins possible.

– Oui, dans l'autre sens, tes épaules dépasseraient. C'est bon.

– Maintenant il faut que tu examines mes grains de beauté. Je… je suis désolée, Matt, je ne peux pas y arriver en restant allongée et comparer avec la carte…

– Je m'en occupe, ne bouge pas.

Il posa un genou sur la table pour mieux se pencher au-dessus d'elle et baissa les yeux sur son corps.

La voir ainsi, parfaitement nue, accélérait son pouls. Il était à la fois troublé, envahi par l'émotion, et désireux de la soutenir au mieux. Il posa les yeux sur son nombril. Sa peau blanche était parsemée de petites taches de rousseur, et des grains de beauté formaient une arabesque unique. Sans qu'il s'en rende compte, son regard dériva, guidé par ces étranges points noirs et bruns, et s'arrêta sur ses seins.

Il y avait une sorte de perfection dans leur rondeur, et une beauté hypnotisante dans le cercle rose qui les ornait.

Matt avala sa salive et continua son voyage sur la peau de l'adolescente.

Les grains de beauté étaient moins nombreux sur ses épaules. Il redescendit à son nombril et s'y arrêta, le souffle court. Il n'osait regarder plus bas.

La main d'Ambre vint lui enserrer les doigts.

Il prit cela pour un encouragement et détailla le périple des petites taches sur ses hanches. Il se dépêcha de scruter le haut des cuisses, essayant autant que possible d'ignorer la toison claire qui le mettait si mal à l'aise. Il inspecta les genoux, puis les mollets.

L'hiver passé, il aurait donné tout ce qu'il possédait pour un instant pareil avec une si jolie fille. Mais à présent, il se sentait terriblement fébrile, le respect qu'il éprouvait pour Ambre l'empêchait de satisfaire une curiosité et un désir qu'il savait sexuel, mais pas seulement.

– Alors ? demanda-t-elle.

Matt prit son inspiration pour chasser une partie de sa confusion.

– Les grains de beauté sont moins nombreux que les taches de rousseur, et… à vrai dire, je ne vois rien de particulier.

– Il doit forcément y avoir quelque chose.

Subitement, Matt eut le sentiment de reconnaître cette mosaïque étrange. Il descendit de la table et s'arrêta face au parchemin tendu dans son cadre.

– C'est le Grand Plan, comprit-il. Malronce a rêvé de ce dessin en se réveillant ici. Elle l'a aussitôt recopié en sachant que c'était important. C'est exactement identique à ce que tu as sur la peau.

– Si c'est pareil, pourquoi a-t-elle tant besoin de moi ?

Matt haussa les épaules et revint prendre sa place à côté d'Ambre.

– Peut-être qu'elle ne sait pas comment le lire ?

Ambre attrapa la main de Matt et la déposa sur son ventre tiède.

– Continue d'observer, demanda-t-elle. Les grains de beauté correspondent-ils à des villes par exemple ?

– Je… Je vais devoir te relever un peu.

Ambre acquiesça et se cambra pour lui permettre de voir la carte sous son dos lorsqu'il eut repéré un grain de beauté sur son ventre.

– Je ne suis pas sûr. J'ai l'impression que c'est la Floride, dit-il. Ici même en fait.

– Continue.

Pour plus de précision, Matt posa le bout de son index sur un grain de beauté sur la hanche, et de l'autre main, il aida Ambre à se pousser juste ce qu'il fallait pour qu'il puisse comparer avec la carte.

– Ça pourrait être New York.

Il répéta l'opération avec un autre.

– Chicago, je pense.

– Des endroits où la Tempête a frappé fort, où elle a pu laisser des traces, comme ici et cette table.

– Le Grand Plan est incomplet. Maintenant que je prends le temps de te… parcourir, je vois des différences. Sur ce qu'a Malronce il manque tous les gros grains de beauté, elle n'a que les taches de rousseur et les grains brun clair, jamais ceux qui sont parfaitement noirs, ceux qui marquent un emplacement !

Matt s'était à présent habitué au contact d'Ambre, il parvenait à la toucher sans être trop troublé. Il scrutait les taches de rousseur qui se propageaient autour de son nombril lorsque soudain il lui sembla remarquer qu'elles avaient un sens. À peine visible. Leur rondeur était en fait un peu profilée, comme si elles avaient été jetées ici et là selon une trajectoire.

– Attends une minute, dit-il, absorbé par sa découverte.

Matt se rapprocha jusqu'à sentir son propre souffle contre la peau d'Ambre. Celle-ci se mit à frissonner.

Les volcans grondaient toujours, et ils lançaient sur la pièce un jeu de lumières rouge et jaune qui faisait danser les ombres.

Matt compta trois directions depuis le nombril.

La première s'allongeait vers la cuisse droite. Matt la suivit du doigt, caressant Ambre jusqu'à l'intérieur de sa jambe qu'il écarta légèrement. Un grain de beauté plus grand que les autres terminait la trajectoire. En le comparant à la carte il se rendit compte qu'il marquait un endroit en Europe qu'il ne connaissait pas.

Il décida de le mettre de côté et suivit la seconde série de taches.

Elle filait droit vers… Matt s'interrompit, la main effleurant le duvet sensuel entre ses cuisses.

Il ne pouvait continuer. Pas dans cette direction. C'était l'intimité d'Ambre. Pourtant plusieurs petites marques, comme les gouttelettes d'un fond de teint, filaient dans le repli de sa peau, le guidant vers ce sanctuaire.

Il s'en sentait incapable.

Non seulement de poursuivre mais de lui en parler.

Il se rabattit sur la dernière série qui grimpait vers sa poitrine.

Un minuscule cercle sombre ornait le dessous de son sein gauche. Matt n'osait le toucher, pourtant il finit par poser sa main dessus et Ambre lâcha un soupir de surprise. Il repoussa doucement le sein et dévoila un gros grain de beauté, le plus large de tous.

Matt demanda à Ambre de se pencher et après avoir vérifié plusieurs fois, il marqua l'endroit sur la carte avec son doigt.

– Je suis désolé, s'excusa-t-il en retirant sa main.

Elle ne releva pas et se redressa pour voir ce qu'indiquait Matt avec son index.

– C'est l'emplacement de la Forêt Aveugle, exposa-t-il.

– C'est mieux que ça, Matt. Juste au milieu, dans cette région-là, je ne vois qu'une chose possible, et nous savons tous deux ce dont il s'agit.

– Le Nid, dirent-ils ensemble.

Matt revit ce que les Kloropanphylles appelaient l'âme de l'Arbre de vie. Une fabuleuse boule de lumière et d'énergie.

Ambre était une carte et elle invitait à retourner là-bas.

Vers cette sphère qui lui avait semblé contenir le monde entier.

37.

Malronce et les Renifleurs

Tobias et les autres Pans, redescendus dans la salle du trône, s'impatientaient. Ils guettaient les pas de leurs amis.

Mais rien ne venait.

Ils craignaient l'intrusion des gardes et s'étaient finalement cachés derrière les hautes tapisseries, profitant du faible espace entre le mur.

— Dites, vous ne croyez pas qu'on devrait monter s'assurer que tout va bien ? proposa Neil.

— Négatif, répliqua Tobias. Il n'y a qu'une seule entrée, et nous la surveillons, il ne peut rien leur arriver.

— Nous n'allons pas non plus rester là toute la nuit ! L'absence des gardes à l'entrée va finir par être remarquée ! Il faut quitter le château avant l'aube !

— Pour l'instant, on attend.

Après un moment, Chen pivota vers Neil.

— Tu crois qu'il y a une aube ici ?

— Pourquoi pas ?

— C'est glauque, c'est loin de tout, j'ai l'impression que tout est détraqué ici.

– Non, c'est juste la Floride, plaisanta Horace sans déclencher de rires.

Ben se releva.

– Je vais faire un tour, vérifier que personne n'approche.

– Je viens avec toi, fit Chen.

– Non, personne ne va nulle part ! ordonna Tobias. Ne commençons pas à nous disperser.

Ben lui jeta un regard noir que Tobias soutint sans broncher.

Tout le monde se rassit et les minutes s'égrenèrent.

Ils sursautèrent tous lorsqu'un cor se mit à résonner dans les couloirs, les salles et les halls, comme s'il s'agissait d'un orchestre entier.

– C'est l'alerte ! s'affola Neil. Je vous l'avais dit ! Ils savent que nous sommes ici ! On est pris au piège !

– Tais-toi ! le tança Horace en se penchant vers Tobias et Ben. Qu'est-ce qu'on fait ? On monte les chercher ou on les défend jusqu'à la mort ?

– Personne ne sait rien, rappela Tobias, au pire ils ont retrouvé les gardes abattus. Avant qu'ils fouillent tout le château et viennent ici, ça nous laisse le temps de…

Les battants de la salle s'ouvrirent sur un petit homme à bout de souffle. Il fonça allumer les quatre premières torches puis disparut derrière la porte en bois que Matt suspectait être celle des appartements de Malronce.

Tobias avait tout juste eu le temps de ranger son fragment de champignon lumineux avant de pincer un morceau d'étoffe pour se dégager un petit œilleton entre deux tapisseries.

Les flammes ondulaient avec l'essence, nappant les lieux d'une douce tiédeur.

Tobias resta ainsi à guetter, invisible, sous le feulement odorant des torches.

Lorsque l'homme revint, il était accompagné de la Reine.

Une femme, grande, à l'allure altière, drapée dans une robe noire et blanche qui la recouvrait intégralement, ne laissant apparaître que ses traits, séduisants et inquiétants en même temps.

Tobias n'eut alors plus aucun doute, c'était bien la mère de Matt. Cependant, elle dégageait une autorité et une froideur qu'il ne lui avait jamais connues.

– Le général Twain, présenta le petit homme en voyant s'approcher une silhouette massive.

Twain était vêtu d'habits noirs, il arborait une barbe qui s'arrêtait à son menton, et tout en lui, de sa démarche à son regard, évoquait le chasseur rompu à son art.

Tobias se colla contre le mur et constata que les autres en faisaient autant. Il regarda ses pieds et fut soulagé de voir que les tapisseries touchaient le sol, les dissimulant totalement.

– Une intrusion ! dit-il. Les deux portiers ont été assassinés !

– Ici ? Chez moi ? tonna la Reine en serrant le poing. Qui donc ?

– Nous l'ignorons, ma Reine, les recherches sont en cours, tous les hommes du château sont réveillés et vont fouiller votre demeure pour garantir votre sécurité.

– Ça ne peut pas être les Mutants, ils se sont ralliés à nous, alors qui ?

Twain inclina la tête.

– Il se pourrait que ce soit… des enfants, nous n'avons aucun autre ennemi capable de s'introduire jusqu'ici et de tirer des flèches.

– Des enfants ? Vous plaisantez, général Twain ? Sous mon toit ?

– C'est que… je ne vois aucune autre explication.

Malronce se prit le menton pour réfléchir.

– Tant pis pour les risques, lâchez la Horde.

Twain, pourtant inébranlable en apparence, devint livide.

– Êtes-vous sûre ?

– Cela fait des mois que je leur fais renifler des vêtements portés par des enfants ou des adolescents. Les Renifleurs de la Horde sont prêts maintenant. S'il y a des gamins entre ces murs, ils les débusqueront, et s'ils sont déjà partis, alors la Horde va les traquer plus sûrement et plus férocement qu'une meute de lionnes affamées.

– Ma Reine, puis-je vous demander ce que sont les Renifleurs de la Horde ? Ils suscitent les rumeurs les plus folles, et déjà des gens murmurent que vous êtes une sorcière et qu'ils sont le produit de vos expériences !

– Je ne suis responsable en rien, sinon d'avoir su les rassembler et les apprivoiser. Voyez-vous, mon cher Twain, lors du Cataclysme, la plupart des hommes et femmes de notre monde ont été vaporisés, détruits par le choix de Dieu. Mais il y eut aussi l'effet inverse. Plusieurs personnes qui venaient à peine de mourir ont été frappées par ces éclairs divins. La vie est revenue en eux, mais pas leur âme. C'est pourquoi ils sont hantés et effrayants, ils n'ont plus d'âme.

– Je suppose que dans toute entreprise de taille, il existe des aléas imprévisibles, des erreurs de calcul, et les Renifleurs sont cette part de chaos, n'est-ce pas, ma Reine ?

– Non ! Crois-tu Dieu capable d'approximation ? S'Il a choisi de faire vivre ces êtres, c'est pour qu'ils nous servent ! Ils sont nos cerbères ! Pour accomplir Son œuvre !

– Pardonnez-moi, ma Reine, dit le général Twain en posant un genou à terre.

Un rictus cruel déforma la bouche de Malronce.

– Ces hommes qui propagent des rumeurs à mon sujet, qui me disent une sorcière.

– Oui, ma Reine ?

– Je veux que tu les brûles.

Twain baissa la tête.

– Bien, il en sera fait selon votre volonté.

Twain s'élança vers la sortie pendant que Malronce marchait lentement dans la salle du trône.

Tobias avait du mal à respirer. La Horde de Renifleurs ? Qu'était-ce encore que cela ?

Malronce venait de s'immobiliser face à la tapisserie derrière laquelle se cachaient les Pans.

Tobias eut soudain l'impression que son cœur cognait si fort que tout le monde dans le hall pouvait l'entendre. Les voyait-elle ?

Non, c'est impossible ! Ce n'est pas transparent, elle ne peut pas !

Pourtant, Tobias doutait.

Le visage de la Reine se contractait. Elle venait de voir quelque chose qui la dérangeait.

– Valet, est-ce toi qui as pris la torche ici ?

– Non, ma Reine, certainement pas. Je vais la faire remplacer de suite, surtout…

Elle leva l'index d'un geste impérieux qui abattit le silence sur la salle.

– Personne ne touche jamais aux torchères, songea-t-elle tout haut. Personne ne… (Son visage s'illumina et elle s'élança vers la porte.) Dehors ! Dehors ! Verrouille cet accès, et cours chercher la Horde ! Ils sont en haut, dans la tour du Testament de roche !

Tout alla très vite, trop vite pour qu'un des Pans n'ose agir : la Reine et son serviteur quittèrent précipitamment les lieux et une barre coulissa derrière les deux battants pour emprisonner les occupants de cette aile.

Tobias sortit de sa cachette et fit quelques pas au milieu de la salle.

— Ils nous ont enfermés ! dit-il.

Sa voix résonna sous le haut plafond.

Les autres le rejoignirent, pas plus rassurés.

— Je savais que je devais sortir ! pesta Ben d'un air désespéré que Tobias ne lui connaissait pas.

— Cette fois, il faut aller chercher Ambre et Matt ! s'exclama Neil.

— Je m'en occupe, prévint Tobias, vous autres essayez de bloquer l'entrée avec tout ce que vous pourrez trouver !

Tobias se précipita dans l'escalier qu'il survola jusqu'au sommet avant de toquer plusieurs fois.

La porte s'ouvrit aussitôt sur la pointe d'épée de Matt.

— C'est moi ! s'écria Tobias. Nous avons de la visite !

— Nous avons entendu le cor tout à l'heure, nous allions descendre.

— Vous avez découvert quelque chose ?

Matt et Ambre échangèrent un regard complice.

— Je vous expliquerai tout ça lorsque nous serons sortis, fit Matt en descendant.

— Attends ! Il y a un truc dont je dois te parler : quelque chose est en train de foncer sur la salle du trône et nous y sommes bouclés.

— Quelque chose ? releva Ambre.

— Les Cyniks l'appellent la Horde, et je crois que c'est une mauvaise nouvelle.

L'Alliance des Trois retrouva les autres Pans qui venaient d'entasser un bureau, une commode et plusieurs chaises pour improviser une barricade.

– Il y a une chambre là-bas, informa Chen, mais aucune arme dedans !

Matt y pénétra.

– Les appartements de ma mè… de Malronce, dit-il.

– La Rauméduse, chuchota Tobias. La Rauméduse et le Raupéroden…

– Que dis-tu ?

– La Rauméduse, c'est un nom que j'ai entendu quand j'étais dans le Raupéroden, il voulait la doubler, triompher d'elle. Je crois que c'est ainsi qu'il nomme Malronce, la Rauméduse.

Matt piqua le milieu d'un tapis avec l'extrémité de son épée et le souleva.

– Que fais-tu ?

– Je cherche un passage dérobé, il y en a sûrement un dans la chambre de la Reine !

– Matt, ce n'est pas *vraiment* un château, c'était… Enfin, tu vois bien ! C'était Disneyland ici, avant ! Il n'y a aucune trappe secrète ou aucun miroir pivotant comme dans nos parties de Donjons & Dragons !

Matt ne l'écouta pas et retourna chaque meuble, palpa chaque angle, en vain.

Soudain un choc secoua toute la pièce, suivi d'un fracas de bois cassé.

– Ils arrivent ! hurla Ben.

Matt leva sa lame devant son visage. Ses paumes serraient le cuir de la poignée, il pouvait presque sentir l'odeur du métal.

Toute la peur et la confusion qu'il éprouvait depuis qu'il avait vu le vrai visage de Malronce se fondirent en un instant dans l'idée de se battre contre ses sbires.

Frapper pour évacuer les doutes. Pour leur faire payer tout ce qu'il vivait. Pour se venger.

À travers la violence, il allait exprimer tout ce qu'il y avait de pire en lui, et détruire, comme si Malronce et ses forces étaient responsables de tout ce qu'il endurait depuis la Tempête.

Son visage changea. La peur disparut, remplacée par une détermination effrayante.

Les portes du hall se fendirent sous les coups ennemis.

Les Pans reculaient, terrorisés par cette puissance qui se frayait un chemin vers eux.

La Horde.

38.

La Horde

Lorsque les battants explosèrent, Matt se tenait debout au milieu de la salle du trône, prêt au combat.

Six silhouettes jaillirent, la plupart sur quatre pattes, mais certaines debout. De forme humanoïde, les membres emprisonnés dans des pièces d'acier noir serties de pointes acérées, enveloppés dans des tuniques amples et déchirées qui les faisaient ressembler à des spectres de chevaliers.

Mais leur posture tenait autant de l'homme que du chien, et leurs casques de fer aux formes torturées masquaient des nez trop longs, des mâchoires trop basses, des fronts trop hauts. S'il s'agissait d'êtres humains, ils ne pouvaient qu'être monstrueux.

Tous en même temps se mirent à renifler bruyamment, humant l'air, se dressant sur leurs jambes, la gueule tendue pour mieux capter les odeurs.

Le premier inclina ce qui lui servait de visage en regardant Matt.

L'adolescent crut discerner deux yeux jaunes sous le masque difforme, qui le scrutaient avec curiosité et… gourmandise.

Puis le premier Renifleur déporta son poids sur ses jambes et se propulsa vers Matt comme s'il était monté sur des ressorts.

Matt ne chercha pas à esquiver l'impact, au contraire, il se campa solidement sur ses appuis et étudia la trajectoire pour libérer son coup au meilleur moment.

En une seconde, le Renifleur était sur lui et la lame chanta à l'instar d'un verre de cristal.

Elle s'encastra dans l'armure, déchira les chairs et ressortit avec une bruine pourpre qui éclaboussa le dallage.

Le bras du Renifleur se décrocha de son corps et la créature trébucha en grognant. Une odeur méphitique se propagea instantanément.

Matt eut à peine le temps d'aviser les dégâts qu'un second Renifleur surgissait devant lui, les griffes de ses gants lacérant son tee-shirt pour se frayer un chemin vers son cœur. L'improbable se produisit : les griffes transpercèrent le Kevlar de son gilet aussi facilement que du papier et écorchèrent l'adolescent.

Matt ignora la douleur en priant pour que la blessure soit superficielle. Il voulut lui trancher les poignets d'un coup d'épée mais le Renifleur fit preuve d'une vivacité remarquable pour lui attraper le poing qui tenait l'arme. Il émit une sorte de sifflement de satisfaction et allait lui ouvrir la poitrine de sa main libre lorsque deux flèches se plantèrent dans son masque noir et anguleux. Il tituba, sans libérer Matt, avant de se reprendre pour cette fois soulever le garçon dans les airs.

La douleur arracha un cri à Matt qui lâcha son épée.

Deux nouvelles flèches entrèrent par l'orifice d'un œil. Le monstre poussa un terrible gémissement et lança Matt contre une tapisserie qui se décrocha et lui tomba dessus pour l'immobiliser aussi sûrement qu'un filet de pêche.

Les quatre autres Renifleurs avancèrent en échangeant une bordée de borborygmes agressifs. Tobias encochait une nouvelle flèche et Chen réarma son arbalète.

– Il va falloir être rapides, avertit ce dernier, ils sont sacrément véloces !

Ambre accourut pour aider Matt à se dépêtrer, il était sonné par le choc et saignait à la lèvre et au torse.

– Mon épée, dit-il en la voyant au pied des monstres.

Les Renifleurs se séparèrent en entrant dans le hall, ils prenaient un maximum d'espace pour contourner leurs adversaires.

– Ils chassent comme une meute ! annonça Ben.

Ce fut alors que le premier Renifleur se redressa et que son bras coupé racla le sol en produisant d'affreux grincements. Il vint se replacer, s'envolant comme s'il était guidé par un prodigieux aimant, et s'encastra dans la chair et l'acier de l'armure avec un bruit humide écœurant.

– Oh, non… gémit Neil. Ils se reforment !

Les flèches tombèrent toutes seules du casque du second tandis qu'il se relevait également.

Deux Renifleurs tentèrent de prendre Ben en tenaille, mais Horace en repoussa un à l'aide d'une torche qu'il venait de décrocher du mur. L'autre lança ses griffes vers le Long Marcheur qui para de sa petite hache avant de donner un coup de pied dans ce qu'il pensait être le genou de son agresseur. Celui-ci ne cilla pas, pire, il balança son bras dans le visage de Ben qui ne s'y attendait pas et qui s'effondra, le nez en sang.

Le Renifleur se jeta sur lui pour lui enfoncer ses longs doigts métalliques dans la gorge.

Ambre leva la main en direction de la créature et donna tout ce qu'elle avait pour le projeter contre le mur. Sans l'aide des

Scararmées, l'impact fut à peine suffisant pour le déstabiliser, il tomba sur le flanc, juste ce qu'il fallait pour permettre à Ben de rouler hors de sa portée.

Mais déjà un autre Renifleur se postait devant lui pour l'empêcher d'aller plus loin. La créature lui enfonça son gant d'acier dans le ventre et l'adolescent hurla.

La situation n'était guère meilleure pour Chen et Tobias qui se trouvaient aux prises avec deux Renifleurs agitant leurs guenilles et leurs pièces d'armure. Ambre et Matt furent également sous la menace d'un des monstres qui se mit à quatre pattes pour les approcher à la manière d'un lion qui vient flairer ses proies.

– Nous n'y arriverons pas, capitula Ambre avec fatalité, ils sont invulnérables. Ils vont nous tailler en pièces.

– Si tu utilises les Scararmées, peux-tu nous faire gagner du temps ? demanda Matt.

– Ils sont dans mon sac, là-bas, de l'autre côté de la salle, avec Neil !

Le Renifleur se mit à grogner et se contracta, prêt à charger.

– Sers-toi de ton altération ! lança Matt en roulant entre les pattes du prédateur pour faire diversion.

Ambre se concentra aussitôt sur son sac et d'un mouvement du doigt qui accompagnait sa pensée, souleva le rabat de Nylon. Le bocal était visible. Elle ne le quitta pas des yeux et projeta son énergie, pour le faire glisser vers elle.

Matt avait à peine évité un coup de griffes qu'il vit l'autre gant s'abattre en direction de ses yeux. Il saisit la main de toutes ses forces et, usant de son altération, il la tourna dans le sens inverse des articulations. Les os se brisèrent et le Renifleur poussa un cri infernal en se jetant sur Matt. Ils partirent en roulé-boulé et Matt s'empara de son épée au passage pour transpercer les entrailles de son adversaire.

Tobias et Chen criblaient les leurs de flèches sans réussir à les envoyer au tapis. Les unes après les autres, les blessures se refermaient en repoussant le projectile hors du corps. Ils furent bientôt acculés contre un mur, pris au piège par deux assaillants dont les casques laissèrent couler un filet de bave.

Horace tentait d'enflammer la bête mi-humaine mi-démon qui frappait Ben lorsque ses loques prirent enfin feu. Le Renifleur se mit à tourner à toute vitesse sur lui-même, comme s'il ne comprenait pas ce qu'il lui arrivait. Ainsi attisées, les flammes gagnèrent en vigueur et le monstre se transforma en torche vivante. Des hurlements effroyables sortirent de son casque avec une odeur pestilentielle.

Matt amputa le bras d'un Renifleur qui tentait de se relever et se précipita dans la suite de Malronce pour y briser une des fenêtres. Il se pencha au-dessus du vide, dans la nuit, et siffla de toutes ses forces en direction de l'étable qu'il ne parvenait pas à distinguer dans la brume.

Pendant ce temps, Neil fonça sur Ben et appliqua ses mains sur la plaie d'où se déversait un bouillon sanglant de mauvais augure.

Le bocal des Scararmées traversa la salle du trône en glissant sur le dallage et se plaça entre les jambes d'Ambre qui l'ouvrit.

L'énergie des scarabées l'enivra immédiatement, électrisant son corps, soulevant le fin duvet sur sa nuque.

Neil aussi ressentit leur effet, ses paumes devinrent chaudes, et Ben se tordit de douleur au moment où une fumée blanche et malodorante s'échappa de sa blessure.

Un autre Renifleur était en approche, sur le point de passer à l'attaque. Ils étaient si prompts à encaisser et à se remettre sur pied qu'ils paraissaient deux fois plus nombreux.

Tobias vit le casque face à lui s'ouvrir par le bas et une longue mâchoire immonde, sans peau, brune et ocre, couverte de moisissures jaunes, se déploya, assez volumineuse pour y engloutir la tête entière d'un Pan. Les dents grises luisaient sous les flammes des torchères pendant qu'un liquide transparent dégoulinait sur le sol.

Un éclair argenté découpa l'horrible gueule et Matt décapita le Renifleur dans le mouvement suivant.

Neil était épuisé, il releva les mains de Ben et voulut se mettre debout quand sa tête tourna si fort qu'il dut se retenir à Horace pour ne pas tomber. Il vit un Renifleur s'envoler juste sous ses yeux et se fracasser contre le plafond, puis un autre s'encastrer dans le trône en grondant.

Ambre était à l'œuvre.

Galvanisée par les Scararmées, elle soulevait les créatures et les brisait aussi simplement que des figurines de porcelaine.

Pourtant, les uns après les autres, les Renifleurs de la Horde finissaient par se rétablir.

Matt protégea le dos d'Ambre en coupant à nouveau la tête d'une abomination qui rampait pour atteindre la jeune fille.

Chaque entaille délivrait une puanteur insoutenable qui plombait à présent tout le hall.

D'autres ombres se profilèrent soudain dans la vaste salle.

Un homme barbu, musclé comme un guerrier, aux prunelles pénétrantes et dures, puis en retrait, une forme plus familière.

Malronce.

Elle fixait Matt.

C'était elle, sa mère. Gracieuse et charismatique.

Sauf que cette mère-là avait quelque chose d'autre que celle qu'il avait connue. Une rudesse dans l'attitude, dans le regard. Presque de la méchanceté.

— Toi ? dit-elle du bout des lèvres.

Magnétisé par cette apparition, Matt ne vit pas le danger assaillir Ambre. Cette dernière s'efforçait de repousser les attaques sur ses compagnons et ne put rien contre le Renifleur qui rampait au plafond.

Il se laissa tomber sur elle comme une araignée sur son repas, ses membres se replièrent pour la percer de toute part, dans le ventre, le dos, la poitrine et l'épaule, un hoquet la souleva avant qu'elle réalise que sa respiration ne fonctionnait plus.

Une nappe de liquide chaud se déversa sur ses hanches, et au spasme de l'asphyxie succéda la douleur.

Le bruit du choc réveilla Matt qui enfonça sa lame jusqu'à la garde dans le Renifleur et la remonta avec une telle bestialité que le monstre fut ouvert en deux, ses organes se répandirent à ses pieds.

Matt prit Ambre contre lui, les paupières de l'adolescente clignaient à toute vitesse, elle cherchait l'air, ses doigts l'agrippèrent.

Son sang la quittait, emportant avec lui la précieuse vie, tiédissant son corps, abandonnant son âme.

Ambre allait mourir dans ses bras.

— Non ! hurla Matt. Non ! Tu ne peux pas me quitter !

Ambre elle-même semblait s'éloigner, de plus en plus détachée de son sort.

Neil l'arracha aux bras de Matt et enfouit ses mains dans ses vêtements imbibés.

Matt Carter releva la tête en direction de Malronce.

Ce n'était plus sa mère.

Jamais celle qui l'avait mis au monde n'aurait commandé pareil carnage. Jamais elle n'aurait fomenté l'extermination des Pans.

Malronce avait l'apparence de sa mère, mais rien que l'apparence.

Toute la violence que les Cyniks l'avaient contraint à exprimer, à contrôler depuis des mois, remonta d'un coup.

Alors il serra son épée et chargea.

Le général Twain fit un pas de côté pour lui barrer le chemin, sa grande épée pointée sur Matt.

Il pivota au dernier moment et usant de toute sa prodigieuse force abattit sa lame sur celle de Twain qui se brisa d'un coup.

Matt vint s'écraser contre le torse puissant du militaire encore sous le choc de ce qu'il venait de voir. D'un coup de coude, Matt le repoussa pour s'ouvrir la voie vers Malronce.

Mais le général Twain n'était pas homme à se laisser terrasser si facilement. Il saisit Matt par les cheveux et le lança contre la paroi de pierre avant de tenter de lui ouvrir la gorge avec sa lame brisée.

– Vivant ! hurla la Reine. Je le veux vivant !

Le cri stoppa le général et permit à Matt de se dégager pour frapper le premier.

Des soldats vociféraient aux niveaux inférieurs.

Quand Tobias s'agenouilla près d'Ambre, il la vit en train de repousser Neil.

Le représentant d'Eden était livide, ses mains sur la peau de l'adolescente.

– Neil, gémit-elle avec difficulté, tu… t'épuises… arrête…

Mais il ne l'écoutait pas. Les plaies se refermaient une par une, et soudain Tobias put voir au travers de Neil tant sa peau et ses organes avaient perdu leur consistance. Il n'appartenait plus tout à fait à leur monde. À l'inverse, la

subite pâleur d'Ambre s'était estompée, les couleurs revenaient à ses joues.

— Non ! cria la jeune fille avec le peu de force qui l'habitait
encore.

Neil frissonna. Un frisson glacial, porteur de la mort.

Il venait de tout donner pour Ambre.

— Elle doit vivre, souffla-t-il, elle doit vivre… elle est… le
seul espoir d'Eden…

Neil tomba à la renverse. La vie avait déserté son corps.

Matt vit Plume surgir dans le dos de Malronce, suivie de
Gus et de tous les autres chiens. La troupe canine renversa la
Reine et Twain sur son passage, et Lady se jeta sur un Renifleur qui allait croquer Tobias. D'un coup de crocs elle lui
brisa la nuque.

Les carreaux d'arbalète de Chen donnèrent assez de répit à
Tobias pour qu'il aide Ambre à déposer Neil sur le dos de
Moz, son chien. La minute suivante, ils chevauchaient vers
l'escalier.

Matt sauta sur le dos de Plume et reçut un coup de poing
dans les côtes de la part de Twain qui tentait dans un dernier
élan de le désarçonner. Mais Matt tint bon, son gilet en Kevlar
protégea ses côtes de l'impact.

Plume s'élança devant Malronce qui se plaqua contre le mur
pour ne pas être piétinée.

L'instant d'après, Matt avait disparu.

39.
Séparation

Les chiens survolaient plus qu'ils ne descendaient les marches, ils traversèrent un long corridor et Billy, la monture d'Horace, qui était en tête, renversa deux gardes qui se précipitaient sur eux.

Ben se cramponnait à Taker, son husky, malgré l'intervention de Neil, et bien que sa blessure au ventre fût refermée, il souffrait pour tenir en selle.

Chen abattit un autre soldat Cynik qui tentait de leur barrer le passage avec sa lance.

Le château se soulevait, partout des guerriers à la mine patibulaire se ruaient en désordre, pour boucler les lieux.

Les chiens profitaient de cette confusion pour foncer droit devant, bousculant les gardes par-dessus les balcons, les écrasant contre un mur ou les effrayant d'un grognement puissant.

En passant devant une tenture, Ambre appela Matt :

– Je m'arrête ici !

Toute l'équipe stoppa en même temps.

– Quoi ? fit Matt. Nous ne pouvons pas, les Renifleurs sont sur nos talons !

– Allez-y, je vous confie Gus.

Ambre mit pied à terre et ouvrit le rideau sur le papillon géant.

– Qu'est-ce que tu fais ? Nous ne tiendrons jamais tous sur cette bestiole !

– Ça tombe bien, je pars seule.

Matt quitta le dos de Plume pour se camper devant son amie.

– Tu es folle ? Et tu ne sais même pas le piloter !

– Je vais apprendre sur le tas ; si tu veux m'aider, dénoue la corde là-bas !

Matt l'attrapa par les épaules. Ses vêtements étaient encore tout trempés du sang qu'elle venait de perdre.

– Tu n'es pas en état !

– Neil vient de donner sa vie pour que je le sois. Je vais très bien, physiquement du moins.

– Mais où veux-tu partir comme ça ?

– Tu le sais, là où mon corps me pousse à aller, là où la Terre m'indique de me rendre. Je vais au Nid, chez les Klo-ropanphylles. Ce papillon est le seul moyen rapide pour gagner le sommet de la Forêt Aveugle.

Matt ne pouvait se résigner à la laisser partir, il avait cru la perdre, et il réalisait combien sa présence lui était vitale. Sans elle, il n'était plus le même, elle le complétait, mieux encore : elle était son avenir.

Tout ce qu'il venait d'expérimenter auprès d'elle, tout ce qu'ils avaient partagé, au-delà de leur amitié, ne pouvait pren-dre fin ainsi, si vite.

– Jamais ce papillon ne tiendra la distance, contra-t-il, il s'écrasera de fatigue avant même que tu atteignes la Forêt Aveu-gle ! Viens avec nous, nous trouverons un moyen. Ensemble.

Soudain toute la douceur dont Ambre était capable l'illu-mina. Elle déposa sur Matt un regard tendre.

– Nos heures sont comptées, Matt, dit-elle, si près qu'il pouvait sentir son souffle. Et s'il existe encore une chance pour que nous survivions tous, c'est là-bas qu'elle se trouve. Je dois m'y rendre sans plus tarder.

– Alors je viens avec toi.

Elle posa son index sur les lèvres du garçon.

– Non, tu ne peux pas. Tu l'as dit toi-même, le papillon va vite s'épuiser, je dois être seule. Et tu as une mission à remplir. Tu dois guider ces garçons vers le nord, vers la Passe des Loups où se prépare le plus terrible combat que notre monde ait vu. Tu es fait pour ça, Matt. Ta présence sera précieuse pour commander nos troupes.

Matt secouait lentement la tête, incapable de se résigner à cette évidence. Il ne voulait pas la perdre.

Des grognements menaçants tombèrent de l'étage supérieur.

– Dépêche-toi ! ordonna-t-elle. Les Renifleurs arrivent. Ma décision est prise.

Matt la prit dans ses bras.

– Fais attention à toi, je te jure que si tu fais n'importe quoi je te retrouverai, même en enfer s'il le faut, et je te ramènerai !

– Va-t'en.

Matt ne pouvait pas bouger.

Chen décocha un tir d'arbalète dans le couloir.

– Ils sont là ! s'écria-t-il.

Matt se jeta sur l'amarre du papillon qu'il trancha d'un coup d'épée et Ambre monta sur la selle en cuir.

– C'est moi qui vous retrouverai ! lança-t-elle.

Elle se pencha et déposa un baiser sur les lèvres de Matt.

– Maintenant file !

Matt recula pendant qu'Ambre tirait sur les rênes. Le papillon s'ébroua avant d'avancer vers l'extrémité de la plate-forme. Il secoua ses ailes et d'un coup celles-ci claquèrent, projetant Matt au sol tandis que l'insecte géant décollait.

L'instant d'après, Matt sautait sur Plume et adressait un signe à Ambre qui venait de s'envoler pour l'horizon obscur du nord.

Il s'interdit de penser que c'était un adieu.

40.

La mort aux trousses

Les murs défilaient à toute vitesse.

Ils franchissaient des escaliers, des portiques, gagnèrent une petite cour avant de jaillir sous les remparts du château.

Matt voyait le paysage, entendait les cris des gardes, pourtant il se sentait absent, totalement détaché de ce qui l'entourait.

Il ne parvenait pas à s'arracher au souvenir d'Ambre.

De son départ.

De son baiser.

Il avait l'impression que dans sa poitrine tout était dévasté, desséché, un vide énorme dévorait son esprit. Et déjà, il s'en voulait de l'avoir laissée partir sans lui.

Les faubourgs du château défilaient sous le galop des chiens, repoussant les soldats à coups d'arbalète, de flèches, de hache.

Matt se laissait guider par Plume, ils fonçaient si vite que la plupart des Cyniks n'osaient les approcher et ils furent bientôt hors de l'enceinte du domaine royal de Wyrd'Lon-Deis, remontant une route de terre battue à travers une forêt d'arbres noirs.

Trop de révélations, trop d'émotions en si peu de temps, avaient sonné Matt. Il n'arrivait plus à se raccrocher à la réalité. Après le Raupéroden, connaître le vrai visage de Malronce l'avait dévasté. Comment en était-il arrivé là ?

Pour avoir découvert un avis de recherche à son effigie dans la sacoche d'un Cynik, deux mois et demi plus tôt.

Son père, et maintenant sa mère. Il n'était pas sûr de pouvoir en encaisser davantage. Il devait les fuir, à jamais. Ne plus jamais les revoir, les ignorer comme s'ils n'avaient été qu'une illusion.

Une hallucination, rien qu'une invention de mon imagination... Oui, c'est ça, une invention...

Matt fut soudain réveillé par les voix de Tobias et d'Horace en tête de la troupe :

– Le *Styx* est par là ! criait Horace.

– On oublie le bateau ! répliqua Tobias. Trop lent à contre-courant ! Ils nous rattraperaient ! Il faut aller le plus loin possible avant qu'ils s'organisent ! Les semer tant que c'est possible !

Matt ne savait qu'en penser. En fait, il ne réussissait plus à ordonner ses idées. Tout lui paraissait étranger, il était détaché de leur sort, comme si le danger ne le concernait plus.

Le grondement des volcans, dans leur dos, fut suivi d'une explosion sanglante dans le ciel, illuminant la nuit, révélant une végétation déformée, tourmentée par le soufre.

Plus d'une heure durant, les chiens galopèrent à travers la forêt, l'écume aux babines, la langue pendante. Puis ils ralentirent l'allure, pour tenir jusqu'à l'aube. Ils croisèrent deux intersections et suivirent chaque fois la direction du nord.

L'aurore se déplia lentement, un trait fin sur l'horizon, tout juste un dégradé de pastels clairs, nuances de blanc et de gris, avant que la paupière du jour ne s'ouvre enfin sur la lumière, inondant cette lande morne.

Pendant une minute, Matt crut distinguer une minuscule tache noire au nord, et il songea à Ambre. Était-ce elle ? Le temps qu'il la cherche à nouveau, elle avait disparu.

Tobias et Horace sortirent de la piste pour s'engager à travers les buissons rabougris et les fougères brunes. Ils menèrent la troupe à travers bois sur cinq cents mètres avant de s'installer sous un gros tronc à moitié couché.

– Les chiens n'en peuvent plus, commenta Tobias, et je crois que nous avons aussi besoin de repos.

À peine débarrassés de leur équipement, les chiens se jetèrent sur une mare d'eau pour l'assécher en quelques minutes.

Ben souleva sa tunique de coton pour dévoiler trois longues plaies suintantes. Neil n'avait pas totalement terminé la guérison. Avec l'aide de Chen, il nettoya ses blessures et se pansa avec des bandes de compresses. Il avait également le nez tuméfié, probablement cassé, mais il préféra ne pas y toucher. Chacun en profita pour soigner ses plaies. Matt s'occupa des coupures sur sa poitrine, souvenir d'un Renifleur, et d'un hématome inquiétant sur le côté qui l'empêchait de respirer. Sa lèvre aussi était entaillée, mais le souvenir du baiser d'Ambre l'aidait à se concentrer sur une autre saveur.

Il inspecta son gilet en Kevlar. Trois lacérations l'avaient ouvert sur le devant. Les griffes de la Horde n'étaient pas de ce monde pour parvenir à déchirer un matériau aussi résistant.

Puis vint le moment que tous redoutaient.

Le corps de Neil fut déposé sur l'herbe rêche, entre les Pans qui le contemplaient avec respect et chagrin.

– Nous n'allons pas l'enterrer ici tout de même ? s'indigna Horace.

– Quel autre choix avons-nous ? demanda Ben. Il va commencer à se décomposer ! Après ce qu'il a fait, il mérite une sépulture.

Tous approuvèrent et ils se mirent à creuser la terre avant d'y enfouir le corps sans vie de Neil. Avant que son visage ne disparaisse, Matt lui jeta un dernier coup d'œil. Une de ses rares mèches blondes rebiquait sur son front. Il se pencha et la lui replaça en arrière. Sa peau était encore tiède.

Cet étrange contact lui fit prendre conscience de la mort.

Neil ne reviendrait plus, plus jamais. Comme Luiz avant lui. Comme bien d'autres auparavant.

Son dernier geste était à la fois surprenant et terriblement logique maintenant que Matt y repensait. Neil avait toujours considéré Ambre comme l'unique monnaie d'échange capable d'empêcher la guerre avec les Cyniks. Pour sauver toutes les vies d'Eden.

Et c'est pour ça qu'il nous a trahis à Babylone. Il a tenté un marché avec les Cyniks, leur donner Ambre et ses compagnons, en échange de la paix.

Pourquoi avait-il fait cela pour ensuite fuir la ville ?

Parce que son plan a échoué lorsque Tobias a emmené tout le monde chez Balthazar. Ensuite il ne pouvait plus rien faire sans risquer sa vie, il craignait que nous découvrions sa traîtrise !

Il avait sauvé Ambre en espérant sauver la paix.

Il savait ce qu'il faisait, il savait qu'il donnait son existence pour elle.

Neil les avait vendus aux Cyniks, mais ce qu'il avait fait restait motivé par son espoir d'épargner le plus grand nombre de vies.

Il n'était pas le sale type que Matt avait cru.

Alors il lui fit des excuses, en un murmure.

Puis la terre le recouvrit.

Ils dormirent quelques heures après avoir mangé, et cela suffit à leur rendre les idées claires.

Ils se savaient traqués, non seulement par les troupes de Malronce, mais également par son homme de main. Depuis qu'il affrontait des Cyniks, Matt avait toujours bénéficié de sa force extraordinaire pour les surprendre, et comme la plupart ne savaient pas vraiment se battre, cela suffisait en général à leur porter le coup triomphant. Avec cet homme, les choses étaient différentes. Il avait été stupéfait par l'impact sur son épée, mais il réagissait beaucoup plus vite que les autres Cyniks. Et il savait se servir de ses poings ! Matt en portait encore la douloureuse preuve sur le flanc.

Cet homme était un véritable guerrier.

S'ils venaient à s'affronter de nouveau, Matt savait qu'il n'aurait pas le bénéfice de la surprise, et l'homme savait quel genre de Pan il combattait. Il ne fallait pas recroiser sa route, comprit Matt, un assaut face à lui serait probablement le dernier de sa courte vie.

– Allons-y, dit-il.

– Nous avons pris une bonne avance avec les chiens, fit remarquer Chen.

– Alors ne la perdons pas.

Les chiens dormaient d'un œil et ils se levèrent tous en même temps lorsque leurs jeunes maîtres entreprirent de ranger leurs duvets.

Un cri aigu pétrifia les Pans.

Cela ressemblait à un appel, une longue plainte stridente, entre le rapace et la hyène. D'autres créatures répondirent, dont une toute proche, à quelques centaines de mètres dans la forêt.

– La Horde ! s'écria Matt. Ce sont les Renifleurs de la Horde, ils suivent notre piste ! En selle ! Vite !

Ben ne prit pas le temps de nettoyer les traces de leur campement.

Matt prit la tête du groupe et ils retrouvèrent le chemin de terre pour lancer les chiens au galop. Tobias était à ses côtés :

– Tu crois qu'ils peuvent courir ? Je veux dire : les Renifleurs de la Horde, avec leur armure… J'ai entendu la Reine à leur sujet, c'étaient des hommes auparavant !

Matt hésita entre partager ce qu'il pensait vraiment et tranquilliser son ami qui n'attendait que ça. Ne sachant ce qui les guettait, il préféra être franc :

– Toby, tu as vu comme moi ces choses, il y a de la magie noire là-dessous !

– Non, d'après Malronce, c'est la Tempête qui a ranimé des gens qui venaient à peine de mourir. Je suppose qu'en frappant des corps mourants, les éclairs ont relancé l'activité électrique du cerveau, et du cœur, et… peut-être que maintenant ils ne fonctionnent qu'avec l'énergie de la Tempête ! C'est pour ça qu'on ne peut les tuer ! Ils sont déjà morts ! L'énergie de la Tempête les reconstitue encore et encore, ça veut dire qu'il n'existe aucun moyen de les détruire !

Tobias était en train de se faire peur tout seul.

– Tu as trop d'imagination, le coupa Matt. Concentre-toi sur ta monture, si tu tombais maintenant, tu nous mettrais vraiment en péril.

– Mais on ne va tout de même pas fuir à cette vitesse jusqu'aux falaises de Hénok ? Jamais les chiens ne tiendront !

– S'il faut se battre, nous nous battrons, maintenant tais-toi.

Matt n'était pas d'humeur. Il avait trop de choses en tête, le cœur trop lourd. Il enfouit sa main dans la fourrure de Plume et se cramponna en se penchant pour lui faciliter la course.

Ils franchirent un ruisseau à gué, puis remontèrent une colline dégarnie. Lorsqu'ils furent au sommet, le cri aigu des Renifleurs transperça le manteau de la cime en contrebas, la Horde les avait repérés.

Les chiens, qui avaient baissé l'allure lors de la montée, retrouvèrent leur fougue et ils étaient à plus de deux kilomètres lorsque Matt aperçut des ombres effrayantes au sommet de la colline, derrière eux.

Ils trottaient, nettement moins rapides que le groupe de Pans, mais infatigables.

Tôt ou tard, les chiens capituleraient, ils s'effondreraient, harassés, et la Horde les rattraperait.

Vaincre la Horde… Après ce qu'il avait vu dans le château, Matt en doutait. Des guerriers parfaits. Indestructibles, sans pitié et sans peur.

Matt prit la décision de protéger la fuite de ses compagnons. Il renverrait Plume avec eux, et se dresserait sur le chemin de la Horde, pour l'arrêter ou au moins la ralentir. Au prix de sa vie s'il le fallait.

Ambre avait sa mission à accomplir, Tobias guiderait avec Ben le groupe jusqu'à la Passe des Loups. Quant à lui, sa destinée serait de rester ici, dans le pays de Wyrd'Lon-Deis.

Seulement si la Horde revient sur nous, se répéta-t-il pour se rassurer.

Après une heure de cette course, les chiens montrèrent des signes de fatigue, leurs foulées étaient plus courtes, moins soutenues, et ils trébuchaient de plus en plus. Matt leva la main pour arrêter la file et sauta au bas de Plume.

– Inutile de continuer, les chiens sont en train de se tuer à l'effort, il faut marcher à leur côté pour qu'ils reprennent des forces.

– Et la Horde ? s'angoissa Chen.

– Nous avons repris pas mal d'avance, il faut espérer que cela suffise. D'ici deux ou trois heures, nous remonterons en selle, en attendant, c'est marche forcée pour tout le monde !

Ils mangèrent et burent en avançant. Ben se tenait souvent le ventre, là où ses plaies étaient les plus profondes, pourtant il ne ralentit jamais ses amis et ne se plaignit pas davantage.

Après avoir enterré Neil, il était difficile de faire autrement.

L'absence de cris dans leur dos troublait Matt depuis un moment. Il n'aimait pas ignorer la position de ses ennemis. Devaient-ils presser le pas au risque de puiser dans leurs dernières forces ?

Lorsque les chiens furent en meilleure condition, Matt remonta sur le dos de Plume et le galop reprit de plus belle.

Ils alternèrent ainsi les périodes de marche et de course jusqu'au soir, jusqu'à ce que la pénombre soit telle qu'il devenait imprudent de poursuivre sans lumière.

Tobias proposa son champignon lumineux mais Matt refusa, il n'aimait pas l'idée d'être repérable de loin. Et il comptait sur leur rythme soutenu pour avoir mis une bonne distance entre eux et la Horde. Assez pour bénéficier d'une nuit de repos.

Ils dormirent les uns contre les autres, en cercle, avec les chiens comme mur de défense et leurs armes dans les mains.

Matt fut debout avant l'aurore, il avala quelques gâteaux secs et équipa les chiens pendant que les autres Pans se réveillaient difficilement.

La Horde ne les avait pas rattrapés dans la nuit.

Matt terminait à peine de sangler les sacoches sur Plume que le cri aigu d'un Renifleur les fit tous sursauter. Il était tout proche, à moins d'un kilomètre.

En deux minutes, tous les duvets furent repliés, les vivres rangés, et les Pans sautaient sur leurs chiens. Un autre Renifleur répondit, plus loin, puis un troisième. Ils communiquaient, et ils allaient se regrouper, songea Matt, maintenant qu'un des leurs avait repéré leurs proies.

Il fallait foncer, la Horde ne devait probablement pas s'arrêter, pas même la nuit, et toute l'avance que le galop des chiens leur permettait de gagner disparaissait pendant leurs heures de repos.

Pourtant ils ne pouvaient faire autrement, sans risquer la vie de leurs montures, c'est-à-dire les leurs.

Ils s'élancèrent à nouveau, laissant Chen et Tobias couvrir leurs arrières avec leurs flèches. Ils couraient vers le nord, la peur au ventre, dans l'angoisse d'être tôt ou tard rattrapés. Il fallut toutefois reposer les montures, alors, comme la veille, ils marchèrent à leurs côtés, avant de repartir à pleine vitesse.

Matt et Ben scrutaient sans cesse les ombres derrière eux, sans rien distinguer.

Le soir venu, ils forcèrent encore la marche, jusqu'à ce que leurs pas se fassent hésitants, les esprits embués par la fatigue. Après qu'Horace puis Tobias se furent effondrés en trébuchant sur des racines devenues invisibles dans l'obscurité, Matt se résigna à ordonner l'arrêt pour constituer leur bivouac.

Ils dormirent peu, et mal, pour reprendre la route avant l'aube.

Peu avant midi, ils grimpaient à flanc de falaise par un sentier glissant, entre de gros rochers, dominant une large partie du bassin de Wyrd'Lon-Deis, lorsque la Horde hurla à nouveau. Ils étaient assez loin et se répondirent pendant de longues minutes.

Les Pans surent qu'ils étaient repérés et qu'il ne fallait surtout pas perdre une minute.

Matt se demandait combien de jours encore il faudrait fuir pour atteindre les falaises de Hénok, lorsqu'elles apparurent en début d'après-midi : un mur flou sur l'horizon. Encore quelques galops et ils pourraient les toucher, peut-être à la nuit.

Et tandis qu'il les admirait en s'interrogeant sur le moyen de les franchir, les Renifleurs de la Horde hurlèrent à nouveau.

Ces créatures immortelles.

Soudain, Matt eut une idée.

Un plan s'échafauda rapidement sous son crâne, un plan osé.

Presque du suicide.

Mais à bien y réfléchir, c'était le seul moyen qu'ils avaient d'échapper à la Horde et de rejoindre leurs amis au nord, pour préparer la grande bataille.

Matt hésita à le partager avec les autres et décida finalement de le garder pour lui jusqu'au soir.

Pour ne pas les effrayer trop vite.

Car son idée était vraiment folle.

41.

Morts en série

Le crépuscule enflammait les immenses falaises.

Le rideau de la nuit suivait le sillage de cet incendie splendide, passant le baume froid des étoiles sur les plaies brûlantes du soleil.

Et avec la nuit venaient les créatures trop hideuses pour oser se montrer le jour, les monstres fourbes préférant se tapir dans l'obscurité pour surprendre leurs proies, les horreurs se nourrissant des peurs.

Matt comptait sur eux pour survivre à la Horde.

Tobias entrouvrit la poche de son manteau pour regarder son champignon lumineux, tenté de le prendre pour se rassurer.

Les Renifleurs lançaient leurs longues plaintes stridentes de temps à autre, pour communiquer leur position et remonter la piste des jeunes fuyards. Ils étaient à moins de cinq kilomètres.

– Je suppose que cette nuit nous ne dormirons pas, murmura Tobias.

– Je sais pas vous, mais moi je n'ai pas envie de rester à Wyrd'Lon-Deis une nuit de plus ! fit Chen.

– Et comment on s'y prend pour sortir ? grogna Horace. La ville d'Hénok doit être barricadée jusqu'au matin et de toute façon ils doivent nous attendre là-dessous !

– Nous la contournons, prévint Matt.

Tous les regards convergèrent vers lui en même temps.

– Et comment on fait ? s'enquit Ben. Je n'ai pas vu un seul passage sur les falaises !

– Il y en a plusieurs. Souterrains.

Tobias secoua la tête vivement, comme s'il voyait un fantôme :

– Non ! T'es dingue ! Si nous mettons les pieds dans ces boyaux, nous sommes tous morts !

– De quoi parlez-vous ? s'alarma Chen en lisant la terreur sur le visage de Tobias.

– Il veut nous entraîner dans les terriers des Mangeombres ! s'écria Tobias.

Ben pivota vers Matt, incrédule et inquiet :

– C'est vrai ? C'est à ça que tu penses ?

– Jamais nous ne pourrons forcer les portes d'Hénok, et une fois à l'intérieur ce serait un combat perdu d'avance. Il n'y a que le réseau de couloirs qu'empruntent les Mangeombres. Je sais qu'il est large et qu'ils communiquent des deux côtés de la montagne, en bas dans ce bassin et en haut, par-delà les falaises. Si nous nous y faufilons, avec un peu de chance, nous pourrons esquiver leur présence, ils chassent en ce moment même, il est fort probable que ces galeries soient toutes vides.

– Mais s'ils nous tombent dessus, nous serons totalement pris au piège ! contra Tobias.

– Nous n'avons aucun autre choix, Toby ! s'énerva Matt. C'est ça ou attendre que la Horde nous rattrape et nous taille en morceaux !

Tous les Pans fixaient Matt, gravement. Le jeune garçon crut lire sur leurs traits un début de résignation, alors il en profita pour ajouter :

– Nous savons que nous devrons être silencieux et rapides. Ce n'est pas le cas de la Horde. Ils ne cessent de se parler en hurlant, ça finira par attirer les Mangeombres sur eux. Si tout se passe bien, non seulement nous regagnerons le plateau sans heurt, mais en plus nous ralentirons la Horde !

– Si tout se passe bien, répéta Ben du bout des lèvres.

Les chiens transportèrent leurs maîtres jusqu'aux confins de Wyrd'Lon-Deis, tout près du fleuve qui coulait en silence au milieu d'une forêt de roseaux. Une longue pente couverte de conifères les séparait du pied des falaises.

Ils pouvaient entendre un grondement diffus et lointain provenant des chutes d'eau, quelque part à l'est.

Matt descendit de Plume et entreprit de remonter la pente avec précaution, évitant les fourrés trop denses ou les zones pleines de ronces, imité par tout le groupe.

Chacun se tenait prêt au pire. S'ils venaient à être découverts par les Mangeombres, les armes pouvaient jaillir en une seconde le temps de préparer une fuite à dos de chiens.

Une large clairière s'ouvrit soudain, plus de trois cents mètres d'herbe jusqu'aux murs de calcaire blanc. Plusieurs orifices sombres s'ouvraient dans la paroi comme autant de portes vers la tanière des Mangeombres.

– Oh non ! gémit Tobias. Ils ne sont pas sortis ! Ils se tiennent à l'entrée de leurs terriers !

– Ils guettent une proie, devina Matt. Ils sont comme des araignées, ils attendent que leur gibier vienne à eux pour jaillir de leur cachette.

– T'es en train de nous dire quoi ? s'inquiéta Chen. Que nous sommes pris en tenaille entre ces tueurs-là et la Horde ?

– Tant que les Mangeombres ne sortiront pas, nous ne pouvons pas bouger, avoua Matt.

– Il faudrait un appât, dit Ben, songeur.

– Ça ne peut pas être l'un de nous, contra Matt aussitôt. J'ai vu les Mangeombres à l'œuvre, je les ai même combattus, ce serait un suicide !

– Même si je reste sur le dos de Taker ?

– Ils finiront par te rattraper et de toute façon tu finirais coincé en bas ! C'est hors de question !

Le cri de la Horde, distant, leur rappela l'urgence de la situation.

– Ils seront là avant l'aube ! dit Chen en frissonnant.

– Les Mangeombres n'ont pas bronché, remarqua Ben.

– Parce que la Horde est encore loin. Lorsqu'elle sera sur nous, là ils sortiront de leurs grottes pour se mêler au combat et dévorer les ombres de tout le monde !

Soudain Plume vint lui lécher la joue. Elle s'assit et le fixa de ses grands yeux marron.

– Eh bien, qu'est-ce qu'il y a ? demanda Matt en l'observant.

Plume tourna la tête vers la clairière puis le fixa à nouveau. Elle se contorsionna et attrapa avec les dents la courroie de ses sacoches pour tirer dessus.

– Tu veux que je te retire ton équipement ? Ce n'est pas trop le moment de…

Brusquement Matt lut la détermination et la tristesse dans le regard de sa chienne et il comprit.

– Oh non ! C'est hors de question ! Tu ne feras pas l'appât !

Plume ne broncha pas. Inflexible.

Tobias s'approcha et posa un genou à terre, à côté de Matt.

– Je connais cette attitude, Matt, elle a déjà pris sa décision.

– C'est hors de question ! Je ne sacrifierai pas Plume !

– Ce n'est pas de ton ressort, c'est elle qui a fait ce choix, dit Tobias doucement.

Les grandes prunelles de Plume glissèrent rapidement de Tobias à Matt, comme pour faire comprendre à son maître qu'il devait écouter son ami.

– Non, ce n'est pas à elle de décider !

Une larme coula sur sa joue. Plume allongea le cou pour la lécher. Sa truffe palpita et elle scruta rapidement le sud, l'air stressé.

– La Horde se rapproche, décrypta Tobias.

Gus, le saint-bernard d'Ambre, vint s'asseoir à côté de Matt et lui donna un petit coup de museau amical. Plume le regarda avant de contempler son maître.

Matt eut alors le cœur brisé en comprenant qu'elle passait le relais à Gus. Plume savait qu'elle ne reviendrait pas et confiait son maître à l'un des siens.

L'adolescent sut qu'il n'y avait plus rien à faire pour la retenir. Elle allait se précipiter dans cette clairière quoi qu'il fasse. Alors il s'approcha d'elle et, méthodiquement, défit les sangles de ses sacoches, effectuant chaque geste avec douceur et précision, parce qu'il savait que plus jamais il n'aurait l'occasion de s'occuper de sa chienne. Il caressa son poil épais, défit une petite bourre sous ses oreilles, et déposa un baiser sur le côté de son museau. Elle remuait la queue lentement.

Matt pleurait sans bruit.

Il serra Plume contre lui et recula d'un pas.

Puis d'un coup, elle bondit en direction de la clairière.

Gus vint déposer un petit coup de langue sur la joue de Matt.

Plume gambadait à découvert.

Tout à coup, les Mangeombres fusèrent de leurs trous, telles des chauves-souris géantes à tête blanche, planant à toute vitesse à moins d'un mètre de la pente, fondant tous ensemble vers la chienne.

Plume attendit qu'ils ne soient plus qu'à une cinquantaine de mètres et poussa sur son train arrière pour filer en direction des sapins. Les Mangeombres changèrent de cap tous en même temps, comme s'ils ne formaient qu'un seul et unique être et l'instant d'après ils disparurent dans la forêt à la poursuite de Plume.

– Maintenant ! commanda Ben.

Les Pans remontèrent la clairière en courant et se précipitèrent dans le premier trou visible. Tobias sortit aussitôt son champignon lumineux pour guider ses camarades dans les ténèbres.

Matt fermait la marche, il laissa passer Gus et jeta un dernier regard en contrebas.

Plume venait de ressortir de la forêt, plusieurs Mangeombres sur les talons. Se sentant rattrapée, elle opéra une volte-face dans les airs et ses mâchoires se refermèrent sur le crâne du premier de ses poursuivants qu'elle broya instantanément. Le second eut à peine le temps de se poser sur ses longues griffes que Plume lui arrachait et une aile, puis l'autre. Cependant les monstres surgissaient de partout en planant. Leurs grands yeux jaunes s'ouvraient avec appétit sur ce chien énorme et les fentes abjectes qui leur servaient de bouche tremblaient de gourmandise, révélant des rangées de petites dents pointues.

Plume décapita d'un coup de patte furieux le Mangeombre qui l'approchait, puis ses crocs se refermèrent sur la peau blafarde d'une tête téméraire qui s'était aventurée trop près. Elle en projeta un autre dans les airs d'une bourrade des pattes arrière, avant de broyer le corps de deux autres ennemis.

Plume se battait avec la rage de celle qui défend la vie de son maître.

Elle saisit au vol un Mangeombre et le fracassa contre une grosse pierre, les cadavres s'accumulaient autour d'elle, et pourtant, il en arrivait toujours plus.

Soudain, l'un des monstres se dressa sur ses griffes et les plis de son front s'écartèrent pour laisser apparaître un œil tout blanc. Il entama une série de flashes aveuglants pour mettre en avant l'ombre de la chienne.

Plume déchiqueta le visage d'une créature et pivota pour faire face à celui qui lançait les flashes. Ses babines se soulevèrent et elle dévoila ses crocs impressionnants.

Les Mangeombres se contractèrent tous ensemble, comme un seul muscle sur le point de livrer un effort intense.

Horace attrapa Matt par les épaules.

– Viens, ne reste pas là, il n'y a rien que tu puisses faire pour la sauver, viens. C'est en survivant que tu donneras un sens à son sacrifice.

Matt se laissa tirer en avant, il savait que s'il obéissait à son désir immédiat, alors il prendrait son épée et courrait dans la clairière massacrer autant de Mangeombres que possible. Jusqu'à épuisement, jusqu'à périr à son tour.

Les galeries étaient étroites et malodorantes. Des racines jaunes pendaient du plafond comme autant de tentacules s'agrippant aux cheveux et aux lanières des sacs. Il était impossible d'évoluer à dos de chiens, et chacun fonçait aussi vite que possible, Tobias et son champignon lumineux en tête, suivi de Chen et son arbalète. Ceux qui fermaient la marche n'y voyaient presque rien, et Matt s'en remettait au flair de Gus pour le guider.

Ils croisèrent de nombreuses intersections, et Tobias semblait privilégier tout chemin qui montait en direction du nord.

Mais après une demi-heure, ils avaient passé tant de fourches et de croisements qu'ils commencèrent à douter de pouvoir rejoindre la surface avant d'être rattrapés par les Mangeombres.

Ces créatures disposaient-elles d'un odorat particulier qui les alerterait sur la présence des Pans dans leur repaire ?

Tobias trouva enfin un passage qui montait en pente raide. Il faisait de plus en plus chaud, et ils avaient presque vidé leurs gourdes lorsqu'ils débouchèrent sur une immense caverne où l'odeur de moisissure était encore plus forte.

Tobias leva son champignon et dévoila un interminable champ de petites sphères translucides. Des milliers et de milliers de globes blancs posés à même la terre.

– Ce sont ces champignons qui puent comme ça ? gémit Horace.

– Pas des champignons, corrigea Ben, des œufs !

À ces mots, ils firent tous un pas en arrière.

Ils se trouvaient en plein dans la pouponnière des Mangeombres.

– Je propose qu'on fasse demi-tour, intervint Chen.

– T'as vu la côte qu'on vient de se taper ? répondit Horace. La sortie c'est là-haut ! Moi je dis qu'il faut traverser.

Ben approuva :

– On continue ! Je passe devant si vous voulez.

Il prit la tête avec Tobias et ils filèrent entre les œufs de la taille de ballons de basket. Les chiens guettaient ces étranges sphères avec beaucoup d'inquiétude, les oreilles en arrière.

Matt se tenait en retrait, il ne voyait pas grand-chose et se tenait surtout prêt à brandir sa lame au moindre craquement de coquille.

Brusquement, tout le monde s'immobilisa devant lui et il dut se retenir à Gus pour ne pas tomber au milieu des œufs.

Il se pencha pour voir ce qui bloquait et un frisson de dégoût le fit reculer aussitôt.

L'immense abdomen huileux d'une créature de plusieurs mètres de hauteur était en train de pondre devant eux, capturé par la lueur du champignon de Tobias. Il ressemblait à celui d'un insecte, et son corps apparut, planté au sommet de longues pattes chitineuses, semblable à un termite gigantesque. Ce qui lui servait de tête pivota en direction des Pans et ses mandibules s'entrouvrirent.

Un cri collectif retentit loin, très loin dans les galeries, et Matt se souvint de sa première expérience avec les Mangeombres. Il lui avait semblé qu'ils étaient télépathes. Mais face à ce monstre, il se demanda s'il ne s'agissait pas plutôt d'un esprit collectif, des centaines d'êtres mus par la même pensée.

Et si cette atrocité pondeuse était le refuge de leur pensée, le cœur de leur société ?

Matt vit Chen qui se préparait à tirer.

Pouvaient-ils mettre un terme à l'existence même des Mangeombres en détruisant ce sanctuaire de leur pensée unique ?

Matt en doutait, s'il avait bien appris quelque chose de sa courte vie à propos de la nature, c'était qu'elle faisait trop bien les choses pour qu'une espèce vivante soit à ce point vulnérable. S'ils venaient à tuer cette chose, l'esprit se transférerait ailleurs, dans un autre Mangeombre, ou dans un œuf, et tout ce qu'ils gagneraient serait le courroux des Mangeombres.

Chen visa le termite géant.

– Non ! l'arrêta Matt. Si tu fais ça tous les Mangeombres vont accourir et ils nous traqueront jusqu'au dernier ! Foncez droit devant, il est trop lent pour nous en empêcher !

Mais Tobias, qui avait confié son champignon à Ben, venait de lâcher la corde de son arc. La flèche vint se planter dans le rond noir qui ressemblait à un œil et le termite se cambra.

Son abdomen se contracta et il s'affaissa, écrasant au passage des dizaines d'œufs.

– Oh, non ! pesta Matt.

Le cri collectif inonda les galeries à nouveau, plus furieux que jamais.

– Courez ! ordonna Matt. Courez !

Un autre hurlement s'ajouta aussitôt, plus aigu, plus long. Celui de la Horde.

Les Renifleurs venaient de pénétrer le domaine des Mangeombres.

42.

Monstres versus Monstres

Les Pans filaient à travers la caverne de ponte sans savoir où ils allaient. Ils couraient, la peur au ventre, et scrutaient la nuit éternelle dans l'espoir d'y discerner un passage.

Puis ils atteignirent le fond de la grotte, d'où partaient cinq tunnels différents.

– Lequel je prends ? s'écria Tobias en panique.

– Celui avec un courant d'air ! jeta Ben en sortant un paquet d'allumettes de sa poche.

Il en gratta une et la tint devant le premier passage, elle vacilla mais ne s'éteignit pas. Il répéta l'opération et le résultat fut chaque fois identique.

– Cet endroit entier est un courant d'air ! pesta Tobias.

Les chiens se mirent à grogner tous ensemble en se groupant devant l'un des passages.

– Les Mangeombres arrivent ! prévint Chen.

– C'est donc par là qu'il faut aller, fit Matt, la nuit ils s'amassent tous près des sorties pour chasser, ceux qui foncent sur nous par ici proviennent certainement de la surface ! Planquez-vous dans le corridor à côté, vite !

Ils eurent à peine le temps de s'engouffrer dans le même

couloir obscur qu'une quinzaine de Mangeombres surgirent juste à côté pour investir la grande salle.

Tobias tenait son champignon contre lui, ne laissant qu'un mince filet de lumière s'échapper de ses mains, à peine de quoi distinguer ses pieds.

Matt se pencha vers Chen :

– Ils se séparent ! murmura-t-il. Il suffit qu'un seul nous remarque pour qu'ils sachent tous qu'on est ici. Peux-tu grimper au plafond et abattre le premier qui franchira l'entrée ?

– Oui, sans problème.

– Tu ne dois pas le manquer ! Il faut qu'il meure avant même de nous voir, sinon c'est fichu !

Chen ôta ses chaussures et plaqua ses mains sur la roche humide pour se hisser.

Les Mangeombres fonçaient tous dans une direction différente et l'un d'entre eux s'approcha du tunnel où les Pans étaient rassemblés.

À peine avait-il franchi le seuil que deux carreaux fusèrent du plafond pour lui transpercer le crâne.

La créature tomba raide morte.

Matt se releva et s'approcha de la sortie pour guetter les réactions. Aucun bruit. Les Mangeombres voyaient et pensaient la même chose mais ils ne semblaient pas sentir la mort instantanée de l'un des leurs. Du moins pas rapidement.

Matt fit signe à ses compagnons de le suivre et ils foncèrent dans le tunnel par lequel les Mangeombres venaient d'arriver. Ils n'avaient pas fait deux cents mètres qu'un cri terrible retentit. Cette fois, ils venaient de se rendre compte du subterfuge.

Matt sortit son épée et demanda à Tobias de tenir sa lumière plus haut pour lui éclairer la voie. Bien lui en prit car un Mangeombre surgit à l'intersection suivante, tous crocs dehors.

Matt l'accueillit d'un puissant coup qui lui sectionna la mâchoire et une aile. Le monstre tituba et regagna l'obscurité.

Deux autres bondirent sur leurs griffes, le premier lança un flash blanc de son troisième œil au milieu du front et Matt, sans lui laisser le temps d'en lancer un autre lui fendait le crâne en deux. L'autre Mangeombre tenta aussitôt de le mordre au bras mais Tobias l'attrapa par la tête en criant et le plaqua contre le mur. La lame de Matt lui ouvrit l'abdomen et le sang noir s'envola de ses entrailles, semblable à un jet d'encre dans l'eau.

Après ce qu'ils avaient fait à Plume, Matt se sentait prêt à faire un carnage.

Ils surent qu'ils étaient sur la bonne voie en constatant que le corridor ne cessait de monter, une pente de plus en plus abrupte. Trois autres Mangeombres tombèrent avant même de pouvoir porter leurs attaques. Les chiens, qui terminaient la file, en ajoutèrent quatre à leur tableau de chasse, ils grognaient en mordant et ne firent pas de quartier, comme pour venger à leur tour la pauvre Plume.

Plus les Pans montaient, plus les Mangeombres s'accumulaient, dix autres périrent, et le groupe d'adolescents commençait à ne plus soutenir l'effort, leurs jambes étaient brûlantes, leurs muscles presque tétanisés par l'interminable montée.

Chen abattit les deux suivants, tandis que Matt peinait à les affronter.

Et soudain, le dôme bleuté de la nuit apparut face à eux. Les étoiles et la forêt, la vie à la surface, une réalité qui devenait de plus en plus improbable pour les Pans. Ils se jetèrent dans l'herbe dès qu'ils purent, savourant l'air frais.

Une vingtaine de Mangeombres s'élancèrent des corniches en surplomb et foncèrent droit sur eux.

Gus releva Matt en l'attrapant par le col et posa une patte à terre pour l'inviter à grimper sur son dos.

Les Pans chevauchèrent leurs destriers qui dévalèrent la pente à toute vitesse, poursuivis par les triangles sombres à tête blanche.

Les chiens emportaient leurs cavaliers si vite que les Mangeombres finirent par ralentir pour ne pas trop s'éloigner de leur tanière.

Et lorsqu'il s'estima hors de portée, Matt tira sur le cou de Gus pour l'arrêter.

Au loin, les Mangeombres remontaient la pente sur leurs griffes, dépités et frustrés d'avoir laissé fuir leurs repas. Pourtant, Matt nota une attitude étrange dans leur formation. Ils remontaient les uns à côté des autres, pour former un filet qui allait se refermer sur la sortie par laquelle étaient passés les Pans.

Une silhouette apparut, sur quatre pattes, et elle ne put descendre la pente que sur une dizaine de mètres avant de faire face à ce rideau de chasseurs.

Le cœur de Matt tressauta dans sa poitrine.

Plume ! C'est elle ! Elle s'en est sortie !

Mais la chienne était en mauvaise posture. Une vingtaine de Mangeombres lui barraient le chemin et autant surgirent dans son dos.

Cette fois, Matt n'assisterait pas à la mort de sa chienne sans réagir. Pas deux fois.

Il allait lancer Gus pour foncer au secours de Plume lorsque plusieurs Mangeombres giclèrent dans le ciel, réduits en lambeaux.

La Horde faisait son apparition.

Six spectres se taillèrent un passage en reniflant la trace des adolescents qu'ils traquaient.

Les Mangeombres se regroupèrent aussitôt en cercle et celui-ci se mit à rétrécir tandis que le piège se refermait sur Plume et la Horde.

La chienne se mit alors à courir, un sprint formidable, et au moment de percuter les Mangeombres elle sauta.

Sa forme allongée se déplia totalement, ses pattes survolèrent les créatures surprises, et l'instant d'après elle filait dans la pente en ne laissant derrière elle qu'un filet de poussière volant dans la nuit.

Plume était passée.

Les Mangeombres se regroupèrent autour de la Horde et deux flashes lumineux secouèrent l'obscurité tandis que les Renifleurs se préparaient à affronter leurs adversaires.

Deux Mangeombres sautèrent sur l'ombre d'un Renifleur qui se raidit en lançant un terrible râle plaintif.

Le reste de la Horde, ignorant quel genre de menace ils affrontaient, se mit à tourner en ouvrant et fermant leurs longs doigts d'acier, prêt à en découdre. Un autre Renifleur fut soudain visé par des Mangeombres qui jaillirent dans son dos, non pour l'attaquer, mais pour *boire* son ombre que les flashes mettaient en évidence sur le sol.

En quelques secondes, une quarantaine de Mangeombres fondirent sur la Horde et le ciel fut illuminé d'éclairs funestes pendant que les plaintes des Renifleurs résonnaient au pied de la montagne.

Après seulement cinq minutes, le silence revint et les Mangeombres se replièrent, repus, vers leurs galeries souterraines.

Le cœur de la terre

Les armures de la Horde gisaient dans l'herbe.
Inertes.
Et cette fois, aucune force électrique ne put insuffler la vie dans ces guerriers déchus. Ils n'avaient plus d'ombre.
Et rien ne peut survivre sans sa part d'ombre.
L'équilibre du monde.

43.
Confidences au coin d'un feu

Les Pans mirent plus de quinze kilomètres entre eux et la montagne des Mangeombres avant d'établir un bivouac pour ce qu'il restait de la nuit.

Tous s'effondrèrent, adolescents et chiens, exténués.

Matt serra sa chienne si fort dans ses bras qu'elle dut se dégager avant d'étouffer. Elle le gratifia de coups de langue et Matt passa plus d'une heure ensuite à la brosser affectueusement près du feu qu'ils avaient allumé pour manger.

Bien qu'ils furent encore en territoire Cynik, avoir survécu non seulement à Wyrd'Lon-Deis mais aux Mangeombres leur fit perdre en prudence ce qu'ils gagnaient en confiance. Ils n'avaient plus mangé chaud depuis longtemps et s'étaient sentis passer si près de la mort qu'ils voulaient au moins s'offrir ce plaisir.

Ben était allongé sur son duvet, en train de polir le tranchant de sa petite hache.

– Matt, as-tu une idée de ce qu'est partie chercher Ambre ?

– Je ne sais pas exactement ce que c'est, cela dit, je sais que c'est une énergie colossale.

– Mais ça va nous aider contre les Cyniks ? demanda Horace. C'était le but de ce voyage, non ?

Matt haussa les épaules.

– Je ne sais pas, ce n'est pas une arme, ça c'est sûr. En tout cas je sais que je ne voudrais pas savoir les Cyniks en possession de cette énergie.

– Quel genre d'énergie ? Un peu comme celle des Scararmées ?

– Non, bien plus concentrée encore, une sorte de… Elle me fait penser à un gigantesque disque dur dans lequel seraient rassemblées toutes les données de la Nature !

– Une recette pour décoder la vie ? s'intéressa Ben.

– Plutôt une encyclopédie vivante de toute chose naturelle. La Bible de la Vie, si tu préfères.

– Où est-elle ?

– Au cœur de la Forêt Aveugle.

Tobias tiqua et se redressa pour étudier son ami du regard.

– Alors personne ne pourra jamais la trouver ! répliqua Ben. Pas même Ambre. Je m'étonne que tu l'aies laissée partir pour un voyage aussi périlleux !

– Ambre, Tobias et moi sommes déjà allés là-bas, c'est sur le toit de la forêt, une sorte de mer de feuillages. Je fais confiance à Ambre.

– Et si ce n'est pas une arme, alors comment va-t-on défier les Cyniks ? demanda Chen.

– En suivant notre plan de départ. Nos troupes vont profiter de la dispersion de la première armée Cynik pour la détruire par petits bouts, il faudra ensuite conquérir la forteresse de la Passe des Loups, pour espérer prendre par surprise et en tenaille la deuxième et la troisième armées.

– Sauf qu'il restera la quatrième et la cinquième armées, et celle des Gloutons que nous n'avions pas prévue ! rappela Ben.

Matt leva les mains vers les cieux.

– Je n'ai pas d'autres plans en réserve, il faudra faire avec ce que nous avons.

– La prise de la forteresse en soi serait déjà un miracle !

– Un miracle sans lequel nous serons tous morts, alors il faut y croire !

Chen tenait une brindille au-dessus du feu.

– Si ce qu'Ambre est partie chercher ne peut nous aider à prendre l'avantage sur les Cyniks, alors à quoi bon tout ce voyage ? Luiz et Neil sont-ils morts pour rien ?

– Nous devions y aller ! répliqua Matt sèchement. Ambre trouvera cette énergie, et elle saura quoi en faire, je lui fais confiance. Même si cela ne nous donne aucune supériorité sur les Cyniks, au moins Malronce ne mettra pas la main dessus, et si je dois être le dernier Pan vivant à protéger Ambre des Cyniks, alors je le ferais, cela ne me fait pas peur ! Cette énergie est liée à la Terre, à la Tempête, et je ne laisserai pas les Cyniks la détruire comme ils le font avec leurs propres enfants !

– Matt a raison, enchaîna Horace. Les adultes sont des fanatiques désormais, si ce qu'Ambre recherche est aussi important que cela, alors pour l'équilibre de la planète, il ne faut pas qu'ils s'en emparent !

– De toute façon, nous avons appris pas mal de choses avec ce voyage, ajouta Matt.

– Comme quoi ? demanda Chen.

– Malronce. Je sais maintenant qui elle est.

– Et en quoi ça nous avance ?

Le regard de Matt se perdit dans les braises.

– Connaître le vrai visage de son ennemi, c'est important, dit-il tout bas. Pour l'avenir.

Chen lança sa brindille dans le feu.

– Eh bien moi, je vais me coucher, il nous reste encore un long périple jusque chez nous. Si « chez nous » existe encore.

Tobias s'approcha de Matt, pendant que ses compagnons se préparaient à dormir.

– Ambre est partie chez les Kloropanphylles, pas vrai ?

Matt hocha la tête.

– Ça va être difficile pour elle, là-bas, ajouta Tobias. Après notre fuite, ils ne vont pas l'accueillir à bras ouverts.

– En effet. Pourtant il fallait qu'elle y aille.

– C'est cette étrange boule de lumière qu'elle doit rapporter ?

– Je le suppose. En fait, j'en sais trop rien. Tout ça s'est fait si vite…

Matt repensa à cet instant à la fois terrifiant et incroyablement magique où ils étaient tous les deux nus, à explorer les mystères du Testament de roche et ceux du corps d'Ambre. La chaleur de sa peau, ses grains de beauté, ses seins si parfaits…

Sa présence lui manquait. Sa façon de le modérer, ses déductions pertinentes, son odeur sucrée, et la caresse de ses cheveux contre son visage…

– Tu crois qu'elle va y arriver ? demanda Tobias.

Matt fit la moue avant de fixer son ami droit dans les yeux :

– Je l'espère, parce que pour être franc, je crois qu'elle est notre dernier espoir.

– Alors à quoi ça sert que nous nous précipitions vers la Passe des Loups, dans la gueule du loup devrais-je dire ?

– Pour gagner du temps, Toby, pour donner à Ambre le temps de réussir ce qu'elle doit accomplir. Quoi que ce soit. Notre rôle à nous, c'est de contenir l'ennemi le plus longtemps possible.

44.

Phalène

Les ailes du papillon produisaient un souffle puissant à chaque battement.

Mais, en créature économe, le papillon se laissait porter par le vent aussi souvent que possible. Il épousait les spirales chaudes pour prendre de l'altitude et se laissait filer dans les courants froids pour prendre de la vitesse en fonçant vers la terre.

Ambre se faisait conduire. Elle n'avait ni boussole, ni instruments de navigation – dont elle n'aurait de toute façon pas su se servir – et devait s'en remettre entièrement à son sens de l'orientation.

Chaque matin, elle s'assurait que le soleil se levait bien à sa droite et chaque soir qu'il disparaissait à sa gauche, elle tirait un peu sur les rênes pour orienter le papillon, et cela suffisait à la rassurer depuis trois jours qu'elle volait.

Au début, elle avait été incapable de se laisser totalement transporter, il fallait qu'elle surveille chaque manœuvre du papillon, craignant qu'il ne fasse brusquement demi-tour à l'appel de ses dresseurs Cynik, ou qu'il aille se poser n'importe où pour effectuer une halte.

Mais sa monture ne s'arrêtait pas. Jamais elle ne se reposait, ni ne mangeait ni ne buvait.

Alors elle se détendit, et apprit à se sentir sur son dos comme sur un ami. Certes le papillon ne parlait pas, mais les frissons qui l'envahissaient lorsqu'il s'élançait dans les courants descendants firent comprendre à Ambre qu'il était doué d'émotions propres et qu'il aimait voler plus que tout.

Son pelage était doux, et ses gigantesques ailes miroitaient sous le soleil, soulignant ses taches brunes, rousses et vertes. Il évoluait avec une grâce qu'Ambre se surprit à admirer et elle fut bientôt assez confiante pour dormir sur lui pendant de longues heures. De toute façon, elle n'avait pas le choix, il semblait déterminé à l'emmener aussi loin qu'elle le souhaiterait d'une traite, sans effectuer la moindre halte.

À l'observer, Ambre devina que la majesté de ses ailes fines avait en contrepartie le malheur d'être fragiles et le moindre accroc risquait de le clouer au sol, synonyme d'une lente agonie pour lui. Il ne devait accepter de se poser que dans des lieux rassurants, et Ambre se demandait bien comment elle ferait au moment d'atterrir au Nid.

Chaque chose en son temps...

L'adolescente avait changé de vêtements, rangeant au fond de son sac ceux qu'elle portait cette terrible nuit au château de Malronce. Ils étaient imbibés de son sang. Son sang qui avait pourtant pris une autre vie que la sienne.

Celle de Neil.

Celui-là même qui avait proposé de l'échanger quelques semaines plus tôt au Conseil des Pans.

Pour lui, elle n'avait pas le droit d'abandonner sa quête.

Pour que sa mort ait un sens, pour lui donner raison d'avoir cru en elle et sauver leur peuple.

La peine et la culpabilité le rendaient malade.

Après deux jours, elle se sentit un peu mieux, non pas soulagée, mais elle apprenait à vivre avec ce poids. Elle s'était mise à parler avec son papillon, sans attendre de réponse, mais avec la conviction qu'il l'entendait à défaut de la comprendre, et que cette compagnie pouvait lui être agréable. Elle lui donna même un nom : Phalène.

Elle lui confia tout ce qu'elle avait sur le cœur et s'en sentit plus légère.

Ils survolèrent les falaises qui marquaient la frontière de Wyrd'Lon-Deis et Ambre eut un pincement au cœur en distinguant au loin la montagne d'Hénok. Comment Matt, Tobias et les autres franchiraient-ils ce passage ? Les reverrait-elle un jour ?

Rien n'était moins sûr désormais. Maintenant qu'elle réalisait ce qui l'attendait.

Et la guerre qui s'apprêtait à déferler sur les Pans.

Cinq jours encore, elle chevaucha Phalène jusqu'à ce que le mur de la Forêt Aveugle se dresse face à eux, barrant tout l'horizon nord. Le papillon prit de la hauteur ; cette fois en battant des ailes, au prix d'un effort intense, il approcha la cime des plus hauts arbres, dominant les contreforts. Toute une faune s'exprimait à l'intérieur de cette jungle démesurée, et Ambre pouvait déjà entendre quelques spécimens. Plusieurs oiseaux, ayant l'apparence de ptérodactyles, sortirent des feuillages pour opérer un vol de reconnaissance à leur approche, avant de retourner s'abriter dans l'épaisseur des frondaisons.

Phalène semblait fatigué, ses battements d'ailes se faisaient moins tranchés, moins réguliers, et Ambre commençait à se faire du souci. Toutefois, il parvint à la hisser au-dessus de la

Forêt Aveugle, sur la mer Sèche, et ce soir-là, Ambre put admirer le coucher de soleil en rasant la surface de cet océan végétal, emmitouflée dans son manteau pour se protéger des vents froids de l'altitude.

Le plus difficile restait à faire. Localiser le Nid.

Ambre comptait sur les lumières de la cité dans les arbres pour la repérer de loin, car elle ne disposait d'aucune information, sinon que le Nid se trouvait peu ou prou au centre de la Forêt Aveugle.

Cette première nuit, Ambre demeura éveillée jusque très tard, se refusant à prendre un repos que Phalène s'interdisait. Le papillon, plus ici qu'ailleurs, ne pouvait risquer de se poser, trop de prédateurs sillonnaient les profondeurs de cette Forêt. Phalène ne disposait d'aucune défense naturelle, aucune protection, il n'était qu'un vaste insecte aussi fragile qu'une voile de soie.

Les paupières d'Ambre finirent néanmoins par se fermer et elle se réveilla en sursaut avec l'aurore.

Un disque vert, sans fin, s'étendait de toute part.

Elle piocha quelques vivres parmi ses provisions pour calmer la faim qui la tiraillait et découvrit avec angoisse que sa mince réserve d'eau touchait à sa fin malgré le rationnement.

Et pas une pluie depuis que j'ai quitté le château ! Si ça continue, je vais mourir de soif et Phalène sillonnera la mer Sèche avec un squelette sur son dos !

Mais le papillon montrait des signes d'épuisement. Il perdait souvent de l'altitude d'un coup et peinait à reprendre un peu de hauteur. Il n'était pas sûr qu'il lui survive, songea Ambre.

En milieu d'après-midi, Ambre reprit espoir en apercevant une forme dressée sur l'horizon, et elle tira sur les rênes pour guider Phalène dans cette direction. Elle mit une heure à s'en approcher pour finalement ravaler sa joie : il ne s'agissait que d'une grosse branche surgissant hors de la cime.

Ambre envisagea un moment l'idée de s'y poser, pour permettre à Phalène de se reposer, mais le papillon refusa de descendre.

– Tête de mule ! s'énerva Ambre. Si tu t'obstines, tu vas mourir de fatigue !

Le papillon reprit un peu d'altitude et Ambre dut s'avouer vaincue, le soleil déclinait et elle n'avait pas trouvé le Nid, ni aucune autre trace d'activité des Kloropanphylles.

Elle s'interrogeait sur l'accueil qu'ils lui réserveraient. Après tout, l'Alliance des Trois s'était échappée de leur cité en volant l'un de leurs navires. Ils devaient nourrir à leur encontre une colère légitime.

Malgré le mot d'excuses laissé par Ambre.

Le jour de leur fuite, ni Matt ni Tobias ne l'avaient questionnée sur ce qu'elle avait bien pu faire pour être si longue à embarquer. Elle se souvenait que Matt était mort d'inquiétude, pourtant il ne lui avait jamais demandé ce qui lui avait pris autant de temps.

Ce précieux temps qu'elle avait pris pour laisser un mot d'excuse à ce peuple singulier qu'ils s'étaient sentis obligés de trahir pour poursuivre leur voyage.

Un long mot dans lequel elle expliquait tout de son existence depuis la Tempête, le monde d'en bas, avec les Pans d'un côté et les Cyniks de l'autre, et leur besoin de continuer ce voyage, pour eux, pour leur peuple.

Les Kloropanphylles la chasseraient-ils ? Lui pardonneraient-ils ?

Il faudrait déjà que je les retrouve !

Cette nuit encore, elle guetta le paysage à la recherche d'un bouquet d'étoiles échouées sur la mer de feuilles, mais ne vit rien.

Au petit matin, Phalène zigzaguait.

Ambre tenta de corriger sa trajectoire, sans réussite.

Il était à bout de force.

Elle voulut l'obliger à amerrir sur cette mousse verte qu'elle savait épaisse, mais Phalène refusait de descendre trop bas, comme s'il sentait la présence d'immenses prédateurs juste sous la surface.

Ambre termina sa dernière gourde.

C'était la fin pour tous les deux.

Combien de temps tiendraient-ils encore ? Un jour ? Deux peut-être ?

Non, pas lui, Phalène n'est déjà plus tout à fait lui-même, il suit les vents avec difficulté !

Comme pour souligner l'urgence de la situation une bourrasque le ballotta, il se reprit in extremis, juste avant de décrocher.

Ambre devait se concentrer pour trouver un point de chute désormais, le Nid n'était plus une priorité. Il fallait assurer sa survie avant tout.

Avant midi, Phalène se mit à opérer de larges cercles, incapable de répondre aux ordres que Ambre tentait de lui transmettre avec les rênes.

Soudain, tout son corps se mit à frémir et ses ailes se levèrent avec le vent. Il planait, se laissant porter par le courant invisible.

Ambre le trouva curieusement insensible, avant que le pire ne lui vienne à l'esprit. Elle tira de plus en plus fort sur les rênes, sans résistance. Alors elle lui donna plusieurs coups de talons, dans l'espoir de le réveiller.

Mais Phalène s'était épuisé.

Il était mort en vol.

Alors Ambre se cramponna de toutes ses forces, elle comprit qu'à la prochaine rafale, elle serait renversée.

Ce qui ne tarda pas. Un puissant rugissement latéral emporta Phalène à la dérive, lui souleva une aile, puis il se cabra et se retourna avant de partir en piqué vers la mer Sèche.

Ambre serrait la selle en cuir à s'en blanchir les articulations, elle avait tenu bon.

Mais le choc promettait d'être terrible.

L'élan déploya à nouveau les ailes de Phalène, ce qui ralentit sa course et lui fit reprendre un angle moins brutal juste avant l'impact.

Ambre fut éjectée violemment.

Elle fila dans les airs avant de s'enfoncer dans le feuillage qui l'avala d'un coup, ne laissant qu'un mince trou pour toute preuve de ce qui venait de se produire.

Puis le trou se referma.

45.
Les anges aux visages d'os

Ses lèvres étaient toutes sèches.

Ambre avait soif. Elle ignorait les ecchymoses, les lacérations sur ses bras et ses flancs, tout ce qui lui importait c'était de boire un peu d'eau. Une obsession.

Elle était parvenue à remonter à la surface après le crash, elle avait nagé dans le feuillage jusqu'à retrouver le jour, puis s'était rapprochée de Phalène qui flottait, grâce à la voilure de ses ailes.

Le soleil lui cognait aux tempes comme un orchestre de cymbales.

Elle ignorait depuis combien de temps elle attendait ainsi, dans l'espoir d'un peu de pluie à recueillir.

Perdue au milieu de cet océan elle réalisait peu à peu qu'elle n'avait aucune chance d'être secourue. Avant que la soif ne la rende folle, il fallait qu'elle prenne une décision.

Descendre dans les abysses de la Forêt Aveugle pour espérer y trouver de l'eau, c'était abandonner tout espoir de revoir les Kloropanphylles, combien même elle parviendrait tout en bas sans périr dans la gueule d'une des créatures immondes, que ferait-elle ensuite ? Ambre n'avait pas beaucoup d'équipement, aucune arme autre qu'un long canif, et plus assez de vivres pour endurer une exploration sérieuse.

S'enfoncer dans les profondeurs c'était signer son arrêt de mort.

J'ai tellement soif...

Elle ne devait plus compter que sur un secours providentiel.

Impossible, personne ne me verra...

Alors il lui vint une idée plutôt téméraire : allumer un feu pour que la fumée attire les Kloropanphylles.

Et si je mets le feu à toute la forêt ? Non... le feuillage est trop dense, jamais un incendie ne prendrait là-dedans !

C'était sa dernière chance.

Elle défit la selle en cuir et la retourna pour improviser un foyer, avant d'aller cueillir plusieurs branches de feuilles vertes.

Si j'arrive à les faire prendre, elles produiront beaucoup de fumée !

Ambre fouilla dans son sac à dos à la recherche d'un paquet d'allumettes et tomba sur une flasque d'huile pour lanterne. Cela lui redonna le sourire.

Elle répandit l'huile sur les brindilles et craqua une allumette qui enflamma le bois imbibé.

Une épaisse fumée blanche se mit rapidement à dresser son panache dans le ciel bleu. Ambre veilla à alimenter son petit feu pour ne pas qu'il s'éteigne, mais le bois était trop vert, et s'il fumait allégrement, il peinait à s'embraser, obligeant l'adolescente à vider toute la flasque d'huile.

Je n'aurai pas de seconde chance !

Elle soufflait doucement pour faire rougir les minuscules braises.

Deux heures plus tard, Ambre dut se rendre à l'évidence : dès qu'elle prendrait un peu de repos, son feu mourrait. Et avec lui tout espoir d'être sauvée.

Je tiendrai bon, toute la nuit s'il le faut, jusqu'à mourir de soif, mais je tiendrai !

Souffler lui asséchait plus encore le palais.

Elle recula pour contempler le ruban cotonneux qui grimpait très haut au-dessus du corps de Phalène.

– Je dois le transformer en message ! dit-elle tout haut.

Elle prit un gilet dans ses affaires et l'agita régulièrement au-dessus du feu pour découper la fumée en tronçons réguliers.

– Comme les signaux de fumée des Indiens !

Elle espérait que cela rendrait plus intrigant encore cette colonne blanche se découpant sur le ciel, et que la curiosité des Kloropanphylles serait suffisamment titillée pour qu'ils viennent à elle.

À condition qu'ils soient assez près pour le voir...

Le soleil finit par décliner, rapidement.

Ambre était éreintée. Elle doutait à présent de sa capacité à nourrir son S.O.S. toute la nuit. Elle n'avait plus qu'une envie : se coucher et dormir, pour tout oublier, surtout la soif.

Depuis combien d'heures s'escrimait-elle à transmettre son message ?

Au milieu d'une mer gigantesque avait-elle seulement une chance de réussir ? Elle commençait à se dire qu'elle avait été naïve.

Elle s'était souvent imaginée mourant, dans des conditions exceptionnelles, en sauvant des centaines de personnes, ou finir d'une maladie incurable, avec tous les gens qu'elle aimait à son chevet, en train de les rassurer, digne et courageuse. Jamais elle n'avait envisagé sa propre mort aussi seule, cette lente agonie sans gloire, ni amour.

Son corps était trop déshydraté pour fournir des larmes, et ses sanglots furent des pleurs secs, douloureux.

Le soleil disparut et la fraîcheur nocturne tomba. Mais Ambre n'eut pas la force de se couvrir.

Elle voulait que tout aille vite désormais.

Son vœu fut exaucé.

Les anges apparurent rapidement, ils venaient la chercher pour la conduire dans ce qui serait un Paradis…

Des lumières tremblantes se rapprochaient.

Ambre cligna des paupières.

Non, pas des anges… Soudain le désir de vie se ranima avec l'espoir.

Elle se redressa et souffla sur les braises mourantes de son petit feu pour qu'il reprenne.

Les lumières, c'étaient bien celles d'un navire. Une petite embarcation flottant à un mètre au-dessus de la surface, et elle fonçait droit sur elle. Une nef de bois portée par de gros ballons marron arrimés aux mâts.

Ils l'avaient vue ! Ils venaient à son secours !

Les cerfs-volants qui tractaient le navire furent ramenés pour le faire ralentir et il vint se poster juste au-dessus des ailes de Phalène.

Une échelle de corde tomba du pont principal.

Ambre enfila son sac avec son matériel et déposa une tape amicale sur Phalène pour lui dire merci et adieu.

Et elle s'agrippa à l'échelle pour grimper.

Deux mains la saisirent pour la hisser à bord et la pousser sans ménagement. Elle trébucha et tomba à genoux.

Des silhouettes se rassemblèrent autour d'elle.

Une vingtaine d'adolescents.

Deux lanternes furent descendues depuis les mâts, et les visages s'éclairèrent.

Ils portaient tous un masque fait avec l'avant d'un crâne d'animal ressemblant à un cheval. Long profil allongé, deux grands trous pour les yeux. Ces visages d'ivoire fixaient Ambre avec attention.

La jeune fille se sentit soudain mal à l'aise.

Ils n'avaient pas les cheveux verts comme les Kloro-panphylles.

Elle était au milieu d'une autre tribu de la mer Sèche.

Une tribu effrayante.

46.

Becs et Bouches

Ambre n'osait pas se relever.

Elle étudiait l'attitude des enfants qui l'entouraient, cherchant à déceler des signes d'agressivité. S'il le fallait, elle pouvait encore bondir en arrière et se jeter dans le vide pour atterrir sur Phalène.

Pour aller où ensuite ?

Un des garçons, torse nu couvert de colliers d'ossements, approcha et leva son masque. Il n'avait pas plus de quinze ans, estima Ambre, la peau mate et le cheveu noir.

– Qui es-tu ?

– Je m'appelle Ambre Caldero, et je recherche de l'aide.

– Tu n'es pas d'un clan que nous connaissons ! D'où viens-tu ?

– De… de tout en bas, au-delà de la mer Sèche.

Les visages au long nez blanc se regardèrent, circonspects.

– Ces papillons sont vos montures ?

– Pas vraiment… Je viens de…

– Pourquoi es-tu montée jusqu'ici ? la coupa-t-il.

– Pour solliciter votre assistance.

Le garçon posa ses mains sur ses hanches et inclina la tête.

— Et pourquoi donc ?

— Le pays tout entier est menacé, une guerre se prépare, si elle n'a pas déjà commencé, et les tribus de la surface ont besoin de vous.

— En quoi cela nous concerne-t-il ? C'est votre combat, pas le nôtre !

— Tôt ou tard, les Cyniks, nos ennemis, s'en prendront à vous, ce n'est qu'une question de temps !

— Alors nous affronterons ces vermines ! clama le garçon, aussitôt suivi par une acclamation générale.

Ambre ne s'attendait pas à une autre réaction de leur part. Elle se releva pour les toiser.

— Puis-je au moins vous demander un peu d'eau ?

Le garçon fit un pas vers elle.

— Tu es notre passagère ! Tu auras ce qu'il te faut ! Mais pas notre aide pour ta guerre ! Nous sommes les guerriers de la mer, le clan des Becs ! Nous n'avons peur de personne, mais sache que nous choisissons nos guerres ! Et la tienne ne nous intéresse pas !

— Mon peuple va mourir si je n'accomplis pas ma mission.

— Quelle est-elle ?

— Je dois rejoindre le Nid, les Kloropanphylles, pardon… le peuple Gaïa comme vous devez les appeler.

Le garçon haussa un sourcil, son visage se crispa.

— Ce sont nos ennemis ! s'écria-t-il.

— Je dois aller les trouver, et vite.

— Alors nous ne pouvons t'aider !

— Peut-être que vous pourriez au moins m'indiquer où ils…

— Tu vas venir avec nous jusqu'à PortdePlanche, notre domaine, et après, tu verras si tu veux toujours rejoindre ces arrogants de Gaïa !

Ambre voulut répondre mais il ne lui en laissa pas le temps et aboya des ordres qui dispersèrent l'équipage, laissant l'adolescente seule, son sac à ses pieds.

Ambre fut conduite à une petite cabine qui sentait encore la sève, on lui donna de l'eau et des fruits et ils la laissèrent seule pour la nuit.

Au petit matin, elle regagna le pont juste à temps pour assister à l'approche de PortdePlanche : un amas d'une demi-douzaine de péniches grossières reliées par des planches et des cordages, auxquelles s'accotaient cinq navires à ballons comme celui sur lequel Ambre naviguait.

Le garçon qui semblait commander à bord vint la voir :

– Je m'appelle Bec de Pierre. Sois la bienvenue, Ambre Caldero.

– Je ne veux pas paraître grossière, mais je ne peux pas rester parmi vous, je dois vraiment aller à la rencontre du peuple Gaïa.

– Tu as tort ! Ce sont des prétentieux, ils pensent qu'ils sont meilleurs que nous, qu'ils sont les élus, et que nous ne sommes que des moins que rien !

– C'est pour ça que vous leur faites la guerre ?

– Ce n'est pas une guerre, sinon nous les aurions déjà tous exterminés ! Nous leur donnons des leçons de temps en temps, rien de plus. Pour leur rappeler qu'ils ne sont pas si supérieurs qu'ils l'affirment !

– Bec de Pierre, je dois tout de même me rendre là-bas. Puis-je espérer une aide des tiens ?

Bec de Pierre fit la moue.

– N'y compte pas trop. Tu sais, tu es très jolie, tu pourrais te trouver un chouette mari ici.

Ambre sursauta.

– Un mari ? Vous vous mariez ?

– Bien sûr ! Et nous allons avoir des enfants bientôt !

Ambre en demeura bouche bée.

– Des filles sont déjà enceintes, nous espérons les premiers enfants pour dans cinq mois.

– Vous… vous ne traînez pas.

– Avons-nous le choix ? La plupart des adolescents et des enfants qui ont survécu au Changement du Monde ne sont pas parvenus jusqu'au sommet de la mer Sèche ! Dans quelques années, nous serons vieux, il faudra des nouveaux pour faire survivre le clan des Becs ! Et je te le dis : tu ferais une très bonne femme !

Ambre leva la main :

– Je crois que je vais décliner l'offre.

– Tu es déjà mariée en bas ?

Ambre hésita.

– Oui.

– Ah. Tant pis. C'est dommage. Peut-être que ton mariage d'en bas ne vaut rien chez nous, alors si tu décides de rester, tu pourras te remar…

– Écoute, c'est gentil mais je ne vais pas rester. S'il le faut je partirai à la nage, tout ce que je vous demande c'est un peu de vivres et de m'indiquer la direction du Nid où vit le peuple Gaïa.

Bec de Pierre secoua la tête, déçu par l'attitude de sa rescapée.

– À la nage tu t'épuiseras vite. Je dois te le dire : tu n'as nulle part où aller maintenant. Ici, c'est ta nouvelle maison. Allez, viens, je vais te faire visiter, tu vas voir, c'est très agréable.

Ambre suivait Bec de Pierre à contrecœur. Chaque minute passée ici lui semblait une précieuse minute perdue.

Le clan des Becs vivait à bord de péniches, chacune avait une fonction : le grand réfectoire pour l'une afin de manger et parler tous ensemble, le hall des jeux pour une autre, où ils se rassemblaient pour s'affronter à des jeux d'adresse, et les dernières servaient aux cabines, où les hamacs remplaçaient la literie. Ambre apprit que tous les garçons s'appelaient Bec et les filles Bouche. Elle croisa ainsi Bec d'Ebène, Bec de Pie, Bec de Cendres ainsi que Bouche de Poule, Bouche de Miel ou encore Bouche de Pluie.

Les regards qui lui étaient portés n'étaient pas tous amicaux, plusieurs filles la toisèrent comme si elle était une rivale dangereuse et Ambre se sentit très mal à l'aise.

Bec de Pierre la prenait sous son aile, lui présentant ses amis, lui expliquant les us et coutumes de PortdePlanche, et il s'assura qu'elle ne manquait ni de nourriture ni de boisson.

Lorsque vint le soir, il la conduisit jusqu'au réfectoire où ils dînèrent ensemble, d'une viande blanche assez savoureuse. La rumeur qu'une étrangère était arrivée à PortdePlanche avait manifestement fait le tour des lieux puisque tous la regardaient avec beaucoup de curiosité. Ambre s'aperçut qu'ils avaient été également touchés par l'altération, mais ils ne la maîtrisaient pas très bien. Elle le vit lorsqu'un garçon tenta de rallumer un feu avec son index, et qu'il dut s'y reprendre à cinq ou six fois pour parvenir à déclencher une flamme.

L'altération avait certainement affecté tous les Pans de la Terre, mais certains refusaient de l'accepter, d'autres peinaient à l'utiliser, lorsqu'elle n'effrayait pas au point de préférer l'ignorer.

Après dîner, Bec de Pierre entraîna Ambre sur le pont supérieur de la péniche et il lui fit faire une promenade, de ponton en ponton. Il lui raconta comment il s'était réveillé au lendemain de la Tempête, seul. Sa ville était envahie de plantes, et le temps qu'il retrouve une dizaine d'autres survivants de son âge, les plantes avaient déjà recouvert tous les bâtiments, et fendu l'asphalte des rues. En moins d'un mois, ils s'étaient retrouvés à environ cinq cents jeunes au milieu d'une forêt qui ne cessait de grandir. Ils n'avaient pas le temps de se confectionner un abri que celui-ci était détruit par la végétation. En trois mois, la lumière du jour disparut totalement et ils décidèrent de grimper dans ces arbres aux troncs gigantesques. Constatant que la vie était à la surface du feuillage, ils optèrent pour une existence en altitude, et pendant plusieurs semaines ils multiplièrent les allers-retours vers les profondeurs pour se procurer tout le matériel nécessaire. Ces voyages prélevèrent leur part de vies, à mesure que la faune de carnassiers prenait ses aises sous l'épais feuillage.

PortdePlanche était né dans la sueur et le sang.

– C'est notre histoire, dit Bec de Pierre. Nous n'avons jamais pu enterrer nos morts, mais nous honorons leur mémoire en préparant notre avenir. C'est pour ça que tous les garçons doivent se trouver une femme. Avoir des enfants, c'est notre devoir envers ceux qui se sont sacrifiés pour la survie du groupe.

– Et tu n'en as pas encore trouvé une ?

Bec de Pierre regarda ses pieds, ennuyé.

– Non, ce sont elles qui choisissent, et elles sont difficiles !

– Je suis certaine que tu finiras par convenir à une jolie Bouche.

Ambre esquiva la suite en prétextant un coup de fatigue et alla se coucher dans la minuscule cabine qui lui avait été octroyée.

Elle tarda à trouver le sommeil, car sa situation lui semblait sans issue. Elle ne pouvait rester ici indéfiniment, et en même temps elle savait qu'elle n'avait aucune chance de survie si elle partait à la nage.

Reproduire ce que l'Alliance des Trois avait fait chez les Kloropanphylles en volant un navire pour fuir lui semblait impensable. De toute façon elle était bien incapable de le manœuvrer sans l'aide de Tobias.

Elle réalisa que les différents clans qui vivaient ici, sur cette mer étrange, avaient la fâcheuse manie de s'approprier le moindre visiteur, comme s'il pouvait faire la différence pour survivre.

C'est parce qu'ils savent qu'ils sont isolés. Ils vivent sur des bateaux et mourront dessus, sans échange possible avec d'autres clans. Chaque nouveau membre est un espoir de faire perdurer leur tribu.

Ambre s'endormit finalement, sans avoir de plan pour son avenir. Elle se laissa happer par la reposante saveur du sommeil.

Le lendemain matin, elle se promenait d'une barge à l'autre, étudiant les comportements du clan des Becs, l'échange entre les pêcheurs et les menuisiers, le jeu de séduction entre deux adolescents, lorsqu'il lui parut inévitable de fuir.

Elle ne pouvait rester auprès d'eux, ils ne l'aideraient pas, quoi qu'elle leur dise, leur vie était déjà assez compliquée, ils avaient survécu à bien des périls et n'avaient objectivement aucune raison de risquer quoi que ce soit pour une inconnue, aussi convaincante soit-elle.

Lorsque Matt et Tobias avaient décidé de voler un navire Kloropanphylle, Ambre leur en avait voulu de privilégier la fuite à la négociation. Elle se rendait à présent compte qu'elle allait faire de même.

Restait un problème de taille : si elle pouvait museler sa conscience le temps de sauter dans une petite embarcation et d'être assez loin pour ne plus pouvoir faire demi-tour, elle ignorait tout de la navigation sur la mer Sèche. Tobias lui avait inculqué quelques fondamentaux pour barrer, mais elle se sentait bien incapable de prendre le large toute seule.

Ai-je d'autre choix ? Il faut savoir ce que je veux ! C'est ça ou j'abandonne tout !

Elle se décida pour le soir même. Inutile d'attendre plus longtemps.

Elle se mit en quête du plus petit navire, celui qu'elle pourrait faire avancer sans assistance, et le trouva au bout d'un quai isolé.

Ce sera d'autant plus facile à subtiliser !

Puis elle retourna vers les cuisines où elle puisa quelques vivres dans la réserve. Pour l'eau, elle avait déjà repéré les citernes de collecte d'eau de pluie et alla remplir ses gourdes.

Elle entrait à peine dans le réfectoire où elle espérait glaner au moins le lieu où se trouvait le Nid à défaut d'instructions plus précises, lorsqu'un hurlement retentit à l'extérieur.

Le temps qu'elle sorte, une jeune Bouche accourait pour prévenir tout le monde :

– C'est Bec d'Azur ! Il réparait la coque du *Trident* lorsque les cales ont glissé ! Il est écrasé ! Vite ! Venez tous ! Vite !

Plus de trois cents enfants et adolescents se précipitèrent pour entourer un petit bateau de pêche dont les ballons étaient tous dégonflés. Des cales en bois servaient à le maintenir un mètre au-dessus d'une énorme racine, mais les deux cales à la proue étaient tombées et la lourde coque écrasait un rouquin de quatorze ans qui gémissait.

– Il faut débarrasser le *Trident* de tout ce qu'il contient pour qu'on puisse le soulever ! proposa une jeune fille dans la panique.

– Non ! protesta un adolescent. Nous l'écrabouillerons en montant à bord !

– Mais jamais on ne pourra soulever un tel poids ! s'écria un autre.

Ambre se tourna vers la Bouche qui était venue les prévenir :

– Tu sais où est ma cabine ? Très bien, alors fonces-y, tu y verras un gros sac à dos, prends-le et ramène-le-moi !

La fillette revint en moins de trois minutes, toute transpirante, portant avec difficulté un sac presque aussi volumineux qu'elle.

Ambre y attrapa le bocal des Scararmées et le déposa devant elle après l'avoir ouvert. Plusieurs personnes autour d'elle s'exclamèrent de stupeur en découvrant ces insectes lumineux, tandis que d'autres reculaient précipitamment.

Ambre tendit les mains vers la coque et ferma les yeux en prévenant :

– Je ne tiendrai pas longtemps alors faites vite !

La chaleur se propagea au bout de ses doigts, elle ressentit comme des fourmis dans les bras et soudain elle devina la texture de l'air, plus souple et fuyante que de l'eau, une imperceptible résistance. Elle prolongea sa perception à travers cette substance jusqu'à ressentir la masse du bateau. Le bois dégageait une infime chaleur, de microscopiques frictions avec l'air. Elle déploya sa conscience sur ces frictions, sur ces particules d'énergie et commença à pousser avec sa force mentale.

La puissance des Scararmées remonta depuis le bocal et coula dans ses veines, à travers ses nerfs, jusque dans son cerveau. Ce surplus lança une onde de choc qui fit grincer et trembler le *Trident*.

Bec d'Azur cria tandis que le mouvement de la coque le faisait souffrir encore plus.

– Qu'est-ce qu'elle fait ? demanda quelqu'un.

– Elle va le tuer ! Il faut l'arrêter !

– Non, regardez !

Ambre se focalisait sur ce qu'elle ressentait, sur le contour des objets, sur les rapports de force, les transmissions d'énergie qu'elle percevait entre chaque objet qui l'entourait. Le navire nécessitait un afflux colossal. Mais les Scararmées fournissaient sans compter.

Ambre servait d'amplificateur et de guide. Elle eut alors le sentiment de tenir la coque à bout de bras et elle déclencha la libération d'énergie qu'elle tentait de canaliser.

Le *Trident* se souleva d'un coup, sous les regards effarés de l'assemblée. Les Becs présents mirent plusieurs secondes à réagir et trois garçons se jetèrent sous la coque pour récupérer Bec d'Azur qu'ils traînèrent à l'écart avant qu'Ambre ne sente la brûlure de toute cette puissance sur son esprit. Brusquement, un éclair tétanisant la traversa et elle sentit comme une décharge d'électricité la foudroyer.

Le bateau s'effondra sur la racine en soulevant un nuage de poussière.

Ambre était allongée à côté, inanimée.

47.

Un problème d'accueil

Bec de Pierre était rongé par l'angoisse.

Son visage s'éclaircit soudain lorsque Ambre ouvrit les paupières.

– Elle revient à elle ! Elle revient à elle !

Ambre avait la gorge sèche et un terrible mal au crâne.

– Oh…, gémit-elle, j'ai l'impression d'avoir pris un coup sur la tête. Je pourrais avoir de l'eau s'il te plaît…

Bec de Pierre lui tendit aussitôt un gobelet.

– Tu l'as sauvé ! À toi toute seule ! Tu as sauvé Bec d'Azur !

– Il… Il va comment ?

– Ses jambes sont cassées, il a mal partout, cela dit, il vivra !

Une adolescente se pencha au-dessus du hamac où Ambre se balançait doucement.

– Ce que tu as fait est un miracle, dit-elle.

– Non, c'est… mon altération.

– Tu veux dire ton pouvoir ? traduisit Bec de Pierre selon leurs codes. Comme ceux que nous avons ?

– Oui.

– Alors le tien est mille fois supérieur aux nôtres !

Ambre se redressa avec peine, elle vida le gobelet qu'elle rendit au garçon.

– C'est grâce aux Scararmées, murmura-t-elle. Dans le bocal.

– Ces petites bestioles bleues et rouges ? Incroyable ! Il faut que tu nous apprennes à nous en servir.

– Bec de Pierre, pour l'instant j'ai besoin d'un peu de repos.

– Bien sûr ! Bien sûr ! Je ne serai pas loin, si tu as besoin, tu m'appelles ! Tu es formidable Ambre Caldero ! Vraiment formidable !

Mais Ambre dormait déjà.

Elle retrouva Bec de Pierre au réfectoire, il la vit prendre un fruit qui ressemblait à une pomme en beaucoup plus gros et se précipita vers elle.

– Tu es réveillée ! Dis donc, quand tu dors, tu ne fais pas semblant ! Ça fait presque vingt-quatre heures !

– Tant que ça ? s'inquiéta la jeune femme. Dis, pourquoi tout le monde me regarde comme ça ?

– Tu es un héros !

– J'ai plutôt l'impression d'être une bête de foire ! Bec de Pierre, il faut que je te parle.

Elle l'entraîna à l'écart et, après s'être assurée que personne ne pouvait les entendre, elle lui dit :

– Je dois m'en aller. Je ne peux et ne veux rester ici plus longtemps.

Le garçon se décomposa.

– Mais… pour aller où ?

– Tu le sais très bien, je dois aller au Nid des Kloropanphylles.

– C'est impossible ! Aucun Bec ne vou…

– Je vous donne les Scararmées et je vous apprends à vous en servir en échange du voyage.

Bec de Pierre s'immobilisa.

– Cela vous garantira bien des réussites, ajouta Ambre. Et si tu veux mon avis, les Bouches de ton clan ne te regarderont plus de la même manière si tu maîtrises les Scararmées.

– C'est que…

– C'est maintenant ou jamais. Sinon je prends mon sac et je plonge dans le feuillage sans plus attendre.

Bec de Pierre soupira.

– Je vais en parler aux autres Becs, je ne peux pas m'engager pour eux.

Ambre posa la main sur son épaule.

– Je compte sur toi.

Un bateau rapide et bien armé fut apprêté et paré à prendre la mer avant le début d'après-midi.

Bec de Pierre en était le capitaine. Il avait convaincu ses pairs du bien-fondé d'assister Ambre dans sa quête.

Qu'elle ait sauvé la vie de Bec d'Azur avait pesé lourd dans la balance. Ils trouvaient stupide de vouloir approcher les Kloropanphylles. Mais la promesse de pouvoirs aussi décuplés que celui d'Ambre les avait alléchés.

Le navire appareilla avec douze guerriers à bord pour accompagner Ambre.

Lorsque PortdePlanche ne fut plus qu'une tache sombre sur l'horizon, Ambre demanda à son guide :

– Est-ce loin d'ici, le Nid ?

– Non, c'est pour ça que nous sommes souvent en conflit, ils se sont installés juste à côté ! Nous y serons ce soir.

– Si vite ? se réjouit Ambre. Et moi qui craignais de perdre trois jours ou plus à naviguer !

– Je préférerais qu'ils soient plus loin !

– N'est-ce pas eux qui sont arrivés en premier, sur leur arbre sacré ?

– Certainement pas ! Nous étions là avant !

– Comment le sais-tu ?

– Parce que nous le savons, c'est tout !

Ambre comprit qu'il ne servait à rien d'insister. Il existait une rancœur entre les deux peuples qui les rendait sourds à toute conversation. Nul ne savait réellement qui s'était installé dans la région en premier, et ils s'en fichaient au fond, ils se détestaient d'être différents, cela leur suffisait.

Ambre alla chercher le bocal de Scararmées et s'assit sur une bobine de cordage en face de Bec de Pierre.

– C'est quoi vos masques ? demanda-t-elle en désignant le crâne blanc qu'il arborait à la ceinture.

– Nos casques de combat. Pour effrayer l'ennemi. C'est une sorte de grand hippocampe qu'on chasse sous la surface.

– Pauvre bête.

– Ils sont des centaines ! Et puis il faut bien manger ! C'est notre viande principale.

Ambre faillit avoir un haut-le-cœur en se souvenant de ce qu'elle avait avalé à PortdePlanche.

– Quelle est ton altération ?

– Mon pouvoir ? Regarde, ou plutôt : écoute !

Il se leva et se pencha au-dessus du bastingage pour lancer un cri féroce. Sa voix s'amplifia d'un coup au point de devenir étourdissante, et elle résonna plusieurs secondes, comme renvoyée par de multiples échos.

Il revint tout souriant.

– Surprenant pas vrai ? En chasse, si je pousse un cri face à un banc d'hippocampes, ça les déstabilise suffisamment pour qu'on puisse en capturer un où deux dans nos filets !

– Tu faisais du chant… avant que le monde change ?

– Oui. Comment tu sais ?

– L'altération est un prolongement d'une faculté qu'on exploitait avant la Tempête, ou bien la conséquence d'un travail qu'on répète depuis la Tempête.

– Tu en sais des choses.

– Je m'intéresse, voilà tout. Dans ce récipient, tu as quelques Scararmées, ils concentrent une grande partie d'énergie, celle-là même qui relie chaque chose de l'univers.

– Les atomes et tout ça ?

Ambre se souvint de Neil et de ses mots à propos des Scararmées.

– Plus petit encore, nous l'appelons la matière noire. C'est le vide entre chaque élément. Ce vide, c'est de l'énergie.

Sa poitrine s'était creusée à l'évocation de Neil. Elle ne parvenait toujours pas à accepter sa mort.

– Donc si j'apprends à utiliser la matière noire des Scararmées, ma voix va devenir encore plus puissante ?

Ambre acquiesça.

– Mais sois prudent, tu n'as pas idée du potentiel qu'ils vont te faire découvrir. Avant même de les utiliser, tu dois maîtriser pleinement ton altération. Peux-tu percevoir les différentes couches de l'air si tu te concentres ?

– Hein ? Tu en es capable toi ?

– J'ai fait beaucoup de progrès au contact des Scararmées, mais je pouvais déjà me débrouiller avant.

– OK ! Apprends-moi !

Ambre écarta le bocal et commença à lui enseigner ce

qu'elle considérait être les fondamentaux : la concentration, cerner parfaitement son altération, la maîtriser.

Ces quelques heures de cours lui rappelèrent l'île des Manoirs, et une pointe de nostalgie l'envahit lorsque le soleil déclina au loin.

Elle obtint la promesse de Bec de Pierre qu'il ne tenterait pas d'user des Scararmées tant qu'il ne serait pas pleinement en contrôle de son altération. Le garçon prit enfin le bocal, fièrement, et alla le ranger soigneusement dans un coffre.

Ils dînèrent sur le pont tandis que la vigie redoublait d'attention à l'approche du Nid.

— Je vous sens tous très tendus depuis un moment, avoua Ambre.

— C'est qu'il ne faut pas s'attendre à un accueil amical ! Au mieux ils nous enverront un de leurs voiliers pour nous ordonner de faire demi-tour, au pire, ils ouvriront le feu avec l'une de leurs armes sophistiquées dès qu'ils nous verront !

— Vous n'avez jamais tenté de discuter ?

— Si, au tout début ! Mais ils sont agaçants avec leurs manières, et leur façon de toujours nous rabaisser parce que nous ne sommes pas comme eux ! Ils pensent qu'ils sont les élus d'un arbre !

— Je sais.

— C'est du grand n'importe quoi ! À force de nous prendre pour leurs serviteurs, on en a eu marre. Ils n'ont pas aimé qu'on doute de leur croyance et c'est là que ça a mal tourné.

— Alors c'est encore une guerre de religion, murmura Ambre.

— Pardon ?

— Non, rien. Et ce soir, comment comptez-vous les aborder ? Il est possible d'annoncer qu'on vient en paix ?

Bec de Pierre grimaça.

– Non, c'est bien le problème. Chaque fois que nous nous sommes croisés, c'était pour s'affronter.

Ambre leva les yeux au ciel.

– Il faut donc se préparer au pire, c'est ça ?

Bec de Pierre hocha la tête.

– J'en ai bien peur. Il va falloir se rapprocher le plus possible, en évitant les projectiles, juste ce qu'il faut pour leur crier que nous ne voulons pas nous battre.

– Et ta voix ? Tu ne peux pas hurler de très loin ?

– Euh, vaudrait mieux pas, parfois je cause quelques dégâts aux tympans, ils risqueraient de le prendre pour une agression.

– Alors hissons le drapeau blanc ! Tout le monde connaît ça !

Bec de Pierre parut gêné.

– C'est que… nous avons déjà utilisé cette ruse pour approcher un de leurs navires, pour le leur voler ! Ils ne vont pas se laisser prendre deux fois.

Ambre leva les bras au ciel, dépitée.

– Vous êtes des fourbes et des barbares !

– Il faut voir les armes qu'ils utilisent contre nous ! Des trucs superévolués ! Nous on s'adapte avec ce qu'on a !

Ambre en avait assez entendu.

– Je vais assister la vigie, dit-elle en se levant. Toi et tes histoires de guerre vous me désespérez.

Le Nid apparut un peu avant minuit.

Une ville de lumières argentées suspendues dans des grands arbres.

Ambre était inquiète. De combien de temps disposaient-ils

avant d'être repérés par les guets du Nid ? Ensuite ouvriraient-ils le feu sans chercher à discuter ?

C'était fort probable.

Le clan des Becs s'était montré retors et belliqueux, les Kloropanphylles n'avaient aucune raison de les laisser approcher.

Bec de Pierre ordonna qu'on éteigne les lampes à bord mais Ambre intervint :

– Non ! Au contraire ! Laissez-les allumées !

– Ils vont nous voir à des lieues !

– Justement, ils se demanderont pourquoi nous fonçons sur eux en étant aussi visibles, peut-être qu'ils hésiteront avant de nous tirer dessus. Ce sont des gens intelligents.

Bec de Pierre émit un gloussement moqueur.

– S'ils nous canardent comme des lapins, je te préviens : je ne risquerai pas la vie de mes potes ! On fait demi-tour !

– Je sais. Pour l'instant, fais ce que je te dis, laisse les lampes allumées.

Bec de Pierre soupira mais obtempéra.

Lorsqu'ils ne furent plus qu'à un kilomètre du Nid, Ambre devina que quelque chose clochait.

D'abord elle ne vit pas le Vaisseau-Matrice, le bâtiment amiral de la flotte Kloropanphylle. Puis elle commença à discerner des jets de projectiles enflammés et des cris.

Alors elle remarqua la palpitation rouge qui illuminait la surface de la mer Sèche et reconnut aussitôt cette lumière caractéristique.

Un Requiem-rouge.

La pire créature de toute la Forêt Aveugle.

Le Nid était attaqué par ce monstre colossal.

48.

La voix ouvre la voie

Les guerriers du clan des Becs s'affolèrent dès qu'ils aperçurent le danger.

— Changement de cap ! hurla Bec de Pierre. On se tire d'ici en vitesse !

Ambre se jeta sur la barre du gouvernail pour empêcher la manœuvre.

— Non ! s'écria-t-elle. Au contraire, il faut les aider !

— Tu n'as aucune idée de ce qui les attaque ! C'est un monstre sans faille !

— C'est un Requiem-rouge, j'en ai déjà croisé un ! Nous sommes armés, et il ne s'attend pas à ce que nous surgissions dans son dos !

— Je ne vais pas sacrifier mon équipage pour ces gars-là !

— Ils sont en train de mourir !

— Mieux vaut eux que nous !

Ambre l'attrapa par le poignet, le feu embrasait ses iris verts.

— Ce sont des êtres humains comme nous, lui dit-elle si près que son nez touchait presque celui du garçon. Pose-toi la question de savoir ce qu'un être humain ferait s'il était dans ta situation, et tu sauras si tu vaux mieux qu'eux !

Bec de Pierre resta muet, à observer ces pupilles qui le fixaient avec une détermination rare.

– Nous avons les Scararmées avec nous, ajouta Ambre. Je sais m'en servir. Tous ensemble nous pouvons suffisamment l'effrayer pour le faire fuir.

Elle sentait que Bec de Pierre était sur le point d'accepter, pourtant il secoua la tête. Alors elle joua sa dernière carte :

– Tu trouves les Kloropanphylles trop arrogants, c'est ça ? Alors imagine un instant si vous, avec un si petit bateau, vous parveniez à sauver leur précieux Nid ! Imagine ce que cela pourrait engendrer !

Cette fois Bec de Pierre oscilla lentement, l'esprit plein de rêves de revanche, savourant d'avance le triomphe.

– Tu peux vraiment faire quelque chose avec ton altération ? demanda-t-il.

– Si nous nous approchons assez près, je peux tenter ma chance.

Bec de Pierre se mordit la lèvre.

– J'espère que je ne vais pas le regretter. (Il fit volte-face et hurla vers son équipage :) Aux postes de combat ! Cette nuit nous allons prouver à nos ennemis quel courage nous anime !

La nacelle suspendue à des ballons gonflés d'air chaud passa tout près du Requiem-rouge. Les archers du bord déclenchèrent leurs tirs simultanément. Ambre, le bocal de Scararmées contre elle, tendit la main vers les projectiles et les guida tous vers le même point : le cœur de la palpitation. Une dizaine de flèches pénétrèrent la frondaison et se plantèrent profondément dans la chair du monstre.

Celui-ci ne broncha pas.

Ses énormes tentacules jaillissaient de l'océan de verdure pour s'abattre sur les quais du Nid, brisant les planches, détruisant les bâtiments et écrasant les guerriers Kloropanphylles qui tentaient de repousser leur assaillant à coups de flèches à la pointe enflammée.

Ambre vit qu'ils faisaient rouler de grandes arbalètes sur roues depuis un hangar, elle reconnut les arbalitres, longs carreaux creux remplis d'un puissant venin. Les Kloropanphylles eurent à peine le temps de lancer deux tirs qu'un tentacule s'abattit sur les armes pour n'en laisser que des miettes.

Le Requiem-rouge ne semblait nullement perturbé par ses blessures, il frappait encore et encore, dévastant les passerelles entre chaque tronc, les terrasses, les maisons… Les Kloropanphylles tombaient sous ses assauts répétés et rien ne semblait le ralentir.

Ambre guida la salve de flèches suivantes, espérant les faire pénétrer plus loin encore dans les organes du monstre, mais l'impact ne déclencha aucune réaction.

– Ça ne sert à rien ! s'exclama Bec de Pierre. Il ne le sent même pas !

Alors Ambre se concentra sur la créature, tout son esprit orienté vers sa masse formidable. Elle tenta de sentir les vibrations de ses organes, les palpitations de son cœur, et lorsqu'il lui sembla deviner la localisation de ce dernier, elle lança toute la force mentale que son esprit combiné aux Scararmées pouvait déployer.

Le feuillage se brisa sur la trajectoire et il y eut un choc sourd.

Soudain la palpitation rouge s'éteignit et les tentacules disparurent sous la surface.

La lumière revint brusquement, carmin comme le soleil

couchant, et le Requiem-rouge fonça sur le petit navire. Ses membres s'enroulaient autour des branches avec une telle rage qu'ils les arrachaient, ralentissant sa progression.

Bec de Pierre et les siens en eurent les bras ballants, le Requiem-rouge les chargeait et cela était si impressionnant, si effrayant qu'ils surent que c'était la mort elle-même qui s'annonçait, ils contemplaient leur fin.

Ambre leva les mains pour tenter un dernier impact, mais sa concentration fut perturbée par la terreur.

Lorsque la forêt se souleva en même temps que le Requiem-rouge pour engloutir le navire, Bec de Pierre se plaqua contre le bastingage et hurla de toutes ses forces :

– NOOONNN !

Sa voix se transforma aussitôt.

Elle s'amplifia jusqu'à devenir si forte que tout le monde à bord tomba à la renverse en se tenant les oreilles.

Mais elle était dirigée vers la créature. Les premiers tentacules furent repoussés par un mur invisible, broyés. Puis le tsunami vocal percuta la masse du monstre et tout son corps vibra, une onde de choc se propagea dans ses tripes, et plusieurs organes explosèrent immédiatement.

Ce qui ressemblait à une pieuvre démesurée s'effondra dans la mer Sèche et se laissa entraîner par son poids, coulant en détruisant tout sur son passage.

Bec de Pierre venait d'être traversé par l'énergie des Scararmées à ses pieds. Il avait servi d'amplificateur à leur prodigieuse réserve de puissance, mais son esprit à l'élasticité encore peu prononcé était craquelé, et il tomba à genoux. Du sang coulait par ses narines et ses oreilles.

Ambre le soutint avant qu'il ne perde conscience, et elle l'allongea sur le plancher. Elle ignora sa propre douleur aux tympans et vérifia que son pouls battait encore.

Il était rapide et irrégulier.

Le visage du garçon était crispé. Des veines saillaient à ses tempes et sur son front.

Ambre lui prit la main.

Elle savait qu'il ne s'en remettrait peut-être pas.

Le bateau accosta au Nid sous les regards hallucinés des Kloropanphylles.

Bec de Dents, le second du capitaine, descendit en premier, la main levée en signe de paix.

Un Kloropanphylle en tenue de combat, son armure blanche en chitine de fourmi phosphorescente, s'approcha, le fleuret au poing, mais un autre l'arrêta et vint à la rencontre de Bec de Dents.

– Pourquoi êtes-vous venus à notre secours ? Pourquoi avoir risqué vos vies pour nous ?

– Pour vous prouver notre valeur.

Les Kloropanphylles se regardèrent, partagés entre stupeur et incrédulité.

– Parce que vos peuples ne peuvent plus se permettre d'être ennemis ! lança Ambre en descendant à son tour. La nature ne cesse de se développer, la faune avec, et vous ne pouvez plus vous battre, il est temps de vous unir !

Le Kloropanphylle toisa Ambre de ses yeux brillants. Ses cheveux, comme ceux de tous ses congénères, avaient la couleur des feuilles, ses iris ressemblaient à des émeraudes, et ses lèvres, ainsi que ses ongles, affichaient un brun-vert.

– Je te connais, toi ! dit-il. Tu nous as volé ! Tu as trahi notre confiance !

– Votre refus de nous laisser partir nous a contraints à fuir, je vous ai laissé un mot d'excuses, je ne voulais pas fuir ainsi mais vous ne nous laissiez pas le choix. Je voudrais une audience auprès du Conseil des Femmes.

Une adolescente Kloropanphylle s'avança.

— Elle dit vrai ! Je me souviens du mot qu'elle a laissé. Leur quête !

— Peu importe ! s'écria quelqu'un dans la foule. Ils nous ont menti ! Ils ont volé un de nos bateaux !

— Oui ! Qu'elle soit punie ! hurla un autre.

La Kloropanphylle leva les bras au ciel et les agita pour faire taire les murmures.

— Elle est revenue ! dit-elle. Pour nous sauver ce soir ! Elle mérite que nous l'écoutions. Nos existences, et l'Arbre de vie lui doivent beaucoup à elle et à ces garçons du clan des Becs, n'est-ce pas ?

Bec de Dents hocha la tête et leva son masque d'os.

— Le Vaisseau-Matrice devrait être de retour demain, nous pourrons réunir le Conseil. D'ici là, soyez nos invités.

— Nous avons un blessé à bord, avertit Ambre, je voudrais de l'aide pour le transporter.

Un Kloropanphylle s'avança, beau et musclé, et Ambre le reconnut aussitôt.

— Je m'en occupe, dit Torshan.

De retour dans ce lieu presque magique, Ambre se sentit bien moins embarrassée qu'elle ne l'avait craint. Elle considéra les cinq grands chênes dans lesquels s'intriquait tout un maillage de passerelles, d'escaliers et de bâtisses à flanc d'écorce. Des dizaines de lanternes à substance molle produisant une lumière argentée dansaient doucement dans la brise nocturne.

Puis son regard s'attarda sur la forêt de bambous au-delà du Nid.

Ce sanctuaire protégé.

En son centre, Ambre le savait, tournait une étrange boule électrique. Riche et fascinante comme une planète.

Ambre y avait beaucoup songé depuis son départ du château de Malronce. La cartographie sur sa peau, sur un morceau de roche, rien que des indices naturels. La nature tout entière la guidait ici, vers cette boule de lumière. Elle ignorait s'il fallait qu'elle la transporte avec elle vers Eden ou ailleurs, tout ce qui lui importait était de nouer un premier contact. La *sentir*. Espérer un échange.

Elle y était presque.

À condition que le peuple Kloropanphylle l'autorise à l'approcher.

Et cela, Ambre le savait, s'annonçait difficile.

49.
Absorption

Bec de Pierre revint à lui au milieu de la nuit.

Ambre, qui dormait dans la même pièce pour le veiller, sursauta lorsqu'il parla :

– Je… l'ai… eu ?

– Oui, dit-elle en clignant les yeux. Tu nous as sauvés.

– J'ai… mal… à la tête… Très mal.

– Je sais. Cela va durer plusieurs jours. Tu aurais pu mourir ! Tu ne dois pas utiliser l'énergie des Scararmées d'un coup, tu ne maîtrises pas assez bien ton altération.

– Je n'ai… pas fait… exprès. Je voulais… juste… faire quelque chose… et j'ai crié.

Ambre lui tendit un verre en terre cuite et il but lentement.

– Maintenant repose-toi, tu vas dormir pendant un long moment, tu en as besoin.

Ambre attendit jusqu'à ce que sa respiration soit régulière et retourna se coucher.

Au matin, il était déjà tard lorsqu'elle sortit de la chambre suspendue dans les branches. Les quais fourmillaient d'activités : non seulement les Kloropanphylles réparaient déjà les dégâts, mais le Vaisseau-Matrice était en train d'accoster.

S'il existait encore des œuvres d'art, alors le Vaisseau-Matrice était de celles-ci. Majestueux, sublime, colossal, les qualificatifs se succédaient sur les lèvres d'Ambre pour le décrire.

Un quatre-mâts porté par une trentaine de ballons de cuir, d'interminables voiles en guise de cerfs-volants pour le tracter, flottant loin dans le ciel au-dessus de sa proue, et un équipage plus nombreux et mieux armé que toute la milice d'Eden !

Ambre s'empressa de rejoindre les quais pour accueillir l'arrivée du porte-drapeau Kloropanphylle. Elle remarqua en chemin que deux garçons à la chevelure rutilante la suivaient.

Je suppose que je ne peux leur en vouloir de nous surveiller après tout ce que nous leur avons fait, le clan des Becs comme moi d'ailleurs !

Les trois capitaines du Vaisseau-Matrice débarquèrent en dernier, la grande et sage Orlandia, Faellis la méfiante et Clémantis la plus jeune et aussi la plus amicale.

À son grand regret, Ambre ne fut pas autorisée à leur parler, on l'écarta le temps que les capitaines apprennent ce qu'il venait de se produire. Les pertes étaient importantes, les dégâts considérables. Le Nid était en état de siège, la plupart de ses protections détruites, il ne pouvait plus compter que sur le navire amiral et son retour soulageait les esprits.

Ambre dut attendre le début de l'après-midi pour être emmenée dans le tronc principal en direction du Conseil des Femmes qui régissait la vie des Kloropanphylles. Exceptionnellement, celui-ci allait se tenir en journée, et Ambre pénétra la petite arène pour découvrir que les silhouettes du Conseil demeuraient dans l'ombre, surplombant la fosse depuis une estrade couverte. Il y avait là une dizaine de personnes, le visage couvert d'un voile.

— Ce n'est pas la première fois que nous te recevons ici, Ambre, dit une voix familière.

Je crois que c'est Orlandia !

— Et la dernière fois, nous l'avons amèrement regretté ! ajouta une autre.

— J'ai tenté de m'expliquer en vous laissant une note…, commença Ambre.

Une des filles l'interrompit :

— Des mots pour te dédouaner ! Mais tes actes étaient, eux, bien détestables !

— Notre peuple souffre ! Il est menacé ! répliqua Ambre. Vous vivez ici coupés du reste du monde et seule votre petite existence et votre Arbre de vie vous importent ! Nous devions poursuivre notre voyage !

— Mais personne ne vous obligeait à violer nos secrets ! À descendre sous la bibliothèque !

Ambre baissa la tête.

— C'est vrai, et je vous présente à nouveau toutes mes excuses pour cela. Mes compagnons et moi avons été fougueux et irrespectueux. Nous avions peur de vous, nous espérions mieux vous comprendre après cela.

— Pourquoi es-tu revenue ? questionna Orlandia.

— Parce qu'une guerre vient d'éclater entre les adultes et les Pans, à la surface du monde. Et nous avons besoin d'aide.

— Tu es venue jusqu'ici pour solliciter notre assistance dans une guerre qui ne nous concerne pas ?

— Oui. Mais aussi parce qu'il existe chez vous une source de connaissances et d'énergie exceptionnelle.

— Tu fais référence à l'âme de l'Arbre de vie, n'est-ce pas ?

— En effet. Les adultes, les Cyniks, la recherchent, j'ignore pourquoi, cependant je peux sans peine deviner qu'ils ne doivent surtout pas l'atteindre.

– Nous saurons nous protéger !

– J'en doute. Ils sont plus nombreux que vous ne l'imaginez.

– Tu sembles oublier où tu es ! Au sommet d'une forêt indomptable !

– J'y suis bien revenue, non ? Et par l'intermédiaire d'une monture Cynik !

Plusieurs chuchotements s'échangèrent entre les membres du Conseil. Orlandia reprit la parole :

– Il est de notre ressort de protéger l'âme de l'Arbre de vie, il est impensable que tu repartes avec, tu dois oublier dès à présent cette idée !

– Je demande seulement à le toucher. Comme vous le faites lors de vos cérémonies. Il existe un lien entre lui et moi, j'en suis sûre, c'est pour ça que je suis ici.

Les silhouettes du Conseil se penchèrent et murmurèrent avant que l'une d'entre elles ne se redresse pour dire :

– L'âme est sacrée ! Qu'est-ce qui te fait croire que nous pourrions t'autoriser à l'approcher ?

– J'ai risqué ma vie hier soir pour vous aider. J'aurais pu attendre que le Requiem-rouge mette le Nid à sac et parcourir les ruines plus tard, pour prendre l'âme de l'Arbre de vie. Pourtant les Becs et moi avons combattu avec vous ! Nous ne sommes pas ennemis ! Nos différences devraient nous rapprocher, nous inciter à partager au lieu de susciter la peur !

Orlandia leva la main.

– Nous avons entendu ta pensée. Maintenant, le Conseil va se concerter pour savoir ce que nous allons faire de toi et de tes amis.

Ambre attendit plus d'une heure dans une petite pièce sans fenêtre, avant qu'on la reconduise dans l'arène du Conseil.

Orlandia était debout devant les autres membres.

– Ambre, dit-elle d'une voix sentencieuse, le Conseil des Femmes a délibéré. Il a été décrété que nous ne t'assisterions pas dans ta quête. Ta guerre est celle de ton peuple, et nous n'en voulons pas. Toutefois, parce que tu as sauvé l'Arbre de vie hier soir, nous t'autorisons à nouer un contact avec son âme. Après quoi, toi et tes amis du clan des Becs serez reconduits au port pour quitter notre Nid. Il sera de leur tâche de t'emmener au bord de la mer Sèche si tu souhaites rentrer chez toi. Là s'arrête notre clémence, notre confiance, et nous ne te serons plus redevables de rien.

Ambre se tenait au centre de l'amphithéâtre creusé dans le bois.

Des coupelles remplies de substance molle irradiaient leur lueur argentée sur les bancs déserts, pendant que la houle des bambous sous la brise cliquetait au crépuscule.

Orlandia, Faellis et Clémantis guettaient Ambre.

L'adolescente contemplait la boule de trois mètres qui tournoyait doucement au centre de l'amphithéâtre. Elle était faite de vapeurs lumineuses, et son atmosphère dense semblait abriter une électricité prodigieuse, qui soulevait le fin duvet sur les avant-bras de la jeune fille.

Ambre leva la main en direction de la sphère et approcha lentement.

Elle se mit à tournoyer, de plus en plus rapidement, avec un sifflement aigu. Ambre sentit que la palpitation en son centre s'accélérait.

Son index effleura les premières volutes de fumée.

Une douce caresse remonta le long de son bras, jusqu'à son esprit. Une sensation de bien-être. D'harmonie.

Le vent redoubla d'intensité au sommet de l'amphithéâtre, dans les bambous, puis trois éclairs zébrèrent le ciel en grondant.

La boule s'arrêta brusquement et des boucles de vapeurs se détachèrent pour s'enrouler autour d'Ambre. Elles glissèrent sous ses vêtements et se collèrent à sa peau. Ambre ressentit alors un picotement non douloureux, comme une envie de se gratter. Le phénomène était localisé sur des zones bien précises de son corps.

Elle me palpe ! Elle sonde ma peau pour repérer mes grains de beauté ! Elle lit le langage sur moi !

Les vapeurs s'intensifièrent et Ambre eut l'impression de baigner dans un bain de lait tiède, elle ne sentait plus le contact avec le sol, une vague de bien-être traversa le liquide pour la pénétrer, des arcs électriques excitants, et tout son cerveau fut soudain enveloppé par une chaleur euphorisante qui peignit un sourire sur ses lèvres.

Elle ressentit la caresse de l'herbe drue sur ses joues, l'odeur de la terre humide après une bonne pluie, la tension de l'orage sur sa peau et le parfum salin de l'eau de mer sur sa langue.

Son enveloppe charnelle avait disparu, fondue dans la brume de la sphère, et Ambre comprit qu'elle était à présent *dans* la boule de lumière. Elle voyageait à travers le temps géologique, à travers l'évolution, son ADN se déployait dans la lumière vive, se recombinait, elle partageait chaque molécule de son être avec cette archaïque force.

Ambre savait qu'il n'y avait là aucune conscience, rien qu'une énergie, mue par un unique principe essentiel : se propager, répandre la vie.

Une trajectoire infinie.

Ambre était absorbée par le cœur de la Terre.

TROISIÈME PARTIE
L'Enfer sur terre

50.
Le goût de la victoire

La guerre avait commencé.

En secret. À l'abri de collines escarpées, entre de petits bois. Là où la nature couvrirait rapidement les cadavres, où le lierre grimperait sur les armures éventrées pour les ensevelir.

Toute la première armée Cynik s'était séparée en groupes de cinquante soldats pour passer inaperçue, pour s'introduire sur le territoire Pan et contourner Eden par l'est avant de se rassembler et prendre la cité par le nord.

C'était sans compter sur les cinq cents guerriers Pans qu'Eden avait formés et cachés sur le chemin.

Ils surgissaient des fourrés, des fossés, des parterres de fougères et de derrière les massifs d'épineux pour balayer ces escouades d'adultes surpris. Les assauts étaient brefs, féroces. Les Cyniks n'étaient jamais assez nombreux pour résister, très souvent ils n'étaient pas vêtus de leurs armures, plus occupés à ne pas enliser les roues des chariots qui transportaient leurs provisions qu'à surveiller leurs flancs, et ils en payèrent le tribut.

Les adolescents privilégiaient leurs archers aussi souvent que possible, pour éviter l'affrontement direct.

La première armée fut décimée en seulement trois jours. Les Pans avaient quadrillé tout le secteur à l'est de la Passe des Loups pour ne laisser aucune chance aux Cyniks.

Floyd, le Long Marcheur, menait l'offensive.

Il vit tomber plus de cent cinquante des siens pendant ces affrontements éclairs. Des garçons, des filles de tous les âges dont la vie s'était fait happer par un coup de masse, par le tranchant d'une épée, parfois le carreau d'une arbalète. Les Cyniks frappaient fort et sans pitié.

Floyd les fit enterrer chacun leur tour, et il rejoignit ensuite Eden où le gros des troupes patientait.

Presque huit mille personnes dont l'essentiel n'avait aucune expérience de combat, à peine un mois d'entraînement dans les jambes. Eden était vidé de ses habitants, il ne restait que les blessés qui veillaient sur les plus jeunes Pans, ceux qui ne pouvaient soulever une arme.

Le succès de Floyd et de son équipe ramena des sourires devenus rares sur les visages, jusqu'à ce qu'on réalise qu'il manquait des copains à l'appel. Cette fois, la guerre devint palpable, à travers les manques qu'elle engendrait.

Des quatre coins du pays, différents clans étaient accourus à l'appel d'Eden et de ses Longs Marcheurs. Doug était venu avec son petit frère Regie et une cinquantaine d'habitants de l'île Carmichael, l'île des Manoirs. Il en venait de partout, parfois à dix, parfois par colonnes de cent au moins. Pendant deux semaines, les Pans avaient afflué, prêts à en découdre avec les Cyniks.

Et jour après jour, l'armée d'Eden s'était étoffée.

Jusqu'à doubler ses effectifs.

Malronce avait heureusement retardé l'offensive de dix jours à cause d'un acte de sabotage dans le port de Babylone.

Une partie des armes et des armures avait coulé suite au passage d'Ambre et ses compagnons. Et ce précieux retard avait permis à Eden de finir de s'organiser.

Le soleil n'était pas encore levé, il faisait sombre sur la plaine.

Zélie et Maylis étaient sorties de leur tente pour contempler l'armée d'Eden. Des lanternes accrochées à des piquets brillaient un peu partout dans le camp, entre les tentes, comme autant d'espoirs.

L'armée se réveillait peu à peu, pour le grand jour.

Zélie croisa ses bras sur sa poitrine.

– C'est impressionnant, dit-elle doucement.

– C'est presque beau, répondit Maylis sur le même ton déférent. Toute cette fraternité, six mille personnes rassemblées sous le même étendard.

Il manquait près de deux mille âmes à leur cortège. Celles et ceux qui avaient été choisis pour l'opération « Nouvelle route ». Zélie et Maylis avaient longuement hésité avant de se séparer de ces troupes pour une mission qui n'avait que peu de chance de réussir. Mais elles savaient que cela pouvait faire la différence au bout du compte. Convaincre le Conseil d'Eden fut finalement le plus difficile.

– J'espère que nous reverrons notre cité un jour, dit Zélie.

Maylis prit alors la main de sa sœur.

– Viens, il faut mettre nos tuniques. Aujourd'hui nous partons défendre notre liberté.

– Nous partons à la guerre, ajouta Zélie.

Le soir du troisième jour de marche, tandis qu'ils abordaient les contreforts de la Forêt Aveugle, la pluie se mit à tomber sur l'interminable procession. En tête, la cavalerie canine, l'unité la plus mobile, était prête à répandre les ordres à toute vitesse ou à prendre l'ennemi à revers en cas de face à face inattendu. C'était à la fois l'élite et le commandement. Zélie et Maylis chevauchaient Mildred et Lancelot, des chiens à poils longs, en compagnie de Tania et Floyd, lorsqu'elles estimèrent préférable d'établir le bivouac.

– Est-ce bien prudent de s'arrêter cette nuit ? s'inquiéta Floyd. Nos éclaireurs ne sont toujours pas rentrés, il se peut que la troisième armée soit toute proche !

– Je préfère que nous nous abritions, expliqua Zélie. Je n'ai pas envie d'envoyer des troupes malades au combat ! Je prends le risque.

Six mille Pans déployèrent de grandes tentes fabriquées par les blessés d'Eden, ceux qui n'avaient pu s'entraîner, et une multitude de petits feux s'allumèrent sous les auvents.

Les éclaireurs rentrèrent au milieu de la nuit pour réveiller Zélie et Maylis.

– La troisième armée est à moins d'une journée de marche ! avertit un garçon aux cheveux trempés.

Maylis se frotta les yeux pour chasser le sommeil.

– Ils campent ?

– Oui. Environ mille cinq cents soldats, autour d'une auberge fortifiée.

– Et la deuxième armée ? Est-elle derrière ?

– Non, nous ne l'avons pas vue.

Maylis soupira, un profond soulagement l'envahit. Leur plan ne prévoyait pas d'affronter deux armées Cynik en même temps, il fallait à tout prix qu'elles soient distantes les unes des autres.

– Dans ce cas nous pourrons la vaincre, affirma Zélie.

Demain nous laisserons le gros de nos troupes ici, elles iront se cacher dans les contreforts de la Forêt Aveugle. La cavalerie canine filera au sud pour contourner la troisième armée. Nous la prendrons en tenaille. Quant à l'auberge fortifiée, il suffira de mettre le feu à son toit pour en chasser les occupants, comme Floyd nous l'a indiqué.

Le garçon la salua, ses vêtements ruisselaient d'eau de pluie.

– Je repars jusqu'à la forteresse de la Passe des Loups, dit-il.

– Non, tu dégoulines ! répondit Maylis. Tu vas te sécher et cette nuit tu dormiras au chaud, un autre va prendre ta place. Je ne veux pas que tu attrapes la mort, nous avons besoin de toutes nos forces ! Le grand moment arrive.

Peu avant l'aube, les six cents chiens se mirent en route avec leurs maîtres sur le dos et taillèrent la route à travers la forêt.

À midi, ils aperçurent la troisième armée Cynik qui défilait plus bas dans la vallée sous une pluie battante.

Ils savaient qu'il s'agissait de la plus petite des armées de Malronce, la plus mobile également.

En découvrant qu'elle était montée sur des chevaux, Zélie et Maylis prirent peur pour leur chance de réussite. Vaincre des soldats d'infanterie était une chose, affronter une cavalerie aussi puissante en était une autre.

Mais il était trop tard pour reculer.

Ils laissèrent la troisième armée Cynik les dépasser, tous accroupis parmi les branches, sans un bruit, et ils attendirent une heure, pour s'assurer qu'il n'y avait pas d'arrière-garde. Zélie et Maylis avaient beaucoup appris en matière de tactique militaire par l'intermédiaire d'un garçon, Ross, ancien champion d'échecs et fanatique des jeux de stratégie avec figurines dans son ancienne vie.

Puis la cavalerie canine sortit de sa cachette végétale pour prendre l'ennemi en filature. Le paysage encaissé tournait et les replis des collines barraient l'horizon, il était impossible de voir à plus d'un kilomètre ou deux.

Les deux sœurs avaient les mains moites, le cœur battant à mesure qu'elles sentaient l'affrontement approcher. Elles n'avaient jamais été confrontées à la violence et ce qui se profilait les rendait malades.

Soudain la troisième armée apparut sur la pente d'une colline.

Elle se tenait face à plus de mille guerriers adolescents qui bouchaient toute la vallée. La cavalerie Cynik tournait en rond, totalement désemparée face à cette résistance improbable.

Mais forte de se savoir supérieure, la cavalerie se mit en position pour charger. Que pouvaient mille adolescents à pied face à mille cinq cents adultes en armure et sur des chevaux ?

En voyant cette masse noire charger leurs copains, Zélie et Maylis en eurent la chair de poule, le martèlement des sabots sur le sol résonnait si fort que les vibrations faisaient trembler les chiens.

La cavalerie n'était plus qu'à trois cents mètres des Pans.

La pluie avait transformé la terre en boue, et la troisième armée fonçait en soulevant une nuée sombre autour d'elle.

Les lances Cynik prirent l'horizontale, prêtes à empaler autant d'adolescents que possible.

Deux cents mètres.

Soudain d'immenses plaques d'herbe glissèrent.

Des bâches interminables en trompe-l'œil qui dissimulaient les troupes Pans, et un instant la cavalerie Cynik fut flanquée de deux mille adversaires supplémentaires qui tendirent leurs arcs pour les inonder d'une pluie de flèches.

Plus de deux mille autres Pans jaillirent de la forêt en courant, leurs hurlements étouffés par l'orage.

Alors Zélie et Maylis levèrent le bras et donnèrent l'ordre aux chiens de foncer à leur tour.

Avant même que la troisième armée puisse se remobiliser, elle était éparpillée par les volées de flèches, les lances et les piques de bois des guerriers Pans, et lorsqu'elle tenta de se replier, elle encaissa une salve d'éclairs qui désarçonnèrent une vingtaine d'adultes et affolèrent le double de chevaux.

Tous les Pans dont l'altération était de produire un arc électrique ou une quelconque forme de projection dangereuse avaient été réquisitionnés pour faire partie de la cavalerie canine. Ils avaient été entraînés sous le contrôle de Melchiot, le meilleur élève d'Ambre qui lui avait succédé à la direction de l'académie, pour maîtriser au mieux leur altération en présence des Scararmées.

À présent, une unité de cinquante Pans fonçait, des tubes de plastique sanglés contre la poitrine avec des Scararmées à l'intérieur.

Des éclairs aveuglants surgissaient du bout de leurs doigts, une foudre tour à tour bleue, rouge ou verte qui terrassait les Cyniks par brochettes de cinq ou dix.

Et les Scararmées rendaient chaque éclair plus vif et plus précis. Grâce aux minuscules insectes lumineux, les Pans parvenaient à enchaîner les tirs là où deux ou trois décharges les auraient normalement épuisés.

Quelques cavaliers parvinrent néanmoins à atteindre les

rangs adverses et les dégâts furent énormes. Les chevaux marchèrent sur des adolescents, les Cyniks embrochèrent les garçons au bout de leurs lances ou plantèrent leurs épées dans le dos des filles. Les montures hennissaient, les blessés hurlaient, et les adultes en armures noires criaient autant de rage que de peur tandis qu'ils se faisaient décimer.

La bataille ne dura pas plus de dix minutes.

Aucun Cynik ne voulut se rendre, tout allait trop vite pour qu'ils puissent le faire. Lorsqu'ils comprirent qu'ils n'avaient plus aucune chance de fuir ni de remporter l'assaut, ils cherchèrent à causer le plus de dégâts possibles. Les flèches et les éclairs eurent raison des plus farouches.

Il ne resta plus qu'un groupe d'une douzaine qui galopait dans un sens puis dans un autre pour se frayer un chemin et écraser autant de Pans qu'ils pouvaient.

Pendant un instant Zélie et Maylis crurent qu'elles allaient pouvoir faire des prisonniers mais Melchiot s'avança sur le dos de Zelig, son chien blanc à taches noires. Les cris de tous les blessés l'avaient rendu ivre de colère, et lorsque les Cyniks se tournèrent vers lui pour tenter de le charger, il leva les deux mains.

Deus geysers de flammes illuminèrent la vallée grise, traversant la pluie sans faiblir et embrasant aussitôt les hommes et leurs chevaux.

Zélie et Maylis détournèrent le regard pour ne pas avoir à affronter cette vision cauchemardesque.

Qu'étaient-ils devenus pour en arriver à brûler vivants des êtres humains ?

Les hurlements étaient insupportables.

La guerre, songea Zélie. *C'est la guerre qui nous rend fous !*

La haine appelant la haine. Une spirale infernale vers toujours plus de barbarie, au nom de la victoire.

Zélie en était malade. Mais que pouvaient-ils faire d'autre ? Les Cyniks ne s'arrêteraient pas. Il faudrait qu'un des deux camps triomphe pour que la sérénité revienne. Maintenant que l'étincelle du conflit s'était allumée, il ne pouvait y avoir de repos sans un vainqueur et un vaincu.

Zélie secoua la tête.

Elle aurait voulu être à Eden, loin de cette souffrance.

Près de quatre cents garçons et filles gémissaient dans la boue, leur sang mêlé à l'eau noire. Une centaine d'autres gisaient le visage enfoui dans la terre.

Des êtres qui ne grandiraient plus. Dont il ne resterait bientôt que le souvenir scellé à un nom.

Les chevaux et les Cyniks cessèrent leurs râles, il ne restait plus d'eux qu'un amas que la pluie faisait fumer.

– Il faut s'occuper des blessés ! ordonna Maylis. Phil, Jon et Nournia, vous organisez l'hôpital ! Howard, tu prends avec toi une escouade de cavaliers et vous allez vous occuper de l'auberge fortifiée. Floyd et Tania avec moi, nous partons pour le sud vérifier qu'aucune mauvaise surprise ne s'approche !

Les trois chiens s'élancèrent avec grâce et disparurent dans le rideau de pluie.

Les Pans venaient de gagner leur seconde bataille.

Une victoire sans joie.

Au goût amer.

51.

Passe-muraille

Melchiot chevauchait à côté de Zélie.

– La première armée était dispersée, dit-il, c'était facile. Celle-ci était minuscule. Et pourtant chaque fois nous avons eu de lourdes pertes. Pour être franc avec toi, je doute que nous puissions tenir ainsi très longtemps. Les Cyniks sont forts, et ils se battent mieux que nous, jusqu'au dernier. Nous ne tiendrons pas face à la deuxième armée si nous la prenons de face.

– Je sais. C'est pour ça que nous avons fabriqué les bâches couvertes d'herbe, si nous pouvons couper l'armée Cynik en deux et maintenir le gros de leurs troupes à distance, le temps de les détruire par nos arcs et nos altérations, alors nous avons une chance de réussir.

– Le coup des bâches est risqué, si la cavalerie avait foncé dessus, ils se seraient fait piétiner avant même de pouvoir répliquer et nos différentes unités auraient été désorganisées.

– Je ne vois pas d'autre choix, hélas.

Maylis revint à la nuit tombée, porteuse de mauvaises nouvelles :

– L'armée Glouton dont nous a parlé Floyd est dans la forteresse de la Passe ! annonça-t-elle en entrant dans la tente.

– Ils la protègent ?

– Non, ils stationnent. J'ai aussi aperçu des milliers de Cyniks de l'autre côté de la forteresse, au sud, je pense que c'est la deuxième armée. Elle doit attendre que les Gloutons sortent par le nord pour pouvoir transiter à leur tour par le château.

– Ils vont envahir la Passe des Loups en direction d'Eden comme c'était prévu, il n'y a que le nombre qui change.

– Nous ne pouvons pas encaisser l'armée Glouton et la deuxième armée Cynik en même temps ! Ils nous écraseraient ! protesta Maylis.

– Chaque armée ennemie va passer par la forteresse, il faut la conquérir entre deux occupations !

– Tu veux qu'on aille s'enfermer dans la forteresse entre le passage des Gloutons et avant celui de la deuxième armée ? Nous serons totalement pris au piège à l'intérieur ! Le Conseil avait insisté pour que nous ne soyons jamais encerclés !

– Il faut s'adapter. Il serait suicidaire de prendre les Gloutons de face avec une autre armée Cynik en renfort. Cette forteresse est l'avantage stratégique qui peut nous sauver. Dès que Malronce comprendra que nous sommes ici, en armes, elle abandonnera ses plans pour rassembler toutes ses troupes et nous submerger.

– Et la forteresse deviendra imprenable, comprit Maylis.

– Exactement. Tant que nous avons encore l'effet de surprise, nous pouvons nous introduire par la ruse.

Maylis, qui n'avait rien avalé depuis le matin, prit une pomme qu'elle croqua à pleines dents.

– On laisse les Gloutons sortir de la forteresse, dit-elle entre deux bouchées, nos régiments cachés dans la forêt et sous les bâches, et on envoie un commando pour ouvrir les portes.

– Il ne faudra pas perdre de temps, ajouta Zélie, parce que si de l'autre côté, la deuxième armée a le temps d'entrer, nous serons fichus !

– Ça peut marcher.

– Non, ça *doit* marcher !

Maylis avala une bouchée de sa pomme et regarda sa sœur.

– J'espère que nous prenons la bonne décision. Parce qu'une fois à l'intérieur, nous ne pourrons plus sortir.

La pluie avait redoublé d'intensité.

Il devenait difficile d'y voir à plus d'une cinquantaine de mètres.

Malgré tout, les Pans distinguaient les lanternes bringuebalantes au milieu de la vallée. Des centaines de petits points lumineux s'agitant au gré des pas des Gloutons. Ils étaient si nombreux qu'il fallut deux heures pour qu'ils sortent de la forteresse, encadrés par des formes sombres, à cheval.

Floyd et Franklin, en Longs Marcheurs discrets, s'étaient approchés pour passer les effectifs en revue. Ils revinrent auprès du poste de commandement où Zélie et Maylis préparaient la suite.

– Les Cyniks les ont armés avec des lames, des masses et des marteaux de guerre ! rapporta Franklin.

– Et il y a une bonne cinquantaine de cavaliers de Malronce pour les accompagner, compléta Floyd.

– Tous sont sortis ? demanda Zélie.

– À l'instant. Les portes viennent d'être refermées.

– Alors en route.

Voyant les deux sœurs s'équiper de leur manteau brun, Floyd les interpella :

– Vous faites partie du commando ? N'est-ce pas un peu… votre place est ici, pour organiser nos troupes !

– Il n'y a aucune raison que nous prenions moins de risques que les autres. C'est notre tour. Ross et Nikki prennent le commandement.

Zélie, Maylis, Tania et Melchiot se faufilèrent entre les arbres et cachèrent leur visage sous les larges capuchons de leurs manteaux.

Avec la pluie battante, ils n'eurent aucun mal à approcher le rempart, encore moins avec Maylis à leurs côtés. Depuis toujours, elle avait eu l'obsession de se cacher, pour jouer, pour être tranquille, pour fuir ses devoirs ou même sa sœur, et son altération s'était développée en ce sens. Désormais il lui suffisait d'une petite flaque d'ombre où s'abriter pour qu'elle en fasse une vague de ténèbres et que son corps disparaisse dedans. Maylis avait aussi emporté une poignée de Scararmées dans des tubes. Leur présence lui permit d'élargir son bouclier d'ombre à ses amis et ils furent invisibles jusqu'à atteindre la lourde porte d'acier.

Zélie, elle, avait toujours été distraite. Elle aimait se perdre dans ses pensées à tout moment, rêver comme dans les livres qu'elle dévorait. Pendant les années de sa courte vie, elle en avait souvent souffert, principalement parce qu'elle se cognait tout le temps et partout. Contre une porte mal fermée, contre un mur, un coin de table ou les passants dans la rue. Au point d'être couverte de bleus.

Lorsque son altération se développa pour la protéger au mieux, elle se rendit compte qu'elle ne se cognait plus.

Ses genoux, sa tête, ses coudes ou ses épaules passaient au travers des objets. Après plusieurs mois, elle était même parvenue à traverser un bout de bois avec sa main, mais les matériaux lourds lui donnaient plus de mal.

– Tu es sûre que tu en es capable ? lui demanda Maylis.

– Avec les Scararmées, ça devrait marcher.

Maylis était inquiète, sa sœur manquait d'entraînement et elle s'apprêtait à risquer sa vie. Jamais elle n'avait plongé plus qu'un bras à travers une paroi en bois.

Cette fois elle voulait traverser tout entière un battant de métal.

Zélie serra contre sa poitrine les capsules de verre qui contenaient les Scararmées et prit son inspiration.

– Je peux le faire…, murmurait-elle. Je peux le faire…

Après une longue minute de concentration, elle ferma les yeux.

Tania scrutait les alentours, craignant d'être repérée par un garde au sommet des remparts. Elle tenait son arc devant elle, une flèche encochée. Melchiot, lui, était agenouillé devant la grande porte, l'oreille collée pour tenter de percevoir quelque chose.

– Alors ? lui demanda Maylis.

– Je n'entends rien, la pluie fait trop de bruit !

– Si ma sœur traverse et se retrouve nez à nez avec un soldat…

Melchiot haussa les épaules en signe d'impuissance.

Tout à coup Zélie s'élança vers les battants métalliques.

Son nez fut absorbé, puis ses épaules, son bassin, ses jambes et elle disparut complètement.

Zélie sentit d'abord un froid intense sur son visage, comme si elle plongeait la tête dans une bassine d'eau glaciale. Puis il y eut une pression sur les contours de son corps, il lui sembla un instant être en train d'étouffer sous une tonne de sable, avant qu'elle ne fasse un pas de plus et se retrouve dans le passage sous le rempart.

J'ai réussi ! J'ai réussi ! Je le savais !

Plusieurs torches brûlaient dans le grand tunnel qui débouchait sur une cour inondée. Elle vit deux portes dans la paroi et son attention fut captée par le mouvement d'un Cynik qui somnolait à trois mètres d'elle, sur un tabouret !

Il venait de croiser ses mains sur son ventre.

Une lance était posée contre le mur, et une épée pendait à sa ceinture.

Zélie examina l'imposant mécanisme de verrous et sut qu'elle ne pourrait l'actionner seule. Elle avisa alors une poterne fermée par une chaîne et un cadenas doré.

Elle voulut avancer mais son manteau la retint.

Le bas du vêtement était emprisonné dans l'acier de la porte, parfaitement fusionné.

Mince !

Elle posa un genou à terre et tira de toutes ses forces. Le tissu céda avec un bruit de déchirure.

Zélie se redressa vivement, prête à sauter à la gorge du garde. Elle ignorait tout des techniques de combat, savait qu'elle avait bien moins de force que lui, mais s'il le fallait elle se sentait capable de lui rendre coup pour coup.

Il n'avait pas bronché.

Alors elle ramassa un tonnelet d'huile pour les torches, le souleva au-dessus de sa tête en grimaçant et l'abattit sur le crâne du Cynik qui s'effondra de son tabouret sans un gémissement.

En voyant le sang couler d'une vilaine plaie entre les cheveux, Zélie s'en voulut et elle maudit les Cyniks de l'obliger à de pareilles choses.

Une petite clé de cadenas pendait à sa ceinture.

Moins d'une minute plus tard, Maylis, Melchiot et Tania entraient à leur tour par la poterne ouverte.

– Maylis, tu vas aller chercher des petits groupes comme le nôtre, chuchota Zélie, capables d'avancer vite et sans bruit pour neutraliser un maximum de sentinelles. Pendant ce temps, nous allons à la porte sud, pour empêcher la deuxième armée d'entrer. Lorsque nous serons en place, nous t'enverrons un signal pour que tu lances toutes nos troupes à l'intérieur.

– Ce sera quoi le signal ?

Zélie hésita puis dit :

– Quand tu le verras, tu sauras que c'est le signal.

L'altération de précision de Tania fit tomber deux gardes avant même qu'ils n'aient le temps de sonner l'alerte, une flèche plantée dans la gorge pour chacun.

Le trio progressa lentement, pour ne surtout pas se faire repérer, et Zélie les fit accélérer en voyant que plusieurs Cyniks se dirigeaient vers les tours sud.

– Ils vont ouvrir les portes ! paniqua-t-elle.

Tania sortit de l'auvent des écuries, et tira quatre flèches pour autant d'ennemis touchés. Cinq autres surgirent du pied du donjon. Ils ne la virent pas tout de suite, remarquant d'abord les corps de leurs camarades.

– Il y a un intrus ! cria l'un des hommes.

– Ce fichu môme encore ? s'énerva un autre.

– Là ! La fille avec l'arc !

Zélie et Tania coururent pour bloquer l'accès à la porte sud et Melchiot leva les mains devant lui.

– C'est le moment du signal, dit Zélie.

Alors Melchiot se mit à cracher des flammes par le bout de ses doigts et le ciel s'illumina.

Plusieurs centaines de Pans envahirent immédiatement la cour, et tous les Cyniks qui sortirent, complètement hagards, furent balayés sans difficulté. Un groupe de soldats, comprenant qu'il s'agissait d'une invasion, se précipita vers la porte sud pour permettre à l'armée au-dehors de venir leur prêter main-forte. Mais ils tombèrent sur les flèches de Tania et la colère incendiaire de Melchiot qui ne faisait pas de quartier.

Les Pans forcèrent les accès et investirent les étages, avant de surgir sur les remparts. Au bout d'un moment, les Cyniks préféraient se jeter dans le vide plutôt que de faire face à ces meutes d'enfants déchaînés.

Maylis retrouva Zélie, le drapeau Cynik dans les mains.

Elle le jeta à ses pieds.

– Ma sœur, j'ai le plaisir de t'annoncer que nous avons pris la forteresse !

– Que toute notre armée s'amasse ici, et qu'on referme les portes, il ne faut plus que quiconque puisse y pénétrer. Désormais, notre survie dépend de notre capacité à garder ce château. Si les Cyniks entrent, nous mourrons tous.

La deuxième armée ne bougea pas de la nuit.

Ils ne lancèrent aucune offensive, pourtant ils ne pouvaient ignorer qu'il venait de se passer quelque chose dans la forteresse. L'armée avait installé son immense campement à un kilomètre et elle n'avança ni ne recula de toute la nuit. Les vigiles Pans remarquèrent seulement un ballet incessant de

lanternes entre de grandes tentes mais aucun signe d'agressivité.

Deux cavaliers apparurent au nord, provenant de l'arrière-
garde de l'armée Glouton.

Le premier approcha des remparts et cria :

– Oyez ! Que se passe-t-il ? Nous avons vu des flammes
dans le ciel !

Jon, qui surveillait l'entrée par la tour au-dessus, se pencha
et prit sa voix la plus rauque pour répondre :

– Rien, nous avons maîtrisé l'incendie.

Le cavalier demeura silencieux puis se pencha pour chucho-
ter avec son acolyte.

– Vous pouvez repartir ! ajouta Jon. Foncez au nord écraser
cette vermine de Pans !

– La Rédemption est notre salut ! s'écria le second cavalier.

Jon ne sut que répondre. Nournia, qui était à ses côtés se prit
la tête à deux mains :

– C'est un code ! gronda-t-elle. Il attend une phrase précise !

– Alors qu'est-ce que je lui dis ?

– Je ne sais pas ! C'est certainement le mot de passe pour
entrer ou un truc dans le genre !

Jon haussa les épaules et s'exclama au-dessus du vide :

– Gloire à Malronce !

Les deux cavaliers se regardèrent et aussitôt tirèrent sur les
rênes de leurs chevaux pour détaler à toute vitesse.

– Je crois que c'était pas la bonne réponse, commenta Jon.

– Maintenant on peut s'attendre à avoir de la visite d'ici peu
de temps. Les Gloutons vont faire demi-tour !

L'aube se leva péniblement, étouffée par la pluie qui ne cessait pas.

Zélie et Maylis avaient pris un peu de repos et furent réveillées en sursaut par Howard, le Long Marcheur :

– Il se passe quelque chose du côté de la deuxième armée ! Venez vite !

Emmitouflées dans leurs manteaux, elles virent que le flanc est de l'armée était en train de s'agiter. Les hommes sautaient sur leurs chevaux, et des archers accouraient en tenant des carquois bien remplis.

Ils ne venaient pas vers la forteresse, mais s'intéressaient à une zone d'arbres entre leurs tentes et le fleuve qui coulait au pied de la Forêt Aveugle.

Soudain sept chiens géants fendirent la pluie, plus rapides encore que des chevaux au galop, portant cinq silhouettes recroquevillées.

Zélie prit les jumelles que Howard lui tendait et s'écria :

– C'est Matt ! Matt et ce qu'il reste du commando qui est parti pour Wyrd'Lon-Deis !

Une vingtaine de cavaliers apparurent dans leur dos, et une autre vingtaine s'apprêtait à leur couper le chemin par le côté.

S'ils parvenaient à les ralentir et à les bloquer, les archers termineraient le travail aussi facilement qu'à l'entraînement.

– Faites monter les lanceurs d'éclairs, ordonna Zélie, vite !

52.

Quand l'herbe disparaît…

Melchiot accompagnait une vingtaine de Pans qui portaient des Scararmées dans les tubes sanglés à leur brêlage.

– Préparez-vous à couvrir la fuite des chiens ! commanda Zélie.

– Si nous utilisons nos capacités maintenant, ce sera un effet de surprise en moins contre les Cyniks lors de l'assaut, s'opposa Melchiot. Ils sauront à quoi s'attendre !

– Si nous n'intervenons pas, les cinq Pans que tu vois là-bas seront bientôt criblés de flèches !

Melchiot se gratta le menton, cherchant comment dire ce qu'il pensait sans pour autant passer pour un monstre :

– Sauver ces cinq-là risque de compromettre des vies bien plus nombreuses, dit-il.

Zélie fut prise d'un doute.

Maylis enchaîna :

– Ils ont risqué leur vie pour nous tous ! Et ils ramènent peut-être l'arme secrète de Malronce !

Melchiot n'était pas convaincu pour autant. Il fixa Zélie pour voir ce qu'elle décidait.

– Préparez-vous à ouvrir le feu, dit-elle après une courte hésitation.

Les cavaliers Cynik commençaient à se positionner pour que les chiens viennent s'empaler sur leurs lances. Ils étaient à près de huit cents mètres du rempart.

– À cette distance, les éclairs pourraient manquer leur cible et toucher les chiens ! avertit Maylis.

– Je prends le risque, trancha Zélie.

Alors les Pans se concentrèrent, les lueurs bleues et rouges des Scararmées palpitèrent sur leurs torses et une douzaine d'éclairs multicolores zébrèrent les cieux en direction des cavaliers.

Des gerbes d'étincelles crépitèrent dans la lumière de l'aube, et un écran de fumée masqua provisoirement la course-poursuite.

Les chiens bondirent à travers la fumée, leurs jeunes maîtres cramponnés au pelage.

Les cavaliers qui les suivaient se faisaient peu à peu distancer et ils renoncèrent à l'approche des remparts, craignant cette magie formidable qui venait de s'abattre sur leurs camarades.

Les Pans ouvrirent les portes sud de la forteresse, le temps que les sept chiens se jettent dans la cour et ils refermèrent en accumulant de lourds tonneaux pour empêcher toute intrusion par la force.

Matt, Tobias, Chen et Ben relevèrent la tête, épuisés mais heureux d'être encore vivants.

Seul Horace resta inconscient sur Billy, deux flèches plantées dans le dos.

Horace fut emmené dans un des salons du donjon pour y recevoir des soins d'urgence. Une soixantaine de Pans s'activaient au-dessus des blessés, partageant leurs connaissances parfois approximatives de la médecine. Ils parvenaient parfois à soigner des blessures assez superficielles à l'aide de leur altération, mais la plupart des soins utilisaient plantes et décoctions, et tout ce qui nécessitait de la chirurgie les rendait méfiants.

Pendant ce temps, Matt et ses compagnons rencontrèrent Zélie et Maylis dans un des halls de la forteresse.

– Que rapportez-vous ? s'enquit Zélie avec impatience.

– Hélas, commença Matt, rien qui nous donne l'avantage physique.

– Quel est le secret de Malronce ? Que dévoilait le plan sur Ambre ?

– Un lieu. Ambre est partie sur place, cependant je crois qu'il ne faut pas en attendre une assistance particulière, il ne s'agit pas d'une arme, plutôt… de connaissances.

Zélie avala sa salive bruyamment.

– Nous ne pouvons plus compter que sur nous-mêmes, c'est ça ?

– Je le crains. Comment se présente la situation ici ?

– Comme vous l'avez vu en arrivant, la deuxième armée stationne au sud, pendant que les Gloutons occupent la Passe des Loups au nord. Il faut s'attendre à ce qu'ils nous attaquent des deux côtés.

– Ils ne l'ont pas encore fait ? s'étonna Tobias.

– Non, répondit Maylis. Nous ignorons ce qu'ils attendent.

– Je n'aime pas ça, fit Ben. Les Cyniks ne sont pas du genre à hésiter s'ils n'ont pas une idée derrière la tête.

– Nous disposons de presque six mille volontaires, exposa Zélie.

– Six mille ? s'exclama Chen. Ouah ! C'est génial !

– La plupart ne savent pas se battre, ajouta Maylis.

– Et encore deux mille en renfort, ajouta Zélie.

– Où sont ces renforts ?

– Pour l'instant, quelque part entre Eden et ici, nous ne savons pas. Ils ont une mission un peu particulière à remplir.

– Quel genre de mission ?

Zélie et Maylis échangèrent un regard complice.

– Nous préférons ne pas vous donner de faux espoirs, leurs chances de succès sont plus que minces.

– La bonne nouvelle, enchaîna Maylis, c'est que nous maîtrisons pas trop mal l'altération combinée à la puissance des Scararmées. Melchiot dirige une unité d'environ cinquante Pans qui peuvent lancer des éclairs !

– Nous avons vu ça ! s'exclama Tobias. C'était incroyable ! Tous les soldats devant nous ont été électrocutés d'un coup !

Matt tempéra la joie de son ami :

– Pour repousser les premières vagues, ça sera très utile, mais j'ai bien peur que ce soit insuffisant face aux cinq mille soldats de la deuxième armée. Qu'avez-vous d'autre ?

– Un millier d'archers et tout le reste d'infanterie pour le corps à corps.

– Face à la force des adultes il faudra repousser le corps à corps le plus longtemps possible. Les archers c'est bien.

– Sauf que nous manquerons de flèches avant d'avoir remporté la victoire, avoua Zélie.

– Et la pluie n'arrange pas nos affaires, fit remarquer Chen, difficile d'être précis quand il tombe des cordes !

– Au contraire, la pluie est notre alliée ! corrigea Zélie. Elle empêchera les Cyniks de lancer des projectiles enflammés pour nous faire griller !

– Peut-être que les Cyniks ne vont pas attaquer, intervint

Tobias. Peut-être qu'ils vont attendre que nous nous affamions.

– Malronce n'est pas du genre patiente, répliqua Matt. Ils vont vouloir montrer à leur Dieu qu'ils sont prêts au sacrifice de leur vie, pour racheter les péchés d'autrefois. Je me demande ce qu'ils attendent.

Tobias s'approcha d'une fenêtre d'où il aperçut les tentes ennemies au loin.

– Nous n'allons pas tarder à le savoir si tu veux mon avis.

L'armée Glouton arriva en fin de journée. Elle s'amassa à moins d'un kilomètre des remparts et installa son campement sous la direction des cavaliers Cynik.

De l'autre côté de la forteresse, la deuxième armée patientait toujours.

Lorsque les cavaliers aux côtés des Gloutons approchèrent pour lancer des flèches par-dessus les murs de la forteresse, Ross, le stratège Pan s'écria :

– Ne les laissez pas tirer !

– Mais ils tirent complètement au-dessus de nous ! s'esclaffa un jeune garçon. Laissons-les gaspiller leurs munitions !

– Ils lancent des messages aux troupes de l'autre côté ! Ils cherchent à communiquer pour organiser leur plan de bataille !

Aussitôt Melchiot illumina le ciel de ses jets de feu, réduisant en cendres chaque projectile autour duquel était enroulé un message.

Lorsque trois éclairs foudroyèrent les cavaliers les plus proches, les autres rebroussèrent chemin au galop.

— Il va falloir redoubler de vigilance, avertit Ross. Spéciale-
ment la nuit, ils vont tout essayer pour nouer un contact avec
leur allié du sud.

— Je peux surveiller le ciel, proposa Ben. Je vois très bien la
nuit.

Ross approuva, mais ne semblait pas totalement rassuré.

— Ils vont sûrement essayer autre chose...

— Avec l'épaisseur de ces murs, je leur souhaite bon courage ! fit Melchiot. Et les falaises de part et d'autre de la forteresse sont infranchissables. À moins de s'enfoncer loin dans la
Forêt Aveugle pour les contourner, et là, je ne leur donne pas
deux jours de survie !

Soudain Ross eut la révélation qu'il cherchait.

— Le fleuve ! Voilà ce que je ferais si j'étais à leur place ! Je
passerais par le fleuve !

— Impossible, il y a une herse supersolide !

— Ils vont déposer des messages sur de minuscules radeaux
de brindilles et les laisser porter par le courant ! Si les radeaux
sont petits, ils passeront entre les mailles d'acier !

— Alors on poste des gars à nous pour surveiller le fleuve ?

— Il est trop large, on risque d'en laisser passer, non, il faut
une solution plus radicale !

— J'ai une idée ! déclara Melchiot en partant en courant.

Une heure plus tard, deux filles se concentraient depuis la
tour. Plusieurs bocaux de Scararmées à leurs pieds.

Elles gelaient l'eau du fleuve avec leur altération.

Elles continuèrent jusqu'à ce que la surface soit dure
comme du roc sur une centaine de mètres et s'effondrèrent
toutes les deux en même temps, vidées de leur énergie.

— Maintenant, les deux armées sont isolées, rapporta Ross. Et
sans communication entre elles, c'est nous qui avons l'avantage.

Au petit matin, Matt et Tobias retrouvèrent Zélie et Maylis sur la tour la plus haute du mur sud.

– Vous vouliez nous voir ? demanda Matt.

Zélie tendit l'index vers l'horizon.

La plaine avait disparu.

Les collines tout entières qui s'étendaient au-delà aussi.

Le paysage était écrasé par des milliers de troupes Cynik. Si nombreuses qu'elles recouvraient la moindre parcelle d'herbe.

Des chariots par centaines, des chevaux, des ours, des cages gigantesques, et tant de lances dressées vers les nuages qu'il semblait qu'une forêt de roseaux noirs avait poussé durant la nuit.

– La quatrième et la cinquième armées, murmura Matt, sans force.

– Ils sont tous là, compléta Zélie.

– Voilà ce qu'ils attendaient. Être assez nombreux pour nous balayer facilement.

– Pas seulement, prévint Maylis en lui tendant des jumelles.

Matt scruta la direction qu'elle lui indiquait et découvrit un énorme véhicule qui avançait pour se placer au sommet d'une butte. Cela ressemblait à un char, comme ceux que Matt avait déjà vus les jours de parade dans les rues de New York, en beaucoup plus volumineux. Il était fait avec des bambous, grand comme une maison, avec une terrasse sur le toit, et une dizaine de soldats en armure qui guettaient depuis de petits balcons.

Sept drapeaux rouge et noir avec la pomme argentée en son centre flottaient tout autour.

Et deux mille-pattes gigantesques portaient ce char incroyable, longs et hauts comme des camions. Leurs appendices agrippaient la terre et ondulaient à l'instar des chenilles d'un tank.

Lorsque Matt vit le bras armé de Malronce sortir sur un des balcons, son général en chef, il sut que sa mère était à son bord.

La Reine venait superviser son triomphe.

Alors Matt lâcha les jumelles et partit en courant.

Tobias le retrouva dans l'armurerie principale.

Matt était occupé à affûter son épée.

Sa précieuse lame qui l'avait si souvent servi, qui l'avait protégé, et qui avait déjà pris bien des vies.

Matt frottait l'acier contre la pierre avec tant de force que ses mâchoires étaient contractées.

– Si tu continues, tu vas la casser, dit Tobias.

– Je l'ai vue, Toby. Ma mère. Elle est là.

Tobias hocha la tête.

– Je sais.

– Il faut que tout cela s'arrête. Il faut qu'elle cesse cette folie.

Matt leva sa lame devant lui et passa son pouce sur le fil pour en juger la finesse. Sa peau s'ouvrit aussi facilement qu'un fruit trop mûr.

– D'abord le Raupéroden, mon père, et ensuite elle ! J'en ai assez de fuir, assez d'avoir peur. Cette fois je vais rester droit, jusqu'à ce que le dernier Cynik soit tombé.

Matt mit son pouce dans sa bouche pour stopper le saignement.

– Et même si un miracle pareil se produisait, que ferais-tu ensuite ? Tu... Tu ne peux pas affronter ta mère ! On ne se bat pas contre ses parents, c'est impossible !

Matt observa son pouce humide. Le sang réapparut aussitôt.

– Les coupures les plus douloureuses sont celles que l'on s'inflige soi-même, pas vrai ?

Tobias pencha la tête, pas certain de voir où il voulait en venir.

– C'est à moi, et à moi seul de régler le problème Malronce, ajouta Matt. Je ne sais pas encore comment. Mais je dois le faire.

– Il y a quelque chose de pourri au royaume des Cyniks. Ça ne s'arrêtera pas facilement. Ils sont aveuglés par la haine.

– Par l'ignorance !

– Le résultat est le même : ils obéissent à celle qui sait leur parler. Balthazar avait raison : ils n'ont plus de mémoire, ils ne sont que des coquilles vides qui ne demandent qu'à être remplies ! C'est ça qui les rend si mauvais.

– Je déteste ce que sont devenus les adultes !

– Pas tous, ajouta Tobias. Le vieux Carmichael était sympa… Et Balthazar aussi. Peut-être qu'il y en a d'autres ?

– J'en doute.

Matt s'apprêtait à enfiler son gilet en Kevlar lorsqu'il se figea au-dessus du vêtement.

– Attends une seconde… Mais oui ! Tu as raison !

– À quel propos ?

Matt attrapa le gilet, mais ne l'enfila pas.

– Je sais ce que je dois faire ! dit-il.

– Chercher d'autres adultes normaux ?

– Non. Dormir !

La pluie s'interrompit quelques minutes en fin de matinée.

Un héraut Cynik en profita pour approcher des remparts sur son cheval, le drapeau de la Reine au bout d'une lance qu'il tenait d'une main.

Melchiot ordonna qu'on ne tire pas, l'homme venait seul et manifestement dans l'intention de délivrer un message.

Zélie et Maylis se rendirent sur une tour pour le voir arriver.

– Peuple enfant ! s'écria-t-il. Je viens vous délivrer la parole de notre reine Malronce !

Sa voix portait loin dans la vallée, résonnant contre les escarpements au-dessus de la forteresse.

– Nous t'écoutons ! répondit Zélie avec moins de coffre.

– Rendez les armes ! Ouvrez ces portes, et la Reine saura se montrer clémente ! Épargnez-vous un siège douloureux qui n'aura pour issue que la mort !

Plus aucun Pan ne parlait, tous écoutaient avec attention ce petit bonhomme minuscule tout en bas du mur de pierre.

– Ta Reine est menteuse et perfide ! s'écria alors Maylis. C'est votre sort qu'elle cherche à négocier ! Car le nôtre, elle l'a scellé en rêve depuis longtemps ! Elle nous veut morts jusqu'au dernier !

Le héraut allait ouvrir la bouche pour répliquer mais Zélie ne lui en laissa pas le temps :

– Rentre auprès d'elle, et dis-lui que les Pans ne tremblent pas !

Le héraut secoua la tête, déçu.

– Dieu nous lance dans cette épreuve, dit-il, pour tester notre foi ! Il n'y a rien que vous puissiez faire pour échapper à Sa volonté !

– Aucun dieu ne réclamerait qu'un père lui sacrifie son enfant ! Aucun dieu qui mériterait d'être adoré en tout cas !

Le héraut fit reculer son cheval et leva son drapeau encore plus haut.

– Alors préparez-vous à subir la colère du Jugement dernier ! hurla-t-il en partant au galop.

L'affrontement ultime venait d'être scellé.

53.
Les deux fronts

Les murs tremblaient.

La poussière entre les pierres glissait à chaque coup sourd contre la terre.

L'oxygène semblait manquer dans les couloirs, les Pans respiraient avec difficulté, la poitrine oppressée par l'angoisse.

Même le feu des torches paraissait différent, moins limpide, plus hésitant.

Sur les remparts, les jeunes soldats couraient pour répartir les carquois de flèches, préparer les lances et distribuer les tubes de Scararmées à chacun.

Les mains étaient humides et froides. Les mots se faisaient rares, du bout des lèvres.

De dehors, le martèlement était encore plus assourdissant, il cognait contre les parois de roche et d'écorce de la vallée.

Car la plaine au sud se déplaçait.

Une mer noire aux vagues régulières, au ressac hypnotisant. Des milliers de guerriers progressant à la même cadence, frappant le sol de leurs lourdes semelles comme sur la peau d'un tambour.

Leurs casques brillants sous la pluie ondulaient en rythme,

ils avançaient sans hésitation, parfaitement synchronisés, à l'instar de machines programmées pour l'affrontement.

Ils envahissaient le paysage dans toute sa largeur, et jusqu'au bout de sa profondeur.

Le premier rang progressa pour s'immobiliser à portée de flèche et leva de gros boucliers derrière lesquels ils s'abritaient. Les archers Cynik coulissèrent entre les jointures de ce mur d'acier pour tendre leurs arcs et faire pleuvoir la mort.

Les Pans eurent le temps de se jeter à couvert des créneaux avant de répliquer à leur tour.

Les arcs électriques tombèrent des tours pour tailler des brèches dans la défense des boucliers, les armures s'embrasèrent d'étincelles aveuglantes, les Cyniks hurlèrent et avant même qu'ils puissent renvoyer un nouveau tir, une centaine d'entre eux gisaient carbonisés au milieu de l'herbe roussie.

Mais la marée humaine était si implacable dans la plaine que les morts et les blessés furent aussitôt remplacés.

Les éclairs rouges, bleus et verts illuminèrent l'armée de Malronce, soulevant d'autres corps, avant que des jets de flammes giclent des remparts sous le commandement de Melchiot.

Pour laisser un peu de répit aux artificiers qui puisaient dans leur altération, les archers Pans entrèrent dans la danse, coordonnés par Tania. Pendant une seconde, la pluie cessa au-dessus des Cyniks tant il y avait de flèches dans le ciel.

Puis près de mille pointes frappèrent les boucliers, certaines parvenant à se frayer un chemin entre les articulations des armures pour percer les chairs ennemies.

Alors les Cyniks répondirent, écrasant l'essentiel de leurs tirs contre les murs de la forteresse.

Pour un Pan touché, dix Cyniks s'effondraient, terrassés.

Cependant, l'agitation dans la plaine ne passa pas inaperçue, le bruit des troupes, les hurlements et les illuminations de l'altération permirent aux Gloutons, de l'autre côté de la forteresse, de se préparer à leur tour.

Leur tactique était simple : charger sans faiblir jusqu'au pied des remparts.

Toute l'armée de silhouettes grossières, trapues et maladroites, s'élança en courant, sous les ordres de la cavalerie Cynik qui, elle, restait en retrait.

– Tania ! hurla Ross. Envoie tes archers sur le flanc nord ! Il ne faut pas que les Gloutons parviennent à la porte !

Tania entraîna avec elle les trois quarts des Pans qui occupaient les remparts pour descendre dans la cour. Il y avait tellement de guerriers Pans amassés dans la forteresse que les déplacements de troupes en étaient gênés, et lorsque Tania et ses unités parvinrent enfin en place, les Gloutons étaient déjà en bas des murs, se préparant à enfoncer la porte avec un tronc d'arbre fraîchement découpé pour bélier.

Tania se pencha en avant, le buste au-dessus du vide et braqua son arc sur le premier Glouton visible.

La flèche se planta droit dans sa nuque, le tuant sur le coup.

Des centaines suivirent, encore et encore, jusqu'à ce que les Gloutons encore valides ne puissent plus avancer ou reculer sans trébucher sur les cadavres de leurs congénères.

Mais un autre flot de Gloutons s'avança en courant et lorsque Tania leva les yeux, elle vit à travers la pluie qu'il en restait tant dans la vallée qu'elle mourrait d'épuisement bien avant de voir le dernier tomber.

Tobias avait rejoint les deux cents archers qui restaient sur le mur sud et enchaînait les flèches à une vitesse inouïe. Il ne prenait pas la peine de viser, se contentait d'envoyer dans le paquet de soldats, et son débit était tel que les Cyniks ne parvenaient pas à suivre, un trou commença à se former sur les premiers rangs.

Peu à peu, il vit des hommes éviter cette zone, et d'autres refuser d'en approcher.

Au sommet d'une tour, plusieurs Pans se préparaient à une attaque un peu spéciale. Deux filles dont l'altération était de produire du vent se concentraient avec un groupe spécialisé dans le froid. Brusquement, une rafale givrante s'abattit sur un bataillon entier de Cyniks qui eut à peine le temps de frissonner que le gel enveloppa leurs armes, leurs armures, et déposa sur leur peau une morsure pénétrante.

Ce fut la panique, les soldats lâchèrent leurs lances, leurs boucliers et leurs épées pour bousculer leurs camarades afin de fuir.

Plus loin, les éclairs et le feu continuaient de tailler des brèches dans les déferlantes successives, et les hommes de Malronce finirent par marcher sur des cadavres.

Tobias changeait de position dès qu'il avait vidé un carquois pour que la panique se répande plus facilement. Il grimpa au sommet d'une tour carrée lorsqu'il tomba nez à nez avec un grand garçon à la peau aussi noire que la sienne, un bandana vert noué dans les cheveux.

– Terrell ?

– Tobias ?

– Vous êtes là ? Toute la Féroce Team ? s'exclama Tobias en constatant qu'une quinzaine de garçons l'accompagnaient, équipés de casques de hockey et d'épaulières de football américain.

– Un Long Marcheur est venu nous annoncer la guerre,

répondit Terrell. Nous ne pouvions pas rester planqués ! Et Matt, il est là aussi ?

– Oui, il… Il est occupé pour l'instant.

Tobias ne l'avait plus revu depuis leur conversation dans l'armurerie, et s'il fallait en croire ses derniers mots, il était parti se coucher. C'était plus qu'étrange comme attitude, surtout pour un garçon qui avait toujours répondu présent pour affronter les Cyniks, mais Tobias lui faisait confiance.

Terrell leva son arbalète en carbone devant lui.

– On a déjà fait des dégâts ! Hélas, il en vient de partout !

– Il ne faut pas baisser les bras ! fit Tobias en haussant la voix. Tant qu'ils n'approchent pas des portes, nous ne craignons pas grand-chose !

Le grondement des éclairs obligeait les garçons à crier pour s'entendre.

Un murmure de panique se propagea en bas dans la cour de la forteresse et Tobias entendit un choc sourd qui fit trembler les murs.

– Les Gloutons ! s'affola-t-il. Ils vont entrer !

Terrell et toute la Féroce Team lui emboîtèrent le pas et se précipitèrent dans le tunnel qui conduisait à la porte nord.

Une énorme masse cognait contre les battants d'acier, et ceux-ci commençaient à ployer.

Tobias se fraya un chemin parmi les soldats Pans pour être en tête et il se prépara à en découdre.

Terrell et toute la Féroce Team posèrent un genou à terre, arbalètes levées, prêtes à cracher la mort.

– On est avec toi, dit le grand garçon. Personne ne passera !

Lorsque les portes cédèrent, une nuée de Gloutons, ces êtres humanoïdes à la peau fripée et couverts de pustules, envahirent le couloir en beuglant, gourdins, masses et longues lames au poing.

Les arbalètes émirent un claquement sec tandis qu'elles envoyaient leurs carreaux transpercer ces monstres agressifs et Tobias multiplia les tirs pour laisser à la Féroce Team le temps de recharger.

Le tunnel était heureusement assez étroit et ne permettait pas à plus de six ou sept individus de passer de front, et les Gloutons se bousculaient maladroitement, rarement à plus de cinq, ce qui laissait à Tobias l'opportunité de tous les toucher en quelques secondes. Ils étaient à vingt mètres.

Puis à quinze.

Les Gloutons trébuchaient sur les cadavres.

Mais il en surgissait tant que leur progression était constante.

Tobias attrapa le Pan le plus proche et lui cria :

– Monte dire à Tania qu'elle concentre les tirs sur l'entrée, il faut couper le débit des forces Glouton !

Tobias aperçut soudain Chen qui rampait au plafond, juste au-dessus des Gloutons. Le garçon déversa une énorme gourde sur eux avant de fuir en évitant les gourdins qui lui étaient lancés.

– Du feu ! hurla-t-il.

Tobias planta la pointe de sa flèche dans une des torches du couloir jusqu'à arracher un morceau de tissu imbibé d'huile et tira sur les Gloutons trempés.

Ils s'enflammèrent d'un coup et se mirent à gesticuler comme des pantins incontrôlables.

À peine s'effondraient-ils que d'autres accouraient, étouffant les flammes en marchant dessus, ils n'étaient plus qu'à dix mètres.

Tobias multiplia les tirs, avec la Féroce Team, jusqu'à n'avoir plus que dix flèches dans le carquois.

Il s'apprêtait à battre en retraite et abandonner le couloir aux Gloutons quand il s'aperçut qu'il n'en restait qu'une demi-douzaine. Au-dehors, un mur de flèches scellait l'accès, provisoirement du moins.

Tobias décocha ses dix derniers traits sur les quatre assaillants les plus proches et sortit son poignard en chargeant.

La Féroce Team fit de même, harpons de pêche sous-marine, piolets d'escalade et couteau de chasse étaient leurs armes.

Les Gloutons cognèrent violemment contre les casques de hockey avant d'être transpercés de tous les côtés.

Tobias esquiva un coup de masse garnie de clous, puis un second avant de trouver la faille et d'entailler la cuisse du Glouton. Les clous tombèrent d'un coup en direction de son visage, sa célérité lui permit de rouler entre les jambes du monstre et de surgir dans son dos pour le terrasser en plein milieu de la colonne vertébrale.

S'il n'avait ni la force de Matt, ni son intelligence du corps à corps, Tobias se félicita d'avoir une vitesse surhumaine qui venait, une fois encore, de le sauver.

Des amas de Gloutons morts ou gémissant encombraient le tunnel.

– Les portes ! Il faut les consolider tant qu'on peut encore les atteindre ! s'écria-t-il.

Vingt Pans l'accompagnèrent en soulevant de grandes poutres de bois. Une montagne de cadavres s'accumulait au pied des remparts. Tania et ses archers tenaient provisoirement en respect tous les Gloutons qui approchaient aussi Tobias se dépêcha-t-il de repousser les battants métalliques. Ils les renforcèrent avec les poutres, puis firent rouler de lourds tonneaux pour bloquer l'accès.

– Maintenant, c'est comme la porte sud, personne ne peut plus entrer, dit un Pan en sueur. Ni sortir.

Pendant cinq heures la houle humaine avait nourri le front, déversant ses lames infatigables au milieu des éclairs, des flammes, des flèches, et des rafales glaçantes. Il n'en restait plus qu'un liséré interminable de cadavres qui souillaient la vallée dans toute sa largeur, semblable à une bande d'algues nauséabondes.

Plusieurs cors sonnèrent au crépuscule et la marée se replia d'un coup, comme si elle avait attendu cet instant depuis toujours.

Les lanternes s'allumèrent au loin dans l'immense camp Cynik, et le silence revint sur la Passe des Loups.

– Ils capitulent ? s'enthousiasma Nournia.

– Ils marquent une pause, corrigea Zélie.

– Le temps de revoir leur stratégie, compléta Ross. Je crois qu'ils ne s'attendaient pas à une telle résistance.

– Les lanceurs d'éclairs sont au bord de l'évanouissement, rapporta Maylis, ils n'auraient pas tenu une heure de plus.

– Ça les Cyniks l'ignorent ! Cependant ne nous laissons pas berner, cette nuit il faudra redoubler d'attention, ils vont peut-être tenter autre chose. C'est ce que je ferais si j'étais à leur place. Pour tester notre vigilance.

Zélie désigna le champ de bataille du menton.

– Au moins la forteresse nous permet de tenir !

– Ça ne durera pas, répondit Ross. Elle a ses limites. L'essentiel de nos troupes ne sert à rien pour l'instant, ils attendent dans les halls et dans la cour. Seuls les archers et les lanceurs d'éclairs participent. Ils s'épuisent, vident nos stocks de flèches et viendra un moment où nous serons acculés ici.

– Que proposes-tu ?

– Anticiper. Garder la maîtrise du terrain. Il faut que nous sortions, profitions de l'avantage de notre cavalerie canine pour des attaques rapides, et protégions nos remparts par l'infanterie.

– Ça signifie des combats rapprochés. Les Cyniks sont plus forts que nous à ce jeu-là.

– Nous savons depuis le début que c'est inévitable.

Zélie secoua la tête.

– Pour l'instant nous n'avons presque pas de pertes, si j'envoie les troupes dehors, ils tomberont par centaines.

– Pour l'instant nous ne faisons qu'écorcher l'avant-garde Cynik ! Et ils nous épuisent. Si tu attends d'avoir perdu la maîtrise pour lancer l'infanterie, il sera trop tard. Le Conseil d'Eden vous a nommées, toi et ta sœur, pour diriger cette armée, cela signifie porter le poids de vos décisions. C'est une guerre, Zélie, il y aura des morts. Que tu le veuilles ou non.

La jeune Pan acquiesça sombrement.

– Je sais…, murmura-t-elle.

– Cet après-midi, nous leur avons porté un coup au moral, mais il ne faut pas se leurrer, ce n'était que ça, car leurs effectifs sont tels qu'ils n'ont rien perdu d'autre aujourd'hui !

– Alors continuons sur ce terrain, répliqua Zélie. Harcelons-les. Si nous ne pouvons triompher physiquement, brisons leur moral !

– Une attaque avec les chiens ! proposa Maylis. Pour que les lanceurs d'éclairs puissent se reposer.

Tania arriva, tout essoufflée.

– Les Gloutons ne faiblissent pas ! annonça-t-elle.

Zélie soupira.

– Prends un tiers de tes archers pour les repousser et fais reposer les autres. Tu alterneras tant qu'ils nous attaqueront.

– C'est que… à ce rythme nous n'aurons plus de flèches pour terminer la journée de demain.

Zélie échangea un regard avec Ross.

– Nous ne pouvons mener deux fronts en même temps, pesta Zélie. Ce sera les archers sur les Gloutons, tout le reste contre les Cyniks au sud.

Floyd se posta devant elle.

– Je sors avec les chiens, proposa-t-il. Nous frapperons sans qu'ils s'y attendent, fort et vite.

– Pendant ce temps nos troupes vont se mettre en place, exposa Zélie. Juste avant l'aube, elles passeront à l'attaque, pour bénéficier de l'effet de surprise.

Ross attendit d'être seul avec Zélie et il l'attrapa par le poignet.

– Je sais que c'est une décision difficile à prendre, dit-il.

– Demain j'envoie des amis à la mort.

Elle avait les larmes aux yeux.

– Dans l'espoir d'en sauver beaucoup d'autres.

La cavalerie canine sortit sans un bruit, guidée par Floyd.

Elle se rapprocha le plus près possible du campement Cynik et fondit sur l'armée endormie à toute vitesse, décimant les gardes à coups de piques en bois, attrapant les lanternes à graisse que les jeunes cavaliers lançaient sur les tentes pour les enflammer. En dix minutes, les six cents chiens et leurs maîtres semèrent la panique avant de fuir en direction de la forteresse.

Les Cyniks, trop sûrs d'eux, ne s'étaient pas du tout préparés à un assaut nocturne, trop peu de gardes, aucun moyen de défense. Les dégâts furent considérables.

En une heure d'incendie, ils perdirent deux fois plus d'hommes et de matériel qu'en une demi-journée de combats.

L'opération des Pans avait été un véritable succès.

Qui déclencha les foudres de Malronce.

Les archers furent déplacés dans la nuit pour laisser le passage à des convois d'infanterie encadrés par des ours couverts de plaques d'armures.

L'aube verrait un assaut sans pitié. Cette fois Malronce ne jouait plus.

Mais durant cette nuit, les Pans mobilisèrent leur effort militaire sur l'autre flanc de la forteresse.

Les Gloutons continuaient d'expédier leurs effectifs contre le rempart, et cette fois ne progressaient plus totalement à découvert. Ils avançaient par grappes de quinze ou vingt, sous des boucliers improvisés avec des radeaux de troncs ficelés entre eux.

C'était assurément une idée des cavaliers Cynik, les Gloutons étaient trop bêtes pour cela.

Et non seulement ils étaient protégés des flèches, mais l'absence de lanternes leur permettaient de passer à peu près inaperçus sous la pluie.

Tania, bien que fatiguée, continuait de superviser la défense.

Elle venait de repérer une cinquantaine de Gloutons amassés tout près des portes.

– Allez chercher de l'huile pour les torches ! demanda-t-elle à l'un de ses lieutenants. Nous allons leur montrer qu'il ne faut pas approcher !

Tania laissa les Gloutons se faufiler jusqu'aux portes et ordonna qu'on jette l'huile sur eux. Une flèche à la pointe enflammée suffit à embraser le commando ennemi qui se dispersa en hurlant.

Mais le double réapparut peu après et personne ne les avait vus approcher.

– Nous ne pourrons tous les repousser, il nous faut les lanceurs d'éclairs pour illuminer la zone !

– Ils se reposent, avertit son lieutenant.

– Si nous attendons plus longtemps, les Gloutons seront deux mille à s'engouffrer dans la cour avant le lever du soleil !

Les lanceurs d'éclairs vinrent sur le rempart nord, les yeux encore chargés de sommeil. Ils marchaient avec difficulté, et durent se tenir contre les créneaux pour rester debout.

La journée venait de les vider de toute énergie et il fallait qu'ils recommencent.

En les voyant prendre place, Tania comprit qu'ils allaient se tuer à l'effort.

Quelle autre solution avait-elle ? Elle prépara ses archers et les éclairs crépitèrent.

À travers les flashes qu'ils produisaient, les archers pouvaient repérer les Gloutons et ajuster leurs tirs.

C'était pire que ce qu'avait imaginé Tania.

Toute l'armée Glouton était à présent face à la forteresse, en train de glisser lentement et silencieusement vers sa proie.

– Allez prévenir Zélie et Maylis que nous avons de la visite ! hurla Tania.

Les flèches se mêlèrent à la pluie, les éclairs transpercèrent des dizaines d'ennemis, mais lorsque Tania vit les lanceurs perdre conscience les uns après les autres, elle leur ordonna d'arrêter.

Les Scararmées à leurs pieds ne semblaient guère plus vaillants, ils produisaient une lumière plus faible que d'habitude.

– Il faut trouver autre chose, dit-elle.

– Avec la pluie, il est impossible d'allumer des feux dans la vallée ! rétorqua son lieutenant.

Tania ordonna qu'on poursuive les tirs, il y avait tant de Gloutons en bas qu'une flèche sur deux au moins atteindrait une cible.

– Préparons l'infanterie, dit-elle. Cette nuit les Gloutons vont entrer ! Je ne vois pas d'autre…

Sa voix mourut dans sa gorge en apercevant un étrange halo au loin dans la Passe des Loups.

Derrière l'armée de Gloutons, une formidable alternance de lueurs rouges et bleues semblait se rapprocher et fonçait droit sur eux et sur la forteresse.

Après dix minutes, Tania contempla le plus grand déplacement de Scararmées qu'elle ait jamais vu de toute sa vie.

Des millions d'insectes grouillaient sur le sol, parfaitement séparés en deux courants, les uns diffusant une lumière rouge sous leur ventre, les autres une lumière bleue.

– L'opération « Nouvelle route » ! murmura Zélie. Elle a fonctionné !

Un flot de Scararmées avait envahi la Passe des Loups.

54.
Victoire et défaite

Lorsque Matt sortit du donjon pour gagner les remparts, il vit la nuit comme il ne l'avait jamais vue : traversée de lumières nombreuses, zébrée d'éclairs comme des rayons lasers, au point que la pluie semblait disparaître.

Il avait dormi plus de douze heures, dans un état plus proche de la méditation que du réel sommeil.

Dans un but précis. Qu'il pensait à présent avoir atteint.

Sa surprise fut totale en découvrant la coulée de Scararmées bicolores qui avait envahi la vallée jusqu'à la forteresse. Les insectes cherchaient à présent à la contourner en escaladant un escarpement rocheux.

Mais le nombre était tel qu'ils dégageaient une énergie colossale.

Tous les Pans sentaient au bout de leurs doigts, un picotement au niveau de la nuque, jusque dans leur chair.

Les lanceurs d'éclairs, moribonds un quart d'heure plus tôt, encombraient à présent les cieux de leurs projectiles foudroyants.

Quelques Scararmées dans des tubes avaient suffi à décupler l'altération de chacun aussi tout une rivière de ces incroyables insectes engendrait une étourdissante sensation de pouvoir infini.

Les Gloutons explosaient. Ils giclaient dans les airs. Massacrés par les éclairs et ceux qui survivaient étaient abattus par les flèches des archers.

Un gigantesque carnage.

La rumeur à propos de Scararmées réveilla toute la forteresse et les Pans accoururent pour assister au spectacle. Chacun voulant y aller de sa contribution, pour *sentir* l'énergie de cette rivière magique.

Le feu, la glace, le vent et même l'eau tombèrent sur des Gloutons désespérés, affolés.

Soudain, les chevaux se cabrèrent et plusieurs adultes tombèrent tandis que deux mille Pans les prenaient à revers, armés de pioches, de pelles et de piques.

Bien que largement dépassés par le nombre, les Cyniks causèrent de lourdes pertes parmi les enfants et les adolescents.

Car une partie des membres de l'opération « Nouvelle route », qui avait pour objectif de détourner la rivière de Scararmées au nord d'Eden jusqu'ici, n'avaient pas douze ans. Les plus jeunes, qui refusaient d'attendre à Eden le temps que leurs aînés les défendent, avaient formé cette armée de creuseurs, nouvellement experts en déviations.

Face à des adultes solides et à cheval de surcroît, ils ne faisaient pas le poids. Leur avantage numérique et les éclairs de leurs camarades les sauvèrent d'un massacre probable, toutefois cela n'empêcha pas deux cents d'entre eux de ne pas se relever et autant de souffrir de blessures importantes.

La forteresse les accueillit en héros, mais si le flanc nord était à présent dégagé, il restait l'essentiel des troupes de Malronce rassemblées de l'autre côté.

Comme prévu par l'état-major des Pans, quatre mille de leurs guerriers s'élancèrent dans la plaine juste avant l'aube, en espérant bénéficier de la surprise pour enfoncer le front Cynik.

Les premiers rangs tombèrent rapidement, incapables de résister à ce déferlement inattendu, jusqu'à ce que surgissent les chariots tirés par les ours en armure.

Les ours chargeaient, la bave aux babines, et ils n'eurent aucune peine à pénétrer au cœur des troupes Pans. Les chariots s'ouvrirent alors sur une vision d'horreur : des Rôdeurs Nocturnes sortirent, fous de rage, et se mirent à frapper tout ce qui passait à leur portée. Une vingtaine de ces monstres se répandirent au milieu des adolescents qui se firent tailler en pièces.

Les Pans durent se réorganiser en urgence, combattre la menace au cœur de leur troupe, et les Cyniks en profitèrent pour envoyer tout ce qu'il restait de la deuxième armée de Malronce.

Les lanceurs d'éclairs arrivaient à peine après avoir exterminé les Gloutons et leur puissance s'abattit sur tous les adultes qu'ils pouvaient atteindre malgré la distance.

Pourtant, il y en avait tant que cela ne suffisait plus.

Assaillies de toute part, et rapidement dominées par le nombre, Zélie et Maylis contemplèrent leur armée se faire lentement grignoter par l'ennemi.

– Faites sonner la retraite ! ordonna Zélie.

– Et envoyez la cavalerie canine faire diversion ! ajouta Maylis.

Les six cents chiens galopèrent dans la plaine et prirent les Cyniks par le côté. Tobias menait un groupe qui cribla de flèches une compagnie de Cyniks en train d'achever les blessés.

Matt fit siffler son épée sous la pluie.

Des têtes et des bras roulèrent.

Son gilet en Kevlar lui sauva la vie plusieurs fois, arrêtant les pointes des lances ou les tranchants des épées.

Puis un autre cavalier Pan surgit sur son chien. Il se tenait de travers, handicapé par ses blessures, il avait fui l'infirmerie pour prendre part au combat, pour avoir son lot de Cyniks, pour se venger d'eux, pour exprimer sa haine.

Horace.

Il chargea, une épée dans les mains, et se battit avec tant de détermination qu'il parvint à repousser tout une colonne d'ennemis à pied. Billy, son chien, semblait partager la même rage, il mordait et donnait des coups de pattes terribles.

Matt vint à son niveau pour protéger ses flancs.

– Tu es fou ? s'écria-t-il. Tu n'es pas en état !

– Je ne vous laisserai pas tomber !

– Tu es blessé, Horace !

– Un jour tu m'as dit qu'il y avait de la haine pour les Cyniks dans mon regard ! Qu'elle me servirait à me battre ! Tu avais raison, Matt Carter ! Je ne resterai pas à l'abri à vous attendre ! Je sais désormais que j'attendais ce moment ! Depuis que je les ai vus massacrer mes copains ! Je ne les laisserai plus faire ! Ils vont payer !

Matt sut qu'il ne pourrait rien pour le raisonner, alors il joignit son arme à celle d'Horace et ensemble, rage et force combinées, ils firent tomber bien des guerriers ennemis pendant que l'armée Pan reculait en toute hâte.

Mais la porte de la forteresse était trop petite pour que les milliers de Pans puissent s'y engouffrer rapidement, et minute après minute, des adolescents s'effondraient, des chiens tombaient, et l'armée Cynik se regroupait autour d'un noyau de plus en plus petit.

Matt sentait que leur ligne de défense allait craquer d'un instant à l'autre, que la percée Cynik allait être brutale et qu'ils seraient alors totalement submergés. Il ordonna à ses compagnons de tenir malgré la fatigue, malgré le surnombre, et ils jouèrent de la mobilité de leurs chiens pour esquiver les coups et frapper à toute bride.

L'armée Pan était enfin à l'intérieur, mais la plaine autour de Matt était jonchée des cadavres d'adolescents et de chiens. Alors il hurla à la cavalerie canine de se replier et ils foncèrent vers les portes pendant que Matt, Tobias et quelques autres les couvraient.

Les Cyniks se déversèrent comme un flot sur chaque espace laissé libre par la cavalerie canine. Les derniers résistants, dont Matt et Tobias, allaient se faire engloutir, ils décrochèrent mais une quinzaine de Cyniks leur barrèrent le chemin aussitôt.

Horace surgit devant eux et fendit leurs rangs avec Billy.

Le garçon cognait, encore et encore, il fracassait les épaules, les crânes, entaillait les membres, aveuglé par la violence.

À lui tout seul il parvint à repousser l'escouade adulte et les derniers Pans purent s'échapper. Seul Matt resta un instant sur place, à guetter cet ami qui partait au milieu des troupes ennemies. Il hésita à l'accompagner pour une dernière chevauchée.

Mais Horace n'en avait cure de périr. Il n'y avait aucun héroïsme dans ce sacrifice, rien qu'une folle colère à étancher par le sang.

C'était son choix, pas celui de Matt.

Horace les avait sauvés en se précipitant seul, mais il savait également qu'il ne reviendrait pas.

Aussi l'adolescent lui dit-il adieu au milieu du fracas de l'acier et il lança Plume au galop pour rejoindre les remparts.

Matt et Tobias rentrèrent parmi les derniers, juste avant que les portes ne soient refermées, ils étaient couverts de sang.

Matt se rendit au sommet des marches pour voir Horace taillader et fendre ses adversaires. Billy et lui ne faisaient plus qu'un.

La compagnie au milieu de laquelle ils se battaient se dilata soudain, comme une mer qui se retire d'une plage avant de lancer une vague encore plus féroce pour balayer toutes les aspérités du sable. Horace et Billy disparurent sous cette lame de cris et de fer, jusqu'à ce qu'une écume rouge remonte à la surface.

Matt mit sa main sur son cœur, pour cet ami qui venait de disparaître, la gorge nouée.

Un tiers des effectifs Pans venaient de succomber.

Et l'armée de Malronce était à présent aux portes de la forteresse.

Les lanceurs d'éclairs en repoussèrent une partie le temps que le soleil se lève sur le champ de bataille où gisaient bien trop de cadavres.

Alors débuta un manège abject.

Les Cyniks se précipitèrent sur les corps de tous les enfants morts dans la plaine et les entraînèrent au loin, pour les déshabiller et examiner leur peau.

Même au milieu de la bataille, leur obsession de la Quête des Peaux perdurait.

La pluie redoubla, et le tonnerre d'un orage qui approchait par le nord claqua au-dessus de la vallée.

Les Scararmées étaient parvenus à franchir l'éperon rocheux mitoyen avec une des tours, et le flot rouge et bleu s'écoulait à présent en direction de la plaine.

Les lanceurs d'éclairs produisaient tant de foudre que l'air était chargé d'électricité, les cheveux flottaient comme dans l'eau.

Puis, un à un, ils vacillèrent.

Regie et Doug, les deux frères qui représentaient l'île des Manoirs, se précipitèrent vers les artificiers inconscients.

– Qu'est-ce qui leur arrive ? s'inquiéta Regie.

Doug palpa la gorge du premier avant de poser son oreille sur sa poitrine. Puis il fonça sur le suivant et enfin sur un troisième.

– Ils… ils sont morts ! dit-il, livide.

Galvanisés et enivrés par la colossale énergie des Scararmées, ils avaient tout donné, sans même sentir que leur propre vie basculait peu à peu, ils ne s'étaient pas rendu compte que chaque décharge ne pompait pas seulement la force vitale des Scararmées, mais la leur.

Débarrassées de cette menace, la quatrième et la cinquième armées Cynik vinrent se mêler au siège, et les coups de bélier contre la porte ne tardèrent pas à résonner dans toute la forteresse.

Pour l'heure, à l'intérieur, les Pans s'occupaient surtout de rassembler leurs blessés, nombreux, et de les mettre à l'abri dans les salles et dans les grands halls voûtés.

Matt terminait d'essuyer le sang qui maculait son visage lorsqu'il retrouva Zélie et Maylis en haut d'une tour.

– Combien de temps les portes peuvent-elles tenir ? demanda-t-il.

– Pas plus d'une heure, répondit la plus grande des deux sœurs.

– Et ensuite ?

– Nous tenterons de contenir les Cyniks dans le tunnel, en massant toutes nos forces dans la cour. Mais ils sont dix fois plus nombreux, tôt ou tard, ils passeront. Alors…

– Alors ce sera terminé pour nous, trancha Maylis. Nous avons tout fait pour tenir.

– Je dois sortir, prévint Matt. Je vais passer par la poterne côté fleuve, s'il est encore gelé, je devrais pouvoir rejoindre la berge facilement.

Tobias sursauta, il s'attendait à tout sauf à cela.

– Où vas-tu ?

– Faire face à Malronce.

– La Reine ? Tu es dingue ? Jamais tu ne pourras…

– Les Cyniks ne protègent pas du tout leurs arrières, seul je me faufilerai sans problème jusqu'au chariot d'où elle supervise la bataille.

– Et ensuite quoi ? Tu crois qu'il te suffira de vaincre son garde du corps et de la tuer pour que tous les Cyniks t'obéissent ?

Matt secoua la tête.

– Non, mais j'ai un allié de taille pour lutter contre Malronce.

– Qui ça ?

Le tonnerre gronda encore plus fort.

Matt tendit l'index en direction de l'orage qui se rapprochait.

– Lui. Et je dois filer d'ici avant qu'il n'arrive.

55.
Ami(e)s

Matt terminait d'enfiler son équipement : gilet en Kevlar et baudrier d'épée dans le dos, lorsque Tobias entra dans la pièce.

– Je t'accompagne, fit Tobias. Et Ben vient aussi, il prépare les chiens.

– Ce n'est…

– Inutile de perdre ta salive et ton temps, nous venons avec toi. Si ça tourne mal, il te faudra quelqu'un pour te ramener.

Matt attrapa une paire de gants en cuir.

– Toby, je ne pense pas revenir.

– Quoi ? Comment ça ?

Matt se mordit la lèvre.

– Je doute que je puisse m'en sortir.

– Cette tempête, c'est le Raupéroden, pas vrai ?

Matt acquiesça.

– Tu as appelé ce monstre ? s'indigna Tobias.

– De toutes mes forces, à travers l'inconscience, ce monde qu'il sonde pour repérer ses proies. Je l'ai invoqué pendant des heures et des heures, jusqu'à ce qu'il m'entende. Je lui ai promis qu'il m'aurait. Je lui ai dit que j'avais compris que nous devions être réunis. Et il arrive.

– Tu vas l'attirer sur Malronce, comprit Tobias.

– Oui, tu l'as dit toi-même : les Cyniks sont mauvais parce qu'ils sont vides ! Et la peur remplit facilement les trous. Je pense que c'est la même chose avec Malronce.

– Pourtant elle se souvient ! Elle n'a pas perdu totalement la mémoire !

– Elle est vide d'amour, Toby. Il lui manque ce qu'elle avait de plus précieux avant la Tempête : moi, et mon père.

– Et tu vas vous réunir.

– Pour les apaiser tous deux. Pour que cette guerre prenne fin. Je suis certain que si je rassemble le Raupéroden et Malronce, il en naîtra quelque chose de bon. Ils sont mauvais parce que leur équilibre interne est rompu, parce qu'ils sont vides ! Cela va changer ! Les Cyniks obéissent aveuglément à leur Reine, ça peut marcher, Toby !

Comprenant ce que cela signifiait, Tobias serra les mâchoires pour empêcher les larmes de monter.

– Je viens avec toi, quoi que tu fasses, dit-il. Je ne te laisse pas.

Matt lui tendit la main.

– Comme les héros de nos jeux de rôles.

– Non, comme deux amis.

Matt et Tobias retrouvèrent Ben qui terminait de brosser Taker, Lady et Plume.

– Voilà, ils méritent au moins ça, dit-il en caressant son husky.

La cour était remplie de Pans qui attendaient que les coups

contre la porte finissent par s'arrêter et que les Cyniks déferlent sur eux. Personne ne parlait, chacun serrait son arme, se préparant à l'assaut.

Toute une unité d'archers sortit du donjon pour aller en direction des escaliers relayer ceux qui harcelaient l'ennemi depuis les remparts, lorsque l'un d'eux s'immobilisa devant Matt.

– Je ne croyais plus jamais te revoir, dit une adolescente blonde.

– Mia ! Tu es ici !

– Pour les combats à distance, comme tu peux le voir. Je boite encore beaucoup, et mon épaule ne me permet que de tenir l'arc, mais ça ne m'empêche pas de viser juste.

– Fais attention là-haut, les Cyniks canardent aussi.

– Vous partez ?

Matt regarda ses deux compagnons.

– Oui. Nous filons pour...

Elle lui posa un doigt sur les lèvres.

– Ne me dis pas. Quand les Cyniks entreront ici, et quand tout sera terminé, je crois que je préférerais t'imaginer loin de cet endroit, et en vie.

– Ne dis pas ça, peut-être que vous les repousserez !

Mia le gratifia d'un regard tendre et eut un sourire triste.

– Personne ne se fait d'illusion. Au moins nous nous sommes battus pour notre idéal, pour notre liberté. Nous pensions que, peut-être, nous pourrions la gagner cette maudite guerre. C'est dommage, dans une autre vie, j'aurais aimé être avec toi.

Tous ses camarades étaient déjà dans l'escalier. Mia resserra son carquois contre elle pour s'adresser à Tobias et Matt :

– Je dois y aller. Merci de m'avoir sauvée de l'esclavage, et de l'anneau ombilical. Si je dois mourir, grâce à vous je garderai ma dignité. Adieu.

Elle déposa un baiser sur la joue de chacun et partit en boitant.

Ben ouvrit la poterne après s'être assuré qu'il n'y avait personne par la meurtrière la plus proche. Elle donnait sur un minuscule ponton au-dessus du fleuve gelé.

Tobias passa en premier et aventura un pied sur la glace pour en tester la solidité.

– C'est bon, dit-il. Elle est assez épaisse pour nous supporter.

Les trois chiens sortirent à leur tour puis les deux derniers garçons.

– Traversons le fleuve, proposa Matt. Sur l'autre rive, aucun Cynik ne pourra nous voir.

Ils étaient tout proches du champ de bataille et pouvaient entendre le fracas du bélier contre la forteresse et les cris des blessés à chaque nouvelle salve de flèches.

Matt commença à marcher sur la glace avec Plume à ses côtés.

Soudain quelque chose siffla à ses oreilles et, le temps qu'il comprenne, une flèche vint se planter dans le flanc de sa chienne.

– Plume ! Non !

Cinq Cyniks s'étaient écartés du reste de leur troupe pour inspecter la muraille et chercher une faille et ils arrosaient de projectiles ces proies inattendues.

Les trois garçons roulèrent sur la glace, mais en l'absence de tout couvert, ils n'allaient pas survivre bien longtemps.

Un des hommes tomba raide, un trait en travers de la tête. Un second suivit.

– Là-haut ! s'écria un des Cyniks en désignant le sommet de la tour. La garce !

Mia était penchée dans le vide pour les arroser, ses longs cheveux blonds flottant dans le vent. Elle parvint à abattre un troisième soldat avant qu'ils ne ripostent de deux tirs dont le second s'enfonça dans la poitrine de la jeune fille qui lâcha son arc.

– Mia ! cria Matt.

Tobias, qui portait son arc en bandoulière, profita de la confusion pour s'armer et viser. Une volée meurtrière tomba sur les deux derniers gardes.

Mia se cramponnait au créneau.

Elle chercha Matt et Tobias du regard et juste avant qu'elle ne bascule, il leur sembla qu'elle leur souriait.

Son corps heurta la glace en produisant un son horrible, un craquement sec fit trembler la croûte blanche et plusieurs fissures apparurent. D'un coup, Mia glissa dans un trou et disparut dans l'eau noire.

Matt fit un pas dans sa direction avant de comprendre qu'il ne pouvait plus rien faire, et il se précipita sur Plume qui tentait d'arracher la flèche avec ses crocs.

– Ne fais pas ça, tu vas empirer les choses. Laisse-moi faire.

La banquise se fendit de partout, et la partie sous la poterne se sépara en petits blocs instables.

– Il faut y aller ! s'écria Ben.

Matt avisa l'état de sa chienne. Il ne pouvait plus la renvoyer à la forteresse à présent mais elle saignait assez pour l'inquiéter. Il cassa la flèche à la base de la pointe en fer.

Plume parvint à se relever et à trotter jusqu'à la berge opposée, alors que la glace se brisait tout autour.

Matt se hissait à peine entre les roseaux que la plaque sous ses pieds se brisa.

Ils se faufilèrent dans l'orée de la forêt et contemplèrent la forteresse derrière eux.

Matt avait le regard embué par la tristesse.

Mia venait de donner sa vie pour eux.

Et des milliers d'autres Pans étaient prêts à en faire autant pour empêcher les Cyniks d'entrer.

Mais l'armée en face n'avait pas de fin.

Ce fut alors que les dragons surgirent dans le ciel.

56.
Dragons

Ils tombèrent du ciel brusquement.

À travers les nuages bas, à travers la pluie.

Quinze formes majestueuses, que Matt prit d'abord pour des dragons.

Avant de reconnaître l'un d'entre eux, le plus grand.

Le Vaisseau-Matrice.

Quinze navires portés par leurs ballons d'air chaud, tractés à toute vitesse par des armadas de cerfs-volants que les rafales tiraient furieusement.

Une première bordée de flèches s'abattit sur les Cyniks depuis les airs, puis des éclairs blancs.

Les Kloropanphylles venaient à la rescousse.

Et pas seulement eux, mais également de nombreux petits bateaux plus modestes, dirigés par des adolescents aux masques d'os.

Matt ignorait si cela suffirait à renverser le rapport de force, mais il sut une chose avec certitude : il devait profiter de cette apparition pour foncer sur Malronce.

L'orage du Raupéroden n'était plus très loin.

Alors il vit Plume lui donner un coup de truffe.

Malgré sa plaie, elle était prête à le conduire.

Il grimpa sur son dos, et partit au galop.

Ambre se tenait à la proue du Vaisseau-Matrice.

Elle étudiait la fourmilière guerrière en dessous d'elle.

Sur le pont, Orlandia, Faellis et Clémantis distribuaient les ordres.

Faellis porta un petit sifflet à ses lèvres et fit un signe à deux garçons Kloropanphylles qui actionnèrent un levier.

Une longue trappe sous la coque s'ouvrit et une pieuvre couleur émeraude, de dix mètres, tomba au milieu de l'armée Cynik.

Faellis souffla dans le sifflet et la pieuvre s'activa, lança ses tentacules dans toutes les directions pour broyer les hommes.

– Notre Requiem-vert va les occuper un moment ! triompha-t-elle.

Ambre pouvait sentir la vie circuler en elle. L'effet de l'absorption s'était presque totalement dissipé, il ne restait que cette sensation d'écoulement sous sa peau. Le boule de lumière, celle que les Kloropanphylles nommaient l'âme de l'Arbre de vie, était à présent en elle. Elle avait fusionné avec l'adolescente.

Cela avait tout changé.

Les Kloropanphylles s'étaient alors adressés à elle comme l'élue.

Et sa guerre était devenue la leur.

Par fierté et un peu par fascination pour ce qu'Ambre avait accompli, le peuple guerrier des Becs n'avait pu résister à prouver sa valeur, surtout face aux Kloropanphylles.

Ambre avait conduit cette improbable alliance vers la Passe des Loups.

La rivière de Scararmées qui coulait à présent dans la plaine la fit frissonner. Elle se sentait attirée par leur énergie.

Ambre ne se sentait pas différente de celle qu'elle était auparavant, sinon plus… électrique.

Elle se demanda si la rivière de Scararmées n'était pas assez proche pour parvenir à puiser une part de pouvoir supplémentaire et débuta sa concentration.

Lorsque ses mains s'ouvrirent, la terre se souleva au milieu des Cyniks.

Comme soufflé par un géant, un rideau s'éleva, expédiant les soldats Cyniks dans les airs par grappes entières.

Lorsque Ambre pivota à tribord, ses mains envoyèrent une onde de choc si colossale que les hommes furent écrasés sur un cercle de vingt mètres, aussi certainement que si une soucoupe volante invisible venait de se poser sur eux.

Partout où elle guidait son esprit, dans le prolongement de ses bras, une prodigieuse force faisait le vide, réduisant les Cyniks en purée ou les projetant dans le ciel.

Les navires autour du Vaisseau-Matrice bombardaient les troupes au sol de projectiles, filant dans les vents avant de récolter les tirs de ripostes.

L'embarcation dans laquelle opérait Bec de Pierre multipliait les rase-mottes, et à chaque passage, elle délivrait sa nuée de flèches, couchant des dizaines de Cyniks. Mais elle finit par raser de trop près les têtes ennemies et plusieurs de ses ballons furent percés par des flèches. La nacelle perdit aussitôt de l'altitude et vint s'écraser sur les ours en armure dans un fracas effroyable.

Bec de Pierre parvint toutefois à s'extraire de l'épave, au milieu d'un nuage de poussière, il tituba, arc au poing, et mourut, rictus de triomphe aux lèvres, sous les lances Cynik après avoir abattu un officier et ses subalternes.

Un autre bateau du clan des Becs tomba peu après, puis un troisième, sur le cadavre du Requiem-vert, finalement terrassé.

Les dégâts causés par les épaves laissaient de larges sillons dans les rangs Cynik.

Ambre se rendit compte que l'infanterie de Malronce venait d'enfoncer la porte de la forteresse et se déversait à l'intérieur.

D'un revers de main, elle balaya une dizaine d'hommes.

Autant se précipitèrent pour prendre leur place.

Ambre souleva la terre, et se débarrassa d'une autre poignée de Cyniks, puis déclencha une explosion d'air devant les renforts qui accouraient.

Elle multipliait les coups, et bientôt, toute la quatrième armée Cynik fut dispersée. Il y avait les corps inertes des morts, et ceux qui titubaient, effarés.

Ambre frappait sans s'occuper des conséquences, elle ne s'intéressait qu'à la protection des Pans dans la forteresse.

Elle prenait des vies pour en protéger d'autres.

Et le retour de force fut brutal.

D'abord ses poignets lui firent terriblement mal.

Puis sa tête bourdonna, de plus en plus fort.

Jusqu'à la faire hurler.

Elle avait déployé trop de colère, et trop semé la mort en utilisant l'énergie de la Terre, et celle-ci s'embrasait en elle, dans ses veines et dans son esprit.

Ambre eut l'impression que son propre sang était en train de bouillir.

C'était insupportable.

Le Vaisseau-Matrice passa trop près des archers Cynik et les ballons reçurent un nuage de traits qui les percèrent de part en part.

Le vaisseau amiral des Kloropanphylles piqua du nez et malgré la manœuvre désespérée des trois capitaines, il vint s'échouer au milieu de l'armée de Malronce, non sans avoir au passage ravagé une partie de ses archers.

Quatre autres navires s'abîmèrent un peu plus loin.

Les Cyniks restèrent un moment méfiants, à observer l'immense navire avant de se jeter dessus.

Il restait encore bien assez d'hommes pour conquérir le monde.

57.

Fusion

Matt avait atteint la colline où se trouvait le char de Malronce.

De là il vit le Vaisseau-Matrice s'écraser.

Et les troupes Cynik investir la forteresse.

Plume tirait la langue et peinait à avancer. Matt sauta à terre et poussa sa chienne vers un fourré.

– Attends-moi ici, et si je ne reviens pas avant la prochaine nuit… pars, et va vivre loin des hommes.

Plume l'inonda de coups de langue et il dut la repousser pour qu'elle ne le suive pas. Taker et Lady restèrent avec elle.

Les énormes mille-pattes ne bougeaient pas, mais leur odeur était écœurante.

Matt repéra un Cynik qui montait la garde sur le côté, là où les balcons étaient les plus bas, à trois mètres au-dessus du sol.

Tobias lui régla son compte à distance et le trio sauta sur le dos d'un mille-pattes pour se hisser sur la passerelle de bambous.

Le char était aussi grand qu'un terrain de hockey, et haut de deux étages.

Mais il n'y eut pas à chercher bien longtemps.

Malronce se tenait sur la terrasse à l'avant d'où elle contemplait son triomphe.

Dès qu'il l'aperçut, Matt tira ses deux amis dans l'ombre.

– Il faut encore attendre ! avertit-il. Que le Raupéroden soit là.

La tempête les suivait de près, elle longeait le fleuve. Matt savait que le Raupéroden remontait sa piste, il l'avait invité, il avait laissé son esprit ouvert, pour que son père puisse garder le contact mental jusqu'à lui.

– C'est quoi cette histoire ? dit Ben.

– Fais-moi confiance.

Ben le scruta dans la pénombre.

– Nous perdons la guerre, Matt. Malronce est en train de nous écraser !

– Il faut attendre ! Encore un peu !

Ben se releva.

– Je ne peux pas rester ici sans rien faire. Ne bougez pas, je vais m'assurer que le bras droit de la Reine ne sera pas dans les parages quand il faudra intervenir.

Matt voulut le retenir, il savait que c'était une très mauvaise idée, mais Ben fut plus prompt à se couler dans le couloir de bambou.

– Laisse-le, intervint Tobias. Il sait ce qu'il fait.

Les deux garçons patientèrent plusieurs minutes, que le tonnerre se rapproche, que ses éclairs envahissent le char de flashes fantomatiques.

Dix soldats Cynik apparurent dans le flash suivant, lances pointées sur les gorges de Matt et Tobias.

Le général Twain se fraya un chemin entre eux et toisa Matt avec un rictus cruel. Il arborait son armure mouvante, mille pièces coulissantes les unes sur les autres pour former une carapace presque vivante.

– Comme on se retrouve !

Ben était à côté de lui, les mains sur les hanches.

Matt clignait les yeux comme s'il refusait de le croire.

– Ben ? Mais…

– Je suis désolé, Matt. Il le fallait.

– Qu'est-ce que tu as fait ? s'indigna Tobias.

Ben secouait la tête.

– Je n'avais pas le choix. C'est pour le bien de notre peuple. Nous ne pouvons gagner cette guerre. Nos amis se font tuer en ce moment même. Il fallait faire quelque chose.

– Alors tu nous as trahis ?

Matt était dévasté. Au-delà même de la déloyauté du Long Marcheur, c'était tout le symbole qui le meurtrissait. Ben avait toujours tout fait pour les Pans, il avait mis sa vie en danger jour après jour pour servir Eden. Qu'il en vienne à livrer ses amis, à pactiser avec l'ennemi, ne pouvait signifier qu'une seule chose : vieillir conduisait invariablement à se rapprocher des Cyniks. Les Pans les plus âgés cessaient peu à peu de ne jurer que par les vertus de l'amitié éternelle, pour devenir calculateurs, modérés, et versatiles. Et un jour, ils basculaient du côté des adultes. Matt l'avait déjà vu.

C'était irrémédiable.

Ben en était la preuve vivante et cette inéluctabilité venait d'abattre Matt. Il n'avait plus la force de résister.

Plus l'envie.

– J'ai passé un pacte avec Malronce. Toi, Matt, contre la paix.

– Et tu crois qu'elle va accepter ?

– C'est déjà fait ! tonna une voix impérieuse.

Malronce se montra, dans sa grande tunique noire et blanche. Son visage de porcelaine n'exprima aucun amour, aucune compassion en toisant son fils.

– J'ai attendu ce moment longtemps, ajouta-t-elle.

– Maman…, lâcha Matt sans s'en rendre compte.

– Tu es comme dans mon souvenir.

– Alors… alors tu te souviens de moi ?

Malronce ne témoignait d'aucune tendresse, aucune nostalgie, rien qu'une froideur effrayante.

– Ton visage m'a hanté ! dit-elle. J'ai si souvent rêvé de toi ! Incarnation de mes vices d'autrefois ! Je vais enfin pouvoir témoigner à Dieu mon complet dévouement à sa gloire !

– Mais… tu ne m'aimes plus ? balbutia Matt, incrédule devant l'absence totale d'affection de celle qui avait été sa mère.

Un rire moqueur secoua la Reine, transformant la tristesse de Matt en colère.

– Je t'aime pour ce que tu vas me permettre d'accomplir, fils !

– Ne m'appelle pas comme ça, répliqua Matt sèchement. Tu n'es plus ma mère ! Jamais celle qui m'a mis au monde n'aurait déclaré la guerre à des enfants !

– La foi a ouvert mes yeux. Et je vais le prouver à tous. Après ce que je vais faire, mes hommes me suivront jusqu'au bout du monde, vers la Rédemption, vers Dieu !

Tobias se recula dans son coin.

– Vous allez le tuer ! Oh, vous allez le sacrifier vous-même devant vos soldats !

– Je suis le guide de toutes ces âmes égarées ! articula Malronce avec l'éclat de la folie dans le regard. Je me dois de montrer l'exemple !

– Pour convaincre les sceptiques, ajouta le général Twain. Pour rallier à jamais les soldats d'aujourd'hui. Notre Reine va sacrifier sa propre chair à Dieu !

– Faites sonner les cors ! hurla Malronce. Je veux qu'ils le voient maintenant !

– Et la guerre ? intervint Ben. Vous avez promis !

Malronce l'étudia comme s'il était un insecte sur son chemin.

– Elle prend fin dès à présent.

Ben poussa un long soupir de soulagement. Il considéra Matt avec tristesse.

– Il le fallait, dit-il du bout des lèvres.

Malronce se mit à rire, un gloussement mauvais.

– Nous allons tendre la main à ton peuple, dit-elle, leur faire croire qu'ils nous ont infligé de trop lourdes pertes, et lorsqu'ils ouvriront leurs portes, nous les égorgerons. Car Dieu ne saurait souffrir de notre clémence. Notre don à lui doit être total !

Toute l'armée de Malronce s'était immédiatement repliée dans la plaine à l'appel des cors.

Elle abandonna la forteresse au milieu de l'assaut, quitta l'épave du Vaisseau-Matrice qu'elle mettait à sac, et les milliers d'hommes se regroupèrent au pied de la colline, sous la pluie battante.

L'orage était à présent sur eux.

Malronce se dressait sur la terrasse de son char, surplombant ses troupes, un poignard entre les mains.

Twain tenait Matt, lui bloquant les bras dans le dos.

Tobias et Ben étaient encadrés par une dizaine de gardes.

Le général poussa Matt vers sa mère sans le lâcher pour autant.

– Mes fidèles ! hurla Malronce à travers l'orage.

Sa voix s'envolait dans la plaine, comme si le fanatisme en elle parvenait à décupler sa puissance.

– Il y a longtemps de cela, le premier homme et la première femme, nos lointains ancêtres, ont péché, ils ont désobéi à Dieu et furent chassés du Paradis, et leurs enfants depuis, portent le poids de cette faute. L'humanité a trop longtemps souffert, bannie, incomplète, elle a espéré le pardon de Dieu. Il est venu le temps de ne plus attendre, mais de proposer ! Mes fidèles ! Je vous ai promis cette Rédemption, je vous ai promis que nous trouverions une solution au péché originel ! Voici l'heure de montrer à Dieu que nous sommes ses fidèles ouailles ! Qu'il peut nous reprendre en son sein ! Que les portes du Paradis terrestre peuvent s'ouvrir à nouveau ! Je vous ai demandé de sacrifier vos enfants, fruit ultime de notre vanité ! Pour que Dieu mesure notre détermination à n'aimer que lui ! Je vais à présent lui offrir la vie de ma propre chair ! Et lorsque nos enfants seront tous morts, nous trouverons celui qui porte la carte sur sa peau, cette carte qui nous montrera le chemin jusqu'à Toi, Dieu tout-puissant !

Twain leva Matt devant la foule et la clameur monta, une approbation générale qui résonna jusqu'aux murs de la forteresse.

– Seigneur ! Vois ma loyauté indéfectible ! Je renonce à tout amour autre que le tien ! Vois ma foi en toi ! Je renonce à mon fils !

Malronce brandit le poignard devant elle et attrapa la tête de Matt pour poser la lame sur sa gorge.

La foudre tomba sur le char, arrachant plusieurs drapeaux qui s'envolèrent en crépitant.

Twain sursauta et relâcha sa prise.

Matt lui donna un puissant coup de tête et se précipita sur

Malronce pour taper si fort son poignet que celui-ci se brisa. Le poignard glissa entre les bambous sous les cris de la Reine.

À peine se redressa-t-elle qu'un claquement de cape attira son attention.

Le Raupéroden flottait devant Matt.

Il ondulait selon ses propres vents, insensibles aux rafales qui les entouraient. Grande silhouette noire.

Un visage squelettique se dessina dans le drap.

– Matt ! L'enfant Matt ! En moi !

Matt écarta les bras pour s'offrir à la créature.

– Je suis à toi, viens me chercher ! s'écria-t-il dans la tempête.

Le Raupéroden vibra et traversa la terrasse en claquant, si vite que Matt eut à peine le temps de faire un pas de côté pour se mettre devant sa mère.

Le grand drap fusa pour les engloutir tous les deux sans distinction.

Tobias usa de sa vivacité pour jaillir entre ses gardes et fila si vite qu'il parvint à Matt avant le Raupéroden.

Il attrapa son ami dans son élan et le fit rouler avec lui sur le sol tandis que le Raupéroden refermait sa grande bouche sur Malronce.

La masse noire s'immobilisa.

La foule des soldats poussa un cri de stupeur, s'apercevant que leur Reine venait d'être engloutie par le démon.

– Non ! hurla Twain en dégainant son épée.

La lame découpa les gouttes de pluie pour venir entailler Tobias de la joue jusqu'au front. Le général réarma son bras pour cette fois trancher la nuque du pauvre adolescent, mais Ben se jeta entre ses gardes pour protéger Tobias.

La lame lui ouvrit la tête et le sang recouvrit ses traits.

Ben plongeait ses pupilles dans celles de Tobias. Leur sang se mélangeait.

Puis tout le poids du Long Marcheur écrasa le jeune garçon.

D'un coup de pied, Twain repoussa le corps de Ben pour s'occuper de Tobias.

Matt avait roulé pour ensuite arracher son épée à un soldat incrédule et il para le coup pour dévier la lame.

Twain lui donna un direct du gauche qui lui ouvrit la lèvre, et le militaire voulut embrocher son adversaire avant de constater qu'il avait quelque chose de fiché dans le sternum.

Ses yeux descendirent sur sa poitrine.

L'épée de Matt avait traversé son armure, elle était plantée jusqu'à la garde, entre ses deux poumons.

Dans son cœur.

L'adolescent le fixait, les mâchoires serrées, la haine dans le regard.

– C'est pour Tobias, dit-il du bout des lèvres.

Twain tomba à genoux. La pluie dégoulinant sur son visage.

Il eut une dernière pensée pour sa Reine et pour leur idéal, et se demanda s'il allait enfin connaître le Paradis.

Alors il fut happé par le néant.

Le Raupéroden se contracta.

Puis quelque chose poussa en lui.

Une forme prenait vie dans les replis de sa cape.

Le tonnerre se calma, et la pluie baissa d'intensité.

La cape glissa au sol, comme si le Raupéroden n'était plus, dévoilant une silhouette, un genou à terre.

C'était un visage doux, sans aucun cheveu. Aux traits agréables, androgyne.

Il était impossible d'affirmer s'il s'agissait d'un homme ou d'une femme.

Matt se releva et contempla cet être qui lui était familier.

Ce n'était ni tout à fait son père, ni vraiment sa mère, mais un peu des deux.

L'être vit Matt et baissa la tête.

– Pardonne-nous, Matt, dit-il avant de s'effondrer.

Les deux esprits dans le même corps venaient de fusionner.

Mais la fragilité humaine ne put encaisser un choc pareil.

Ce qui avait été le Raupéroden et Malronce se recroquevilla lentement, et mourut.

Alors la foule des soldats commença à s'agiter, et ils sortirent les armes pour réclamer vengeance.

58.

Un genou à terre

Toute l'armée remontait la colline pour massacrer Matt.

Ambre fut hissée par-derrière par Orlandia et Clémantis, Faellis n'avait pas survécu au crash.

Les deux Kloropanphylles portèrent Ambre jusque sur la terrasse, et de là, Ambre rassembla ses forces pour se tenir debout toute seule.

Elle contempla les milliers de Cyniks qui approchaient.

Matt voulut la prendre dans ses bras et la soutenir, mais Orlandia l'en empêcha.

– Laisse-la parler, dit-elle.

Et Ambre parla, d'une voix surpuissante, projetée hors de son corps par une force surnaturelle :

– Vous qui êtes nos pères, et nos frères, baissez les armes car nous ne sommes pas vos ennemis.

L'amplitude phénoménale de la voix de l'adolescente les arrêta.

– Vous êtes vides de connaissances, lança Ambre, vides de souvenirs. Et vous vous êtes réfugiés dans la religion pour fuir la peur. Mais s'il existe un dieu quelque part, il ne peut être que miséricordieux, il ne peut vouloir que vous versiez le sang

457

de vos enfants. C'est la peur du vide qui vous a aveuglés. Et je peux combler ce vide.

Ambre leva les bras vers le ciel et la pluie s'interrompit, le vent cessa immédiatement. Une boule de lumière apparut d'un coup, elle se mit à grossir à quelques mètres au-dessus de l'adolescente, et elle tournoya sur elle-même, lentement.

– Voici le cœur de la Terre, et il est en moi. Il est la vie, la mémoire, le passé et l'avenir. La Tempête qui a changé le monde il y a neuf mois l'a fait remonter à la surface. À nous de le protéger. Il peut être notre guide.

Les parfums d'humus, de fleurs épanouies, de sève et d'iode se déversèrent sur la plaine.

Au loin les Scararmées cessèrent leur progression pour se tourner vers Ambre.

La boule de lumière émit un sifflement cristallin, elle palpitait comme un cœur de lumière.

Tous les Cyniks l'admiraient sans ciller, bouche ouverte, et les Pans sortirent de la forteresse pour venir voir cette apparition hypnotisante. Elle avait quelque chose de fascinant, au-delà des odeurs et du son, un pouvoir électrique qui s'infiltrait dans les corps.

Son énergie envahissait les esprits. Elle pénétrait les cellules.

Jusque dans l'ADN. Ces merveilleux codes biologiques qui contiennent tous les secrets de chaque être vivant.

Alors les spectateurs surent pourquoi cette lumière vive leur était familière.

Sa chaleur était celle qui abrite un fœtus dans le ventre de sa mère.

Elle était la lumière à sa naissance.

Et celle de la mort.

L'essence même de l'existence.

La boule semblable à une minuscule planète qui flottait au-dessus d'eux était la quintessence de la vie.

La voix spectrale d'Ambre continua :

– Si vous déposez les armes, et si nous nous allions tous ensemble, nous serons dignes de continuer cette mission qui est la nôtre depuis l'aube des temps ! Propager la vie ! Pour que l'évolution se poursuive.

Les Pans et les Cyniks venaient de se mélanger, captivés par cette féerie qui l'emportait sur la violence. Des Kloropanphylles étaient présents également.

La boule de lumière s'arrêta de tourner et commença à se désagréger en rubans de vapeurs blanches qui descendirent s'enrouler autour d'Ambre jusqu'à totalement disparaître en elle.

Ambre poussa un long soupir, épuisée.

Elle considéra cette armée à ses pieds et ajouta :

– Maintenant vous savez. Vous n'êtes plus seuls. Vos existences ne sont pas vaines. La nature nous a confié une mission depuis l'origine des temps : propager sa vie. De toutes les espèces animales, la nôtre a su s'en montrer la plus apte. Jusqu'à ce que nous nous perdions nous-mêmes, jusqu'à ce que nous devenions plus destructeurs, que notre prolifération pollue et menace l'équilibre de la planète. Ce jour est notre seconde chance. Voulez-vous la saisir ?

Ambre guetta les réactions. Elle scruta ces armes prêtes à la tailler en pièces, prêtes à répandre le cœur de la Terre dans l'atmosphère pour renoncer, pour renier l'évolution.

Puis elle vit des hommes pleurer en silence et poser un genou à terre. Des têtes s'inclinèrent.

Comme un seul homme, les milliers de Cyniks posèrent un genou dans la boue et lâchèrent lances, épées, haches et boucliers.

– Ensemble, conclut Ambre.

59.

Le roi de Babylone

L'armée Cynik alluma de gigantesques bûchers ce soir-là, pour faire brûler les cadavres qui jonchaient la plaine.

Une odeur abominable se répandit pendant des heures, mais personne ne se couvrit le visage.

Pour ne jamais oublier toutes ces vies sacrifiées.

Les Pans et les adultes restaient méfiants les uns des autres, mais ils s'aidèrent à porter leurs morts.

Tout le monde était déboussolé.

Ils ne savaient plus bien qui ils étaient, et ce qui les avait pris de s'entretuer ainsi.

Ambre était au centre de toutes les conversations, de tous les regards.

Elle fut conduite à la forteresse pour s'y reposer, car son corps luttait pour encaisser la dépense d'énergie des dernières heures.

Elle dormit deux jours entiers.

À son réveil, Tobias était à son chevet, une longue balafre rouge lui entaillant le front et la joue.

Matt était assis sur le lit, il lui tenait la main.

– Quelle aventure, dit-il doucement.

– Quelle aventure, lui répondit-elle sur le même ton.

– Les Cyniks vont proposer un haut représentant pour nouer le dialogue avec nous, l'informa-t-il. Tobias a proposé que ce soit Balthazar. Il est en chemin.

– Il faudra du temps pour que nous nous entendions, pour que nous nous fassions confiance, dit Ambre.

Matt la considéra un moment avant de demander :

– Comment te sens-tu ? Je veux dire : avec cette énergie en toi ?

– Angoissée. Par la responsabilité. Mais sinon, physiquement, je crois que… je ne ressens aucune différence, ça s'est estompé. C'est absorbé, c'est en moi, et c'est tout.

– Et maintenant ? questionna Tobias. Il y a… une sorte de recette à suivre ? Quelque chose que tu dois faire ?

– Non, je ne crois pas. Je ne sais pas. Je… Je ressens des choses. Lorsque la Terre a déclenché cette Tempête pour nous secouer, pour nous menacer et nous rappeler nos origines et notre vraie nature, je crois qu'elle a déployé tant d'énergie que son cœur en est ressorti, qu'elle ne pouvait plus le protéger. Il lui fallait une enveloppe pour le mettre à l'abri et pour le propager, et cette enveloppe, c'est moi.

– Le propager ? releva Matt.

Ambre baissa le regard.

– Oui. Un jour.

– Comment ça ? fit Tobias qui ne comprenait pas.

– En donnant la vie.

– Ah.

Ambre battit des paupières, et sentant le malaise parmi les garçons, elle changea de sujet :

– Comment vont les Pans ?

Matt et Tobias haussèrent les épaules en même temps, peinés.

– Il y a eu beaucoup de morts, exposa Matt. Et autant de blessés. Sans compter ceux qui ne s'en remettront pas mentalement. Et puis… il y a ceux dont on ne sait pas quoi faire, ceux qui ont basculé en vieillissant, Colin par exemple, qui ne se sentent plus à leur place parmi nous et pas encore bien parmi les adultes.

– Et Ben ?

Matt secoua la tête sombrement.

– Il nous a trahis, avoua Tobias honteusement, comme s'il en était lui-même responsable. Il pensait agir pour le bien du plus grand nombre.

– D'après ce qu'on entend des Cyniks, enchaîna Matt, c'est lui qui nous avait vendus à Babylone, et non Neil comme je l'avais cru. Il prenait de l'âge, il est devenu peu à peu adulte et ses choix devenaient de plus en plus… *rationnels*. On pense qu'il a cherché le moyen de nous livrer, toi et moi, aux Cyniks, pour arrêter la guerre, tout en s'assurant qu'il n'y aurait pas de violence à notre encontre. Il a tenté sa chance à Babylone, il n'a pas pu le faire à Wyrd'Lon-Deis sans compromettre les vies de tout le monde dont la sienne, alors il a attendu le meilleur moyen, ici.

– Devenir adulte me terrifie de plus en plus, ajouta Tobias.

– Les choses vont être différentes maintenant, le rassura Ambre.

Et elles le furent.

Balthazar arriva quelques jours plus tard.

Après avoir été sorti des geôles où il croupissait depuis son assistance dans l'évasion des Pans.

Il passa d'une paillasse moisie au trône.

Il fut nommé roi de Babylone par les Cyniks. Les hommes n'étaient pas prêts à vivre sans une autorité suprême, pas si rapidement, il leur fallait du temps.

Balthazar annonça immédiatement l'interdiction des anneaux ombilicaux. Il fit un long discours depuis les remparts de la forteresse où il s'adressa autant à ses hommes qu'aux Pans, pour les rassurer et pour annoncer qu'une nouvelle ère débutait.

Il insista sur l'importance de la nature humaine, sur l'importance de s'écouter, et sur le fait que l'amour n'était pas un péché. Il ne reniait pas l'existence d'un dieu, mais la reléguait au rang de spiritualité personnelle, et répéta qu'une croyance ne devait ni guider, ni entraver les relations humaines.

Il fustigea la place que les femmes avaient dans leur société actuelle, le manque de liberté qu'elles subissaient et il termina avec le plus important à ses yeux : les hommes et les femmes allaient s'aimer à nouveau pour que naisse l'avenir de l'espèce humaine.

Les semaines suivantes, en constatant que Cyniks et Pans se craignaient encore trop pour vivre ensemble, il fut déclaré que chacun garderait encore un peu de temps son territoire, les uns au nord, les autres au sud, et que la forteresse serait un lieu d'échange.

Les Cyniks, encore bien endoctrinés par les principes de Malronce, craignaient les enfants et l'idée même de devoir vivre à leurs côtés. Aussi les Pans proposèrent-ils d'élever les enfants qu'auraient les Cyniks.

En échange, les Pans qui grandissaient et qui ne se sentiraient plus à leur place parmi les enfants et les adolescents seraient accueillis parmi les Cyniks.

De nombreux principes furent ainsi adoptés, et tous se pri-

rent à espérer que peu à peu, ils pourraient vivre en se respec-
tant et, un jour, ensemble, sous les mêmes toits, adultes et
enfants réunis, à Babylone, et peut-être, à Eden.

Le monde allait changer.

Au prix d'efforts et de sacrifices.

Pour le meilleur.

Du moins l'espéraient-ils tous.

60.

Trois semaines avaient passé depuis l'alliance avec les Cyniks.

Matt marchait sous le soleil de ce début d'automne, dans les rues d'Eden. Il trouva Ambre, assise sous l'immense pommier au cœur de la cité Pan. Plume dormait à ses côtés, sa blessure presque cicatrisée.

Elle tenait une pomme à la main, qu'elle venait de ramasser.

– Le Conseil d'Eden vient d'annoncer que Zélie et Maylis seraient nos ambassadrices auprès des Cyniks, elles partent à la forteresse de la Passe des Loups ce soir, annonça Matt.

– C'est une bonne chose, elles sauront faire preuve de tact et d'intelligence pour que nos relations deviennent meilleures.

– Il n'y a, hélas, pas que des bonnes nouvelles. Les Cyniks ont un ambassadeur aussi, le Buveur d'Innocence ! Balthazar s'y est opposé, mais ce sale type a encore beaucoup d'appuis politiques à Babylone et il est parvenu à se faire nommer malgré l'avis du roi.

– Je suppose qu'il ne fallait pas s'attendre à des miracles, tout ne peut être parfait…

– J'ai prévenu Zélie et Maylis, elles l'auront à l'œil !

— Il y a beaucoup à faire, chacun devra trouver sa place.

— À ce propos, Colin part aussi pour la forteresse, il s'est proposé pour être messager entre adultes et Pans.

— Je suppose qu'il y sera bien, entre nos deux peuples, il trouvera peut-être la paix qu'il cherche. Comment va Tobias ?

— Sa blessure est refermée. Mais il gardera une belle cicatrice. Je crois qu'il en est presque fier, en fait. Le soir il traîne au Salon des Souvenirs et raconte à tout le monde nos aventures, et elle lui confère une sorte de respect !

Ambre et Matt rirent de bon cœur.

La jeune femme décela une pointe de mélancolie dans le regard de son ami.

— Et toi ? demanda-t-elle.

Matt se balança de droite à gauche comme pour signifier que c'était aléatoire.

— Je pense à mes parents, avoua-t-il. Pourquoi eux ? Pourquoi moi ?

— Parce qu'il en fallait un. C'est tombé sur toi, ça aurait pu être Tobias, moi, ou n'importe qui. La Terre a bouleversé notre monde lors de la Tempête, ce fut un travail considérable pour elle, et je crois qu'elle n'a pas tout parfaitement maîtrisé. Il y a eu des imperfections, comme les morts-vivants de la Horde. Des adultes vaporisés, d'autres ont été sauvés et éloignés de leurs enfants, comme pour nous obliger à en tirer des leçons. Ce que nous avons fait, d'ailleurs. La nature ne sait pas les choses, elle les *sent*, elle les *devine*, et tes parents, qui étaient sur le point de divorcer, représentaient probablement une problématique qu'elle ressentait à plus grande échelle dans l'espèce humaine. Nous obliger à rassembler les opposés, à unifier les adversaires, un test, un défi pour s'assurer que nous étions encore dignes de la représenter, de propager sa vie.

466

Matt haussa les épaules.

– Sans doute. Peut-être y a-t-il, ailleurs dans le monde, d'autres parents ainsi déchirés, d'autres enfants malmenés.

– J'en suis certaine. Rappelle-toi le Testament de roche, il y avait d'autres marques importantes, d'autres grains de beauté. Nous n'avons suivi que celui qui nous conduisait chez les Kloropanphylles car nous les connaissions déjà. Mais il y en a d'autres.

– Tu crois que des Pans comme nous les ont trouvés ? D'autres cœurs de la Terre ?

– Peut-être. Je l'ignore. Il faut l'espérer. D'autres filles et garçons comme nous, que la nature a choisis pour abriter des cartes, pour rassembler leurs parents ennemis. D'autres histoires, que j'espère belles. Belles comme la nôtre.

Matt lui sourit.

– Cette nuit-là, dans le château de Malronce, dit-il, c'était… un moment à part. Je ne l'oublierai jamais.

Ambre lui rendit son sourire.

Elle lui donna la main et le guida près d'elle, pour lui déposer un baiser sur les lèvres.

Puis elle lui tendit la pomme qu'elle venait de croquer :

– Tiens, elle est délicieuse.

Matt se coucha avec le cœur plus léger.

Au milieu de ses doutes, de sa tristesse, Ambre insufflait une chaleur réconfortante. Ses baisers l'apaisaient.

Avec cet avenir en construction, elle avait ajourné son ambition de devenir Long Marcheur. Il allait en falloir de plus en plus désormais, avec les échanges entre Pans et Cyniks, pourtant ce qu'elle venait de vivre l'interpellait au point de vouloir prendre son temps avant de faire un choix.

Son altération était à présent si puissante, qu'elle la craignait elle-même.

Et la présence du cœur de la Terre en elle la perturbait. Elle se sentait aussi peu encline à prendre un risque avec sa vie qu'une femme enceinte.

Il lui faudrait du temps pour accepter sa nouvelle condition, pour accepter les regards curieux et admiratifs dans la rue.

Matt était prêt à l'aider. À la soutenir.

Ensemble ils pouvaient accomplir de grandes choses, il en avait la certitude.

Leurs avenirs étaient liés.

Il ne cessait de se le répéter.

Ce soir-là, Matt s'allongea avec le sentiment de ne plus être seul.

Il repensa à ses parents avec une pointe de tristesse.

Toute cette histoire ressemblait à un rêve. Un rêve qui lui tournait autour.

Et si cela était vrai ? Maintenant qu'il en prenait conscience, allait-il se réveiller ?

Il s'interrogea sur l'hypothèse d'Ambre, que d'autres adolescents, ailleurs, puissent vivre la même chose.

Si ce n'était pas le cas, alors c'était bien un rêve.

Son rêve.

Et sitôt qu'il s'endormirait, il rouvrirait les yeux, dans son appartement, à New York.

Ambre ne serait plus là.

Ni Eden.

Ni les Pans.

Matt ferma les paupières et serra le coin de son oreiller.

L'Enfer sur terre

Pour la première fois, il espéra qu'il serait encore là au réveil, dans ce nouveau monde.

C'était sa nouvelle vie.

Et il l'aimait.

Fin du premier cycle d'Autre-Monde.

DU MÊME AUTEUR

Aux Éditions Albin Michel

Le cycle de l'homme :

LES ARCANES DU CHAOS

PRÉDATEURS

LA THÉORIE GAÏA

LA PROMESSE DES TÉNÈBRES

Autre-Monde :

T. 1 L'ALLIANCE DES TROIS

T. 2 MALRONCE

Chez d'autres éditeurs

LE CINQUIÈME RÈGNE, Pocket.

LE SANG DU TEMPS, Michel Lafon.

La trilogie du Mal :

L'ÂME DU MAL, Michel Lafon.

IN TENEBRIS, Michel Lafon.

MALÉFICES, Michel Lafon.

Composition Nord Compo
Éditions Albin Michel
22, rue Huyghens, 75014 Paris
www.albin-michel.fr

ISBN : 978-2-226-20840-8
N° d'édition : 17569/01 – N° d'impression :
Dépôt légal : avril 2010